Angela Hunt

Die Notiz

Verlag der Francke-Buchhandlung GmbH

Die Deutsche Bibliothek – CIP-Einheitsaufnahme

Hunt, Angela:
Die Notiz / Angela Hunt. [Dt. von Eva Weyandt]. –
Marburg an der Lahn : Francke, 2002
(Francke-Lesereise)
Einheitssacht.: The Note <dt.>
ISBN 3-86122-564-6

Originaltitel: The Note
© 2001 by Angela Elwell Hunt
Published by Word Publishing, Nashville, Tennessee, USA
© der deutschsprachigen Ausgabe
2002 by Verlag der Francke-Buchhandlung GmbH
35037 Marburg an der Lahn
Deutsch von Eva Weyandt
Cover Design: The Office of Bill Chiaravale
Cover Photos: Photonica
Umschlaggestaltung: Enns Schrift & Bild, Bielefeld
Satz: Verlag der Francke-Buchhandlung GmbH
Druck: Wiener Verlag, Himberg, Österreich

Francke-Lesereise

1

Die drückende Luft gab keinen Hinweis darauf, dass sich an diesem Sommernachmittag das schlimmste Flugzeugunglück in der amerikanischen Geschichte ereignen würde. Auf dem überfüllten New Yorker Flughafen LaGuardia packten die Passagiere ihre Habseligkeiten, zeigten ihre Tickets vor und nahmen ihre Bordkarten entgegen, bevor sie die Maschinen bestiegen, die sie zu Flughäfen auf der ganzen Welt bringen würden.

Jeder Einzelne von ihnen hatte Pläne für den Abend gemacht.

Am Gate B-13 warteten 237 Passagiere auf eine Maschine, die sie zum internationalen Flughafen in Tampa bringen sollte. Die Gründe für diese Reise waren so unterschiedlich wie ihre Gesichter: Einige erhofften sich ein paar schöne Tage, andere hatten geschäftlich dort etwas zu erledigen, wieder andere freuten sich auf die Begegnung mit Familienangehörigen. In der Lounge herrschte trotz der Verspätung eine heitere Stimmung. Chuck O'Neil, ein Mitglied des Bodenpersonals von PanWorld, erzählte Witze, um den Passagieren die Zeit zu vertreiben. Vier Passagiere, die nicht vorher gebucht hatten, seufzten erleichtert auf, als man ihnen mitteilte, in der Maschine sei noch Platz für sie. PanWorld Flug 848, in Tampa gestartet, landete um 14 Uhr 38 mit fast einer Stunde Verspätung in LaGuardia. Zweihundertfünfzig Passagiere und Crewmitglieder verließen die Boeing 767. Die Verspätung verursacht hatte ein Druckschalter im ersten Triebwerk. Angesichts des Alters des einundzwanzig Jahre alten Flugzeugs waren solche Probleme nicht ungewöhnlich, und die Mechaniker in Tampa behoben das Problem, während ihre Kollegen die routinemäßige Wartung übernahmen.

Im Wartebereich verabschiedeten sich die Passagiere von ihren Lieben, andere Reisende erledigten noch schnell einen dringenden Anruf über ihr Handy. Fünf Passagiere waren Angestellte von PanWorld, die eine der Vergünstigungen ihres Angestellten-verhältnisses bei einer Fluggesellschaft nutzten: Freier Flug in jeder Maschine, sofern Plätze vorhanden waren. Debbie Walsh, Angehörige des Bodenpersonals bei PanWorld, brachte ihren neun-jährigen Sohn zu einem Besuch zu seinem Vater in Florida.

Der neunundvierzigjährige Flugkapitän Joey Sergeant aus Tampa verließ das Cockpit, um sich vor dem Weiterflug eine frische Tasse Kaffee zu holen. In seiner Begleitung befand sich Flugingenieur Ira Nipps, zweiundsechzig, aus Bradenton in Flo-rida, und sein Erster Offizier Roy Murphy aus Clearwater. Ge-meinsam hatten die drei Männer mehr als sechsundvierzigtausend Flugstunden zurückgelegt.

Auf dem Rollfeld beluden Angestellte von PanWorld den Bauch des Flugzeugs mit Golftaschen, Koffern, Rucksäcken und zwei Hundezwingern – in dem einen saß ein Basset, der den Cotters aus Brooklyn gehörte, in dem anderen ein zehn Wochen alter sibirischer Huskie, ein Geschenk für die in Clearwater wohnen-den Enkelkinder des Passagiers Noland Thompson. Während sich die Arbeiter in der Nachmittagssonne mit dem Gepäck abmüh-ten, füllten die Mechaniker den Jet mit vierundzwanzigtausend Gallonen Kerosin.

Die Flugbegleiter überwachten ohne großes Aufheben das Boarding der Passagiere. Unter den 237 Passagieren befanden sich Mr. und Mrs. Thomas Wilt, die von Tampa aus eine Kreuz-fahrt durch die Karibik unternehmen wollten, Dr. und Mrs. Merrill Storey, die sich in St. Petersburg eine Wohnung kaufen wollten, und die Familie von Darrell Nance, zwei Eltern und vier Kinder, die nach einem Tag in Bush Gardens auf dem Weg nach Disney World waren. Tom Harold, Passagier der ersten Klasse und Coach der Tampa Bay Buccaneers, bestieg das Flugzeug ge-meinsam mit seiner Frau Adrienne. Zur Feier seines vierzigsten Hochzeitstages war das Ehepaar nach New York geflogen, um sich ihr Lieblingsstück *Les Misérables* am Broadway anzusehen.

Unter den Passagieren des PanWorld Fluges befanden sich auch vierundachtzig Schüler der Largo Christian School, deren

Abschlussfahrt bewusst auf Juni gelegt worden war, damit sie nicht mit den Abschlussexamina kollidierte. Die Schüler und ihre neun Betreuer hatten einen früheren Flug verpasst, und viele dankten Gott ganz offen dafür, dass die Fluggesellschaft in der Lage gewesen war, die gesamte Gruppe mit dem Flug 848 zu befördern.

Kurz vor 16 Uhr verschlossen die Flugbegleiter die Türen, dann schoben die Mitarbeiter der Fluggesellschaft die 767 vom Gate zurück. Im Cockpit startete Flugkapitän Sergeant die vier Pratt & Whitney Triebwerke. Nach der Rollerlaubnis der Fluglotsen im Tower rollte das Flugzeug zu der ihm zugewiesenen Startbahn.

Um 16 Uhr 05 wurde der Maschine Starterlaubnis erteilt, um 16 Uhr 15 befand sich Flug 848 in der Luft, das Fahrwerk war eingezogen, die Nase in die Stratosphäre gerichtet. Nach einem kurzen kreisenden Anstieg über dem Hafen von New York flog Flugkapitän Sergeant eine leichte Kurve und drehte nach Süden, nach Florida, in den sonnigen Himmel ab.

Die Piloten hätten sich kein schöneres Wetter wünschen können. Die Temperaturen in Tampa lagen bei etwa dreißig Grad Celsius, die Luftfeuchtigkeit bei 70 Prozent. So weit die Piloten sehen konnte, war kein Wölkchen am Himmel zu entdecken. Der Flugkapitän brachte den Jet auf 35.000 Fuß, die normale Reisehöhe für eine 767, und hielt sie bei 530 Meilen pro Stunde. Nachdem das Flugzeug sicher auf seine Reiseroute eingeschwenkt war, überprüfte er die Passagierliste und bemerkte, dass zwei Plätze in seiner Maschine unbesetzt geblieben waren. Zu dieser Jahreszeit waren die Flüge nach Florida häufig ausgebucht.

Die Passagiere vertrieben sich so gut wie möglich die Zeit. Sie schlossen die Augen, um ein wenig zu schlafen, setzten Kopfhörer auf, blätterten die Zeitschriften durch oder steckten ihre Nase in verstaubte Taschenbücher, die sie in einem Buchladen im Flughafen erstanden hatten. Die Highschoolabsolventen im hinteren Teil des Flugzeugs lachten und scherzten miteinander, erzählten sich, was sie in Manhattan erlebt hatten.

Die Flugbegleiter lösten ihre Sicherheitsgurte und schoben ihre Getränkewagen durch die Gänge, wobei sie bei jedem Schritt in dem schmalen Gang die Passagiere warnten, auf ihre Ellbogen zu achten.

Zu diesen Flugbegleiterinnen gehörte Natalie Moore. Im letzten Augenblick war sie für eine Kollegin eingesprungen, die krank geworden war. Vor dem Abflug aus New York hatte sie einer Zimmergenossin erzählt, sie würde sich auf ihren ersten Besuch in Tampa freuen. Sie war noch ein Neuling bei der Fluggesellschaft, hatte gerade erst die Flugschule in Atlanta abgeschlossen und war nach Kew Gardens gezogen, ein Wohnviertel in New York, in dem vorwiegend junge Flugbegleiter und Flugbegleiterinnen wohnten, die an den Flughäfen LaGuardia oder Kennedy arbeiteten.

Um kurz vor fünf begannen Natalie und ihre Kolleginnen, das Abendessen auszuteilen. Die Passagiere konnten unter zwei Gerichten wählen: Gebratene Hähnchenbrust oder Lendensteak, als Beilagen grüne Bohnen und Salat. Sobald die Flugbegleiterinnen das letzte Tablett ausgeteilt hatten, säuberten sie ihren Wagen und schoben ihn erneut durch die Gänge, um die Tabletts wieder einzusammeln. Auf dem Flug von New York nach Tampa blieb nicht viel Zeit für ein gemütliches Abendessen, und auf dem Flug 848 wurde nur deshalb eine Mahlzeit serviert, weil Abendessenszeit war.

Um 18 Uhr 06, nach fast zwei Stunden problemloser Flugzeit, verließ Flugkapitän Sergeant langsam die vorgeschriebene Flughöhe. Um 18 Uhr 18 erteilten die Fluglotsen des Tampa International Flughafens der Maschine die Erlaubnis, von 15.000 auf 13.000 Fuß zu sinken. Wie gewöhnlich wiederholte der Pilot seine Instruktionen: „PW 848, von eins-fünf auf eins-drei."

Die auf der rechten Seite des Flugzeugs sitzenden Passagiere konnten einen Blick auf die atemberaubende Sonnenküste Floridas werfen – weiße Strände, mit Swimming Pools ausgestattete Gärten und grüne Baumwipfel an der breiten, blauen Weite des Golfs von Mexiko gelegen.

Die Flugbegleiterinnen verschlossen ihre Getränkewagen an ihrem vorgesehenen Platz und machten einen letzten Rundgang durch die Gänge. Natalie Moore erinnerte die Passagiere daran, die Sitzlehne bitte hochzustellen, die Tische hochzuklappen und zu sichern. Während sie darauf wartete, dass ein lärmender Teenager ihre Anweisungen befolgte, beugte sie sich vor und betrachtete den Himmel. Die niedrig über dem Meer stehende Sonne hatte den Himmel in ein Farbenmeer von Rosa und Gelb getaucht.

Bei 13.389 Fuß Flughöhe, während die Flugbegleiterinnen noch ihrer Arbeit nachgingen, verursachte ein Luftstrom an einer losen Schraube am Flugzeugrumpf in der Nähe der Treibstofftanks einen Funken. Die elektrischen Leitungen wurden unterbrochen, und um 18 Uhr 29 fielen das Funkgerät und die Transponder aus. Flugkapitän Sergeant setzte einen Notruf ab, aber niemand hörte ihn.

An der losen Schraube gab es weiterhin Funken.

Kurze Zeit später bemerkte ein Mann in der Reihe 24, Sitz C, dass drei der Flugbegleiterinnen in der Kombüse die Arme umeinander gelegt hatten. Eine wischte sich eine Träne fort, während eine andere ihren Kopf neigte, als würde sie beten.

„Ist das nicht schön." Er stieß die Frau neben sich an. „Sieh nur – sie hatten einen Streit, und jetzt vertragen sie sich wieder."

Anscheinend hatte es sich nicht um eine gravierende Auseinandersetzung gehandelt, denn sofort trennten sich die Flugbegleiterinnen wieder. „Meine Damen und Herren", meldete sich die Stimme eines Mannes über die Bordanlage, „hier spricht der Kapitän. Bitte achten Sie auf die Anweisungen der Flugbegleiterin in Ihrer Sektion des Flugzeugs. Wir hatten eine Störung in der Stromversorgung und dadurch bedingt einen Stromausfall, aber wir können trotzdem sicher landen. Als Vorbereitung auf die Landung bitten wir Sie jedoch, jede Art von Augengläsern zu entfernen und den Anweisungen des Flugpersonals zu folgen, die Ihnen jetzt zeigen werden, welche Haltung Sie einnehmen sollten."

Der Mann auf 24-C beugte sich vor, und als er aus dem Fenster sah, bemerkte er, dass sie sich in Schlangenlinien über das Wasser auf das Land zubewegten. Obwohl die Atmosphäre in der Kabine gespannt war, blieb er hoffnungsvoll. Die Maschine kam in einer relativ langsamen Spirale über dem aufgewühlten Wasser zwischen der Howard Frankland Brücke und der Causeway Campbell Brücke herunter. Der Flughafen lag unmittelbar dahinter.

Während die Leute um ihn herum sich eifrig bemühten, den Anweisungen des Flugpersonals Folge zu leisten, zog er ein Blatt Papier aus seiner Jackentasche und schrieb eine Botschaft darauf. Als er erneut aus dem Fenster sah, erblickte er das blaue Wasser und hatte eine Inspiration. Aus der anderen Tasche holte er eine Plastiktüte, dann steckte er den Zettel hinein und verschloss sie.

Lächelnd blickte er die blasse Flugbegleiterin an, die die Lippen fest aufeinander gepresst hatte. „Tut mir Leid", sagte er, als er bemerkte, dass alle anderen Passagiere sich bereits vorgebeugt hatten, um sich auf die Notlandung vorzubereiten. „Ich wollte noch gerade etwas erledigen. Ich bin sicher, dass alles gut gehen wird. Heute Abend werde ich lachen und das meiner –"

Er konnte seinen Satz nicht mehr zu Ende sprechen. Ein Funke vom Rumpf setzte die Benzinleitung in Brand. Flug 848 explodierte. Um 18 Uhr 33 stürzten die Trümmerteile des Flugzeugs in das Wasser der Tampa Bay.

Unter den Trümmern befand sich auch ein Blatt Papier mit einer Nachricht.

2

Zwei Stunden vorher

Auf der anderen Seite der Stadt, im Büro der *Tampa Times* erhielt Peyton MacGruder eine Notiz in Form einer E-Mail, und wie üblich kam Nora Chilton sofort zur Sache:

Muss Sie sofort sprechen.

Peyton seufzte angesichts dieses kategorischen Befehls der Lifestyle-Redakteurin. Sie sah auf die Uhr. Viertel vor fünf, das bedeutete, sie konnte sich nicht einfach davonschleichen und später behaupten, sie hätte die Nachricht nicht rechtzeitig erhalten. Die E-Mails innerhalb der *Tampa Times* verbreiteten sich innerhalb des Gebäudes mit der Geschwindigkeit der Elektrizität, und Nora ließ sich nichts vormachen.

Peyton schnitt dem Computermonitor eine Fratze. Wenn Nora sie länger als fünfzehn Minuten aufhielt, konnte sie sich von ihrem Tennisspiel verabschieden. Karen Dolen, ihre Tennispartnerin, musste um halb sieben ihrem Mann und ihren drei hungrigen Kindern etwas zu essen vorsetzen. Das Spiel konnte also nicht verschoben werden.

Nachdem sie nachgesehen hatte, ob sonst keine wichtigen Mitteilungen eingegangen waren, erhob sich Peyton, nahm ihren Rucksack und blickte zu dem blonden Haarschopf hinüber, der an einem Tisch auf der anderen Seite des Ganges über einem Keyboard kauerte. „Bis morgen, Mandi, aber vermutlich erst nach dem Mittagessen. Wenn jemand fragt, ich habe vormittags einen Termin in St. Pete."

Mandi Sorenson, eine Praktikantin aus dem College, die Peyton am Vormittag mit ihren beharrlichen und ärgerlichen Hilfsangeboten genervt hatte, sah blinzelnd auf. „Wie bitte, Miss MacGruder?"

„Nennen Sie mich Peyton, und ich sagte, bis morgen."

„Okay." Während Mandi ihren abwesenden Blick wieder auf

die Todesanzeigen richtete, die eine mitleidige Seele von den Lokalnachrichten geschickt hatte, um Mandi beschäftigt zu halten, nahm Peyton ihren Rucksack und überlegte, ob sie früher auch so naiv und übereifrig gewesen war. Vermutlich nicht. Einer ihrer Professoren am College hatte behauptet, sie sei eine ausgemachte Skeptikerin, und selbst als Studentenreporterin für den *Independent Florida Alligator* war sie nicht leicht zu beeindrucken gewesen. Denn was war das Büro einer Zeitung anderes als eine Ansammlung von Computern und eine bunte Mischung von Schreiberlingen?

„Und je älter ich werde", murmelte Peyton, während sie sich durch den Wirrwarr von Schreibtischen, Stühlen und Aktenschränken kämpfte, „desto bunter werden die Schreiberlinge."

Nora Chiltons Büro befand sich im hinteren Teil des Gebäudes. Auf ihrem Weg zu den Büros mit den großen Fenstern nickte sie zwei Männern in marineblauen Anzügen zu – so wie sie aussahen, schienen sie von außerhalb zu kommen. Kein Bewohner Floridas würde im Juni dunkle Farben tragen. Sie beobachtete, wie die beiden Fremden in dem Büro des Chefredakteurs der Nachrichtenabteilung verschwanden, dann lehnte sie sich gegen den Türrahmen von Noras Büro und klopfte an die offen stehende Tür.

Nora saß hoch aufgerichtet an ihrem Schreibtisch und blickte über den Rand ihrer Lesebrille aus Schildpatt. Sie war klein, und ihre braunen Locken umrahmten ihr Gesicht. Ihre Haarfarbe war sehr gewöhnlich, ein deutliches Zeichen dafür, dass sie die Haare nicht gefärbt hatte.

„Kommen Sie herein, Pat", sagte sie und senkte den Blick auf die Papiere in ihrer Hand.

Peyton trat ein und widerstand dem Drang, die Frau zu korrigieren. Ihr Name war *Peyton*, nicht Pat, Pate, Patty oder Mac, aber Nora Chilton gab jedem in ihrer Abteilung einen Spitznamen. Peyton konnte den Grund dafür nicht nennen, aber sie vermutete, dass Nora damit zu einem freundlicheren Umgang zwischen Reportern und Redakteuren beitragen wollte.

Gute Gelegenheit.

„Pat", sagte Nora und legte die Papiere beiseite, während Peyton auf einem der Stühle vor ihrem Schreibtisch Platz nahm, „vielen Dank, dass Sie gekommen sind. Es wird nur einen Augenblick dauern."

Peyton wartete, eine Augenbraue hochgezogen, während Nora in den Nachrichtenraum hinter ihrer Tür sah. Nach einem Augenblick der Stille ergriff sie mit leiser Stimme wieder das Wort. „Haben Sie zufällig die Bohnenzähler dort draußen gesehen?"

Peytons Mundwinkel verzogen sich zu einem trockenen Grinsen. „Die beiden Männer in Anzügen?"

Nora beugte sich vor. Die grimmige Linie ihres Mundes verdünnte sich. „Buchhalter aus New York. Sie wollen das Budget kürzen."

Peyton faltete die Hände und wartete, während Nora in den Papieren auf ihrem Schreibtisch herumwühlte. „Wir sind gebeten worden, den Zahlen der letzten Leserumfrage besondere Beachtung zu schenken."

Leserumfrage? Wie bösartige Geister, die aus einer Flasche herausgelassen werden, blähten sich die Worte auf und hingen wie ein drohender Schatten in dem Büro. Peytons Hoffnung auf ein angenehmes Gespräch wurde zunichte gemacht. Ihre Kolumne „Hilfe für die Seele" hatte bei den Umfragen unter den Lesern der *Times* nie ein besonders gutes Ergebnis erzielt. Peyton redete sich gern ein, eine Menge Leser zu haben, Menschen, die zu beschäftigt waren, um sich mit Umfragen abzugeben.

„Dies sind die Zahlen." Nora schob eine der Seiten über den Schreibtisch. „Nach der neusten Umfrage rangierte Ihre Kolumne von unseren fünf regelmäßigen Kolumnen ganz unten. Es tut mir Leid, Pat, aber Zahlen lügen nicht. Und wenn eine Kolumne keine Leser anzieht, muss etwas geändert werden."

Peytons Lippen teilten sich, als sie auf das Blatt starrte. „Der Gourmetführer" stand an erster Stelle, gefolgt von dem „Haustierarzt", „Der schnelle Koch" und „Alles für Ihr Auto". Wie ein Bleigewicht hing „Hilfe für die Seele" ganz unten auf der Liste.

Die unterschiedlichsten Erklärungen gingen ihr durch den Sinn. Aus den unzähligen Erklärungen wählte sie die offensichtlichste. „Das ist nicht allein meine Schuld, wissen Sie. Ich habe diese Kolumne übernommen. Wenn es nach mir ginge –"

„Es geht aber nicht nach Ihnen, und falls Ihnen das ein Trost ist, hat diese Kolumne bei einigen Lesern ein sehr hohes Ansehen." Noras dünne Lippen verzogen sich zu einem kaum wahrnehmbaren Lächeln. „‚Hilfe für die Seele' wird besonders gern von Frauen über fünfundachtzig gelesen. Ich nehme an, der Grund dafür ist, dass die Bewohner von Pflegeheimen nicht mehr selbst Auto fahren, nicht kochen, keine Haustiere haben oder häufiger bei McDonald's essen."

Peytons Blick verengte sich. Noras Sinn für Humor, falls man das so nennen konnte, ließ einiges zu wünschen übrig. „Ich weiß nicht, ob ich diesen Umfragen so viel Wert beimessen würde, Nora. Das sind doch nur Ansammlungen von Zufallsmeinungen."

„Aber Meinung ist wichtig im Bereich Lifestyle. Wir produzieren keine harten Nachrichten, wir schreiben das, was die Leute zum Vergnügen lesen." Sie beugte sich vor. Ihr vorgeschobenes Kinn signalisierte ihre berüchtigte eigensinnige Ader. „Emma Duncan hatte eine *große* Anzahl von Lesern, als sie noch ‚Hilfe für die Seele' schrieb. Zeitweise erhielt diese Abteilung mehr als tausend Briefe pro Woche, alle für Emma bestimmt –"

„Ach ja?" Peytons Stimme war heiser vor Frustration. „Nun, Nora, wir wollen doch eine wichtige Tatsache nicht außer Acht lassen – Emma Duncan ist tot. Und weil Sie ihre Leser nicht verlieren wollten, haben Sie mir ihre Kolumne gegeben. Ich bemühe mich nach Kräften, die Sache am Laufen zu halten, aber haben Sie je darüber nachgedacht, dass das gesamte Konzept vielleicht tot sein könnte?" Sie lehnte sich zurück und fuhr sich mit der Hand durch ihr kurzes Haar. „Ich meine – allein der Titel ‚Hilfe für die Seele'. Das klingt doch schrecklich sentimental. Kein profilierter Reporter würde heute freiwillig noch so etwas fabrizieren. Vor zwanzig Jahren, als Emma zu schreiben begann, war das vielleicht aktuell, aber jetzt –"

„Das Konzept wird immer noch Leser erreichen." Noras Stimme klang eine Spur verärgert. „Aber vielleicht ist es an der Zeit, dass wir eine andere Reporterin da ranlassen. Wir können Ihnen doch eine andere Aufgabe geben."

Peytons innere Alarmglocke schlug an. Ihr eine andere Aufgabe geben? Was denn für eine? Sie hatte die hektische Sportredaktion verlassen, um „Hilfe für die Seele" schreiben zu können. Zwar war diese hausbackene Kolumne keine besonders große kreative Herausforderung für sie, doch der regelmäßige Arbeitsablauf hatte ihr gut getan. Bei den Sportberichten hatte sie häufig bis spät in die Nacht gearbeitet, sie hatte zu viele Begegnungen mit von Testosteron aufgeputschten Männern gehabt und zu viele Auseinandersetzungen mit Kingston Bernard, dem Sportredakteur.

Sie konnte nicht leugnen, dass „Hilfe für die Seele" in den vergangenen Jahren besser gelaufen war, aber in den zehn Monaten seit Duncans Tod hatte sie beträchtliche Fortschritte gemacht. Die Leser hatten zuerst rebelliert, vermutlich ärgerte sie Peytons professioneller Stil, und die Leserpost war dramatisch zurückgegangen. Aber im Laufe der vergangenen sechs Monate hatte Peyton durchschnittlich fünfundzwanzig Briefe oder E-Mails pro Woche bekommen. Nach ‚Liebe Abby'-Maßstäben nicht besonders viel, aber ansehnlich. Peyton wollte gern glauben, dass ihre Kolumne wenigstens einigen Lesern gefiel, wenn auch nicht den Lesern von Emma Duncan.

„Nora", sagte sie mit fester Stimme, „das Problem ist der unterschiedliche Ansatz. Ich kam von der Journalistenschule; ich habe gelernt, aus einer eher distanzierten Perspektive zu schreiben. Emma kam aus der Gegend; sie schrieb über ihre Kinder und Hunde. Meine Arbeit kommt vielleicht nicht bei Emmas Lesern an, aber die Kolumne ist präzise und nützlich. Viele Menschen aus der Gegend sind auf der Suche nach praktischer, einfacher Information."

„Ich kann es mir aber nicht leisten, den Platz auf der ersten Seite für eine vielleicht nützliche Kolumne zu reservieren, die

nur bei einer sehr begrenzten Anzahl von Menschen ankommt."
Nora blinzelte hinter ihren Brillengläsern. „Es gefällt mir überhaupt nicht, Ihnen das sagen zu müssen, aber nur wenige unserer Leser sind an einer Schritt-für-Schritt-Vorgehensweise für eine
Titelfindung interessiert. Auch brauchen viel beschäftigte Familien keine Vorlage für das Modellieren von Ton. Und worüber
haben Sie noch im vergangenen Monat geschrieben? Wie man
Sommer- oder Winterkleidung mit Hilfe des Staubsaugers in
Plastikfolien versiegelt." Sie zog verächtlich die Augenbrauen in
die Höhe. „Ich habe so eine Ahnung, dass diese Themen nicht
einmal Sie interessieren."

Diese Worte taten weh, aber Peyton wusste, dass sie noch immer im Vorteil war. Als Frau über vierzig konnte man sie nicht
einfach entlassen. Sie würde die Zeitung sowohl wegen Alters-
als auch wegen Geschlechtsdiskriminierung belangen ... und sie
wusste, dass sie nicht zögern würde, einen Rechtsanwalt einzuschalten.

Peyton straffte die Schultern. „Ich bin eine gute Reporterin.
Sie können mir nicht vorwerfen, meine Pflichten vernachlässigt
zu haben. Auch habe ich meine Termine immer eingehalten."

„Niemand sagt, Sie würden nicht gut schreiben." Nora lehnte
sich auf ihrem Stuhl zurück. Ihre ganze Haltung strahlte kühle
Distanz aus. „Ihre Geschwindigkeit erstaunt mich, und Sie haben ein großartiges Auge für Details. Aber um eine Kolumne zu
schreiben, bedarf es mehr als die Fähigkeit, alle Worte an den
richtigen Platz zu stellen. Eine gute Kolumnistin schreibt mit
Leidenschaft, und das kann ich in Ihrer Arbeit einfach nicht erkennen. Emma Duncan, Gott hab sie selig, besaß diese Leidenschaft. Wenn sie über Tomaten schrieb, wusste der Leser nicht
nur, wie man sie anpflanzt, vielmehr hatte er nach dem Lesen des
Artikels das Bedürfnis, ein ganzes Feld davon anzubauen."

„Sie wollen, dass ich mich für Tomaten begeistere?" Peyton hob
ergeben die Hände. „Es tut mir Leid, Nora, aber ich bin nun
wirklich keine *leidenschaftliche* Gärtnerin. Aber ich kann über alles andere eine kompetente Kolumne schreiben. Ich habe mich

von unten hochgedient, ich habe Lehrgeld bezahlt. Ich kann auch nichts dafür, wenn ‚Hilfe für die Seele‘ Leser anspricht, die Näheres über Titelfindung und Aufbewahrung von Kleidungsstücken wissen wollen. Sie schreiben Briefe, ich beantworte sie. So einfach ist das.“

Nora lehnte sich auf ihrem Stuhl zurück, zog langsam ihre Brille ab und legte sie vor sich auf den Schreibtisch. „Ehrlich, Pat“, sie legte ein wenig verächtlich den Kopf zur Seite, „ich halte Sie nicht für eine schlechte Reporterin. Sie sind gut, und Ihre Auszeichnungen unterstreichen das. Aber ‚Hilfe für die Seele‘ läuft nicht richtig. Lassen Sie mich eines der anderen Mädchen daransetzen, jemand, der verheiratet ist und ein Kind hat oder zwei. Und Sie können in die Sportredaktion zurückkehren, oder vielleicht versuchen Sie es einmal mit der Lokalredaktion.“

Da Peyton ihrer Stimme nicht traute, schüttelte sie nur den Kopf. Egal wie positiv Nora Peytons Versetzung auch darstellte, sie würde einen Abstieg bedeuten, vor allem, wenn sie wieder in den Pool der Reporter zurückgeworfen werden würde. Der Gedanke, erneut über langweilige Sitzungen des Stadtrates berichten zu müssen, bereitete ihr Kopfschmerzen. Nach fünfzehn Jahren Arbeit für die Zeitung sollte sie sich eigentlich bereits zur Redakteurin hochgearbeitet haben. Das hätte sie auch, wenn sie sich nicht unablässig mit rückständigen Typen herumzuschlagen hätte, die sich wie Kinder an altmodische Regeln und Vorschriften klammerten und sich weigerten, sich von der Brust entwöhnen zu lassen.

„Meine Kolumne ist in Ordnung“, beharrte sie und hob den Blick. „Sie läuft.“

„Die Zahlen lügen nicht.“ Nora tippte mit ihrer Brille auf den Bericht. „Nur kleine alte Damen lesen Ihre Sachen, Pat, und ich denke, diese Zahlen kamen aus Pflegeheimen, wo die Insassen aus reiner Langeweile alles lesen, was vor sie kommt.“ Sie senkte den Blick. „Ich denke, Sie sollten endlich zulassen, dass ich diese Kolumne an jemanden gebe, der etwas mehr Interesse daran hat, seine Leser zufrieden zu stellen.“

Auch diese Worte taten weh. Was war falsch daran, gewisse Ansprüche an seine Arbeit zu stellen? Wollte die *Tampa Times* Reporter, die ihre Artikel zusammenhauten und an die niedrigsten gemeinsamen Emotionen appellierten? Emma Duncan war nicht gerade die hellste Glühbirne im Leuchter gewesen. Sie hatte mäßige Geschichten über ihren Pudel und Chihuahua geschrieben, um Himmels willen. Die Dame hatte nie eine Auszeichnung bekommen, während Peyton auf eine ganze Reihe von Ehrungen zurücksehen konnte. Und doch schien Nora sagen zu wollen, die Kolumne ‚Hilfe für die Seele‘ sollte von jemandem geschrieben werden, der Kinder und Haustiere hatte, damit sie gelesen wurde.

Seltsam, dass in einer Zeit, in der Frauen immer mehr Macht gewannen, emanzipiert und auf Selbstverwirklichung aus waren, das alte Vorurteil unverheirateten Frauen gegenüber noch immer in den Köpfen vieler Zeitgenossen existierte. Im Büro hatte Peyton kein Geheimnis daraus gemacht, wie sehr sie ihr Singledasein genoss. Nur wenige Menschen wussten, dass sie sich früher der Liebe eines Ehemannes erfreut hatte und dass sie den Duft eines Bettes eingeatmet hatte, in dem ein Mann geschlafen hatte. Doch eine regennasse Straße hatte diesem Leben ein Ende gesetzt, einen wundervollen Mann und die Familie ausradiert, die sie vielleicht hätte haben können ...

Ganz schnell verschloss Peyton die Tür zu diesen Erinnerungen, die sie schon tausendmal vorher weggeschlossen hatte. Sie fuhr sich mit der Hand durch die Haare und suchte krampfhaft nach einer Waffe gegen die unaufhaltsame Logik der Redakteurin. „Nora, ich bekomme fünfundzwanzig Briefe in der Woche. Und Sie wissen, was das heißt – jeder Brief, den wir bekommen, steht für mindestens hundert andere, die nie geschrieben wurden."

„Nicht einmal zweitausendfünfhundert Leser können die Bohnenzähler überzeugen." Noras Stimme kratzte wie Sandpapier in Peytons Ohren. „Wir leben in einem Großstadtbezirk mit einer beträchtlichen Zahl an Rentnern. ‚Hilfe für die Seele‘

soll die ältere Bevölkerungsschicht ansprechen, also sollten damit mindestens fünfundsiebzigtausend Menschen erreicht werden. Sie müssten mehr als siebenhundert Briefe pro Woche bekommen." Sie hielt inne und fügte dann hinzu: „Bei Emma Duncan war das so."

Peyton schluckte hart. Ihr wurde klar, wie wenig ihre fünfundzwanzig Briefe den Zahlenfanatikern in den oberen Etagen bedeuteten. Die Zeitung hatte eine Auflage von 250.000. Ihre Leserpost stellte also nur 0,01 Prozent der täglichen Abonnenten dar.

Die Kolumne „Hilfe für die Seele" wurde nicht angenommen.

Aber sollte sie sie aufgeben? Sie hatte sich so viel Mühe gegeben, um sicherzustellen, dass sich ihre Kolumne von anderen wie „Liebe Abby" und „Ann Landers" und den übrigen Ratgeber-Kolumnen unterschied. In jeder Ausgabe von „Hilfe für die Seele" beantwortete sie nur *einen* Brief von einem Leser, in dem sie detailliert auf das angesprochene Problem einging und sich bemühte, spezifische und fundierte Ratschläge zu geben. Neben den zugegebenermaßen trockenen Themen der Titelsuche und Versicherungsangelegenheiten hatte sie Müttern Rat gegeben, die ihre Töchter nach einer Fehlgeburt trösten wollten, Vätern, die befürchteten, ihre zornigen Söhne im Teenageralter zu verlieren, und Müttern, die sich Sorgen um ihre Töchter im Teenageralter machten. Unter Bezug auf alle möglichen psychologischen Bücher, die ihr gerade in die Hand fielen, hatte sie praktische, fundierte und nützliche Ratschläge gegeben.

Ihre Leser brauchten keine Leidenschaft – sie brauchten verständliche Antworten.

„Bitte", sie erkannte ihre Stimme kaum wieder, „nehmen Sie mir ‚Hilfe für die Seele' nicht weg. Geben Sie mir ein wenig Zeit, um sie anzupassen; lassen Sie mich meine Zielgruppe neu überdenken."

Noras Augen funkelten hinter ihren Brillengläsern. „Ich hatte gehofft, Janet Boyles diese Kolumne geben zu können. Ich denke, sie ist jetzt so weit."

Peyton zwang ein Lächeln auf ihr Gesicht, obwohl diese Worte ihr körperlichen Schmerz bereiteten. Peyton hatte gedacht, sie und Janet wären Freundinnen, aber wenn es die Fernsehjournalistin auf ihre Kolumne abgesehen hatte ...

„Ich bin für alles bereit." Peyton zwang sich, dem Blick der anderen Frau standzuhalten. „Geben Sie mir drei Monate. Wenn sich die Zahlen bis dahin nicht verbessert haben, können wir die Kolumne in Pension schicken und eine neue Kolumne mit einem anderen Konzept einführen."

„Ich gebe Ihnen drei Wochen", bestimmte die Redakteurin. Sie verschränkte die Arme vor der Brust. „Dann wird die nächste Umfrage unter unseren Lesern durchgeführt. Wenn ‚Hilfe für die Seele' dann nicht spürbar mehr Beachtung bei den Lesern findet, werde ich sie Boyles geben." Sie blickte auf das Meer von Schreibtischen hinter ihrer Tür. „In der Zwischenzeit sollten Sie sich schon einmal überlegen, wo Sie gern weiterarbeiten würden – wieder beim Sport oder in den Regionalnachrichten."

Peyton ballte die Fäuste. Sie wusste sehr gut, dass sie eine schwere Nachfolge angetreten hatte. Emma Duncans früher Tod durch Herzversagen, noch dazu an ihrem Schreibtisch, hatte die Frau zu einer Heiligen erhoben. „Hilfe für die Seele" könnte noch zehn verschiedene Reporter verschleißen, Nora und die oberen Bonzen würden Emma Duncans Kolumne trotzdem am Leben erhalten wollen.

Peyton musste also etwas unternehmen ... und ihr Ansatz musste funktionieren. Sie brauchte etwas Unglaubliches und Neuartiges – und sie brauchte Raum zum Atmen, um es sich auszudenken.

„Ich habe noch Urlaub", sagte sie und atmete langsam aus. „Ich könnte doch die nächste Woche freinehmen und in aller Ruhe darüber nachdenken. Dann hätte ich zwei Wochen Zeit, um einen neuen Ansatz zu probieren."

Noras Blick ruhte auf ihr, so fern wie der Meeresboden. Schließlich nickte die Redakteurin. „Das klingt gut. Bringen Sie Ihre Kolumne bis morgen, dann können wir ab Montag die Leser über Ihren Urlaub informieren."

„Meine Freitagskolumne ist fertig. Ich reiche sie gleich rein."

Nora zog die Augenbraue in die Höhe. „Thema?"

„Worauf man bei einem guten Laptop achten sollte. Einer meiner Leser muss einen für seinen Enkel kaufen." Peyton erhob sich und schulterte ihren Rucksack. „Danke", rief sie, als sie das Büro verließ. Doch sie fühlte sich alles andere als dankbar.

Und während sie durch das Großraumbüro ging, drückte sie die Hand in den Nacken und fragte sich, wie um alles in der Welt sie eine Kolumne voller Leidenschaft produzieren sollte, die sich bereits überlebt hatte. Nora Chilton traute ihr dies ganz eindeutig nicht zu.

Peyton würde zeigen müssen, dass sie Unrecht hatte.

Kommentar von Nora Chilton, 52
Lifestyleredakteurin

Ich arbeite nun schon seit dreißig Jahren bei der *Tampa Times*. Mir gefällt meine Arbeit als Redakteurin – meistens. Nichts ist mit dem elektrisierenden Gefühl zu vergleichen, wenn man ein Team von Reportern zusammenstellt und gegen die Zeit arbeitet. Wenn wir dran sind, kann nichts, kein streikender Computer, keine unergiebigen Interviews oder pfennigfuchsende Buchhalter unseren Fluss aufhalten. Rocky Balboas schweißtriefender Ausspruch: „Jawohl, Adrian! Ich habe es geschafft!", lässt sich nicht mit der Faszination vergleichen, die man empfindet, wenn man einen Artikel in letzter Minute fertig gestellt hat und zum Satz bringt.

Aber Menschen wie Peyton MacGruder, wie talentiert sie auch sein mögen, bringen mich manchmal einfach zur Verzweiflung.

Sie hat meine Kritik nicht sehr gut aufgenommen, als ich vor ein paar Minuten mit ihr sprach. Sie hat mich dazu gebracht, ihr ein Ultimatum zu stellen. Aber was hätte ich sonst tun können? In den vergangenen Monaten habe ich immer wieder versteckte Andeutungen gemacht, doch Peyton stellt sich meinen Ratschlägen gegenüber immer taub. Heute habe ich offen mit ihr gesprochen, jemand musste es tun. Wir alle brauchen jemanden, der offen uns gegenüber ist.

Damals in den Tagen des Papiers und der Schreibmaschinen, als ich mich hochgearbeitet habe, dachten sich unsere Redakteure nichts dabei, uns einen Artikel auf den Schreibtisch zu knallen und uns brüllend zu befehlen, ihn noch einmal zu schreiben. Diese erbärmlichen Seiten *bluteten* vor roter Tinte, und wir mussten unzählige Veränderungen vornehmen, und manchmal sogar noch einmal ganz von vorn anfangen – es gab nämlich noch keine Wortprozessoren. Wir haben auf die harte Tour gelernt, in einem richtigen Dampfdrucktopf, und falls ich überhaupt irgendwelche Fähigkeiten besitze, dann sind sie in der Schule der harten Schläge und starren Abgabetermine zur Reife gebracht worden. Aber Reporterinnen wie Peyton haben eine weichere, leichtere Atmosphäre erlebt. Alles läuft elektronisch. Darum ist es viel leichter, einem Reporter aufzutragen, Änderungen in einem Artikel vorzunehmen. Der Reporter, der einige Sätze ändert, hat nicht den Vorteil, mit einer blanken Seite anzufangen und jedes Wort neu überdenken zu müssen. Wir haben etwas Wichtiges verloren, als wir den Effekt der roten Tinte auf einer blendend weißen Seite abschafften.

Darum nehme ich meine Arbeit als Redakteurin ernst. Während ältere Reporter sich an ihre ehrwürdigen Traditionen klammern und die Manager sich um Marktstudien, Gewinn- und Verlustrechnungen und Umsatzzahlen Gedanken machen, versuche ich immer, die Männer und Frauen zu erreichen, die genügend freie Zeit haben, um meinen Teil der Zeitung zur Hand zu nehmen und nach etwas Besonderem zu suchen. Darum sporne ich meine Reporter auch an, immer ihr Bestes zu geben.

Ich habe das Gefühl, Dampf abzulassen, aber mit meinen Vorgesetzten kann ich über diese Dinge nicht reden, und ganz bestimmt kann ich diese Verantwortung nicht den jungen

Reportern auferlegen. Sie haben schon genug damit zu tun, ihren Lebensunterhalt zu verdienen, für ihre Kinder zu sorgen und pünktlich einen guten Artikel abzuliefern. Die meisten von ihnen haben gar nicht die Zeit, sich um das große Bild Gedanken zu machen.

Aber ich tue es, das ist mein Job. Und darum habe ich Peyton MacGruder geraten, entweder ihren Ansatz neu zu überdenken oder bereit zu sein, wieder etwas anderes zu machen. Sie ist eine gute Reporterin und menschlich reif, aber ihre Arbeit strahlt nicht mehr Wärme aus als ein Gletscher. Seit sie die Kolumne schreibt, hat sie nicht einmal auch nur einen Schimmer der Frau unter ihrem kühlen Äußeren durchkommen lassen. Emma Duncan, möge sie in Frieden ruhen, besaß sehr viel Herz, und die Leser vermissen sie.

Das ist nicht unbedingt Peytons Schuld, denn heutzutage werden Journalisten geschult, jegliches Gefühl aus ihrer Arbeit herauszulassen. Ein guter Journalist schreibt sachlich, präsentiert Fakten, ohne etwas von dem Menschen durchschimmern zu lassen, der den Artikel geschrieben hat. Diese Art des Schreibens bekommt Auszeichnungen und dient anderen Reportern als Vorbild.

Jedoch berührt es nicht das Herz der Leser.

Wir arbeiten in einem schwierigen Geschäft. Ich bin hart mit Peyton umgegangen, aber ich weiß, in ihr steckt mehr, als das Auge oberflächlich erkennen kann. Sie ist klug, extrem methodisch, und sie arbeitet hart – wenn sie erst einmal entschieden hat, sich ganz hineinzugeben. Immer wieder habe ich ihr geraten, lockerer zu sein und entspannter an ihre Arbeit heranzugehen, aber sie schüttelt nur den Kopf und kehrt zu ihrem Schritt-für-Schritt-Schreiben zurück. Nur einmal würde ich in ihrer Kolumne gern die Frau durchschimmern sehen, nicht nur die Reporterin.

Ich denke, heute habe ich versucht, ein Feuer in unserer festgefahrenen Journalistin zu entfachen ... aber wer weiß, wie sie meinen Versuch auffassen wird? Ich hoffe, sie wird es richtig verstehen und ihr Talent dafür einsetzen, ihre Kolumne ansprechender zu machen.

Die Wahrheit ist, wir brauchen im Zeitungsgeschäft Menschen mit ausgeprägtem Willen wie MacGruder, egal wie schwer sie zu führen sind. Die amerikanische Tageszeitung braucht eine Veränderung, und wir müssen diejenigen aussortieren, die in starren Mustern verhaftet sind.

Peyton MacGruder wird entweder gemeinsam mit mir in die Zukunft marschieren oder einer anderen Abteilung zugeteilt werden. Das ist ihre Entscheidung.

Von dem unwiderstehlichen Drang getrieben, ihrem Zorn Luft zu machen, eilte Peyton zur Ostseite des Gebäudes, in dem die Sportredaktion der *Tampa Times* untergebracht war. Als sie an dem Kopiergerät vorbeikam, entdeckte sie Carter Cummings, den Außenreporter, zusammen mit Bill Elliott, der über die Niederlage der Bucs berichtet hatte.

„Hallo Peyton", rief Carter, als sie vorbeiging. „Wie ist das Leben mit unserer kleinen Martha Stewart?"

„Geht so, Carter." Peyton drückte ihren Daumen gegen die hintere Wand, wo sich eine weitere Reihe verglaster Büros befand. „Ist der King in seiner Festung?"

„Ja." Carters Mund verzog sich zu einem vieldeutigen Grinsen. „Aber Sie passen besser auf. Ich glaube nicht, dass er in der Stimmung ist, um Fragen zu beantworten, wie man denn nun Vorhänge richtig aufhängt."

Sie warf ihm einen verächtlichen Blick zu. „Er ist nicht der Einzige mit schlechter Laune, also lassen Sie Ihre Witze, Carter."

Der Reporter stieß Elliott in die Seite, dann verkündete er flüsternd: „Sie will den Boss. Kann nicht wegbleiben. Denk an meine Worte, zwischen den beiden läuft was."

Elliott zog die Augenbraue in die Höhe. Peyton warf einen finsteren Blick in seine Richtung, dann schluckte sie ihre Verärgerung hinunter und ging den Gang entlang. Jungen werden immer Jungen bleiben, sagte sie sich. Sie hatte ihren Teil während ihrer Arbeit in der Sportredaktion davon abbekommen. Obwohl Frauen in allen Bereichen der Berichterstattung enorm zugelegt hatten, erwarteten einige Männer, die ungeachtet ihres Alters in ihrer Jugendzeit stecken geblieben waren, dass Frauen sich wie Cheerleader mit aufwallenden Hormonen verhielten. Wenn sie Interviews in Umkleidekabinen durchgeführt hatte, war es mehr als einmal vorgekommen, dass sich die Sportler ihr mit mehr oder weniger Unterwäsche bekleidet präsentierten und offensichtlich versuchten, sie entweder in Verlegenheit zu bringen oder zu beeindrucken. Aber sie sah ihnen dann immer nur in die Augen. Sie hatte gelernt, ihren Weg durch den Umkleideraum zu finden, indem sie nur an die Decke sah. Das wirkte sich jedoch negativ auf ihre Berichterstattung aus, da sie an Details nur die Augenfarbe des Sportlers nennen und erwähnen konnte, dass sich Wasserflecken an der Decke der Umkleidekabine befanden ...

Sie blieb vor dem Büro von Kingston Bernard, dem Sportredakteur, stehen. Die Tür stand einen Spalt offen. Sie schob sie ganz auf. King saß hinter seinem Schreibtisch, den Telefonhörer am Ohr. Auf seinem geröteten Gesicht lag ein finsterer Ausdruck, sein Blick war auf seinen Computermonitor gerichtet. „Was meinst du damit, er würde nicht unterzeichnen?", brummte er, aber sein Gesicht hellte sich beträchtlich auf, als Peyton an seine Tür klopfte und hereinkam. Er deutete auf den Stuhl und schlug mit der Hand auf den Schreibtisch. „Hör zu – dieser Kerl ist dümmer als er aussieht, wenn er ein gutes Geschäft, das ihm angeboten wird, nicht erkennt. Du musst jemanden finden, der einmal Klartext mit dem Jungen redet."

Peyton ließ sich auf den leeren Stuhl sinken, schlug die Beine übereinander und atmete tief durch, um ihren Blutdruck zu senken. King konnte durchaus noch weitere zehn Minuten telefonieren. Er sprach gern über Sport, lieber als er über dieses Thema schrieb oder darüber las, und er hatte sich überall in der Welt des Sports Freunde geschaffen. Vielleicht telefonierte er mit einem Agenten, einem Coach oder der Mutter eines Sportlers, aber das war Peyton eigentlich egal. Sie hatte noch nie verstehen können, warum sonst ganz vernünftige Männer sich so davon faszinieren ließen, wenn jemand mit einem aufgeblasenen Stück Leder in den Händen über ein Sportfeld rannte. Sie liebte den Wettkampf, sie verstand die Emotionsaufwallung bei einem Entscheidungskampf, aber nie konnte sie verstehen, warum vernünftige erwachsene Männer bei einem Ballspiel mörderische Ausbrüche bekamen.

Sie war eine fähige Sportreporterin gewesen, als sie noch für King gearbeitet hatte, aber trotzdem hatten sie ihre Auseinandersetzungen gehabt. Er hatte sie immer angetrieben, nie war es ihm genug gewesen. Er wollte mehr Details, mehr Hintergrund, mehr von diesem und von jenem. Und sie hatte sich ihm immer widersetzt. Im Jahr 98 hatte sie über Tiger Woods geschrieben, war zwei Stunden lang gefahren, um Woods auf dem Pine Barrens Golfplatz in Brooksville zu interviewen. Nachdem sie weitere zwei Stunden mit dem jungen Golfprofi verbracht hatte, war sie zurückgekommen und hatte ein Profil über ihn geschrieben, das alles enthielt, was die Leser wissen wollten. Sie hatte eine gute Arbeit abgeliefert, und sie wusste es. Aber ihr fehlten die Worte, als King ihr den Bericht zurückgab, damit sie ihn überarbeite. „Das ist eine Ansammlung von Fakten", hatte er gesagt. „Das hätten Sie alles auch aus dem Internet holen können. Erzählen Sie mir bitte etwas, das ich über den Jungen noch nicht weiß."

Sie hatten drei Stunden miteinander gestritten. Peyton beharrte darauf, dass ein Reporter sich nicht an einem Nachmittag in ein medienfreundliches Thema vertiefen könne, während King dagegenhielt, wenn sie sich nicht mit den Fakten aufgehalten hätte, hätte sie durchaus auch etwas Neues von dem Golfer erfahren können. „Der Artikel ist gut", hatte er gesagt, „aber um als Leitartikel auf meiner ersten Seite zu erscheinen, muss er *hervorragend* sein."

Schließlich hatten sie einen Kompromiss geschlossen. Er hatte den Artikel mehr oder weniger so gebracht, wie sie ihn geschrieben hatte, aber kaum jemand hatte ihn gelesen, weil er nicht auf der ersten Seite erschienen war.

King Bernards Neigung, Peyton konfus zu machen, war für sie Grund genug gewesen, die Gelegenheit beim Schopf zu packen, Emma Duncans verwaiste Kolumne zu übernehmen.

Ein wenig abrupt beendete King das Telefonat und legte den Hörer auf die Gabel, dann grinste er seine Besucherin an. „Na sieh mal an, Peyton MacGruder. Ein wenig aggressiv, ja? Sie kommen nie zu mir, es sei denn, Sie sind auf einen Streit aus."

Sie funkelte ihn an, verärgert über das Kribbeln, das sie durchzuckte, wann immer er ihren Namen aussprach. Der Redakteur war auf eine lässige Weise attraktiv, mit ausgeprägten Gesichtszügen, Tonnen von dichtem, dunklen Haar und dem durchtrainierten Körper eines Mannes, der regelmäßig ins Fitnessstudio geht. Er war ein Mann, so nahm sie an, bei dem eine Frau zweimal hinsah, auch wenn sie das gar nicht wollte.

„Ich bin nicht auf Streit aus; ich habe gerade einen hinter mir. Zwei, wenn man die Sache mit Cummings und Elliott dazuzählt."

„Tatsächlich." Seine dunklen Augenbrauen schossen in die Höhe. Seine braunen Augen funkelten schelmisch. „Tut mir Leid, dass ich das verpasst habe. Und mit wem haben Sie gestritten, bevor Sie den Jungs begegnet sind? Mit dem Verleger oder dem Chefredakteur?"

Sie warf ihm einen Blick zu, der ihn davor warnte, sich über sie lustig zu machen. „Mit Nora Chilton. Sie hat sich über die niedrigen Leserzahlen meiner Kolumne ausgelassen. Offensichtlich lesen viele Abonnenten lieber einen Buchprüfungsbericht als ‚Hilfe für die Seele'."

Sein Mund verzog sich zu einem Lachen, doch klugerweise räusperte er sich, anstatt seinem Drang nachzugeben.

„Manchmal dreht sich alles, äh, in Kreisen." Er schob seinen Stuhl herum, um sie besser ansehen zu können. „Vielleicht ist dies einer der unteren Kreise, und dann geht es wieder aufwärts."

„Sie hat mir drei Wochen Zeit gegeben. Wenn meine Zahlen

dann nicht besser werden, muss ich in den Pool zurück, und sie wird meine Kolumne Janet Boyles geben." Zorn wallte in ihr auf, und sie empfand einen Besitzanspruch, von dem sie gar nicht gewusst hatte, dass er existierte. *Ihre Kolumne?* Die ganze Zeit hatte sie den Eindruck gehabt, für Emma Duncan zu schreiben, obwohl ihr Name darunterstand.

Kings Stuhl knackte, als er sich zurücklehnte, einen Finger an die Lippen gelegt. „Wissen Sie", meinte er nach einer Weile, „vielleicht blufft Nora nur. Vielleicht ist sie der Meinung, Sie brauchten einen Tritt in den Hintern, um Sie zu größerer Leistung anzuspornen." Er lachte leise. „Das passiert den besten Reportern, wissen Sie? Wir entwickeln ein anständiges Produkt, und dann lehnen wir uns zurück und schwelgen in unserem Ruf."

Sie rieb sich die Nase. Plötzlich merkte sie, dass das Büro nach seinem Aftershave roch. „Ich schreibe diese Kolumne erst seit zehn Monaten, darum bezweifle ich, dass ich in meinem Ruhm schwelge."

King beugte sich vor, stützte sein Kinn in der Hand ab und betrachtete prüfend ihr Gesicht. „Und wie wollen Sie die Zahlen steigern?"

Es sah ihm wieder mal ähnlich zu denken, sie könnte etwas dazu tun! Sie schrieb eine gute Kolumne, sie arbeitete so gewissenhaft und sorgfältig, wie das überhaupt möglich war, und doch erwartete er mal wieder etwas anderes von ihr.

Ihre Stimme triefte vor Sarkasmus. „Was um alles in der Welt erwarten Sie denn von mir? Soll ich mit einem Schild auf dem Kennedy Boulevard herumlaufen und Leser werben?"

„Ich denke, Sie müssen eine bessere Kolumne schreiben." Seine Stimme klang fröhlich, doch seine Augen waren ernst. In seinem Blick lagen Herausforderung und Mitgefühl. „Ich denke, Sie müssen Ihr Material tiefer aus sich herausholen, anstatt detaillierte Anweisungen abzudrucken, wie man zum Beispiel Osterlilien umtopft."

Peyton richtete sich auf ihrem Stuhl auf. „Ich sage Ihnen, was ich tun werde. Morgen werde ich meine Leserpost durchgehen und den wildesten, ärgerlichsten Brief heraussuchen. Und diese Frage werde ich als nächstes beantworten. Meine regelmäßigen Leser werden denken, ich hätte den Verstand verloren, aber wenn sie sich dann zu Wort melden, wird Nora wissen, dass es durchaus Leute gibt, die diese Kolumne lesen."

Sie legte den Kopf zur Seite, weil ihr plötzlich etwas auffiel: „Moment mal ... Sie lesen meine Artikel?"

Sein Blick wanderte. „Ich lese alles, was die anderen schreiben."

„Das haben Sie aber nicht, als ich noch in dieser Redaktion gearbeitet habe. Sie sagten, die Ratgeberkolumnen wären Ihnen viel zu gefühlvoll und Sie hätten anderes zu tun, als Ihre Zeit zu vergeuden."

„Ich habe halt meine Meinung geändert, okay?" Der Muskel an seinem Kinn spannte sich, dann klappte er den Laptop auf seinem Schreibtisch zu. „Es ist spät und ich habe Hunger." Er stützte die Hände auf dem Schreibtisch auf, erhob sich und sah sie an. „Haben Sie schon Pläne für das Abendessen?"

Aus ihren Gedanken gerissen sah Peyton auf die Uhr. „Eigentlich war ich zum Tennis verabredet, aber jetzt ist es zu spät."

King rollte seine Ärmel herunter und grinste sie an. „Wie wäre es – wollen Sie was essen?"

Verblüfft schüttelte Peyton den Kopf. „Ich weiß nicht. Um ehrlich zu sein, mir ist nicht nach essen zu Mute."

Sein Grinsen verschwand. „Kein Problem."

Peyton starrte ihn unverwandt an. Hatte er sie gerade eingeladen? Oder gehörte die Einladung zum Essen zu seinem lässigen Stil des Umgangs mit seinen Mitarbeitern? Als sie in seiner Redaktion gearbeitet hatte, hatte er sie noch nie eingeladen, mit ihm essen zu gehen.

„Ach übrigens, wo ich gerade daran denke", er blätterte die Seiten in seinem Terminkalender um, „haben Sie am Sonntagnachmittag Zeit? Tom Kaufman spricht bei einem Abendessen für die Abonnenten der Bucs, und ich habe zwei Karten."

Ein Lächeln umspielte Peytons Mundwinkel. Er bat sie tatsächlich, mit ihm auszugehen. Ein Dinner der Bucs war für ihn Arbeit, aber nicht für sie, und das wusste er. Der einzige Grund, warum er sie einlud, konnte nur sein, dass er gern in ihrer Gesellschaft sein wollte.

„Ich weiß noch nicht genau." Sie blickte ihn unsicher an. „Ich muss in meinem Terminkalender nachsehen."

„Nun, wenn Sie frei haben, können Sie die beiden Karten haben." Er blinzelte. „Vielleicht können Sie diesen neuen Reporter einladen, der über die Gerichtsverhandlungen im Polk County berichtet. Wie ich höre, ist er allein stehend."

Sie empfand einen unerwarteten Stich der Enttäuschung und wandte den Blick ab. „Ich bin erstaunt, dass Sie Karten für die Bucs weggeben. Ich weiß doch, dass Sie ein Fan von ihnen sind."

„Normalerweise würde ich das auch nicht verpassen wollen, aber es ist Vatertag. Ich möchte gern zu Hause sein."

Peyton legte den Kopf zur Seite und wusste nicht so genau, ob sie richtig gehört hatte. Kings neunzehnjähriger Sohn Darren hatte gerade angefangen, am USF College zu studieren. Sie kannte Darren nicht, aber von ihrer Zusammenarbeit mit King wusste sie, dass Vater und Sohn sich nicht sehr nahe standen. King hatte sich von Darrens Mutter scheiden lassen, als der Junge sechzehn war, und ihr Tod vor zwei Jahren hatte wenig dazu beigetragen, Vater und Sohn einander wieder näher zu bringen.

„Ich wusste gar nicht", sie sprach mit bewusst fröhlicher Stimme, „dass Darren bei Ihnen wohnt. Irgendwie dachte ich, er hätte eine Wohnung in der Nähe des Campus."

„Das hat er auch."

„Und warum gehen Sie nicht mit ihm zusammen zum Dinner der Bucs? Das ist doch eine wunderbare Sache, die Sie gemeinsam erleben könnten."

Ein seltsamer Ausdruck legte sich auf Kings Gesicht, ein Ausdruck, den Peyton noch nie bei ihm gesehen hatte. Verwirrung und Schmerz, gemischt mit einer guten Portion Verlegenheit. „Weil Darren nicht angerufen und gesagt hat, was er gerne tun möchte", erwiderte er einfach. Sein Blick wanderte zu dem Telefon auf seinem Schreibtisch. „Und ich möchte mir den Tag frei halten."

Peyton senkte den Blick, peinlich berührt von dem Gefühl, dass sie hier in verbotenes Terrain eingedrungen war. In all den Jahren, die sie King Bernard mittlerweile kannte, hatte sie sich nie auch nur in die Nähe der Mauer um sein persönliches Leben gewagt. Irgendetwas sagte ihr, dies sei kein guter Zeitpunkt, um weiter vorzupreschen; ein schneller Rückzug war angeraten.

„Danke, dass Sie mich erinnert haben", sagte sie und erhob sich. „Ich sollte eine Karte für meinen Dad besorgen."

King lächelte, aber mit einem abwesenden Blick, als würde er an etwas anderes denken. „Ihr Vater ist noch am Leben?"

„Ja." Sie wandte sich der Tür zu, dann hielt sie inne und sah über die Schulter zurück. „Wir haben in letzter Zeit wenig Kontakt. Er wohnt in Jacksonville." Und dann, weil ihre Worte irgendwie in der Luft zu hängen schienen, fügte sie hinzu: „Ich habe ihn schon lange nicht mehr gesehen, aber wenn ich eine Karte schicke, weiß er wenigstens, dass ich noch am Leben bin."

King nickte. „Rufen Sie mich an, wenn Sie die Bucs Karten haben wollen."

Sie versuchte ihm zuversichtlich zuzulächeln, aber ihre Mundwinkel zitterten unsicher, als sie zu ihm aufsah. „Behalten Sie sie. Vielleicht möchte Darren Sie ja überraschen und taucht unangemeldet auf."

Kommentar von Kingston „King" Bernard, 45
Sportredakteur

Am Zeitungsgeschäft gefällt mir am besten, dass man nie weiß, wer durch die Tür kommen wird. Vor einer Minute hätte man mich mit einem Lufthauch umpusten können, als Peyton MacGruder in mein Büro platzte – die Prinzessin der Praxis taucht nicht so häufig in der Sportredaktion auf. Aber irgendwie war ich froh, sie zu sehen. Sie sollte nur keinen

Streit mit mir anfangen. Ich habe schon mit ganz anderen Menschen zu tun gehabt, die aber viel leichter zu handhaben waren als Peyton MacGruder, wenn sie verärgert ist.

Verstehen Sie mich nicht falsch, ich mag diese Dame. Sie hat einen schnellen Verstand – nicht dass ein Mann als Erstes ihren Verstand bemerken würde – und der Rest ist auch nicht übel, falls Sie verstehen, was ich meine. Aber in ihrem Fall trifft das Sprichwort zu, dass rote Haare ein Zeichen für Temperament sind, und ich habe den Stich ihrer scharfen Zunge mehr als einmal zu spüren bekommen.

Da ich hier ehrlich sein will, muss ich auch dies gestehen: Als Emma Duncan den Löffel abgab und die oberen Bonzen ihre Kolumne behalten wollten, habe ich Nora Chilton gesagt, sie sollte es doch mal mit Peyton MacGruder versuchen. Wir waren an einen Punkt gekommen, wo die rothaarige Hexe und ich entweder als Freunde auseinander gehen oder einander töten mussten, und ich zog entschieden Ersteres vor.

Und nun sieht es so aus, als hätte Nora genau dasselbe Problem mit Peyton wie ich. Wenn man zwischen den Zeilen liest, kann man von seinen Mitarbeitern eine Menge lernen. Peyton ist gut, schnell wie der Wind, aber sie ist sehr oberflächlich.

Nie werde ich den Freitagmorgen vergessen, an dem sie nach Brooksville fuhr, um mit Tiger Woods ein Interview zu machen. Ich war begeistert, als sie mit vier Kassetten zurückkam – sie hatte zwei Stunden lang mit dem Mann gesprochen! Bilder von Auszeichnungen im Sportjournalismus geisterten in meinem Kopf herum, und ich gratulierte ihr, schickte sie an die Arbeit und reservierte einen Leitartikel auf der ersten Seite des Sportteils unserer Sonntagsausgabe. Das hätte ein Leitartikel werden können – und in den Händen von manchen anderen wäre es das auch geworden. Nur leider hätten alle meine anderen Reporter sechs Stunden gebraucht, um den Artikel zu schreiben.

Eine Stunde später schickt Peyton mir den Entwurf, und

ich drucke ihn aus. Mein Temperament beginnt zu kochen, als ich eintausend Wörter Belanglosigkeiten vor mir sehe – wo Tiger geboren wurde, wo er zur Schule ging, wie sein Dad ihn trainierte, wie er zum Golf kam. Mein Sohn, der kein Reporter ist, hätte diesen Artikel schreiben können, ohne dass er nach Brooksville gefahren wäre. *Ich* hätte ihn schreiben können, und dazu nur auf ein paar Webseiten nachsehen müssen.

Also schicke ich ihn Peyton zurück und bitte sie um mehr Tiefgang. Mittlerweile ist es drei Uhr, ich habe keine Story, und es ist beinahe Redaktionsschluss. Sofort taucht sie in meinem Büro auf, erklärt mir, sie hätte alle Fakten gebracht, und ich sage ihr immer wieder, sie hätte nicht einmal die Oberfläche angekratzt. Sie erwidert, ich würde mich wie ein Redakteur des *Enquirers* verhalten, ich wollte nur Schmutz und Skandal, und ich sage ihr, sie hätte Unrecht. Ich möchte keine Skandale, aber ich möchte eine *Story*, nicht nur Fakten und Trivialitäten. Ich möchte den Menschen Tiger Woods kennen lernen, ich möchte dieses Wunderkind *sehen*, aber von ihr bekomme ich nichts anderes als seine Biografie.

Vermutlich hätten wir den ganzen Abend so weitergemacht, aber der Redaktionsschluss hat uns beide innehalten lassen. Peyton machte einen halbherzigen Versuch, den Artikel zu überarbeiten, aber sie hat nicht mehr gemacht, als ihre Fakten umzusortieren. Ich habe ihre Story schließlich gebracht, aber ich habe sie ganz unten platziert und Bill Elliotts Bericht über die Bucs als Leitartikel genommen.

Peyton MacGruder ist ... anstrengend. Wissen Sie, wenn ich so darüber nachdenke, wäre ich nicht erstaunt, wenn dieses Interview mit Tiger Woods nicht mehr Substanz hätte als tote Luft. Tiger hat vermutlich ein paar ihrer Fragen beantwortet, die Probleme erkannt und weitergespielt, während sie im Clubhaus geblieben ist.

Ich hatte gehofft, sie würde diese Ratgeberkolumne gut machen. Durch die Kolumne „Hilfe für die Seele" könnte sie die

Leute in ihrer Nähe nach Herzenslust herumkommandieren und gleichzeitig Emma Duncans Leser ins einundzwanzigste Jahrhundert führen. Doch ich sehe, das funktioniert nicht so, wie ich gehofft hatte.

Wissen Sie ... als ich von den Karten für das Dinner der Bucs sprach, hatte ich einen Augenblick lang das Gefühl, als wäre ein Leuchten in ihre Augen getreten. Ich musste beinahe lachen. Vermutlich dachte sie, sie hätte mich zu dem Abendessen begleiten sollen.

Nicht dass ich etwas dagegen hätte – normalerweise. Sie ist ein großartiges Mädchen, hat viel Feuer und zu allem eine Meinung. Sie weiß, dass ich kein Heiliger bin, redet aber trotzdem noch immer mit mir, das spricht für sie. Einmal bin ich ihr auf dem Parkplatz der Hyde Park United Methodist Church in der Stadtmitte begegnet. Sie sollte über einen Wettkampf berichten und dachte doch tatsächlich, ich wollte sie überprüfen, bis ich ihr erklärte, dass ich zu einem Treffen der Anonymen Alkoholiker hier sei. Sie ließ diese Erklärung stehen und sagte nichts mehr dazu. Und sie gehört zu den wenigen Leuten, die mich nicht gehänselt haben, wenn ich bei der Weihnachtsparty der Redaktion Fruchtpunsch trinke – oder heißt das Feiertagsparty? Ich kann mir die PC Ausdrücke nicht alle merken, die wir gebrauchen sollen.

Peyton ist in Bezug auf Darren recht einfühlsam gewesen. Es war nett von ihr zu sagen, dass er mich vielleicht überraschen würde und dass ich die Bucs Karten noch brauchen würde. Ich bezweifle das. Manchmal denke ich, Darren würde sich lieber einer Operation unterziehen, als Zeit mit mir zu verbringen. Wenn er allerdings Geld braucht, dann kann es schon sein, dass er anruft und den pflichtbewussten Sohn am Vatertag spielt. Es bleibt noch Hoffnung.

Zwar hätte ich sicherlich nichts dagegen gehabt, ein Sandwich und Kaffee in Peyton MacGruders Gesellschaft zu mir zu nehmen, aber ich glaube wirklich nicht, dass ich eine darüber hinausgehende Beziehung haben möchte. Jetzt, da sie nicht mehr in meiner Redaktion arbeitet, wäre das natürlich möglich ...

Nein. Wie ich schon sagte, sie ist anstrengend. Und in meinem Leben gibt es genügend anstrengende Menschen.

Auf keinen Fall brauche ich Hilfe für die Seele.

Neunzig Minuten später stand Peyton in einem Eckerds Drugstore auf dem Hillsborough Boulevard vor einer großen Auswahl an farbigen Vatertagskarten. Sie verwarf alle mit einem dummen Spruch und zuckte bei den meisten mit lustigen Sprüchen zusammen. Ihre Beziehung zu ihrem Vater war nicht so, dass sie auf einer Karte zusammengefasst oder bewertet werden konnte, es sei denn, die Firma Hallmark würde beschließen, eine Serie von Grußkarten herauszubringen für diejenigen, die nur aus Pflichtgefühl einen Gruß schicken wollen. Aber trotzdem ... Vatertag war nur einmal im Jahr, und wenn Dr. Mick Middleton nicht gewesen wäre, würde sie gar nicht existieren.

Sie nahm eine Karte mit dem Bild einer Frau zur Hand, die ein Fotoalbum durchblätterte. *Wenn ich an Liebe denke*, stand da, *denke ich an dich.*

Die aufwallenden Emotionen schnürten Peyton die Kehle zu. Wenn sie an ihren Vater dachte, stand ihr eine wilde Horde Kinder vor Augen – die hatten das Haus zumindest erfüllt, als sie ihn das letzte Mal besuchte. Ihr Vater und seine Frau Kathy hatten sechs Kinder, alle zwei Jahre auseinander. Das Jüngste war noch ein Kleinkind gewesen, als Peyton Gainesville verlassen hatte, aber jetzt war sie vermutlich – sie zählte an den Fingern nach – achtzehn Jahre alt.

Sie zuckte zusammen. War wirklich schon so viel Zeit vergangen? Wie konnte das Baby ein Erwachsener werden, während Peyton in ihrer Entwicklung stehen geblieben war?

Ach was. Sie sah sich nach einer anderen Sektion auf dem Ständer um, eine geringe Auswahl an Karten zum Schul- oder Universitätsabschluss. Wenn das Baby der neuen Familie ihres Vaters die Highschool bereits abgeschlossen hatte, dann musste das älteste Kind mittlerweile mit dem College fertig sein. Sie schloss die Augen, um ihre Erinnerung zu durchforsten. Im Laufe der Jahre hatte sie alle möglichen Einladungen zu Schulabschlüssen bekommen, sowohl von ihren Halbgeschwistern als auch von Kathys Verwandten, Menschen, deren Namen ihr so wenig vertraut waren wie die Gesichter auf den steifen Fotos. Wie konnten sie erwarten, dass sie sich das alles behielt?

Nicht dass sie und ihr Dad sich nie nahe gestanden hätten. Mick Middleton, ein stolzer Einwohner von Jacksonville in Florida („der größten Stadt der Welt"), hatte Elaine Huff im Alter von achtzehn Jahren geheiratet und mit dreiundzwanzig begraben. In dieser Ehe hatte er ein Kind gezeugt – Peyton.

Da Peytons Mutter an einem schlimmen Asthmaanfall gestorben war – ein Ereignis, das Peyton gnädigerweise nicht miterlebt hatte – hatte Mick Middleton sein Augenmerk auf die Medizin gerichtet. Peyton blieb bei ihrer Großmutter, während ihr Vater Medizin studierte. Als ihre Großmutter an Komplikationen im Zusammenhang mit ihrer Diabetes starb, meldete der neue Dr. Middleton seine Tochter an der Bolles Schule in Jacksonville an, einem privaten Internat mit besonderem Schwerpunkt auf dem künstlerischen Bereich.

Er heiratete die zehn Jahre jüngere Kathy, als Peyton in der neunten Klasse war, und als sie Bolles verließ, gehörten zu der neuen Familie bereits zwei Kinder, und ein drittes war unterwegs. Zu dem Zeitpunkt, als sie Garrett, die Liebe ihres Lebens, kennen lernte, gehörten zu der neuen Familie ihres Vaters drei Kinder, zwei Hunde und ein Kombi.

Da sie Angst vor der Unruhe hatte, beschloss sie, ihren Vater und seine Kinder nicht zu ihrer Hochzeit einzuladen. 1978 hatten sie und Garrett in einer kleinen Kirche in Gainesville geheiratet, im selben Jahr empfing Kathy das vierte Kind der zweiten Familie von Peytons Vater. Ende 81 bekam Peyton eine Karte, die sie von der Geburt ihres fünften Halbgeschwisterchens unterrichtete ... nur wenige Wochen vor Garretts Beerdigung in derselben kleinen Kirche in Gainesville.

Nein. Wenn sie an ihren Vater dachte, dachte sie nicht an Liebe. Sie dachte an Trennung.

Seufzend stellte sie die sentimentale Vatertagskarte wieder in den Ständer. Wenn sie über das Wort Liebe nachdachte, fiel ihr nur Garrett ein, Assistenzprofessor an der Universität. Er hatte ihre Welt auf den Kopf gestellt.

Sie gingen miteinander aus, sie küssten sich, sie stritten miteinander – und zum ersten Mal hatte Peyton das Gefühl, mit einem Menschen zusammen zu sein, bei dem sie sich geborgen fühlen konnte, in dem ihre Seele einen Ankerplatz finden konnte. Sie heirateten schnell, hungerten in mageren Monaten und schrieben tief gehende Poesie füreinander. Sie waren gerade in ein gemietetes Haus gezogen, als sie eines Tages die Haustür öffnete und zwei höfliche Polizisten in ordentlich gebügelten Uniformen davorstanden, die ihr erklärten, sie sei nun Witwe.

Dunkelheit folgte ... eine Depression so tief, dass sie sie nicht einmal jetzt ergründen konnte, dann begann das Licht wieder zu scheinen, langsam und stetig. Nach der Zeit des Trauerns und der Anpassung an die neue Situation bat ihr Vater sie, nach Jacksonville zurückzukommen, aber Peyton nahm einen Job beim *Orlando Sentinel* an und zeigte plötzlich eine besondere Vorliebe für alle Dinge, die mit Disney zu tun hatten. Jacksonville erschien ihr fern und erdrückend, und der Gedanke, ihren Vater zu besuchen und ihn inmitten der fröhlichen Schar von Kindern zu erleben, deren Lärm sie bei seinen Telefonanrufen häufig im Hintergrund hörte, war keinesfalls anziehend.

Sie wohnte erst ein paar Monate in Orlando, als ihre neuen Freunde ihr vorwarfen, die männlichen Spezies zu verachten. Peyton wies sie sofort darauf hin, dass sie Männer durchaus nicht hasse. Aber die beiden Männer, mit denen sie später eine halb ernste Beziehung einging, schienen an einer Ehe nicht interessiert zu sein. Der Erste lief davon, als er eine blonde Cocktailkellnerin kennen lernte, die ihm ihr Dekolleté entgegenstreckte, der Zweite gab sich damit zufrieden, über Bindung zu reden. Als Peyton ihn fragte, ob er denn die Absicht habe, seinen Worten

37

gemäß zu leben, hörte das Reden auf. Und damit war auch die Beziehung zu Ende.

Im Laufe der Jahre hatte sie sich an das Singledasein gewöhnt, und sehr zu ihrem Erstaunen musste sie zugeben, dass sie ihre Freiheit genoss. Zur Gesellschaft hielt sie sich zwei Katzen, sie hatte ein Dutzend Hobbys zum Vergnügen und eine ganze Schar von Freunden im Büro. Nachdem sie von Orlando nach Tampa gezogen war, weil die Grenze zwischen Realität und Fantasie durch zu viel Disney selbst für das wachsamste Auge irgendwann nicht mehr deutlich zu erkennen war, stellte sie fest, dass sie einen Beruf ausübte, der ihr gefiel, in dem sie ihre Talente einsetzen und ihre Neugier befriedigen konnte. Und durch ihre Kolumne konnte sie sogar den Menschen praktische Hilfe anbieten –

Falls sie noch eine Kolumne hatte.

Bei der Erinnerung an das Gespräch mit Nora verzog sie das Gesicht. In drei Wochen war sie vielleicht damit beschäftigt, Nachrufe für einflussreiche Bewohner Floridas zu verfassen. Es wäre vielleicht besser, nach Hause zu gehen und einige Ideen für die Verbesserung ihrer Kolumne aufzuschreiben. Sie hatte eine Woche Zeit, um zu faulenzen und nachzudenken. Vielleicht könnte sie das Gästezimmer anstreichen und hoffen, dass ihr bei dieser Arbeit eine Inspiration kommen würde.

Sie wählte eine einfache Karte „Alles Gute zum Vatertag von deiner Tochter" vom Ständer und ging zur Kasse. Ein kleiner Junge von drei oder vier Jahren hockte vor den Süßigkeiten. Gierig hing sein Blick an einem Korb mit Kaugummis.

„Mom, wo bist du?", murmelte Peyton, während sie den Gang entlangging. „Er wird noch mit einer Hand voll Süßigkeiten enden, wenn du ihn nicht im Auge behältst."

Peyton stellte sich an der Kasse an. Sie stellte sich auf die Zehenspitzen, um nach der verschwundenen Mutter Ausschau zu halten. Zwei Teenager in Jeans und T-Shirts spielten in der Nähe der Tür ein Videospiel; ein sonnengebräunter Tourist mit einem Walkman am Gürtel suchte eine Flasche Sonnenmilch aus.

Auf der Straße war das Heulen einer Sirene zu hören.

„Miss?"

Peyton wandte sich zu der sommersprossigen Frau an der Kasse um und reichte ihr die Karte. „Die hier nehme ich."

Die Sirene wurde lauter.

„Vermutlich ein Unfall", meinte die Kassiererin, während sie auf der Suche nach dem Strichcode die Karte umdrehte. „Zu dieser Jahreszeit ist der Verkehr einfach schrecklich."

Peyton lächelte. „Ich weiß."

Die Kassiererin hielt die Karte unter den Scanner, dann gab sie eine Reihe von Zahlen ein. „Vier Dollar fünfunddreißig", erklärte sie und knallte mit ihrem Kaugummi, während sie ihren Blick zu den Glastüren wandern ließ.

Peyton schnappte nach Luft. Vier Dollar für eine *Karte?*

„Es ist schon lange her." Sie holte ihre Geldbörse aus der Tasche. „Ich hatte keine Ahnung, dass Karten so teuer sind."

„Das ist unverschämt teuer", stimmte die Kassiererin ihr freundlich zu. Sie steckte die Karte in eine kleine Tüte.

Draußen ertönte eine weitere Sirene, dann noch eine, diesmal ganz in der Nähe. Peytons Blick wanderte zur Tür, und sie sah, dass die beiden Teenager nach draußen gegangen waren. Der eine deutete zur Straße und fuhr konsterniert zusammen.

„Was um alles in der –", begann sie.

Der Tourist kam schwitzend und mit hochrotem Gesicht auf sie zu. Die Kopfhörer hingen ihm um den Hals. „Ich habe es im Radio gehört!" Schweißtropfen zeigten sich auf seiner Oberlippe, und sein Adamsapfel hüpfte auf und ab, als er schluckte. „Ein Flugzeug ist gerade in die Tampa Bay gestürzt."

Peyton lächelte, und nur mit Mühe konnte sie ihre Ungläubigkeit verbergen. „Sie haben sich bestimmt geirrt. In dieser Gegend hat es noch nie einen Flugzeugabsturz gegeben."

„Sehen Sie doch selbst, meine Dame." Der Mann deutete mit dem Daumen zum Schaufenster des Ladens. „Jeder Rettungswagen der Stadt ist auf dem Weg zum Unglücksort. Im Radio wird schon darüber berichtet."

Peyton spürte, wie die Flügel der Tragödie sie streiften, die Luft in Bewegung setzten und ihr die Haare zu Berge stehen ließen. Konnte das Undenkbare tatsächlich passiert sein? Der Flughafen lag ganz in der Nähe der Tampa Bay. Falls wirklich ein Flugzeug ins Wasser gestürzt war, könnte es Überlebende geben. Ganz bestimmt wäre das eine Story ...

Sie schnappte nach Luft, ließ die Kassiererin stehen und rannte zu ihrem Wagen.

Erst später fiel ihr auf, dass sie nun doch keine Vatertagskarte verschickt hatte.

3

Peyton saß auf einer Bank in einer dunklen Ecke eines Fisch-
restaurants und hielt ein schwitzendes Glas Eistee an die Stirn.
Nur mit Mühe konnte sie die Augen offen halten. Wann immer
sie sie schloss, standen ihr die Bilder der vergangenen Woche vor
Augen, und sie glaubte, eine solche Tragödie nicht noch einmal
miterleben zu können. In einer Woche hatte sie so viel Leid erlebt, wie für ein Dutzend Leben ausreichte.

Unmittelbar nach dem Absturz war sie, ihrem Reporterinstinkt
folgend, über den Memorial Highway zur Bay gefahren, bis sie
nördlich der West Cypress Street an eine Straßensperre kam. Sie
hatte den Wagen am Straßenrand stehen gelassen, hatte die
Schlüssel in ihre Tasche geworfen und war zum Strand gerannt,
zusammen mit vielen anderen, Kindern auf Fahrrädern, Männern und Frauen, Arbeitern und Angestellten der umliegenden
Geschäftsgebäude. Alle waren von dem Spektakel der Katastrophe angelockt worden.

Am Ende der West Cypress blieb sie zusammen mit den anderen stehen und starrte an den Rettungsfahrzeugen vorbei auf ...
nichts. Eine dunkle Wolke hing über dem Wasser und streckte
ihre gazeartigen Finger in Richtung Norden, aber nichts war auf
der Oberfläche des graublauen Wassers der Bay zu erkennen.

„Das wird dauern", sagte der Mann neben ihr. Sein Blick glitt
über das Wasser. „Bis die Dinge an die ... Oberfläche kommen."
Peyton betrachtete ihn. Er trug ein weißes Hemd mit hoch-
gerollten Ärmeln und eine dunkelblaue Krawatte locker um den
Hals gebunden. Im Geiste machte sie sich Notizen.

„Arbeiten Sie hier in der Gegend?" Über die Schulter hinweg
deutete sie zu den hohen Gebäuden am Rande der Bay.

„Dort." Ohne hinzusehen deutete er zur Verwaltung des Bob
Hawkins Konzern am Ende der Cypress. Peyton glaubte zu wis-

sen, dass die Bob Hawkins Inc. Fertighäuser herstellte. Sie nahm sich vor, das zu überprüfen.

Die Luft flimmerte vor Hitze und vibrierte von dem Heulen der Sirenen, als weitere Rettungsfahrzeuge herankamen und am Wasser anhielten. Zwei Polizisten versuchten, ein Stück Strand abzusperren, aber Peyton konnte nichts entdecken, das geschützt werden müsste ... nur ein paar Büschel Gras, einige verkümmerte Eichen und hier und da eine Möwe.

Bis die Dinge an die Oberfläche kommen. Eine schwere Last legte sich auf ihre Brust, als ihr die Erkenntnis kam. Schon bald würde die Polizei diesen Strand für die Bergung brauchen. Schon bald würden die Überreste menschlichen Lebens aus der Tiefe nach oben kommen.

Peyton schluckte die Verzweiflung hinunter, die sie plötzlich überfiel. Sie wandte sich vom Wasser ab. Hinter ihr balancierte ein Teenager in übergroßen Tennisschuhen eine tragbare Stereoanlage auf der Lenkstange seines Fahrrads, während er mit offenem Mund dastand und auf das Wasser starrte. Im Radio verkündete ein Diskjockey gerade, der Verkehr auf beiden Brücken über die Bay sei zum Erliegen gekommen und die beiden Countys somit abgeschnitten. „Das ist wirklich schrecklich", sagte er mit brechender Stimme. „So etwas haben wir noch nie erlebt. Wenn Sie an eine höhere Macht glauben, dann ist jetzt die Zeit zu beten."

Peyton beschleunigte ihre Schritte und biss die Zähne zusammen, als sie sich entfernte. Was würde ein Gebet jetzt noch nützen? Offensichtlich war das Flugzeug vom Himmel gefallen, und Gott hatte nichts getan, um das zu verhindern.

Als sie ihren Wagen erreichte, hatte sich der Verkehr so aufgestaut, dass sie drei Stunden brauchte, um weniger als eine Meile voranzukommen. Am internationalen Flughafen von Tampa angekommen, stellte sie ihren Wagen ab und rannte zum Terminal, dann kämpfte sie sich durch die Menge, die sich vor der PanWorld Fluggesellschaft gesammelt hatte.

Hinter dem Pult am für Flug 848 reservierten Gate versicherte der totenbleiche Sprecher von PanWorld jedem, der ihn fragte, dass Hilfe bereits unterwegs sei. Als er um weitere Informationen gebeten wurde, erklärte der Mann, dass die so genannte „Hilfe" ein Traumateam vom New Yorker Büro der Fluggesellschaft sei. „Für den Augenblick", erklärte er Peyton und einer Horde anderer beharrlicher Reporter, „können wir bestätigen, dass Flug 848 auf dem Weg von New York nach Tampa einen technischen Defekt hatte. Das Flugzeug verschwand um 18 Uhr 31 von unserem Radar, und wir tun alles uns Mögliche, um nach Überlebenden zu suchen. Im Hauptquartier in New York wurde ein Katastrophenzentrum eingerichtet, und Traumaexperten sind auf dem Weg nach Tampa."

In den nächsten Stunden blieb die Zeit für Peyton stehen – und für den größten Teil der Stadt. Wie hohe Eichen den Blitz anziehen, zog diese Tragödie Hunderte von Menschen zum Flugplatz in Tampa – Psychologen, Rettungshelfer, Geistliche jeder Glaubensrichtung und natürlich die Angehörigen der Medien. Flughafen Sektion C, reserviert für PanWorld, wurde vorübergehend geschlossen, damit man sich in angemessener Weise um die Familien der Opfer kümmern konnte. Die übrigen PanWorld-Flüge wurden über andere Gates abgewickelt. Eine Mannschaft für Öffentlichkeitsarbeit aus dem New Yorker Büro von PanWorld traf ein, um die Presse zu informieren.

Peyton war nicht erstaunt zu erfahren, dass Reporter zur Sektion C nicht zugelassen wurden. Polizisten aus Tampa bewachten die Eingänge, schützten die Privatsphäre der Trauernden, und sogar Reporter, die Freunde in der Verwaltung des Flughafens sitzen hatten, mussten akzeptieren, dass auch sie ihre Informationen nur aus den Pressekonferenzen beziehen konnten. Innerhalb von vierundzwanzig Stunden nach dem Unglück wurden die ortsansässigen Reporter der *Tampa Times* und der *St. Pete Post* durch Fernsehjournalisten von allen größeren Sendestationen ersetzt. Während die Reporter um Plätze innerhalb des Flughafenhotels kämpften, wetteiferten die Übertragungswagen der örtlichen Sender mit denen von CNN, ABC, CBS, NBC, FOX und

dem neuen World News Network um einen Platz auf den Zu-
fahrtswegen zum Flughafen. Nach jeder Pressekonferenz zogen
sich die Zeitungsreporter in eine stille Ecke zurück, um ihre Ein-
drücke auf ihren Laptops niederzuschreiben oder in digitale Recorder zu sprechen, während die Fernsehjournalisten schnell ein
Skript hinkritzelten, ihr Make-up richteten und Interviews mit
betroffenen Familien und düster blickenden Flughafenan-
gestellten durchführten.

In diesem ganzen Medienrummel fiel eine Reporterin auf, ob
sie nun auf Sendung war oder nicht. Wo immer Julie St. Claire
von World News Network auftauchte, folgte ihr eine Menschen-
menge. Obwohl Peyton vorher noch nie von der Frau gehört hatte, konnte auch sie sich St. Claires Anziehungskraft nicht entziehen. Die Brünette in den Zwanzigern war nicht nur schön, sondern wirkte ausgeglichen und souverän. Während andere Reporter in den wenigen Augenblicken vor einem Live-Interview nervös herumliefen, herumbrüllten und sich gegenseitig anfuhren,
blieb Julie St. Claire so gelassen und kühl wie eine Eisprinzessin.
Aber sie übermittelte die Neuigkeiten von der Tragödie mit Mitgefühl und Wärme, und wenn Peyton im Nachrichtenraum die
Berichterstattung im Fernsehen verfolgte, bevorzugte sie den Sender WNN.

Am Donnerstagnachmittag beobachtete Peyton im Ballsaal des
Marriott, während sie auf eine vom Manager der Tampa Bay Bucs
einberufene Pressekonferenz wartete, Julie St. Claire bei einem
Live-Interview für WNN. Ein Team von Helfern umgab die
Reporterin, ein Mann richtete ihr Haar, während eine Frau Make-
up mit einem Schwamm auftrug, aber St. Claire hätte ein Man-
nequin sein können, so konzentrierte sie sich auf ihre Aufgabe.
Mit offenen Augen und geschlossenem Mund stand sie da, den
Blick auf die wartende Kamera gerichtet, einen Stenoblock in
der Hand. Als der Regisseur die Hand hob und mit den Fingern
den Countdown anzeigte, traten die Maskenbildner zurück, und
St. Claire erwachte zum Leben.

„Guten Abend", sagte sie mit ruhiger Stimme, während sie

mit ihren blauen Augen direkt in die Kamera blickte. „Große Trauer herrscht in den Sälen des Marriott Flughafenhotels in Tampa, wo die weinenden Angehörigen noch immer auf Nachricht über das Schicksal ihrer Lieben an Bord von Flug 848 warten. Aber sie hoffen nicht mehr auf ein Wunder. Während PanWorld an diesem Nachmittag die vollständige Passagierliste veröffentlichte, wurden die ersten Opfer aus dem Flugzeugwrack geborgen. Heute Abend wird in dem Bereich hinter mir der Coach der Tampa Bay Buccaneers formell den Tod von Tom Harold, dem hoch geschätzten Verteidigercoach der Bucs bekannt geben, der dazu beigetragen hat, die Mannschaft in nur einer Saison vom letzten Platz zur Super Bowl zu bringen ...“

Bewundernd lauschte Peyton, wie die Reporterin von den Nachrichten zum Sport überging. Sie hatte schon erlebt, wie andere Fernseh- und Radioreporter bei ihren Live-Berichten stotterten und sich verhaspelten. Aber Julie St. Claire meisterte ihre Aufgabe, als wäre sie dafür geboren. Und sie sah auch danach aus. Sie trug ein geschmackvolles blaues Kostüm, ohne Flecken oder Knitter ...

Peyton sah an sich herunter – Jeans und eine Baumwollbluse, ihren Pullover hatte sie sich um die Schultern gelegt, um sich vor der kühlen Luft der Klimaanlage zu schützen. Ihr kurzes Haar stand vermutlich in alle Richtungen ab, wenn man bedachte, wie oft sie sich mit den Händen durch die Haare gefahren war. Und was das Make-up betraf, wer hatte in einer solchen Situation schon Zeit für so etwas?

Zeitungen, befand Peyton, waren für Leute erfunden worden, die mehr Verstand als Schönheit besaßen. Es war nicht fair, dass die Fernsehjournalisten mehr Geld verdienten und mehr Menschen erreichten als die Zeitungsreporter, aber alles hatte eben seine zwei Seiten.

Obwohl sie eigentlich Urlaub hatte, wurde Peyton von einer unwiderstehlichen Kraft zum Flughafen und der Zeitungsredaktion gezogen. Die Berichterstattung war zu sehr ein Teil von ihr, die Erfahrung zu tief gehend, um sie zu ignorieren, und darum verbrachte sie Tag für Tag draußen am Flughafen, fuhr dann in die Redaktion, setzte sich an ihren Schreibtisch und half, wo sie konnte, gab Bruchstücke von mitgehörten Gesprächen wider und lieferte den Reportern Fakten, die lokale Farbtupfer brauchten. In der Redaktion herrschte hektische Aktivität – Telefone klingelten, Finger flogen über die Tasten der Keyboards, und hin und wieder ging einem Reporter auch schon einmal das Temperament durch – um nichts in der Welt hätte Peyton dies verpassen wollen.

Fragen flogen hin und her mit der Geschwindigkeit der Gedanken.

„Was weißt du über die FAA?"

„Ich brauche jemanden, der schnell hinüberfährt und mir einen Kommentar des Präsidenten der Fluggesellschaft bringt!"

„Kennt jemand irgendjemanden im Büro des New Yorker Bürgermeisters?"

„Ich brauche einen Kontakt bei Boeing, und zwar *sofort*!"

Die Hilferufe gingen wild durcheinander und erschreckten Mandi und die Jugendlichen, die beim Kopieren halfen, aber Peyton fühlte sich durch die Hochspannung in der Redaktion mit neuer Kraft erfüllt. Obwohl „Hilfe für die Seele" in der kommenden Woche nicht erscheinen würde, blieb sie im Büro, notierte Fragen für ihre Kollegen, nahm Telefonanrufe entgegen und suchte im Internet nach Hintergrundinformationen. Wenn sich die Lage in der Redaktion entspannte, fuhr sie zum Flughafen, um möglichst viele Informationen zu sammeln.

Abgesehen von den täglich immer wiederkehrenden Spalten, den Comics, den in mehreren Zeitungen gleichzeitig veröffentlichten Kolumnen und den Kleinanzeigen, schien sich alles um den Flugzeugabsturz zu drehen. Die Nachrichtenreporter arbeiteten rund um die Uhr und konzentrierten sich bei ihrer Arbeit auf Luftfahrtprobleme und Schadensersatz. Die Wirtschaftsreporter berichteten über die finanziellen Aspekte und die Auswirkungen für die Fluggesellschaften TIA und PanWorld. King und seine Sportreporter untersuchten die Auswirkungen der

Katastrophe auf die Tampa Bay Buccaneers. Auch die Artikel anderer Reporter drehten sich um das Flugzeugunglück – die Reporter der Abteilung Gesundheit/Medizin schrieben darüber, wie der menschliche Körper auf tiefe Trauer reagiert, der Reporter für Reisen und Tourismus verfasste einen Artikel über einen möglichen Imageverlust der Tampa Bay, und die Frau, die über die Sozialdienste schrieb, präsentierte Wohltätigkeits-organisationen, die Hilfe und Beratung für die Betroffenen anboten.

Milton Higgs, der Leiter des Archivs und Informationszentrums, stellte sich eine Pritsche in die Bibliothek und ließ sich einen Bart stehen. Er hatte beschlossen, lieber in seinem Büro zu schlafen, als eine Gelegenheit zu verpassen, Fotos und Hintergrundmaterial über prominente Bürger zu liefern, die vielleicht bei dem Absturz ums Leben gekommen waren.

Nora Chilton ließ von ihren Reportern jeden Blickwinkel beleuchten, der noch nicht von der Nachrichtenredaktion abgedeckt worden war. Sie schickte Leute los, um mit den Familien von ortsansässigen Opfern zu sprechen, arrangierte Fotoshoots und reservierte ihre erste Seite für herzbewegende Geschichten. Der Koordinator verbrachte so viel Zeit am Telefon, um eine Liste mit den Daten und den Trauergottesdiensten für die ortsansässigen Opfer zusammenzustellen, dass er einen Telefonkopfhörer beantragte. Und die Reporter für den Bereich Kinder und Familie verfassten einen dreiteiligen Artikel zu der Frage, wie man mit Kindern über den Tod spricht. Peyton fand, dass Nora gefährlich dicht daran war, die Sache zu überziehen, als sie die Reporterin für den Bereich Heim/Garten/Haustiere, Diane Winters, beauftragte, einen großen Artikel über Grabsteine auf Friedhöfen zu schreiben.

Getrieben von dem Wunsch zu helfen, besuchte Peyton jede Pressekonferenz, in die sie sich einschmuggeln konnte, führte spontane Interviews mit Angestellten von PanWorld durch und schrieb auf, welche unterschiedlichen Ansätze andere Reporter gewählt hatten. Sie machte sich Notizen, als der Bürgermeister von New York, der bei dem Absturz enge Freunde verloren hatte, die Fluggesellschaft kritisierte, die Familienangehörigen nicht angemessen informiert zu haben. Sie hörte zu, wie Mitarbeiter des Roten Kreuzes, Priester und Rabbis mit betroffenen Familienmitgliedern in der Flughafenkapelle beteten. Und sie beobachtete andere Medienleute, von denen einige ihre Interviews mit sehr viel Taktgefühl und Anmut führten, während andere die Leute überfuhren wie Güterzüge auf einer Schnellstrecke ins Nichts.

Die Reporter waren nicht die einzigen Fremden in der Stadt. Die von der Fluggesellschaft angekündigten Traumaexperten, so erfuhr Peyton, ließen sich in drei Kategorien einteilen: Abgesandte von PanWorld in weißen Hemden, die mit jedem Tag dünner und blasser wurden; stämmige Mechanikertypen, die umweltfreundliche Anzüge trugen und mit Kisten von Notizblöcken und wieder verwertbaren Kameras zur Unglücksstelle zogen; und mit Strickjacken bekleidete Therapeuten. Die Therapeuten sprachen flüsternd in drängendem Ton und schlichen in weichsohligen Schuhen durch den Flughafen, bewaffnet mit Taschentüchern und Bibeln als Hilfe in der Trauer. Während die Weißhemden am Flughafen miteinander diskutierten und die Biotypen ihre Fotos am Strand schossen, saßen die Therapeuten bei den weinenden Familienangehörigen.

Die häufigste Frage, die Peyton auch sich selbst stellte, war die Frage nach dem Warum. Mehrere Tage nach dem Absturz hatte die Fluggesellschaft noch keine Erklärung zur Unglücksursache geben können.

Julie St. Claire kommentierte vor dem Gepäckband der PanWorld die offizielle Verlautbarung der Fluggesellschaft. „Die Untersuchungsbeamten", sagte sie in die Kamera, „berichten, dass auf der Blackbox, die vor zwei Tagen gefunden wurde, nichts Ungewöhnliches zu erkennen sei. Gestern hat die Bundesbehörde für die zivile Luftfahrt eine Inspektion aller Boeing 767 Passagierflugzeuge amerikanischer Fluggesellschaften angeordnet. Bei der Inspektion einer anderen 767 war ein Defekt an drei der vier

Sicherheitsbolzen entdeckt worden, die die Triebwerke am Flügel festhalten. Zweihundertdreißig Flugzeuge vom Typ 767 werden augenblicklich weltweit genutzt, und einhundertzwanzig davon fliegen für acht amerikanische Fluggesellschaften. Trotz dieser Inspektionen wird die 767 als sicher betrachtet. John Hollstrom, ein Luftfahrtberater, ist der Meinung, dass dieser Jet unmittelbar hinter der 747 als Stütze der Luftfahrtflotte der Welt liegt."

St. Claire machte eine kurze Pause, dann fuhr sie etwas leiser fort. „Zwar können solche Mitteilungen ängstliche Reisende beruhigen, die in den kommenden Tagen in einer 767 reisen werden, jedoch sind sie nur ein kleiner Trost für die trauernden Familien, die bei dem Absturz von Flug 848 liebe Menschen verloren haben."

Peyton hatte den Eindruck, in der Trauer aus zweiter Hand ersticken zu müssen. Nach zwei Tagen verlegten die Therapeuten die trauernden Familien von Sektion C in den Ballsaal des Tampa Marriott, das die Reporter nur „Herzeleid Hotel" nannten. PanWorld hatte für die Verpflegung und Unterbringung der Angehörigen der Opfer gesorgt. Man ging davon aus, dass für jeden Passagier zwei bis sechs Trauernde nach Tampa kommen würden. Diese Annahme war falsch. Peyton lernte eine Familie kennen, die mit vierzig Leuten angereist kam, um den Leichnam einer Frau nach Hause zu holen, die Tochter, Mutter, Nichte, Tante, Kusine und geliebte Freundin gewesen war.

In Gesellschaft einer riesigen Schar besorgter Gefährten empfand Peyton eine tiefe Fassungslosigkeit, als die Hinterlassenschaft von 261 Menschen an den Stränden der Tampa Bay aufzutauchen begann. Fotos, durchnässte Taschenbücher, verbrannte Sitze, Deckenpaneele, beschädigte Koffer, Rucksäcke und ein leerer Käfig wurden entweder an Land gespült oder von den Tauchern an die Wasseroberfläche gebracht. Jedes Teil wurde aufgelistet und dann entweder in Kartons für die Fluggesellschaft gepackt oder in den Ballsaal des Marriott Hotels gebracht. Diese persönlichen Gegenstände wurden auf langen Tischen ausgelegt, und nach jeder Lieferung schwärmten die ängstlichen Verwandten aus in der Hoffnung, ein Teil eines lieben Angehörigen identifizieren zu können.

Obwohl den Reportern noch immer der Zutritt zu diesem Bereich verwehrt war, entdeckte Peyton überall trauernde Menschen – in den Pendelbussen, im Flughafen, an den Fenstern, die Hände an das Glas gepresst. Und obwohl sie nicht in die Privatsphäre anderer Menschen eindringen wollte, blieb sie häufig in Hörweite stehen, um mitzubekommen, was gesprochen wurde. Die Reaktionen erstaunten sie. Obwohl viele Familien tief erschüttert waren, sprachen die Menschen noch immer von Glauben, Trost und Liebe. Die Traumatherapeuten, die geholt worden waren, um die Familien zu trösten, zogen sich häufig aus dem abgesperrten Bereich zurück, um sich gegenseitig zu therapieren.

Peyton saß schweigend neben Familienmitgliedern, während diese die Formulare für den Gerichtsmediziner des Hillsborough County ausfüllten: Hatte der Verstorbene irgendwelche auffälligen Narben? Haben Sie Zugang zu Zahndarstellungen? Hatte die Verstorbene ein Kind geboren?

Einige der Trauernden trugen Fotos ihrer Lieben am Revers. Nach zwei Tagen wurden sie unruhig, sie hatten genug von Therapie und Mitgefühl. Sie wollten den Leichnam des geliebten Menschen haben, wollten ihn nach Hause bringen. Peyton kannte mindestens zwei Familien, die in Tränen aufgelöst nach Hause nach New York geflogen waren, um einen Tag später wieder zurückzukommen. Sie konnten keinen Frieden finden, bis sie ihre Lieben zur Ruhe gelegt hatten.

Eine Frau schlich durch die Hallen, weigerte sich, in dem für die Familien der Opfer reservierten Bereichen zu warten. Sie trug ein weites schwarzes Kleid mit aufgesticktem Muster. Dazu einen Strohhut.

Peyton entdeckte sie erstmals im Pendelbus. Als ihre Blicke sich begegneten, legte die Frau erschrocken die Hand an den Mund, dann gaben die Knie unter ihr nach. Während die Umstehenden ihr zu Hilfe eilten, senkte die Frau die Hand und deutete auf Peyton. „Karen?", fragte sie mit zitternder Stimme. Peyton schüttelte den Kopf. „Tut mir Leid."

„Sie sehen genauso aus wie sie." Die Frau stützte sich schwer auf zwei andere Fahrgäste des Pendelbusses, die Peyton zornig anfunkelten, als hätte sie etwas Schreckliches verbrochen, weil sie nicht Karen war. „Meine Tochter. Sie haben sie immer noch nicht gefunden, wissen Sie, aber sie haben ihren Koffer heraufgeholt."

Peyton konnte gar nicht schnell genug aus dem Pendelbus aussteigen. Den Rest der Woche blickte sie immer wieder ängstlich über die Schulter zurück, ob sie den Strohhut entdeckte, bereit, sich sofort hinter der nächsten Ecke zu verstecken, sollte er auftauchen.

Am Donnerstag holten die Taucher zwanzig Leichname aus dem Wrack. Bis Samstag waren zweihundertzwanzig Leichen geborgen, einhundert davon konnten eindeutig identifiziert werden, dreißig nur vage. Die eindeutig identifizierten Leichname wurden ihren Familien übergeben.

Die Trauergottesdienste begannen am Sonntag. In der Largo Community Church wurden die achtundvierzig Highschoolabsolventen durch Gesang und Dichtung betrauert. Nach dem Gottesdienst ließen die Trauergäste 213 weiße und 48 silberne Ballons in den klaren Himmel steigen, während der Chor von Freunden sang, dass die für immer Freunde sein werden, die den Herrn Jesus kennen.

Zwei Stunden später hielt die Stadt Tampa einen weiteren Trauergottesdienst am Strand südlich des Flughafens ab. Peyton stand gemeinsam mit den anderen Trauernden auf dem Sand. Ein Priester las Verse aus der Bibel: „Wenn aber dies Verwesliche anziehen wird die Unverweslichkeit und dies Sterbliche anziehen wird die Unsterblichkeit, dann wird erfüllt werden das Wort, das geschrieben steht (Jesaja 25,8; Hosea 13,14): ‚Der Tod ist verschlungen vom Sieg. Tod, wo ist dein Sieg? Tod, wo ist dein Stachel? ... Gott aber sei Dank, der uns den Sieg gibt ... Denn Gott hat uns nicht gegeben den Geist der Furcht, sondern der Kraft und der Liebe und der Besonnenheit ... Und ob ich schon wanderte im finstern Tal, fürchte ich kein Unglück; denn du bist bei mir, dein Stecken und Stab trösten mich" (Übers. Rev. Lutherbibel 1984).

Danach schlug der Priester einen sachlicheren Ton an. Da er sehr wohl um den Zorn vieler Familien auf die PanWorld wusste, sagte er: „Menschen auf beiden Seiten dieser Tragödie trauern heute. Vierundzwanzig der zweihunderteinundsechzig Opfer waren Angestellte der Fluggesellschaft. Gemeinsame Trauer kann viel dazu beitragen, die Trauernden heute zu vereinen. Geteiltes Leid kann eine Brücke der Versöhnung bauen."

Peyton beobachtete, wie Familienangehörige Rosen in die Wellen warfen, dann knöcheltief, manche sogar knietief ins Wasser wateten, ohne Rücksicht auf ihre Kleidung. Im Wasser empfanden die Trauernden sich mit ihren Lieben verbunden, nahm Peyton an.

Sie glaubte nicht, jemals wieder am Strand stehen zu können, ohne die Rosen im Wasser zu sehen.

Und nun, eine ganze Woche nach der Katastrophe, nahm Peyton ihr Glas mit Eistee von der Stirn und starrte King an, der ihr am Tisch gegenübersaß. Sie war ihm im Büro über den Weg gelaufen, und als er ihr dieses Mal vorschlug, mit ihm zum Essen zu gehen, nahm sie seine Einladung an. Sie war zu erschöpft, um sich gedanklich mit seinen möglichen Absichten auseinanderzusetzen.

Er hatte seinen Ellbogen auf den Tisch gestützt, die Hand an die Stirn gepresst. Sein dunkles Haar glänzte im schwachen Licht der Lampe über ihnen, und seine ausgeprägten Gesichtszüge strahlten eine Aura der Melancholie aus.

Sie konnte sich nicht erinnern, ihn jemals so niedergeschlagen erlebt zu haben.

„Ist es vorbei?", fragte sie. Ihre Stimme klang laut in der Stille.

Er nickte langsam und starrte auf die Speisekarte auf dem Tisch. „Was die Welt angeht", er hob den Blick, „ist es aus und vorbei. Die Familien haben getrauert, die Toten sind begraben, und der

Präsident spricht wieder vom Frieden im Nahen Osten. Die Welt ist bereit weiterzugehen."

„Sind wir das?"

Sein Mundwinkel verzog sich zu einem halbherzigen Lächeln. „Wir werden ebenfalls weitermachen. Tampa möchte nicht als die Katastrophenstadt bekannt werden. Schon in wenigen Tagen werde ich über den neuen Verteidigercoach der Bucs berichten, und Sie werden Ihren Lesern erklären, wie sie Traubensaftflecken aus einem weißen Teppich entfernen können. Vermutlich wird Nora Sie sogar auffordern, bei sicheren, praktischen Themen zu bleiben. Wir haben unseren Teil an Emotionen gehabt. Unsere Leser wollen jetzt mal wieder etwas ... *Leichteres.*"

Peyton zog die Papierhülle von dem Strohhalm ab und steckte ihn in ihr Glas. Sie hatte eine bisher noch unveröffentlichte Kolumne über Flug 848 geschrieben und war dabei von ihrer üblichen Form, einen Brief an ihre Leser zu schreiben, abgewichen. Aber Nora wollte sie erst nach Peytons Urlaubswoche bringen. Obwohl die Redakteurin sie nur wenige Tage vorher aufgefordert hatte, mit mehr Leidenschaft und Gefühl zu schreiben, wollte sie anscheinend nicht, dass sie in der Kolumne in ihrer bestehenden Form eine gerade durchlebte Krise ansprach.

King vertiefte sich stirnrunzelnd in die Speisekarte. „Was nehmen Sie?"

Peyton trank einen Schluck von ihrem Eistee, dann lächelte sie ihn an. „Um ehrlich zu sein, ich habe eigentlich keinen richtigen Hunger. Ich glaube, ich bin zu müde, um zu essen."

„Ich auch." Mit einem erschöpften Seufzer klappte er die Speisekarte zu. „Wie wäre es denn mit einem kleinen Imbiss? Popcorn bei mir im Wohnzimmer? Ich muss über einen Spieler schreiben, auf den die Bucs ein Auge geworfen haben, aber ich habe mir seine Bänder noch nicht einmal angesehen."

Normalerweise hätte die Aussicht auf einen Abend allein mit King Bernard Peyton schneller zurückschrecken lassen als der Gestank eines Stinktiers, aber der Gedanke, es sich auf seinem Sofa gemütlich zu machen und sich sinnlosen Fußball anzusehen, schien ihr im Moment verlockender als die Aussicht, allein in ihr dunkles Haus zurückzukehren.

„Ich bin dabei", sagte sie und klappte ihre Speisekarte zu.

4

Erstaunlich, dachte Peyton, wie die Zeitung das Leben voran-trieb. Obwohl der Absturz von Flug 848 bei den Bewohnern rund um die Tampa Bay eine bleibende Narbe hinterlassen hat-te, waren die Reporter der *Times* nach nur einer Woche wieder zu gänzlich anderen Themen übergegangen. Bis zum letzten Tag ihres offiziellen „Urlaubs" hatten sich die Schlagzeilen laufend verändert. Artikel über die Aussagen des Präsidenten zum natio-nalen Budget dominierten die Titelseite, die Ankündigung der NASA eines bemannten Raumfluges zum Mars füllte die zweite Hälfte der ersten Seite. Israel und die Palästinenser setzten sich auf Seite 2A wieder auseinander, und Vertreter von Nord- und Südkorea beherrschten die rechte Spalte der ersten Seite mit der offiziellen Eröffnung der neu erbauten, 309 Meilen langen Zug-strecke von Seoul in Südkorea nach Pyöng-yang, der Hauptstadt des Nordens.

Auf der Titelseite des Lokalteils wurde über die Verleihung der Ehrenmedaillen durch den Gouverneur von Florida an die Rettungskräfte berichtet, die bei der Bergung der Opfer aus dem Wrack geholfen hatten. Und über die überlebenden Kinder von Mr. und Mrs. Thomas Wilt, die ihr Erbe dafür einsetzten, eine Stipendienstiftung für bedürftige Schüler zu gründen, die gern die Largo Christian School besuchen würden.

Und obwohl niemand jemals die Geschichte auf den Seiten der *Times* abdrucken würde, wusste Peyton, dass sie und King mit ihrer Freundschaft für Aufregung sorgten. Vorgestern Abend hatte sie stillvergnügt auf Kings Sofa gesessen und Popcorn ge-gessen, als Carter Cummings vorbeigekommen war, um ein paar Presseausweise für ein besonderes Feuerwerk abzugeben. Obwohl der Abend ungefähr so aufregend gewesen war wie ein ausgelei-ertes Paar Hausschuhe, hatten sich Carters Augen sichtbar geweitet und sein Mund sich zu einem verlegenen Grinsen verzogen. Einen Augenblick lang war Peyton versucht gewesen, ihm zu sagen, er möge bitte den Mund halten, aber das hätte die Vermutung nahe gelegt, dass es etwas gab, was verschwiegen werden müsste, und es gab nichts, absolut nichts, was zwischen ihr und dem Sportredakteur vorging.

Darum tat sie jetzt gelangweilt und gleichgültig, wenn sie die bedeutungsvollen Blicke und das Kichern ihrer Kollegen bemerkte. *Lass sie nur reden.* Sie sprachen über nichts, rein gar nichts. Sie und King waren Freunde und Kollegen, nichts weiter.

Außerdem gab es andere Dinge, um die sie sich Gedanken machen musste. Peyton musste „Hilfe für die Seele" schreiben, probeweise für zwei weitere Wochen. Sie hatte weder die Zeit noch die Energie gehabt, ihre Kolumne aufzupolieren, aber sie hatte Kings Kommentar noch im Ohr, die Leser wären der Verzweiflung überdrüssig. Darum legte sie die Kolumne, die sie über die Tragödie geschrieben hatte, beiseite und suchte aus ihrer Akte mit Leserpost einen Brief über die Suche nach einer verlorenen Liebe heraus. Sie ignorierte das Gefühl ihrer inneren Leere und erklärte, inwiefern das Internet Hilfestellung leisten konnte bei der Suche nach verschollenen Klassenkameraden und Freunden aus der Kindheit. Sie sprach von der riesigen Computer-Datenbank, die von den Heiligen der Neuzeit betrieben wurde und endete mit einem sentimentalen Abschnitt darüber, dass die Kindheitserinnerungen im Laufe der Zeit immer schöner werden.

Manchmal, lautete ihr Schlusssatz, *tun wir uns einen schlechten Dienst, wenn wir uns nach dem sehnen, was wir verloren haben. Denn wenn wir versuchen, es wieder zu finden, könnten wir Fehler und Mängel entdecken, die unsere Erinnerung freundlicherweise ausgelöscht hatte.*

Zufrieden mit dem Ergebnis las sie die Kolumne ein zweites Mal, dann ein drittes Mal durch, korrigierte hier und da noch ein paar Stellen. Nachdem sie davon überzeugt war, dass nichts mehr verbessert werden konnte, notierte sie das Datum vom Sonntag darauf und schickte sie mit einem Mausklick zum Kopieren.

Sie musste noch die Kolumne für Montag schreiben, aber das konnte sie auch am Wochenende zu Hause tun. Das fertige Ergebnis konnte sie dann über ihr Modem in die Redaktion schicken. Da sie nicht über aktuelle Themen berichtete, war Redaktionsschluss für sie normalerweise um halb zwölf vormittags, am Tag bevor die Kolumne erscheinen sollte. Redaktionsschluss für die Nachrichtenreporter war der späte Nachmittag, weil sie mehr Zeit brauchten, um den Stoff für ihre Artikel zusammenzustellen. Die Sonntagskolumne musste am Freitagmittag fertig sein, weil niemand in der Redaktion am Samstag arbeiten wollte, nicht einmal eingefleischte Arbeitstiere wie Nora.

Nachdem sie eine Reihe von interessanten Briefen aus ihrer Leserpost als Stoff für ihre Montagskolumne ausgewählt hatte, verbrachte Peyton die folgenden zwanzig Minuten mit der Beantwortung ihrer E-Mails. Zwei davon gehörten zu diesen ärgerlichen Mitteilungen, die man an alle Bekannten weitergeben sollte. Sie war gerade dabei zu erklären, dass Neiman Marcus noch nie jemandem ein Rezept in Rechnung gestellt hätte (obwohl die beigefügten Anweisungen zur Herstellung eines außergewöhnlich köstlichen Kekses führen würden), als ihr Telefon läutete. Anita, die Empfangsdame unten in der Halle, rief an, um ihr zu sagen, dass Besuch auf sie warte.

Stirnrunzelnd warf Peyton einen Blick in ihren Terminkalender. Keine Termine. Und da sie die ganze Woche Urlaub gehabt hatte, war es unwahrscheinlich, dass ein erzürnter Leser in die Redaktion gestürmt kam. Trotzdem, man konnte ja nie wissen, wer da nun hereinspazieren würde.

Peyton hob den Blick und sah sich in der Redaktion um. Sie hoffte, eine kichernde Hilfskraft zu entdecken, aber niemand ging zwischen den vorwiegend leeren Schreibtischen hindurch. Die meisten ihrer erschöpften Kollegen hatten ihre Artikel bereits fertig und waren nach Hause gegangen. Die anderen saßen vermutlich beim Mittagessen. Nur Mandis Keyboard klapperte, in der Ferne klingelte ein Telefon, und gedämpft waren die Geräusche eines Fernsehgeräts zu hören. Die Stille nach dem Sturm.

„Hat sie einen Namen genannt?", fragte Peyton die Empfangs-dame.

Gedämpfte Geräusche folgten, dann erwiderte Anita: „Gabriella Cohen. Sie sagte, es sei sehr wichtig und sie müsste unbedingt mit Ihnen sprechen."

Peyton sah auf die Uhr. Erst Viertel nach zwölf, aber sie war mit ihrer Arbeit fertig, und sobald sie die eingegangenen E-Mails abgearbeitet hatte, konnte sie nach Hause gehen. Außerdem war sie fürchterlich müde – und überhaupt nicht in der Stimmung, sich einer eifrigen Leserin gegenüber frisch und freundlich zu zeigen.

„Sagen Sie ihr, es täte mir Leid", erwiderte Peyton schließlich mit fester Stimme. „Ich bin auf dem Sprung. Sie kann jedoch eine Nachricht hinterlassen, und ich werde versuchen, mich in der nächsten Woche mit ihr in Verbindung zu setzen."

Ein seltsames Gefühl überkam Peyton, als sie den Hörer auf-legte. Obwohl ihre Leserpost in der Regel freundlich gehalten war, bekam sie gelegentlich auch Briefe von etwas sonderbaren Menschen. Im vergangenen Jahr hatte eine Frau ihr Vorwürfe gemacht, weil sie einer anderen Leserin den fiktiven Namen „Birdie" gegeben hatte. *Ich verstehe ja, warum Sie die Privatsphäre der Personen schützen wollen, die sich an Sie wenden*, hatte sie ge-schrieben. *Aber warum haben Sie aus allen wunderschönen Namen auf der Welt ausgerechnet den Namen Birdie ausgewählt? Sie hätten sie doch auch Ratte, Küchenschabe oder Wiesel nennen können.*

Peyton seufzte, als sie ihr Notebook zuklappte und dann in eine ihrer Schreibtischschubladen steckte. Niemand konnte es allen immer recht machen, aber manche Menschen waren un-möglich zufrieden zu stellen. Und falls die Besucherin unten in der Halle über einen Namen streiten wollte, den Peyton gewählt, oder über ein Thema, das sie ausgesucht hatte, nun, dann würde sie eben warten müssen. Vielleicht für immer.

Peyton loggte sich aus dem Netzwerk aus, schob das Keyboard unter den Tisch und verstaute ihre Notizen zu einer Kolumne über Ahnenforscher in einem Aktendeckel. Nach einem schnellen Blick über ihren Schreibtisch, um sich zu vergewissern, dass sie nichts vergessen hatte, nahm sie ihren Rucksack, verabschiedete sich von Mandi und ging zum Aufzug.

Nora kam heran, als die Aufzugtüren gerade aufglitten. „Genau die Frau, die ich sehen wollte", sagte sie und lächelte Peyton gezwungen an. „Ich habe Ihre Kolumne für Sonntag gelesen. Sie ist nett. Und es wurde höchste Zeit, dass jemand einmal darauf hinweist, dass das Schwelgen in alten Erinnerungen nicht immer gut für die geistige Gesundheit des Menschen ist."

Peyton schenkte ihr ein frostiges Lächeln, trat in den Aufzug und drückte den Knopf für das Erdgeschoss. „Danke."

Peyton biss sich auf die Innenseite der Wange, als Nora ihr folgte. Ein unbehagliches Schweigen hing zwischen ihnen. Nachdem sich die Türen geschlossen hatten, durchbrach Nora die Stille.

„Ich glaube, das ist genau das, was die Leute jetzt hören wollen." Nora drehte sich nicht um, sondern blickte Peytons Spiegelbild in den glänzenden Messingtüren an. „Die Menschen sind noch wie betäubt von ... na ja, Sie wissen schon. Sie machen Ihnen Mut, nach vorne zu sehen, und das ist gut."

Da sie nicht wusste, was sie sonst sagen sollte, murmelte Peyton ein weiteres Dankeschön. Ihr war noch unklar, inwiefern diese Komplimente in Noras Plan passten, ihr die Kolumne wegzunehmen, aber sie freute sich trotzdem über die Anerkennung, selbst wenn sie dazu bestimmt war, eine bevorstehende Enttäuschung ein wenig abzufedern.

„Haben Sie für die nächste Woche etwas Bestimmtes geplant?"

Die Frage hing zwischen ihnen in der Luft. Peyton knirschte mit den Zähnen. Sie ärgerte sich über die Frage der Redakteurin. Vermutlich wollte sie hören, dass Peyton etwas Neues, Verbessertes und Aufregendes im Sinn hatte, aber die Ereignisse der vergangenen Woche hatten sie so mitgenommen, dass sie an ihre persönliche Krise kaum einen Gedanken vergeudet hatte. Sie hatte Raum zum Atmen gebraucht, aber sie war in einen Albtraum geraten.

„Ich weiß noch nicht genau", erwiderte sie widerwillig. „Ich nehme einige Briefe aus meiner Leserpost mit nach Hause. Vielleicht kommt mir ja eine gute Idee." Sie zuckte die Achseln.

„Irgendetwas kommt ja immer", erwiderte Nora, aber seltsamerweise hörte sich das gar nicht wie ein Kompliment an.

Peyton hob den Kopf und war sehr froh, dass Nora am Wochenende nicht arbeitete. Was immer sie für die Montagskolumne zusammenschrieb, würde sofort vom Kopiertisch zum Presseraum weitergeleitet werden. Nora konnte nicht daran herumkorrigieren. Nicht dass das etwas ausgemacht hätte. Die Montagsausgaben waren in der Regel nicht besonders tief gehend.

Eine Gruppe Männer stand in der Nähe des Empfangs, Carter Cummings, Bill Elliott, Tom Guthrie, alles Sportreporter, wie Peyton bemerkte, und außerdem Freunde von King. Bill hielt mit einem törichten Grinsen auf dem Gesicht sein ein Monate altes Baby im Arm, und irgendwas an dieser friedlichen Szene ließ Peytons Herz schneller schlagen. Sie senkte den Kopf und ging schnell zum Ausgang.

„Miss MacGruder!"

Sie hatte erwartet, dass Carter oder Bill sie riefen, darum ließ der Klang einer weiblichen Stimme sie zusammenfahren. Sie sah auf und hörte das Echo ihres Namens über das Klappern von Holzschuhen auf dem Marmorboden hinweg.

Und dann fiel ihr der Telefonanruf ein. Eine Frau hatte sie sprechen wollen ... Gabriella irgendwas. Mist! Warum hatte sie Anita gesagt, sie sei auf dem Sprung? Die Empfangsdame hatte die Information offensichtlich weitergegeben, denn die Frau hatte beschlossen, sie abzufangen.

Peyton ging unbeirrt weiter, aber sie wusste, sie würde der Frau nicht entkommen können, die sie aus den Augenwinkeln heraus auf sich zukommen sah. Warum musste in der Zeitung auch immer ein Foto von allen Kolumnisten erscheinen? Sie würde sich dem Unvermeidlichen stellen müssen.

„Miss MacGruder, bitte warten Sie!"

Peyton blieb abrupt stehen und warf einen sehnsüchtigen Blick zu den Türen. Sofort am Montag würde sie sich auf die Suche nach einer Hintertür machen – vielleicht konnte sie durch den Presseraum ungesehen entkommen. Oder vielleicht konnte sie ihren Wagen hinten bei den Laderampen abstellen –

Nein, die anderen würden sie für hochmütig halten. Es war besser, stehen zu bleiben und sich der anderen Seite zu stellen, die mit jedem Tropfen Ruhm einherging.

Mit einem aufgesetzten Lächeln auf dem Gesicht atmete Peyton tief durch, dann drehte sie sich um. Die herannahende Frau war jung, vielleicht Mitte dreißig, schlank und hatte kurze blonde Haare. Blaue Augen dominierten ihr Gesicht, und eine schwere Schultertasche schwang bei jedem Schritt mit. Sie schien die zierliche Frau zur Seite zu ziehen.

„Es tut mir Leid", begann Peyton und hob die Hand. „Ich bin ein wenig in Eile. Können wir uns nächste Woche unterhalten?"

„Es wird nicht lange dauern." Atemlos blieb die Frau neben Peyton stehen. Ihre Hand umklammerte den Lederriemen ihrer Schultertasche, als fürchtete sie, sie könnte ihr in der Lobby der *Times* entrissen werden. „Bitte, Miss MacGruder, ich habe die ganze Nacht überlegt, was ich tun soll, und ich denke, Sie sind die Richtige. Ich meine, Sie werden sicher wissen, was Sie damit anfangen sollen."

Vorsicht und Neugier kämpften in ihr miteinander. Die Neugier siegte. „Was ich womit anfangen soll?"

Die Frau presste die Lippen aufeinander, als sich ihre Augen mit Tränen füllten. „Ich weiß gar nicht so recht, wo ich anfangen soll. Aber ich bin sicher, dass dies eine große Story ist, eine sehr große Story, und ich glaube, Sie werden ihr gerecht werden. Ich würde dies keinem anderen geben wollen als Ihnen."

Peyton zog scharf die Luft ein. Das Lob tat ihrem Herzen gut, obgleich ihr Verstand sie gleichzeitig warnte, sich nicht hohlen Schmeicheleien hinzugeben. „Begleiten Sie mich doch zu meinem Wagen", sagte sie. Noch einmal betrachtete sie die Frau. Sie wirkte weder durcheinander noch gefährlich, aber es würde nicht schaden, dieses Gespräch an einem öffentlichen Platz zu führen.

Solange der Sicherheitsbeamte in der Hütte beim Eingang des Angestelltenparkplatzes saß, drohte ihr sicher keine Gefahr.

„Vielen Dank." Sichtlich erleichtert ging die Frau ihr voraus durch die Drehtür, und einen Augenblick lang war Peyton versucht, schnell rückwärts im Aufzug zu verschwinden und die Frau in der grellen Sonne draußen stehen zu lassen.

Aber sie folgte der Frau und trat neben sie auf den Bürgersteig. „Worum geht es also?", fragte sie, ohne stehen zu bleiben.

Die Frau beeilte sich, mit ihr Schritt zu halten. „Es geht um Flug 848."

Peyton hob die Hand. „Darüber ist ausführlich berichtet worden, fürchte ich. In allen Einzelheiten. Wir werden noch einige Anschlussartikel bringen, sobald die FAA die genaue Ursache für den Absturz benennen kann, aber für den Augenblick ist die Berichterstattung über das Unglück beendet."

„Es geht nicht um den Absturz." In der Stimme der Frau lag eine Spur von Enttäuschung, als wäre Peyton in irgendeiner Weise ihren Erwartungen nicht gerecht geworden. „Es geht um die *Leute* an Bord dieses Flugzeugs. Es geht um ein gebrochenes Herz ... und darum habe ich an Sie gedacht."

Im Gehen öffnete die Frau ihre große Schultertasche. Irgendein Urinstinkt drängte Peyton loszulaufen. Die Frau könnte ja eine Pistole aus dieser Tasche holen. Doch ein anderer Impuls zwang sie, ihren Schritt zu verlangsamen und schließlich stehen zu bleiben. Auch die Frau blieb stehen. Sie holte ein rechteckiges weißes Tuch heraus, eine Leinenserviette, dachte Peyton. Dann ließ sie ihre Tasche wieder los. Stumm, mit der Ehrfurcht einer Teilnehmerin an einem religiösen Ritual, legte die Frau das gefaltete Tuch auf ihre Handfläche.

„Wir wohnen am Mariner Drive, an der Südseite der Howard Frankland Brücke", erklärte die Frau mit zitternder Stimme. Vorsichtig hob sie den Stoff an. „Gestern Morgen saß ich in meinem Garten, sah auf das Wasser hinaus und dachte über all diese armen Leute nach. Und plötzlich entdeckte ich das hier. Es hing in den Muscheln an einem der Pfosten unseres Stegs."

Sie deutete mit dem Kopf auf den in das Tuch eingepackten Gegenstand. Peyton sah hin und entdeckte eine durchsichtige Plastiktüte – eine verschließbare Frühstückstüte.

Verächtlich lächelnd sah sie auf. „Sie haben eine Frühstückstüte gefunden?"

Die Frau biss sich auf die Lippe und nickte, dann drehte sie vorsichtig die Tüte um. Auf dem weißen Tuch hatte sie es gar nicht bemerkt, aber in der Tüte befand sich ein weißer Zettel, auf dem etwas geschrieben stand.

„Es ist eine Nachricht. Und ich glaube, dass jemand aus dem Flugzeug sie geschrieben hat."

Nunmehr neugierig geworden nahm Peyton die Tüte an einer Ecke in die Hand. Das Papier darin wirkte vollkommen trocken – *Verschließbare Tüten schließen die Frische ein und Gerüche aus* – und die blaue Tinte war nicht zerflossen.

Die Botschaft war lesbar, wenn auch hingekritzelt:

T –
Ich liebe dich. Alles ist vergeben.
Dad

Peyton warf der Frau einen Seitenblick zu. „Sie meinen wirklich, dies würde von einem der Opfer stammen?"

Die Frau hob die Hände. „Ich weiß nicht, was es ist. Aber ich war mir sicher, dass Sie der Wahrheit auf den Grund gehen könnten, eher als alle anderen Reporter dieser Zeitung. Wenn dies von einem Vater aus dem Flugzeug stammt, dann gibt es irgendwo einen Sohn oder eine Tochter, die dies hören sollte."

Ihre Stimme wurde immer leiser, als sie das Leinentuch Peyton in die Hand drückte. „Sie geben doch Hilfe für die Seele, nicht wahr?"

Peyton brachte keine Antwort heraus. Wortlos starrte sie die Frau an. Ihr Herz klopfte zum Zerspringen. Die Plastiktüte hing zwischen ihren Fingern wie ein lebloser Gegenstand. Und wenn

dieser Zettel nun tatsächlich den schrecklichen Absturz überstanden hatte? Bisher wirkte die Geschichte der Frau glaubwür-
dig. Der Mariner Drive lag tatsächlich im Süden der Howard
Frankland, und an dieser Straße gab es eine Reihe von Häusern
mit Bootsstegen. Wann immer sie über die Brücke nach Pinellas
County fuhr, warf sie einen Blick in die üppigen Gärten. Wenn
die Frau diesen Zettel nun tatsächlich im Wasser gefunden hatte, konnte er echt sein ... oder er konnte eine böswillige Täuschung sein. Gab es einen Weg, das herauszufinden?

„Und was soll ich jetzt damit anfangen?", fragte sie schließlich.
Sie kannte die Antwort eigentlich, aber sie wollte sie trotzdem
von dieser Fremden hören. Falls diese Frau den Zettel gefälscht
und die Geschichte erfunden hatte, konnte sie zu den Leuten
gehören, die ganz versessen darauf waren, ihren Namen gedruckt
zu sehen. Wenn das so war, würde Peyton ihr keinesfalls diese
zwei Sekunden des Ruhms gönnen.

Die Frau trat schnell einen Schritt zurück. „Ich weiß nicht,
was Sie damit tun sollen. Ich bin Hausfrau, ich weiß wenig über
Zeitungen, Flugzeuge oder die FAA. Aber ich habe immer Ihre
Kolumne gelesen, darum habe ich das Gefühl, Sie zu kennen.
Ich war sicher, Sie würden wissen, was zu tun ist."

Vorsichtig wickelte Peyton die Tüte wieder in das Tuch ein
und steckte sie in eine Tasche ihres Rucksacks. „Ich brauche Ihren Namen", sagte sie, während sie in ihrem Rucksack nach ihrem Block kramte, „und eine Telefonnummer, für den Fall, dass
ich mich noch einmal mit Ihnen in Verbindung setzen muss.
Und ich brauche Ihre genaue Adresse. Wann genau haben Sie
das hier gefunden – ich muss alle Details wissen."

Die Frau wich noch weiter zurück. Ihre Gesichtszüge waren
angespannt. „Eigentlich möchte ich nicht in die Sache verwi-
ckelt werden, nicht öffentlich. Aber ich möchte helfen."

Peyton holte einen Stift aus ihrem Rucksack, dann schlug sie
ihren Block auf. Sie setzte ihren Stift an, zog die Augenbrauen in
die Höhe und sah die Frau an. „Ich bin bereit. Name, Adresse
und Telefonnummer?"

Die Frau öffnete den Mund, schloss ihn und öffnete ihn sofort wieder. „Also gut. Ich bin Gabriella Cohen, ich wohne Mariner Drive Nr. 10899, und unsere Telefonnummer steht im Telefonbuch. Mein Mann ist Dr. Eli Cohen, aber wir sind unter meinem Namen zu finden." Sie zuckte die Achseln. „Wir wollen nicht unbedingt, dass die Patienten zu Hause anrufen."

Peyton schrieb alles auf. „Welche Fachrichtung hat Ihr Mann eingeschlagen?"

„Familienberatung", erwiderte Gabriella. „Seine Praxis befindet sich im Osten Tampas."

„Danke." Peyton betrachtete die Informationen und suchte krampfhaft nach weiteren Fragen, aber Gabriella Cohen entfernte sich bereits langsam. „Kann ich Sie anrufen, wenn mir noch etwas einfällt?", fragte Peyton mit etwas lauterer Stimme.

Gabriella hob die Hände. „Ich habe Ihnen bereits alles gesagt, was ich weiß. Aber ich werde beten, dass Sie denjenigen finden ... für den diese Nachricht bestimmt ist."

Auf dem Weg zu ihrem Wagen zog Peyton nachdenklich die Autoschlüssel aus der Tasche. Sie schloss die Tür auf und setzte sich bei geöffneter Tür auf den Fahrersitz, damit die Hitze abziehen konnte. Ganz automatisch steckte sie den Schlüssel ins Schloss und ließ den Motor an, dann stellte sie die Klimaanlage auf die höchste Stufe.

Während die kalte Luft an Kraft zunahm, um die Hitze zu vertreiben, zog sie das Leinentuch aus ihrem Rucksack, holte die Plastiktüte heraus und starrte sie an, überwältigt von einem unbegründeten, doch starken Gefühl, dass sie an einer wichtigen Kreuzung in ihrem Leben angekommen war. Sie hatte ein Geschenk bekommen, es war vielleicht wertlos, vielleicht aber auch sehr wertvoll, und es konnte gut sein, dass ihre Zukunft davon abhing, ob und wie sie es nutzte.

Der Zettel in dieser Tüte konnte sie entweder zum Star machen oder sie in der Vergessenheit versinken lassen.

Beide Aussichten machten ihr große Angst.

5

Samstag, 23. Juni

Den größten Teil des Freitagabends verbrachte Peyton damit, in ihrer Wohnung herumzulaufen und mit sich selbst zu reden. Der Zettel war real. War er eine Fälschung? Vielleicht könnte die FAA, das FBI, die CIA oder irgendeine andere Gruppe das genau feststellen. Sie würde sich ganz auf diese Story einlassen. Sie sollte den Zettel in die Akte dreizehn legen und vergessen, ihn je gesehen zu haben. Sie wäre eine Heldin, wenn die Geschichte tatsächlich wahr wäre. Sie würde eine Lachnummer sein, falls sie sich als Ente erwies. Wenn auch nur *ein* Reporter der Konkurrenz einen Vertreter der FAA dazu bringen könnte zu sagen, dass ein Zettel in einer Plastiktüte das Feuer, den Aufprall, das Wasser nie hätte überstehen können, dann wären sie und alle ihre Hoffnungen vernichtet.

Gegen 2 Uhr morgens beschloss sie, das Unternehmen zu wagen. In ihrer ersten Kolumne würde sie *andeuten*, was sie entdeckt hätte. Sie würde sich vage ausdrücken, schreiben, dass sie etwas gefunden hätte, das aus dem Flugzeug stammen könnte, aber für den Fall, dass das tatsächlich so war, würde sie jeder Spur folgen, alle möglichen Anrufe machen, alles in ihrer Macht Stehende tun, um das herauszufinden. Als hingebungsvolle und gewissenhafte Reporterin würde sie nachforschen und schreiben und ihren Lesern dann die letzte Entscheidung überlassen. Die Leser ihrer Kolumne müssten die Beweise für und gegen die Authentizität des Zettels gegeneinander abwägen und selbst zu einer Entscheidung kommen.

Sie als objektive Reporterin würde natürlich unparteiisch und objektiv bleiben.

Während ihre Katzen Samson und Elijah, auf dem Bett ausgestreckt, ihr mit verzückter Aufmerksamkeit zuhörten, überlegte sie laut, an wen sie sich wegen dieses Zettels wenden könnte.

Wem konnte sie sich anvertrauen? Nora kam nicht in Frage. Nora würde die Story an einen ihrer Reporter weitergeben wollen oder vielleicht an einen der Spezialisten für Nachforschungen in der Nachrichtenredaktion. Sie würde ihn dem Verleger Curtis DiSalvo aushändigen, der ihr zu dem einzigartigen Fund gratulieren würde. Dann würden sie die Experten zusammenrufen und mehr Zeit auf Tests und Prüfungen verwenden als auf *Nachforschungen*.

Aber Gabriella Cohen hatte mit einem vollkommen Recht: Falls dieser Zettel wirklich echt war, dann hatte ein Vater in diesen schrecklichen Augenblicken, als das Flugzeug vom Himmel herunterkam, an sein Kind gedacht, mit dem er anscheinend im Streit lebte. Das Kind musste die Wahrheit erfahren.

Einen Augenblick überlegte sie, mit Janet Boyles über den Zettel zu reden, doch dann verwarf sie diesen Gedanken wieder. Falls Janet hatte durchblicken lassen, dass sie „Hilfe für die Seele" gern übernehmen würde, würde sie sicher die Gelegenheit beim Schopfe packen und die Kolumne mit dieser Story beginnen wollen. Karen Dolen war eine gute Reporterin und eine Freundin, aber Karen arbeitete in der Nachrichtenredaktion, und sie würde Peyton vermutlich raten, diese Story in nur einer oder zwei Kolumnen abzuarbeiten. Aber man konnte in nur wenigen Tagen keine Nadel im Heuhaufen finden. Diese Story würde viel länger brauchen. Vermutlich würde der größte Teil der Peyton noch verbleibenden zwei Wochen dafür draufgehen.

Sie könnte mit Mandi über das Projekt reden, aber die Praktikantin war so schwatzhaft wie ein Mädchen bei seiner ersten Verabredung. Natürlich wäre sie begeistert, für sie waren die Aktensortierberichte ungefähr so aufregend wie eine chinesische Feuerübung. Aber sie hatte nicht das richtige Bewusstsein. Nein ... Peyton brauchte jemanden, der sie auch auf die Risiken aufmerksam machte. Sie brauchte die Stimme der Erfahrung, den versiertesten und objektivsten Zeitungsmann, den sie kannte ...

Kingston Bernard.

Um 3 Uhr morgens rief sie bei ihm an. Brummend meldete sich King am Telefon, und noch mehr brummte er bei der Aussicht, um 9 Uhr bei ihr zum Frühstück zu erscheinen. Trotzdem stand er am Samstagmorgen pünktlich mit Peytons Morgenzeitung in der Hand, einer Ausgabe der *St. Petersburg Post*, ihrer Konkurrenz von der anderen Seite der Bucht, vor ihrer Tür.

Lächelnd nahm sie die Zeitung entgegen und führte ihn in die Küche, wo es angenehm nach frisch gebackenen Muffins, Rühreiern und Speck roch. Samson und Elijah saßen unter dem Tisch und starrten die herannahenden Schuhe mit unverhohlenem Interesse an.

„Hmm." King sog genüsslich den Duft ein. „Vielleicht hat es sich doch gelohnt, dafür aufzustehen." Einen Augenblick lang blieb er mit den Händen in der Hosentasche in der Küchentür stehen. „Was ist der Anlass? Das haben Sie heute Morgen gar nicht gesagt."

„Wenn ich es getan hätte, würde sich keiner von uns daran erinnern." Peyton goss eine Tasse Kaffee ein und bemerkte erstaunt, dass ihre Hand zitterte. Vermutlich, weil sie so wenig Schlaf bekommen hatte.

Sie blickte ihren Gast an, dann deutete sie auf den Küchentisch. „Räumen Sie die Zeitschriften ruhig vom Stuhl und setzen Sie sich. Tut mir Leid, hier sieht es wirklich schlimm aus, aber zumindest ich weiß, wo ich alles finden kann."

King zog die Augenbraue in die Höhe. „Eine Frau mit vielen Interessen, das gefällt mir."

Sie runzelte die Stirn. „Setzen Sie sich einfach, ja? Sie machen mich nervös, wenn Sie da herumstehen."

King lachte leise, räumte den Stapel Zeitschriften weg und setzte sich. Grinsend lehnte er sich zurück. „Okay, ich sitze. Werden Sie mir jetzt erzählen, worum es geht?"

„Sofort." Sie wischte sich die Hände an ihrer Shorts ab, dann sah sie sich in der Küche um, besessen von dem dumpfen Gefühl, irgendetwas vergessen zu haben. Die Eier dampften in einer Schüssel, die Muffins lagen im Korb und der Speck wartete in der Mikrowelle ...

Warum war sie nur so nervös? Du meine Güte, sie benahm

sich wie Mandi, und auf keinen Fall wollte sie auf ihn wie ein kleines Dummchen vom Lande wirken.

„Die Sache ist", sie drehte sich um und nahm die Kaffeebecher in die Hand, „als ich am Freitag das Büro verließ, kam eine Frau auf mich zu und gab mir etwas. Sie ist davon überzeugt, dass sie etwas aus Flug 848 gefunden hat. Ich bin mir da nicht ganz so sicher."

„Noch ein Trümmerteil?" Kings erwartungsvolles Lächeln verschwand, als sie einen der Kaffeebecher vor ihn auf den Tisch stellte. „Es sind alle möglichen Dinge angeschwemmt worden, MacGruder, und die meisten Leute bringen diese Trümmer ins Büro der PanWorld am Flughafen von Tampa. Das hätte sie auch tun sollen. Man weiß ja nie, wie weit das für die Jungs der FAA wichtig sein kann."

„Es handelt sich nicht um einen Teil des Flugzeugs." Sie setzte sich und beugte sich vor. „Es ist ein Zettel mit einer Nachricht. Von einem Passagier."

Erstaunen machte sich auf seinem Gesicht breit. „Aber wie kann –"

„Er war in eine Plastiktüte verpackt – eine verschließbare. Wenn Sie schon mal Fernsehen sehen, kennen Sie bestimmt die Werbung dafür. Da singt ein kleiner Hund davon, dass die Frische eingeschlossen und die Gerüche ausgeschlossen werden."

Sie lehnte sich zurück und beobachtete sein Mienenspiel. Obwohl sie in der Vergangenheit häufig unterschiedlicher Meinung gewesen waren, vertraute sie seinem Instinkt. Wenn Kingston Bernard, ein alter Zeitungsmann, erfahrener Reporter und beispielhafter Redakteur, nicht der Meinung war, dass dieser Zettel eine Story war, dann war es auch so.

Er legte die Hand an sein Gesicht und stützte den Ellbogen auf der Tischplatte ab. Er ignorierte Samson, der beschlossen hatte, auf seinen Schoß zu springen. „Sie meinen also", dachte er laut, „jemand hatte noch die Zeit, diesen Zettel zu schreiben? Während das Flugzeug abstürzte?"

„Warum nicht? Wir wissen, dass das Flugzeug in einer Spirale herunterkam, weil der Pilot noch versuchte, die Landebahn zu erreichen. Wir wissen, dass mindestens drei Minuten zwischen dem Ausfall der Elektronik und dem Absturz vergangen sind." Sie beugte sich erneut vor und klopfte auf den Tisch. „Es könnte doch durchaus sein, dass jemand sich einen Zettel und einen Stift nahm und eine Nachricht geschrieben hat."

Seine Augen verengten sich. Er spielte den Advokaten des Teufels, sie kannte diesen Ausdruck gut. „Aber wenn ein Flugzeug abstürzt, sind die Flugbegleiter doch damit beschäftigt, den Leuten zu zeigen, wie sie sich hinzusetzen haben. Es ist unwahrscheinlich, dass jemand angesichts blinder Panik noch einen Zettel schreibt."

„Und wenn man sich um seine eigene Sicherheit keine Gedanken macht?", beharrte Peyton. „Und wenn es einem mehr bedeutet, seinem Kind eine Nachricht zukommen zu lassen, als die richtige Sitzposition eingenommen zu haben? Wenn man von etwas Größerem als der Sorge um die eigene Sicherheit getrieben wird? Warum sollte man nicht diese letzte Gelegenheit nutzen, sich an einen Menschen zu wenden, der etwas überaus Wichtiges erfahren soll?"

Seine Augen erwärmten sich ein wenig, während er die Katze streichelte. „Was steht auf dem Zettel?"

Peyton lehnte sich zurück und nahm ihre Kaffeetasse zur Hand. „Das weiß nur ich", erwiderte sie entschlossen, „und natürlich wird es der Empfänger erfahren."

Er runzelte missbilligend die Stirn. „Das ist nicht fair, MacGruder."

„Doch, das ist es." Sie erhob sich und brachte die Schüssel mit den Eiern zum Tisch, dann lehnte sie sich auf ihrem Stuhl zurück. „Aber es gibt bestimmte Hinweise. Der Zettel war mit ,Dad' unterschrieben, er wurde also von einem Mann an sein Kind geschrieben. Der Anfangsbuchstabe des Kindes ist T."

King zog die Augenbrauen in die Höhe und ließ seinen Blick zum Fenster wandern. Seine Gedanken waren undurchdringlich. „Sonst noch was Brauchbares?"

Peyton schüttelte den Kopf. „Nicht wirklich. Natürlich *Ich liebe dich*. Und das Angebot der Vergebung." Sie lehnte sich an die Küchentheke, verschränkte die Arme und blickte ihn finster an. „Jetzt haben Sie es geschafft. Ich habe Ihnen alles erzählt, und das wollte ich doch gar nicht. Aber bitte behalten Sie die Einzelheiten für sich, ja?"

„Das ist alles?" Ein Lächeln legte sich auf sein Gesicht. „Ich liebe dich, ich vergebe dir, Unterschrift Dad?"

„Das ist ziemlich genau der exakte Wortlaut. Aber jetzt müssen Sie mir versprechen, darüber zu schweigen, sonst muss ich Sie umbringen."

„Ich werde kein Wort sagen." King atmete tief durch und korrigierte sein Lächeln. „Nun, Kind, wenn Sie wissen wollen, was ich davon halte –"

„Das möchte ich. Ich bereite nicht für jeden Frühstück zu."

„Dann sage ich Ihnen Folgendes: Ich glaube, Sie haben Ihren hübschen kleinen Hals vor Noras Schlinge gerettet."

Peyton konnte nicht verhindern, dass sich ein Grinsen auf ihrem Gesicht breit machte. „Meinen Sie wirklich? Ich wusste, dass dieser Zettel das Potenzial für eine große Story hat, vielleicht sogar eine ganze Serie, aber –" Du meine Güte, sie war so ausgelassen wie eine Zweijährige, die sich über ein neues Spielzeug freut.

King trank seinen Kaffee, dann nickte er leicht. „Dies ist eine Geschichte, die die Menschen anrühren wird. Ich bin beinahe neidisch. Dieses Hündchen wird eine Woche laufen oder sogar zwei." Er sah hinunter auf Samson, der noch auf seinem Schoß lag. „Tut mir Leid, Kater, ich wollte dich nicht beleidigen."

„Ich habe die ganze Nacht darüber nachgedacht." Peyton nahm ihre Kaffeetasse in die Hand und grinste ihn über den Rand hinweg an. „In der ersten Kolumne kann ich erklären, wie mir der Zettel in die Hände gefallen ist – und ich werde ehrlich schreiben, dass ich von seiner Echtheit keineswegs überzeugt bin. Er könnte echt sein, aber das wäre vermutlich nur durch eine Untersuchung durch die FAA zu beweisen."

„Die Leute werden es glauben", meinte King. „Sie werden glauben wollen, dass wenigstens etwas Gutes aus einer solchen Tragödie entsteht."

„Und ich werde Mandi bitten, mir bei den Nachforschungen zu helfen – das wird eine gute Erfahrung für sie sein. Wir haben die Passagierliste, damit werden wir anfangen. Wir können die Liste Namen für Namen durchgehen und in jeder Todesanzeige nachsehen. Wir suchen nach Männern mit Kindern, deren Vorname mit T beginnt. Diese Kinder, die Überlebenden der Opfer, werden wir befragen."

King nickte. Mit funkelnden Augen folgte er ihren Gedankengängen. „Wenn Sie Zeit und den nötigen Platz haben, könnten Sie über jeden von ihnen schreiben. Profile der Kinder, mit der Betonung auf den Auswirkungen der Tragödie auf ihr Leben."

Peyton kam ein anderer Gedanke. „Ich könnte sie besuchen, das ist doch viel persönlicher als ein Telefoninterview. Und während des Besuchs könnte ich sie nach ihrer Beziehung zu ihren Vätern fragen. Und wenn alles gut läuft, könnte ich dann an einem bestimmten Punkt von dem Zettel erzählen –"

„Und sehen, wie sie reagieren." King richtete sich auf seinem Stuhl auf. Begeistert schlug er auf den Tisch. Die Katze ergriff erschreckt die Flucht. „Das ist reines Gold, MacGruder."

Peyton biss sich auf die Lippe. Sie war begeistert. In den zehn Monaten, in denen sie jetzt „Hilfe für die Seele" schrieb, war ihr noch nie eine solche einzigartige Gelegenheit untergekommen. Diese Kolumne würde nicht nur jeden Leser in Florida interessieren, sie würde auch genau dem Zweck ihrer Kolumne entsprechen: Sie würde verletzten Seelen Hilfe geben. Und vor allem einer.

„Dieses Projekt erfordert viel Input", sagte sie. „Nora hat vielleicht gar nicht viel dafür übrig, dass ich in der Welt herumfliege und diese Leute besuche. Es gibt keine Garantie dafür, dass sie hier in der Gegend oder auch nur in diesem Staat wohnen."

„Natürlich wird sie Einwände erheben." King zuckte die Achseln. „Es gehört zur Aufgabe eines Redakteurs, die Ausgaben der

Zeitung im Rahmen zu halten. Aber es hängt davon ab, wie viele mögliche Empfänger Sie finden, und wie viel Interesse Sie wecken. Wenn Sie mehrere Kinder von Opfern finden, deren Vorname mit T beginnt, können Sie sie vielleicht nach Tampa einladen. Ich habe das Gefühl, dass sie bestimmt gern kommen würden, wenn Sie ihnen etwas über ihren Vater zu sagen haben ... vor allem, wenn sie miteinander zerstritten gewesen sind."

Peyton schloss die Augen und stellte sich ein Dutzend Männer und Frauen vor, deren Vornamen mit einem T begann, die alle ein Stück dieses Zettels für sich beanspruchten. „Ich sehe Probleme auf uns zukommen", flüsterte sie und öffnete die Augen wieder. „Und wenn wir nun fünfzig Anwärter haben? Es gibt aber nur diesen einen Zettel."

King fuhr sich mit der Hand über sein stoppeliges Kinn. „Vielleicht sind auf dem Zettel oder der Tüte ja noch Fingerabdrücke."

Peyton dachte über diesen Gedanken nach. „Und selbst wenn man welche finden würde, was würde das schon nützen? Die Leute in diesem Flugzeug waren keine Kriminellen oder Regierungsangestellten. Die meisten von ihnen waren ganz gewöhnliche Leute, bestimmt auch der Mann, der den Zettel geschrieben hat. Die Chance, dass seine Fingerabdrücke irgendwo registriert sind, ist höchst gering."

„Das bringt einen dazu, sich nach der Zeit zu sehnen, wo der Große Bruder alle Menschen in einer DNA-Datei gespeichert haben wird." King trank einen Schluck von seinem Kaffee, dann sah er sie an. „Ich bin nicht sicher, dass Sie nach einem bombensicheren Beweis suchen sollten. Denken Sie doch nur – sagen wir, wir haben zwei Leute, deren Situation passen würde. Was schadet es, beide in dem Glauben zu lassen, der Brief sei an sie gerichtet?"

Stirnrunzelnd schüttelte Peyton den Kopf. „Ich möchte den Zettel jemandem geben. Dieser Zettel ist der Preis, nicht? Ich meine, denken Sie doch nur an diese Fernsehshow, in der es um Überlebende geht. Alle diese Leute haben einen Aufenthalt auf einer Insel gewonnen, aber nur einer bekam die eine Million Dollar. Falls das funktioniert, muss ich in der Lage sein, diesen Zettel jemandem zu überreichen."

Ein Lächeln stahl sich durchs Kings Maske der Unsicherheit. „Wie wäre es mit einer Lotterie? Sie könnten die Kandidaten bitten, in einem Brief zu erklären, warum sie der Meinung sind, der Brief stamme von ihrem Vater. Sie könnten die Briefe über einen Zeitraum von ein paar Wochen abdrucken und Ihre Leser entscheiden lassen, welcher Brief ihnen am besten gefallen hat."

Peyton schüttelte den Kopf. „Zu subjektiv und zu lang. Ich bezweifle, dass Nora mir mehr als zwei Wochen für dieses Thema einräumen wird. Sie hat die Berichterstattung über den Flugzeugabsturz bereits über. Sicher, diese Story rettet mir vermutlich den Job, aber Nora wird nicht zulassen, dass ‚Hilfe für die Seele' in eine Kolumne über das Flugzeugunglück umfunktioniert wird."

„Vielleicht haben Sie ja Glück und stellen fest, dass es nur einen Vater gab, dessen Kind einen Vornamen trägt, der mit einem T anfängt."

Peyton schnaubte leise. „Machen Sie Witze? Wissen Sie, wie viele Tylers, Taylors, Toms, Tims, Tonys, Todds, Terrys, Teds, Taffys, Tabithas, Teresas, Tinas, Tesses, Tracys, Trixies und Tallulahs es gibt? Ich kann froh sein, wenn ich bei meiner Suche nicht auf vierhundert Kandidaten stoße."

„Also – wann werden Sie beginnen?"

„Schon bald. Mit der Montagskolumne, denke ich. Falls ich einen klaren Gedanken fassen kann." Sie lachte. „Nora wollte doch, dass ich Leser gewinne. Nun, das wird es bestimmt. Und das Beste ist, sie wird keine Gelegenheit haben, mich aufzuhalten. Am Wochenende arbeitet sie nicht; diese erste Kolumne wird ihr also durch die Finger schlüpfen."

Kings Augen funkelten vor Bewunderung. „Kluges Mädchen."

Sie grinste. „Ich habe gelernt, wie das Spiel gespielt wird."

„Das haben Sie." Er schlug sich mit der Hand auf die Wange und nickte zu der Schüssel mit Rührei auf dem Tisch. „Werden wir denn jemals essen, oder soll alles hier knochentrocken werden?"

„Wir werden essen. Aber warten Sie – ich habe ja auch noch Speck."

Peyton stellte die Mikrowelle an. Als sie sich ausstellte, zog Peyton einen Teller mit sechs Scheiben Speck heraus, der aussah wie ein Brandopfer. Nachdem sie den Speck auf die beiden Teller verteilt hatte, stellte sie sie auf den Tisch und nahm noch schnell aus einer Schublade das Besteck heraus.

Armer King. Falls er sie je für Madame Häuslich gehalten hatte, dann waren diese Illusionen an diesem Morgen stark erschüttert worden.

Seufzend legte sie Messer und Gabel neben seinen Teller. Schnell überprüfte sie noch einmal, ob sie auch wirklich nichts vergessen hatte. Schließlich setzte sie sich auf ihren Stuhl und legte ihr Besteck an ihren Platz. „Das wäre alles – Eier, Speck, Muffins und Kaffee. Falls Sie etwas anderes erwartet haben, dann tut mir das Leid."

„Nur noch eines." Er deutete auf den voll gestopften Serviettenständer auf dem Tisch. „Ich hatte gehofft, etwas zu finden, an dem ich mir die Hände abwischen kann, aber ich weiß nicht so genau, ob dieses Ding nun Briefe, Rechnungen oder Servietten enthält –"

„Einen Augenblick, ich gebe Ihnen eine." Sie griff quer über den Tisch und zog an einer weißen Ecke und beförderte auf diese Weise neben einigen Briefumschlägen auch einen Stapel Servietten zu Tage. Nachdem sie die Servietten herausgesucht hatte – wie lange hatte sie schon keine mehr benutzt? – gab sie eine an King weiter, die andere legte sie sittsam auf ihren Schoß.

King sammelte die verstreuten Briefe auf. „Lesen Sie Ihre Post denn nicht, MacGruder?", fragte er, während er die handgeschriebene Adresse auf einem Umschlag betrachtete. „Der Poststempel ist vom vergangenen Monat, und Sie haben ihn noch nicht einmal geöffnet. Und da ist ja noch einer, zwei Monate alt. Interessiert Sie Ihre Fanpost denn gar nicht?"

Peyton wurde rot, nahm ihm die sechs Umschläge aus der Hand und warf sie auf die Arbeitsplatte. „Das geht Sie zwar gar nichts an, aber diese Briefe sind nicht von meinen Fans, sondern von meinem Vater."

Sie entdeckte das Aufflackern von Entsetzen in seinen Augen. Ein trockenes Lächeln umspielte seine Mundwinkel. „Dann ignorieren Sie seinen Rat also auch?"

„Mein Vater und ich", sie richtete sich auf, als sie nach den Eiern griff, „kennen einander kaum. Ich habe seine Briefe gelesen, und sie sind alle gleich: Berichte über seine Frau, seine Kinder, seine Patienten." Sie klatschte einen Löffel voll Ei ein wenig zu hart, wie sie mit Entsetzen feststellte, auf Kings Teller, dann tat sie sich selbst auf. „Um ehrlich zu sein", sagte sie und stellte die Schüssel auf den Tisch, „ich glaube, er schreibt mir nur aus Pflichtgefühl heraus. Vermutlich drängt Kathy ihn, darum schreibt er. Wie ein Uhrwerk."

King griff nach einem Muffin. „Schreiben Sie zurück?"

Sie schnaubte. „Ich schicke ihm zu Weihnachten eine Karte."

King antwortete nicht, sondern pulte das Papier von seinem Muffin ab.

„Preiselbeer-Walnuss", erklärte sie, dankbar für die Gelegenheit, das Thema zu wechseln. „Margie Stock hat mir das Rezept gegeben. Da sie sich bedingt durch ihre Arbeit im Bereich Ernährung mit Rezepten auskennt, dachte ich, es müsste gut schmecken."

King legte das Papier auf seinen Teller und hielt den Muffin hoch. „MacGruder", sagte er und untersuchte das Kuchenstück, als wäre es ein Gegenstand von hohem Wert, „Sie springen hart mit den Männern in Ihrem Leben um, nicht?"

Die Frage traf sie wie ein Peitschenhieb, aber Peyton hielt den Kopf gesenkt, den Blick auf ihren Teller gerichtet.

King Bernard kannte ihre Lebensgeschichte nicht. Er wusste nichts von der Distanziertheit ihres Vaters, dem Tod ihres Mannes, dem fehlenden Gegenüber in ihrem Leben.

Sie nahm ihre Gabel zur Hand und stach damit in ein dickes

Stück Ei. „Sie essen heute auf meine Rechnung", sagte sie. „Also halten Sie den Mund und essen Sie."

6

Montag, 25. Juni

Schätze aus der Tiefe
von Peyton MacGruder
„Hilfe für die Seele" ist eine regelmäßig erscheinende Kolumne der *Tampa Times*

Liebe Leser,
in der vergangenen Woche bin ich einer Frau begegnet, einer Frau, die ein paar Jahre jünger ist als ich und verblüffend blaue Augen hat. Ebenso verblüffend ist ihr Mitgefühl mit anderen. Diese Dame, die gern anonym bleiben möchte, drückte mir einen kostbaren Schatz in die Hand und bat mich, seinen rechtmäßigen Besitzer zu finden.

Wenn Sie schon seit einiger Zeit meine Kolumne lesen, wissen Sie, dass ich mich nicht so leicht der Fantasie hingebe. Ich überprüfte meine Besucherin, sie wohnt schon seit längerem in dieser Stadt, ist aktiv in ihrer Synagoge, von ihren Nachbarn respektiert. Sie hat zwei Kinder und unterstützt ihren berufstätigen Mann, führt den Haushalt und erzieht ihre Kinder. Soweit ich sagen kann, ist sie so verlässlich wie der Sonnenaufgang. Ich finde also keinen Grund, an ihrer Erklärung, wie sie diesen Schatz im Wasser hinter ihrem Haus gefunden hat, zu zweifeln.

Der Schatz, der in ein rechteckiges Leinentuch gewickelt in meine Hände fiel, ist kein Edelstein, auch kein Geld, sondern ein einfacher Zettel in einer schützenden Plastiktüte. Die Botschaft spricht von einer Liebe, die so weit ist wie das Meer und so unergründlich wie der Ozean. Der Zettel ist, wie ich vermute, ein Überbleibsel aus Flug 848, aber kein einziges Gepäckstück oder Trümmerteil ist von solchem emotionalen

Wert wie dieses kleine Stück Papier. Es ist an eine bestimmte Person gerichtet und mit *Dad* unterschrieben.

Einige von Ihnen werden bereits den Kopf schütteln. Flug 848 ist explodiert, denken Sie, und die verbleibenden Trümmerteile wurden von den Rettungskräften geborgen. Koffer und andere persönliche Gegenstände wurden an die rechtmäßigen Besitzer ausgehändigt.

Aber könnte es nicht sein, dass eine kleine Botschaft, eilig auf einen Notizzettel geschrieben, die Flammen und den nachfolgenden Aufprall überstanden hat? Der Zettel ist klein und die Botschaft einfach, aber vielleicht liegt der Schlüssel zu seiner Existenz in genau diesen Attributen.

Einige von Ihnen mögen diesen Zettel für eine Fälschung halten, einen gemeinen Scherz. Vielleicht ist das so. Aber falls ihn jemand mit zwielichtigen Absichten in das Wasser der Tampa Bay geworfen hat, dann kann ich den Sinn darin nicht erkennen. Abgesehen von dem möglichen Glanz der Publicity, den die Frau, die diesen Zettel gefunden hat, abgelehnt hat, könnte niemand von einer solchen Täuschung profitieren.

Falls dieser Zettel jedoch echt ist – falls auch nur die geringste Möglichkeit besteht, dass diese Botschaft in jenen letzten Augenblicken des Fluges 848 geschrieben wurde, dann ist dies die letzte Mitteilung aus dem Flugzeug an jemanden, der noch am Leben ist.

Ein bekanntes Lied von Paul Simon aus meiner Jugendzeit spricht davon, man solle an einem seltsamen und traurigen Tag nicht falsche Hoffnung weitergeben ...

Wie Sie bin auch ich tief bewegt von den Ereignissen der vergangenen Tage. Meine Fähigkeiten, dieses Unglück zu begreifen, sind begrenzt. In den Tagen nach dem fatalen Absturz von Flug 848 in unser sonnenüberflutetes Meer habe ich tiefe Trauer und erstaunliches Durchhaltevermögen beobachten können. Ich habe bei den Familien am Flughafen gesessen und Kaffee an weinende Rettungskräfte ausgeteilt, die von der Bucht kamen, beladen mit den letzten Habseligkeiten der Opfer.

Wie Sie habe ich meinen Blick zum Himmel gehoben und nach dem Grund gefragt.

Ich habe keine Antworten gefunden ... noch nicht. Aber mir wurde ein Schatz anvertraut, und ich werde alles tun, um den Vater von Flug 848 mit seinem Kind zu vereinen, wer immer das auch sein mag. Es gibt einen Hinweis, eine gute Spur, und in den kommenden Tagen werde ich mich nach Kräften bemühen, diese letzte Botschaft von Flug 848 an eine trauernde Seele weiterzuleiten.

Ich möchte Ihnen keine falschen Hoffnungen machen, Freunde, aber ich glaube daran, dass wenigstens ein Mann an Bord dieses Fluges von PanWorld sein Kind so geliebt hat, dass er in dem kurzen Augenblick vor seinem Tod unbedingt diese eine Nachricht an seinen Sohn oder seine Tochter weitergeben wollte.

Die Verbindung eines Kindes mit seinem Vater steht kurz bevor.

(Peyton MacGruder ist im Büro der *Tampa Times* zu erreichen: E-Mail pmacgruder@tampatimes.com, Telefon 813-555-8573 oder Fax 813-555-8574).

Wie an jedem Morgen, an dem ihre Kolumne erschien, schlief Peyton bis halb acht, duschte dann in aller Ruhe und fuhr zur Arbeit. Wie immer machte sie Halt beim Dunkin' Donuts Restaurant neben dem Gebäude der *Times* und bestellte eine Tasse Kaffee und einen Donut. Sie setzte sich an die Theke und trank den heißen Kaffee, während sie so tat, als würde sie sich überhaupt nicht für die anderen Gäste interessieren. Fast alle Stammgäste in dem Restaurant lasen während des Frühstücks die Zeitung, und an diesem Morgen freute sie sich zu sehen, dass drei Leute – *wirklich drei!* – ihre Kolumne aufgeschlagen hatten.

Lächelnd wandte sie sich ihrem Donut zu. Noch nie hatte ihr ein Donut so gut geschmeckt.

Sie wollte gerade ein weiteres Mal abbeißen, als ihr Handy klingelte. Peyton legte den Donut auf ihre Serviette und putzte sich den Zucker von den Fingerspitzen.

„Sieht so aus, als hätte man Sie beim Schwänzen erwischt." Die blonde Kellnerin mit der Wespentaille, die ihr montags, mittwochs und freitags immer den Kaffee eingoss, blieb mit einem feuchten Handtuch in der Hand vor der Theke stehen. Ihr Plastikschild wies sie als Erma aus.

„Sieht so aus." Peyton holte das Telefon aus ihrem Rucksack und überlegte gleichzeitig, wer wohl der Anrufer sei und ob Erma, um eine so schmale Taille zu bekommen, wohl einen besonderen Gürtel trug, der ihren Bauch zusammendrückte.

Sie klappte das Telefon auf. „Hallo?"

„MacGruder, wo sind Sie?" Die Stimme gehörte Nora Chilton und klang überhaupt nicht freundlich.

Peyton verdrehte die Augen. Die Kellnerin lächelte amüsiert. „Nebenan bei Dunkin'. Ich bin in fünf Minuten da."

„Kommen Sie sofort in mein Büro. Wir müssen miteinander reden."

Peyton senkte den Blick. Ihr Magen krampfte sich zusammen. Sie konnte hier sitzen bleiben und gar nichts sagen, oder sie konnte sich Nora stellen –

Es war Zeit, sich zu stellen. Sie hatte eine großartige Idee gehabt, solides Gold, wie King sagte. Nora hatte also keinen Grund, sich zu beschweren.

Sie schob das Kinn vor. „Wo liegt das Problem, Nora?"

„Es ist – diese Sache mit dem Zettel. Wo kommt der her? Als wir am Freitag im Aufzug miteinander gesprochen haben, haben Sie nichts davon erwähnt. Diese Sache hätte einen guten Artikel gegeben, aber Sie haben das für sich behalten. Falls dieser Zettel tatsächlich aus dem Flugzeug kommt, sollte er vielleicht sofort an die Behörden weitergegeben werden."

„Ich habe diesen Zettel erst am Freitagnachmittag erhalten", erklärte Peyton. Sie gab sich große Mühe, ihre Stimme ruhig zu halten. „Ich habe ihn nicht an Sie weitergegeben, weil ich den

Eindruck hatte, dass Sie an weiteren Geschichten im Zusammenhang mit der Katastrophe nicht interessiert seien. Und es steht nichts Wichtiges darauf, darum werde ich ihn an niemanden weitergeben. Es ist eine Möglichkeit, das ist alles. Eine Gelegenheit, die ich voll ausnutzen werde."

Es blieb still am anderen Ende der Leitung, schließlich sagte Nora: „Warum haben Sie mir nicht davon erzählt, bevor Sie Ihre Kolumne in die Redaktion gegeben haben?"

„Weil Sie am Wochenende nicht arbeiten." Peyton fing den Blick der Kellnerin auf und deutete auf ihre halb leere Kaffeetasse. „Und weil ich das nicht für nötig hielt. Sie haben mir aufgetragen, meine Leserschaft zu erweitern, Nora, und das scheint mir durchaus der geeignete Weg dazu zu sein." Sie sah sich in dem Bistro um und stellte erfreut fest, dass zwei Frauen am Nebentisch interessiert die Zeitung vor sich aufgeschlagen hatten. Eine deutete auf die Kolumne.

„Kommen Sie, sobald Sie können, in mein Büro." Die Leitung war tot.

Seufzend klappte Peyton ihr Telefon zu und steckte es wieder in ihren Rucksack. Erma kam lächelnd näher, eine Hand auf die Hüfte gestützt. Ihre Augen waren von Lachfältchen umrahmt. „Liegt ein schwieriger Tag vor Ihnen?"

„Eine schwierige Woche, fürchte ich." Peyton zog zwei Dollarscheine aus ihrer Geldbörse, legte die Scheine auf die Theke und lächelte die Kellnerin verlegen an. „Vielleicht habe ich den größten Fehler meiner Laufbahn begangen, aber wenigstens werde ich mit einem Knalleffekt untergehen."

Peyton begab sich nicht sofort in Noras Büro (*gehen Sie nicht über Los, ziehen Sie keine viertausend Mark ein*), sondern zuerst an ihren Schreibtisch und schaltete ihren Computer ein. Ihren Kaffee schlürfend, den die mitfühlende Erma ihr mitgegeben hatte, nahm sie sich ein paar Minuten Zeit, um Mut zu sammeln für die bevorstehende Begegnung mit der Drachendame. Nachdem der Computer hochgefahren war, loggte sie sich ins Intranet ein und rief ihre E-Mails ab.

Sie blinzelte.

In ihrer Mailbox befanden sich fünfundvierzig Nachrichten, ein Rekord für einen Montag, und dabei war es noch nicht einmal zehn Uhr.

Sie klickte den Postkorb an und hielt die Luft an, als eine Liste der Nachrichten auf dem Bildschirm erschien. Ein leiser Ton erklang, und zwei zusätzliche Nachrichten erschienen am Ende der Liste.

Sie ließ die Liste durchlaufen und erkannte nur eine Adresse – die von King Bernard. Sie klickte auf das Umschlagzeichen und lächelte, als sie seine Nachricht las:

Der Schlag ging weit ins Feld, Mädchen! Eine gute Arbeit, heute Morgen! Sie haben nicht nur alle Basen genommen, Sie haben das Spiel mit echtem Herz gespielt.
Ich würde sagen, ich wusste zwar nicht, dass das in Ihnen steckt, aber ich habe immer vermutet, dass Sie so schreiben können.
Weiter so gute Arbeit, MacGruder. Und danke für das Frühstück.

Sie zog die Augenbrauen in die Höhe. King Bernard ging nicht verschwenderisch mit Lob um, darum musste sie diese Nachricht unbedingt aufbewahren.

Sie rief eine andere Nachricht ab, deren Adresse sie nicht kannte.

Miss MacGruder, ich kann gar nicht sagen, was Ihre Kolumne heute Morgen mir bedeutet hat. Immer muss ich daran denken, was ich meinen Kindern wohl geschrieben hätte, wenn ich in diesem Flugzeug gesessen hätte. Hätte ich überhaupt an sie gedacht oder nur an mich selbst? Ich hoffe, Sie finden die Person, nach der Sie suchen. Ein so selbstloser Vater hat es verdient, dass Sie sich nach Kräften einsetzen.
Ein neuer Fan

Peyton rief noch mehrere andere Nachrichten ab, die meisten von Lesern. Viele Leute wollten wissen, was auf dem Zettel stand; alle drängten sie, mit der Suche zu beginnen.

Eine letzte Nachricht schien ihre Morgenpost zusammenzufassen:

Peyton M-
Sie sind meine Lieblingsreporterin, und ich lese Ihre Kolumne in der Zeitung sooft ich kann. Ich war so traurig, als ich von dem Flugzeugabsturz hörte. Und ich weiß, wenn mein Dad in diesem Flugzeug gesessen hätte, würde ich alles dafür geben, um diesen Zettel, den er an mich geschrieben hat, zu bekommen.
Danke, dass Sie versuchen zu helfen. Ich hoffe, Sie finden die richtige Person-
Tasha, zehn Jahre alt

Leise lachend klickte Peyton auf das Druckersymbol, dann erhob sie sich und bahnte sich ihren Weg durch das Meer von Schreibtischen zum Druckerraum. Sie konnte das Gespräch mit Nora nun nicht mehr länger hinausschieben, aber wenigstens konnte sie gut bewaffnet in den Krieg ziehen.

Die Drachenlady gönnte dem Brief, den Peyton vor sie auf den Schreibtisch legte, kaum einen Blick. „Ich habe bisher schon fast fünfzig E-Mails bekommen", erklärte Peyton, als sie auf dem Stuhl vor dem Schreibtisch Platz nahm. „Und wir wissen noch nicht, was die reguläre Post bringen wird."

Nora betrachtete sie spöttisch. „Sie hätten mir sagen sollen, was Sie vorhaben."

Peyton zuckte die Achseln. Für den Augenblick fühlte sie sich sicher durch die Unterstützung der Leser. „Sie haben mich nie gebeten, die Montagskolumne mit Ihnen abzusprechen. Woher sollte ich wissen, dass Sie diese sehen wollten?"

Noras Blick bohrte sich in sie hinein. „Wir waren fertig mit Flug 848. Wir haben über den Absturz bis zur Erschöpfung berichtet –"

„Aber was war Ihre Lieblingsmaxime?" Peyton richtete sich auf ihrem Stuhl auf, beugte sich vor und legte ihre Hand auf den Schreibtisch. „Für durchschlagende Neuigkeiten ist immer Raum, selbst im Bereich Features. Das war etwas anderes, und es ist mir in die Hände gefallen. Ich wäre ein großer Narr gewesen, wenn ich es nicht angenommen hätte." Sie ließ sich auf ihrem Stuhl zurücksinken. „Außerdem möchte ich diese Sache wirklich weiterverfolgen. Der Zettel könnte echt sein, und falls das so ist, denken Sie doch nur – während alle anderen in diesem Flugzeug vermutlich in Panik gerieten, hatte ein Mann die Geistesgegenwart, einen Abschiedsgruß zu schreiben. Ich kann wenigstens versuchen, sie dem Adressaten zukommen zu lassen."

„Sie wissen doch gar nicht, was in diesem Flugzeug passiert ist. Sie werden es nie erfahren. Sie waren nicht dabei."

„Einige Dinge", sagte Peyton mit der Zuversicht, die einem undefinierbaren Gefühl der *Richtigkeit* entsprang, „muss man einfach glauben. Immerhin habe ich noch nie den Pluto gesehen, aber ich vertraue den Leuten, die Beweise für seine Existenz haben." Sie beugte sich wieder vor. „Dieser Zettel belegt die Existenz eines Vaters, der sein Kind so sehr liebte, dass er sich auf diese Weise von ihm verabschiedet hat."

Noras Blick war noch immer kalt und anklagend auf sie gerichtet, aber sie schwieg eine ganze Weile. Schließlich senkte sie den Blick, nahm ihren Stift zur Hand und begann, ihn zwischen den Fingern zu drehen. „Auf jeden Fall war Ihre Kolumne gut. Mir gefällt dieser neue Ansatz. Sie stellen jetzt Fragen, geben nicht nur Antworten." Sie hielt inne, um sich zu räuspern. „Äh ... schon eine Spur?"

Peyton entspannte sich und schüttelte den Kopf. „Nur den Zettel. Den gestrigen Nachmittag habe ich in den Archiven verbracht und unsere Todesanzeigen für die aus Tampa stammenden Opfer des Fluges 848 ausgedruckt. Ich konnte bisher noch nicht alle durchgehen, ich habe auch noch nicht alle Todesanzeigen für die anderen Passagiere zusammen. Wenn Sie einverstanden sind, würde ich Mandi gern bitten, mir bei der Beschaffung der anderen Papiere zu helfen. Wir sammeln biografische Informationen über alle Opfer und machen von da aus weiter."

Nora lächelte sie gezwungen an und nickte kurz mit dem Kopf. „Da Sie den Ball ins Rollen gebracht haben, müssen Sie jetzt auch weitermachen."

Peyton legte die Hände ineinander und starrte ihre Chefin an. Sie überlegte, wie Noras Zorn und ihre abrupte Meinungsänderung zu erklären waren. War sie zornig darüber, dass der Zettel nicht einem der anderen Reporter übergeben worden war? Oder gefiel ihr nicht, dass Peyton, deren Tage als Verfasserin der Kolumne gezählt waren, eine so aufregende Aufgabe in die Hand bekommen hatte?

Tief seufzend rutschte Nora auf ihrem Stuhl herum. „Sagen Sie mir, falls Sie noch Hilfe vom Büro brauchen." Ihr Blick fiel auf einen Aktenordner auf ihrem Schreibtisch. „Ich habe gerade einen Anruf von Mr. DiSalvo bekommen. Er ist sehr interessiert an dem Ausgang Ihrer kleinen Suche."

Ein Kribbeln durchfuhr Peyton. Curtis DiSalvo, der Verleger und Präsident der *Times*, hatte ihre Kolumne gelesen? Sie presste die Lippen aufeinander in dem erfolglosen Versuch, ein spontanes Lächeln zu unterdrücken. Kein Wunder, dass Nora erzürnt war. Mr. DiSalvo kam aus dem harten Nachrichtengeschäft und hatte aus seiner Verachtung für die „leichte Kost", wie er es nannte, keinen Hehl gemacht. Nur selten schenkte der Mann der Redaktion Lifestyle seine besondere Aufmerksamkeit. Die Tatsache, dass er die Kolumne „Hilfe für die Seele" besonders erwähnt hatte, hatte bei Nora bestimmt einen bitteren Beigeschmack hervorgerufen.

„Danke. Ich werde Sie wissen lassen, wenn ich etwas brauche", sagte Peyton und erhob sich. „Und keine Sorge, ich werde versuchen, diese Sache in zwei Wochen abzuwickeln. Das ist ja die Zeit, die mir noch bleibt, nicht? Zwei Wochen, um meine Leserschaft zu vergrößern."

Nur mit Mühe konnte sie beim Anblick von Noras entgeistertem Gesichtsausdruck das Lachen unterdrücken.

* * *

Kurze Zeit später stand Peyton vor der Sportredaktion neben dem Nachrichtenraum, die Hand zum Klopfen erhoben. Doch Zweifel plagten sie. Ihre Zwiespältigkeit, die sie dazu gebracht hatte, King am Wochenende um Rat zu fragen, hatte sie nun vor seine Tür geführt, und ein Teil von ihr warnte sie davor, das zur Angewohnheit werden zu lassen.

Doch sie hatte keine Gelegenheit zu klopfen. Noch während sie überlegte, schwang die Tür auf, und Carter Cummings stand vor ihr. Seine Augen weiteten sich, als er sie entdeckte, dann blickte er zurück zu King und grinste. „Ich wusste doch, dass da zwischen euch etwas läuft!"

Peyton brauchte gar nicht zum Schreibtisch hinüberzusehen, um zu wissen, dass King brummte. „Nichts läuft da, Cummings", sagte sie und trat zurück, damit er gehen konnte.

„Sicher." Carter blinzelte ihr zu, dann wandte er sich noch einmal an King. „Ich habe Ihnen doch gesagt, dass sie zu viel Klasse für Sie hat. Warum führen Sie diese Frau noch länger an der Nase herum?"

Peyton schnaubte. „Er führt mich nicht –"

„Ich tue gar nichts dieser Art." King schnitt ihr das Wort ab und funkelte seinen Mitarbeiter an. „Raus hier, ja? Beschäftigen Sie sich mit diesem Angelartikel, sonst lasse ich Sie über Beilkespielwettkämpfe in St. Pete berichten."

Offensichtlich konnte nicht einmal Kings Funkeln Carters Laune dämpfen. Als er an Peyton vorbeikam, blinzelte er erneut, und einen Augenblick lang überlegte sie ernsthaft, ob sie nicht die Flucht ergreifen sollte. Ein halbes Dutzend Schreibtische stand in der Nähe, und mindestens so viele Sportreporter hatten mit einem süffisanten Lächeln ihrer Unterhaltung zugehört ... Sie wappnete sich innerlich, betrat Kings Büro und knallte die Tür hinter sich zu.

King an seinem Schreibtisch zuckte in geheucheltem Bedauern zusammen. „Tut mir Leid. Ist mein Hänseln wegen der kalten Eier Schuld daran?"

Peyton ließ langsam den angehaltenen Atem entweichen. „Vergessen Sie den Samstag, ja? Mich beschäftigten wichtigere Dinge."

Grinsend deutete King auf den leeren Stuhl. „Erzählen Sie mir davon. Übrigens eine gute Kolumne heute Morgen."

Peyton nahm Platz. „Ich habe Ihre E-Mail bekommen. Danke."

„War Chilton glücklich?"

„Nein, sie hat Feuer gespien. Sie rief mich in Dunkins Bistro an, können Sie sich das vorstellen, und bestellte mich in ihr Büro. Aber als ich mich dann schließlich bei ihr einfand, hatte DiSalvo angerufen und ihr gesagt, dass ihm das Konzept einer Suche gefällt. Er ist fasziniert von der Story, darum muss Nora mich unterstützen, ob ihr das nun gefällt oder nicht."

King beugte sich vor. Jegliche Schadenfreude war aus seinem Gesicht gewichen. „Das klingt gut, Peyton, ehrlich. Das könnte Ihre Fahrkarte zu einem richtig dicken Ding sein."

„Falls ich es richtig mache." Sie biss sich, ein wenig erstaunt darüber, dass so etwas aus ihrem Mund gekommen war, auf die Lippe. Bisher hatte sie sich ihren Lebensunterhalt damit verdient, so zu tun, als hätte sie Antworten auf alle Fragen. Diesmal schien das anders zu sein.

King runzelte die Stirn. „Sie fühlen sich unsicher?"

„Ich weiß nicht." Sie fuhr sich mit der Hand durch das Haar. „Wenn es bei dieser Suche nur darum ginge, Informationen zusammenzutragen, hätte ich nicht solche Bedenken. Aber bei diesem Projekt muss ich Leute interviewen."

„Und was ist dabei? Sie haben doch schon unzählige Sportler interviewt."

„Aber diese Leute sind keine Professionellen. Sie wollen vielleicht gar nicht interviewt werden." Sie presste ihre Hände aneinander und bemerkte, dass ihre Handflächen ganz feucht geworden waren. „Und, was mir wirklich Kopfzerbrechen bereitet, ist die Tatsache, dass diese Menschen trauern. Das Unglück ist vor knapp zwei Wochen geschehen. Vermutlich rühre ich eine wunde Stelle an." Sie ließ die Hände sinken und begegnete seinem Blick. „Ich bin keine Therapeutin, King. Ich habe nicht die leiseste Ahnung, wie ich mit Leuten in einer solchen Situation umgehen soll. Dieser Gedanke bereitet mir Unbehagen."

King schwieg eine Weile. Mit sanfter Stimme ergriff er wieder das Wort. „Was ist denn mit den Traumaexperten am Flughafen? Haben Sie zufällig jemanden kennen gelernt, den Sie um ein paar Tipps bitten könnten?"

Peyton schüttelte den Kopf. „Ich bin ihnen aus dem Weg gegangen. Wann immer ich Tränen sah, habe ich schnell die Flucht ergriffen."

„MacGruder", in seiner Stimme lag ein schwacher Vorwurf, „wann werden Sie endlich vernünftig? Sie können nicht vor ehrlichen Gefühlen davonlaufen, wenn Sie als Reporterin Erfolg haben wollen. Egal was Sie schreiben, die Wurzel jedes Artikels liegt im Herzen." Er schnaubte leise. „Die Menschen interessiert nicht, ob jemand einen Homerun in einem großen Baseballspiel hingelegt hat. Sie wollen wissen, was er dabei empfunden hat."

Peyton senkte den Blick. Sie war nicht sicher, wie sie auf die Herausforderung in seinen Worten reagieren sollte, aber welche Wahl hatte sie schon? Sie hatte den ersten Schritt getan, hatte sich Nora gegenüber behauptet und den Lesern ihren Plan vorgelegt. Sie konnte nicht mehr zurück, obwohl sie das wollte.

Es kostete sie große Mühe, ihr Kinn zu heben und seinen Blick zu erwidern. „Ich bin bereit zu tun, was notwendig ist. Darum bitte ich ja um Hilfe."

King zog eine Augenbraue in die Höhe. Als sein Mund sich öffnete, wappnete sich Peyton innerlich auf eine schnelle Antwort – *Warum waren Sie nicht so engagiert, als Sie noch hier gearbeitet haben?* – aber er atmete nur tief ein und griff nach einem Block.

„Ich gebe Ihnen die Adresse einer Frau, die ich schon seit Jahren kenne", sagte er und schrieb etwas auf die Seite. „Sie ist jetzt im Ruhestand und wohnt in Clearwater. Sie wird Ihnen sicher ein paar gute Tipps geben können."

„War sie Reporterin?"

King riss die Seite heraus und reichte sie ihr. Er blinzelte ihr zu. „Eine Zeit lang. Sie schrieb im Feuilleton für die *Post*."

Peyton zog die Nase kraus. Dass er sie zu einer pensionierten Reporterin der Konkurrenz schickte, war schon schlimm genug, aber Feuilletonschreiber berichteten über alles, was es unter der Sonne gab. „Das verstehe ich nicht." Sie nahm die Seite. „Inwiefern kann diese Frau mir helfen?"

„Weil sie jetzt Predigerin ist."

Peyton sah ihn an. Einen Augenblick glaubte sie, ein Lachen in Kings Augen zu entdecken, aber sein Mund blieb unbeweglich, als er sich zu ihr vorbeugte.

„Natürlich nicht offiziell. Ich glaube nicht, dass ihre Gemeinde viel für weibliche Prediger übrig hat. Aber genau das ist sie. Sie verbringt den größten Teil ihrer Freizeit im Bezirksgefängnis, hört den Insassen zu, spricht mit ihnen über das, worüber Prediger eben so sprechen."

Peyton verzog den Mund. „Ich weiß nicht, King. Meine Story hat doch nichts mit Religion zu tun; es geht dabei doch mehr um Menschen."

„Darum brauchen Sie Mary Grace. Die Frau kennt die Menschen wie kein anderer. Sie wird Ihnen helfen können."

„Sie hat im Feuilleton geschrieben, King. Was bedeutet, dass sie über alles berichtet hat, von Rasenornamenten bis zur Little League –"

„Und sie hat ihre Sache gut gemacht, weil sie sich auf die Menschen hinter den Rasenornamenten und den Baseballspielen konzentriert hat." Er schlug mit der Hand auf den Schreibtisch. „Überwinden Sie sich, diese Brücke zu überqueren, MacGruder. Wenn ich mich irre, werde ich Sie, wenn Sie zurückkommen, zum Abendessen einladen."

Stirnrunzelnd steckte Peyton das Blatt in ihre Tasche und erhob sich. „Und wenn ich meinen Nachmittag vergeude?"

90

King lehnte sich zurück und legte einen Fuß auf den Rand einer offen stehenden Schublade. „Dann lade ich Sie auch zum Abendessen ein."

Kopfschüttelnd ging Peyton zur Tür, aber bevor sie das Büro verließ, rief sie: „Abgemacht."

* * *

Mary Grace Van Owen war zu Hause, als Peyton anrief, um einen Termin zu vereinbaren. Mit heiserer Stimme – die Frau hatte entweder eine Erkältung oder zu viel geraucht – erklärte sie, sie müsse um halb drei im Gefängnis sein. Wenn Peyton mit ihr sprechen wolle, solle sie auf dem schnellsten Weg nach Clearwater kommen.

Die Sonne war hinter einer dicken Wolke verschwunden, als Peyton den Parkplatz erreichte. Unmittelbar nachdem sie in ihren Wagen gestiegen war, öffnete der Himmel seine Schleusen. Dicke Regentropfen wurden vom Wind gegen ihre Windschutzscheibe gepeitscht. Die Scheibenwischer konnten die Wassermassen kaum bewältigen. Peyton stöhnte, als der Donner über ihr krachte, und einen Augenblick lang überlegte sie, ob sie die Fahrt tatsächlich wagen sollte. Sie hasste es, im Regen zu fahren, hasste die lange Brücke nach Clearwater und hasste den Gedanken, den Nachmittag mit irgendeiner alten Jungfer zu verbringen, die eine besondere Vorliebe für Gott und Kriminelle hatte.

Aber sie hatte eine Abmachung mit King getroffen, und die Frau erwartete sie.

Zähneknirschend setzte sie aus der Parklücke und machte sich auf den Weg zur Interstate 275, die sie zur Howard Frankland bringen würde, einer der drei langen Brücken zur Pinellas County Halbinsel.

Problemlos erreichte sie die drei Meilen lange Brücke, aber während der Fahrt über die Brücke musste sie unwillkürlich in das aufgepeitschte Wasser der Bucht sehen. Die ruhelosen Wellen im Norden waren stahlgrau mit weißen Schaumkronen. Mit einem Schauder erinnerte sie sich daran, dass sie nur wenige Tage zuvor ganz ruhig gewesen und über Flug 848 zusammengeschlagen waren.

Sie wandte den Blick ab und konzentrierte sich lieber auf die vierspurige Fahrbahn. Die Wolken am Himmel hingen tief über dem höchsten Punkt der Brücke und hüllten ihn in grauen Dunst. Peyton überlegte, lieber auf der schmalen Notspur anzuhalten, bis das Gewitter vorbeigezogen war, aber sie hatte schon zu oft von hilflosen Fahrern gelesen, die vom Blitz getroffen worden waren, weil sie angehalten hatten, um einen Reifen zu wechseln. Außerdem zeigte ihre Uhr bereits halb zwei an. Ihr blieb also nur noch wenig Zeit für ihr Gespräch mit Miss Van Owen.

Aus einem Grund, den sie selbst nicht nennen konnte, sträubten sich ihr bei dem Gedanken an die Begegnung mit dieser Frau die Nackenhaare. Wann hatte sie das letzte Mal persönlich ein Interview geführt? Seit sie die Kolumne „Hilfe für die Seele" übernommen hatte, jedenfalls nicht mehr. Und davor waren ihre Interviews kaum mehr als Schreiwettkämpfe mit professionellen Sportlern gewesen, die sie als Sprachrohr für ihre Public Relations betrachteten. Selbst Tiger Woods hatte ihr in dem Interview, von dem King sich so beeindruckt gezeigt hatte, nur seine Standardinformationen gegeben und sich dann wieder auf sein Golfspiel konzentriert.

„Das ist in Ordnung." Peyton schlug mit den Handflächen auf das Lenkrad und spähte angestrengt durch die Windschutzscheibe. Der Regen prasselte auf ihr Dach und lief am Seitenfenster hinunter, Blitze zuckten über dem aufgewühlten Wasser zu ihrer Rechten.

Peyton stellte im Radio den Lokalsender ein und stimmte in das Lied von Dixie Chicks ein. Sie wollte lieber singen, als auf die Idioten zu schimpfen, die auf der linken Spur an den vorsichtigen Fahrern vorbeirauschten. Wann immer ein solcher Raser sie überholte, wurde das Regenwasser gegen die Fahrerseite des Jetta gespritzt, sodass sie kaum noch etwas sehen konnte. Doch Peyton umklammerte das Lenkrad noch fester und sang umso lauter.

Sie war immer eine vorsichtige Fahrerin gewesen, aber seit Garretts Unfall war sie übervorsichtig geworden. Sein Leben hatte auf einer regennassen Straße wie dieser sein Ende gefunden, und die beiden freundlichen Polizisten, die an ihrer Tür erschienen waren, hatten ihr schnell versichert, es seien keine alkoholischen Getränke im Wagen gefunden worden. Der Unfall gehörte zu den Tragödien, bei denen viele Unwägbarkeiten zusammengekommen waren – eine nasse Straße, nasse Bremsen, die Wucht des Aufpralls bei hoher Geschwindigkeit. Garretts Wagen hatte sich um eine Eiche geschlungen, bevor er noch wusste, was passiert war. (Natürlich hatten die Polizisten das nicht gesagt, aber sie konnte zwischen den Zeilen lesen.)

Und dann drehte ich mich um, und du warst fort –

Sie sang mit den Chicks und übertönte ihre Erinnerungen mit ihrer Stimme.

Du warst nicht allzu lange da,
Und doch hast du einen leeren Schlag in dem Lied meines Herzens zurückgelassen –

Oben auf der Brücke angekommen, beugte sie sich vor, um durch die Windschutzscheibe zu spähen. Die Straße vor ihr am Ende der Brücke war von Sonnenschein erhellt. Sie stieß einen tiefen Seufzer aus und lockerte ihren Griff um das Lenkrad. Gewitter wie dieses, nur auf ein bestimmtes Gebiet beschränkt, kamen in Florida häufiger vor. Vermutlich waren die Straßen in Clearwater so trocken wie die Wüste.

Durch die Aussicht auf strahlenden Sonnenschein aufgeheitert, fuhr Peyton zügig weiter.

* * *

Mary Grace Van Owen wohnte, wie Peyton schon bald feststellte, in dem Lakeview Wohnwagenpark in der Nähe der Belcher Road. In diesem Park standen die rechteckigen Wohnwagen wie bei den meisten Wohnwagenparks im Pinellas County in diagonalen Reihen an einer hufeisenförmigen Straße. Zu jedem Wohnwagen gehörte ein Carport, der üblicherweise aus angestrichenem Beton bestand und mit Petunien oder Begonien geschmückt war.

An jedem Wohnwagen im Lakeview Park hing ein Holzschild, auf dem in Brandschrift die Platznummer und der Nachname des Bewohners zu lesen waren. Peyton fand *Platz 137, Van Owen* in der letzten Kurve der Straße.

Sie stellte den Jetta auf einem Grasstück neben der Straße ab, stieg aus und ging zur Tür. Mary Graces Carport sah aus wie alle anderen auch, doch auf ihrer Veranda standen vier Plastikstühle um einen kleinen Tisch wie Planwagen um ein Lagerfeuer. Offensichtlich liebte die Frau Gesellschaft und gute Gespräche.

Miss Van Owen mochte anscheinend auch Tiere. Nicht weniger als vier Futterkästen hingen an Haken vom Dach ihres Carports, und zwei Kanadagänse aus Plastik zierten das kleine Rasenstück vor ihrem Wohnwagen.

Weiße Vorhänge bauschten sich in dem geöffneten Fenster, und das Geräusch eines Ventilator war durch die Fliegengittertür zu vernehmen. Anscheinend gab es in dem Wohnwagen keine Klimaanlage. Peyton klopfte an die Tür, und einen Augenblick später hörte sie Schritte.

„Ich komme!"

Die Tür wurde geöffnet. Mary Grace Van Owen war bestimmt fünfundsechzig Jahre alt. Ihr dichtes, weißes Haar hatte sie zu einem altmodischen Knoten zurückgebunden. Sie trug ein einfaches Hauskleid mit dezentem Muster und weiße Sandalen.

Im hellen Sonnenschein konnte Peyton erkennen, dass das Alter dunkle Flecken auf Mary Graces rechteckigem Gesicht hinterlassen hatte, vor allem auf den Wangen und der Stirn. Aber ihr rosa Lippenstift verlieh ihrem Gesicht ein wenig Farbe, und ihre blauen Augen strahlten so sanft wie die eines glücklichen Babys. „Sie müssen die Dame von der Zeitung sein", begrüßte sie Peyton mit leicht krächzender Stimme.

Peyton spürte, wie sich langsam ein Lächeln auf ihrem Gesicht breit machte. „Das bin ich. King Bernard sagte, Sie könnten mir vielleicht helfen."

Das Gesicht der Frau strahlte auf. „Wie geht es denn dem alten King und seinem wunderbaren kleinen Jungen?"

„Der Junge ist mittlerweile erwachsen; er studiert an der USF. King geht es gut, und er hält viel von Ihnen." Peyton hielt inne und wischte sich den Schweiß aus der Stirn. „Er sagte, Sie wären ein Genie im Umgang mit Menschen."

Mary Grace lachte leise. „Na ja, das kann ich nicht beurteilen, aber kommen Sie doch bitte herein, dann können wir uns ein wenig unterhalten. Ich werde um zwanzig nach zwei abgeholt. Ich kann den Termin im Gefängnis leider nicht absagen." Sie lächelte Peyton an. „Gladys – sie holt mich gleich ab – hört immer zu gerne zu, wenn ich von dem Besuch im Gefängnis berichte."

„Das kann ich gut verstehen", murmelte Peyton. Sie musterte die Frau in dem Wohnwagen.

Mary Grace öffnete die Tür, und Peyton trat ein. Der Geruch von Staub, Hitze und Lysol schlug ihr entgegen. Ihr erster Eindruck war *dunkel*. Es brannten keine Lichter, aber vermutlich trug die Düsternis im Wohnwagen dazu bei, dass man die Hitze besser ertragen konnte. Nachdem sich ihre Augen an die Dunkelheit gewöhnt hatten, entdeckte sie links von sich eine kleine saubere Küche, einen Wohnbereich rechts. Die Küche war unauffällig, abgesehen von einer Unmenge Häkelarbeiten – eine handgearbeitete Hülle für die Kaffeekanne in orange und grün, mehrere blaue Topflappen an einem Haken an der Wand, und eine kleine Schürze für das Spülmittel neben dem Spülbecken. Sehr großmütterlich, dachte Peyton, und sogar die Dunkelheit schien zu passen. Immerhin lebten die Pensionäre in Florida von ihrer Rente, und Strom war sehr teuer.

„Kann ich Ihnen etwas zu trinken anbieten?" Mary Grace hob die Stimme, um den Lärm des Ventilators im Flur zu übertönen. „Es ist schrecklich heiß heute."

„Nein, vielen Dank." Peyton drehte sich zum Wohnbereich um. Er war in dunklem Walnussholz getäfelt, auf dem Boden lag ein dunkelbrauner Flickenteppich. Das verblichene Sofa an der Wand war größtenteils mit Kissen bedeckt, und – sie spürte, wie ihr Herz einen Sprung tat – mit *Babys*. Einen Augenblick lang dachte sie, sie wäre ins Haus einer großmütterlichen Kidnapperin geraten, doch dann erkannte sie, dass die Babys auf dem Sofa und in der Wiege Puppen waren.

„Wow", sagte sie und legte die Hand ans Herz. Ihr Herzschlag beruhigte sich allmählich wieder. „Anscheinend sammeln Sie Puppen."

„Sind sie nicht wunderschön?" Mary Grace nahm eine schwarzhaarige Puppe und legte sie sich in den Arm. Sie deutete zum Sofa. „Nehmen Sie sich nur eine und machen Sie es sich bequem. Die Babys mögen es, wenn sie in den Arm genommen werden, und uns schadet es auch nicht, wenn wir sie im Arm halten."

Peyton suchte nach einem einigermaßen freien Platz auf dem Sofa und nahm die dort sitzende Puppe auf. Sie packte sie am Arm, aber sie fühlte sich so zerbrechlich an, dass sie automatisch ihren Rucksack sinken ließ und die Puppe mit ihrer freien Hand festhielt. Kalte Panik strahlte von ihren Schulterblättern und breitete sich über ihre Wirbelsäule aus. Während sie die Puppe, deren Kopf hin und her wackelte, vorsichtig vor sich hielt, warf sie Mary Grace einen Seitenblick zu. Sie hatte sich auf einem Schaukelstuhl niedergelassen.

„Sie fühlt sich so echt an", murmelte sie. *Wie eine original Chuckie Puppe ...*

„Sie hat eingearbeitete Gewichte", erwiderte Mary Grace und stützte den Ellbogen auf der Armlehne ab. „Diese Puppen werden in allen Fernsehsendungen wie *ER* und *General Hospital* verwendet. Wann immer ein Baby zu sehen ist, kann man sicher sein, dass es eine dieser Puppen ist."

„Interessant." Obwohl sich ihr Magen zusammengekrampft hatte, zwang sich Peyton zu einem Lächeln. Sie nahm Platz und setzte die Puppe mit den weit aufgerissenen Augen auf ihren Schoß. Viel lieber hätte sie die Puppe auf den Boden gelegt, aber etwas in Mary Graces Haltung warnte sie, das lieber zu lassen.

Sie musste ihr Gefühl ignorieren. Der Kopf der Puppe lag auf ihren Knien, ihre Beine berührten ihren Bauch. Sie beugte sich vor und zog ihren Rucksack zu sich heran. „Ich muss meinen Block und einen Stift herausholen ..." Sie senkte den Kopf, um in ihrem Rucksack zu wühlen.

„Sie haben keine Kinder, nicht?" Mary Graces Stimme war leise, erfüllt von stiller Trauer.

Peyton hielt in ihrer Bewegung inne, sah aber nicht auf. „Nein", erklärte sie. Nur mühsam konnte sie die Fassung bewahren. „Mein Mann und ich hatten nicht die Zeit, um eine Familie zu gründen."

Aus den Augenwinkeln sah Peyton, dass Mary Grace im langsamen Rhythmus des Schaukelstuhls nickte. „Sie wurden also schon jung Witwe. Ich auch. Mein Donald ist 1954 an Lungenentzündung gestorben. Natürlich gibt es heute viel bessere Medikamente."

Peyton fand ihren Block und ihren Stift. Sie ließ die Klappe ihres Rucksacks über die Puppe auf ihrem Schoß fallen. Die Frau war eine gute Beobachterin. Aber Reporter wurden ja auch darauf trainiert, andere Menschen zu beobachten. Zweifellos hatte sie bemerkt, dass Peyton keine Ahnung hatte, wie man mit einem Baby umgeht. Doch Mary Grace konnte bestimmt keine Gedanken lesen.

„Woher wissen Sie, dass mein Mann gestorben ist?", fragte Peyton betont fröhlich. „Wir hätten doch geschieden sein können."

Mary Grace blickte Peyton listig an. „Geschiedene Frauen tragen in der Regel keinen Trauring mehr, und schon gar nicht an der rechten Hand wie Sie."

Peyton griff nach dem schlanken goldenen Ring und drehte ihn an ihrem Finger. „Sie wussten doch gar nicht, dass dies ein Trauring ist. Es könnte doch auch einfach ein anderer Ring gewesen sein."

„Ich glaube nicht, dass Sie viel von Modeschmuck halten." Mary Grace deutete auf ihren Arm. „Sie tragen eine Uhr mit breitem Lederarmband. Ein etwas gemischter Look, meinen Sie nicht? Eine sportliche Uhr und ein gravierter goldener Ring. Ich könnte mich natürlich irren, aber ich bezweifle es. Sie haben eine Geschichte."

Peyton erstarrte. Ihre Gedanken überschlugen sich. Diese Frau wusste so viel. Sie konnte tatsächlich Gedanken lesen. Peyton würde gehen müssen, dieser drückenden Hitze und den komischen Puppen entfliehen –

Sie schloss die Augen und zwang sich, einmal tief und langsam durchzuatmen. Sie würde nicht in Panik geraten. Es war genügend Luft da; ihr klopfendes Herz forderte nur mehr Sauerstoff, weil es in diesem Wohnwagen so heiß war wie in der Hölle. Mary Grace Van Owen wusste nicht wirklich etwas über Peytons Vergangenheit. Sie war nur eine geübte Beobachterin, eine außergewöhnliche Reporterin. Immerhin hatte King sie ihr empfohlen, und nur ganz besondere Menschen verdienten sich seine Empfehlung.

Sie zählte bis fünf, dann öffnete sie die Augen. „Vielleicht gibt es tatsächlich eine Geschichte", sagte sie und zwang sich, die Frau anzusehen. „Und Sie haben sich das aus Ihren Beobachtungen zusammengereimt. Aber Sie könnten sich auch irren."

„Jeder hat seine Geschichte." Mary Grace lächelte sie an. „Sie können nicht Ihre ganze Energie darauf verwenden, den Wald anzuschauen, Liebes. Denn wenn Sie das tun, werden Sie den einzelnen Baum nicht mehr erkennen."

Peyton starrte ihre Gastgeberin an. Sie wusste nicht, was sie darauf erwidern sollte.

Mary Graces hellblaue Augen wurden größer und dunkler, die schwarzen Pupillen waren auf Peyton gerichtet. „Menschen sind wie Zeitungen, Liebes, und die meisten wollen sich nicht öffnen, wenn man ihnen beim ersten Mal begegnet. Sie werden dir die Titelseite zeigen, vielleicht sogar gestatten, einige der Anzeigen auf der letzten Seite zu lesen. Wenn man sich ein wenig Zeit nimmt und die richtigen Fragen stellt, gewinnt man so viel Vertrauen, dass man sich auch die Überschrift auf Seite zwei ansehen kann. Aber wenn man wirklich alles lesen möchte, muss man sie davon überzeugen, sich ganz zu öffnen. Erst dann wird man in der Lage sein, die dünne Schrift der Seele zu lesen."

„Die Kleinanzeigen?" Peyton lachte gezwungen. Sie spürte, wie Enttäuschung sich in ihr breit machte. Sie hatte auf einige konkrete Tipps gehofft, wie man mit trauernden Menschen umging, aber diese Frau hatte ihr bisher nur Rätsel aufgegeben. „Und wie genau schafft man es, dass die Menschen sich öffnen?", fragte sie und rutschte auf dem Sofa herum. Die Puppe glitt von ihrem Schoß, doch sie fing sie auf und legte sie wieder richtig hin, den Kopf auf ihren verschwitzten Beinen. „In den kommenden zwei Wochen werde ich mit Menschen sprechen, die ihren Vater bei dem Flugzeugabsturz von Flug 848 verloren haben. Ich werde nicht viel Zeit haben, aber ich möchte einer Sache auf den Grund gehen, ohne zu viel Staub aufzuwirbeln."

Mary Grace zog die Augenbrauen in die Höhe. „Sie wollen Gold schürfen, ohne zu graben und zu kratzen?"

Peyton seufzte. „Ich möchte diese Interviews nicht ... verderben. Sie sprechen doch oft mit Strafgefangenen, richtig? Wie behalten Sie den Gesprächsfaden? Sie haben doch bestimmt eine Technik, um die Leute während eines Interviews beim Thema zu halten, um emotionale Fallen und Gruben zu vermeiden –"

„Lassen Sie sie einfach reden, meine Liebe." Die Fröhlichkeit wich aus Mary Graces Gesicht, und ihre Augen blickten sie ernst an. „Das kostbarste Geschenk, das Sie trauernden Menschen machen können, ist die Möglichkeit, dem Schmerz und der Freude Ausdruck zu verleihen. Gehen Sie mit leeren Händen in das Interview hinein; lassen Sie Ihren Block und Ihren Stift draußen. Stellen Sie eine Frage, falls das überhaupt notwendig ist, dann hören Sie einfach zu. Die Leute werden reden, wenn Sie ihnen die Gelegenheit dazu geben. Versucht man, das Gespräch zu führen, werden sie schweigen. Seien Sie ganz still, dann werden die anderen sich öffnen."

Peyton sah die Frau an. Vielleicht hatte Mary Grace Recht, denn die Stille, die sie im Augenblick umgab, war alles andere als angenehm. Die Luft schien wieder dünner zu werden, und wenn die Stille noch andauerte, würde sie nach draußen gehen und frische Luft schöpfen müssen –.

Mary Grace begann zu lächeln. „Ich denke, Sie haben es verstanden, Liebes. Menschen sind gesellige Wesen, und nicht viele von uns lieben das Schweigen. Ihre Interviewpartner mögen vielleicht weinen. Auch können wir in alles Mögliche hineingeraten, was Sie Gruben nennen, aber ihre Seiten werden sich öffnen. Denken Sie an meine Worte, dann werden Sie auch Ihre Geschichte finden. Und mehr noch, wahrscheinlich werden Sie auch einen Freund finden."

Peyton war erleichtert, als draußen ein Wagen hupte und Mary Grace sich aus dem Schaukelstuhl erhob. „Ich werde abgeholt."

Peyton nahm ihren Rucksack und erhob sich ebenfalls. Ein wenig ungeschickt setzte sie die Puppe wieder an ihren Platz auf dem Sofa. Eines der Vorrechte des fortgeschrittenen Alters war, dass Verschrobenheit geduldet wurde.

„Vielen Dank, Mary Grace." Sie konnte es kaum erwarten zu gehen, streckte ihr die Hand hin und spürte die weiche Wärme der faltigen Hand der Frau. „Ich werde versuchen, an das zu denken, was Sie gesagt haben."

Sie wollte ihre Hand zurückziehen, doch Mary Grace hielt sie fest und legte ihre andere Hand noch darüber.

„Ich werde für Sie beten, Liebes", sagte sie. Ihre Augen strahlten in einem Licht, das keinesfalls aus dem dunklen Wohnwagen kam. „Ich habe so das Gefühl, dass unser kleines Gespräch Ihre Erwartungen nicht ganz erfüllt hat. Darum möchte ich Ihnen zum Abschied noch einen praktischen Ratschlag geben. Denken Sie daran, wenn Sie die Menschen wirklich kennen lernen wollen, müssen Sie sie lieben. Um sie zu lieben, müssen Sie ihnen ihre Fehler vergeben. Wenn Sie den Menschen genug vergeben, werden Sie zu ihnen gehören, und sie zu Ihnen, ob Sie oder die anderen es nun mögen oder nicht. Das ist eines der Naturgesetze, die James Hilton einmal das Recht des Herzens der Siedler genannt hat."

„James Hilton?", fragte Peyton, als Mary Grace ihre Hand losließ. Der Name sagte ihr nichts.

„Ein Schriftsteller, einer von den großen. Er schrieb *Lost Horizon, Random Hearts* und *Good-bye, Mr. Chips.*" Ihre Stimme wurde leiser. „Er war einer meiner Professoren im College, und ich habe ihn sehr bewundert."

Peyton wurde rot und wandte den Blick ab. Angesichts von Mary Graces einfachem Aussehen, der seltsamen Umgebung und ihres südlichen Akzents hatte Peyton die Bildung und den Hintergrund der Frau ganz aus den Augen verloren. Wenn sie in den kommenden Wochen gute Interviews führen wollte, würde sie sich intensiv darauf vorbereiten und ihren Gesprächspartnern mehr Aufmerksamkeit schenken müssen.

Sie ging zur Tür, öffnete sie und sog tief die frische Luft ein. Im Vergleich zu der drückenden Hitze des Wohnwagens wirkte der schattige Carport kühl und belebend. Sie stieg die erste Stufe hinunter, dann drehte sie sich noch einmal um. „Vielen Dank, Miss Van Owen. Ich hoffe, Sie werden in den kommenden Tagen meine Kolumne lesen. Die Geschichte, die ich verfolge, könnte interessant sein."

Mary Grace lehnte sich an die Tür und winkte einer Frau in einem alten weißen Lincoln zu. Sie lächelte Peyton an. „Ich freue mich schon, Liebes. Passen Sie gut auf sich auf. Gott segne Sie."

Als Peyton zu ihrem Wagen ging, hörte sie Mary Grace rufen: „Einen Augenblick, Gladys, ich hole nur noch schnell meine Tasche."

Seufzend stieg Peyton in ihren Jetta, stellte den Motor an und hielt ihr schwitzendes Gesicht in die kühlende Luft der Klimaanlage. Sie war nicht sicher, ob sie irgendetwas von dem, das Mary Grace ihr gesagt hatte, würde gebrauchen können. Aber ein erfahrener Reporter legt jede Information in einem geistigen Aktenordner für Trivialitäten ab. Man kann nie wissen, wann man einen Kontakt brauchen kann.

Nachdenklich legte sie den Gang ein und fädelte sich in den Verkehr ein. Wenn sie jemals eine Kolumne über Babypuppen schreiben müsste, dann wüsste sie genau, an wen sie sich wenden könnte.

Kommentar von Mary Grace Van Owen, 67
Pensionierte Feature Reporterin für die St. Petersburg Post

Was halte ich von Peyton MacGruder? Ich könnte Ihnen eine Menge über diese Frau erzählen, aber ich bezweifle, dass sie es gern sehen würde, wenn ich meine Annahmen weitergebe. Ich vermute, dass es in ihrem Leben eine Menge gibt, von dem niemand etwas wissen soll ... und vielleicht möchte sie es selbst nicht einmal wissen.

Ich bin kein professioneller Deuter von Körpersprache, aber jeder aufmerksame Mensch weiß, dass eine Frau, wenn sie mit vor der Brust verschränkten Armen dasitzt, entweder in Verteidigungshaltung verharrt oder einen Fleck auf der Bluse hat. Und keine normale Frau nimmt ein Baby mit einer Hand hoch, nicht einmal, wenn es sich dabei um eine Puppe handelt. Doch besonders aussagekräftig für mich war, dass sie das Gesicht der Puppe mit der Lasche dieses Baumwolldingsbums bedeckte, den sie statt einer Tasche bei sich hatte – wie nennt man sie noch gleich? Büchertasche? Rucksack? Wie auch immer.

Ja, ich würde meine alte mechanische Schreibmaschine darauf verwetten, dass hinter dem Ehering, der Armbanduhr mit dem breiten Lederarmband und dem entsetzten Blick, mit dem sie meine Babys betrachtete, eine Story steckt. Doch Peyton MacGruder hat sehr schnell das Thema gewechselt, als ich versucht habe, etwas aus ihr herauszukitzeln. Wie immer ihre Geschichte auch aussehen mag, sie ist tief in ihr verschlossen, vermutlich hinter einer Mauer, die so dick ist wie der Felsen von Gibraltar.

Da war noch etwas anderes. Ich bin mir nicht sicher und würde das auch auf keinen Fall weitererzählen, aber an einem Punkt wurde Peyton ganz blass und fahrig, so als hätte sie einen Schleimklumpen am Boden ihres Glases entdeckt. Ich wollte ihr gerade den Weg zum Bad zeigen, doch dann schien sie die Fassung wiederzugewinnen.

Auf jeden Fall hat sie das Thema gewechselt, und das half ihr anscheinend, nicht aufzuspringen und nach draußen zu rennen.

Vielleicht irre ich mich ... vielleicht hat ihr ja auch nur die Hitze zu schaffen gemacht. Der Sommer in Florida bekommt nicht jedem, vor allem nicht, wenn er nicht daran gewöhnt ist. Die Hitze kann ohne weiteres Schwindel verursachen.

Wie wir hier in Lakeview immer sagen: „Wenn man die Sonne nicht vertragen kann, sollte man packen und in den Norden fahren."

7

In ihrem gläsernen Büro im einundzwanzigsten Stock klickte die Reporterin Julie St. Claire mit der Maus und starrte missgelaunt in ihren Computermonitor. Der Absturz von Flug 848 war mittlerweile ein alter Hut, aber niemand konnte leugnen, dass er gut für WNN und die Starreporterin des Senders gewesen war. Der gerade erst flügge gewordene Sender, der seit seiner Gründung nur mit Mühe mit CNN Schritt halten konnte, hatte in der vergangenen Woche Spitzeneinschaltquoten erreicht, nicht zuletzt wegen Julies ausführlicher Berichterstattung vom Unglücksort. Zum Glück war Walt Rosenberg, der Chefredakteur der Nachrichtenabteilung, klug genug zu erkennen, wer so viele Fernsehzuschauer vor den Bildschirm gezogen hatte.

An diesem Morgen hatte sie *Julie St. Claire* als Suchwort ins Internet eingegeben und drei Zeitungsartikel gefunden, die sich lobend über ihre Arbeit ausließen. „Seit dem Golfkrieg und Arthur Kent, dem ‚Scud Stud‘, war Berichterstattung nicht mehr so eng mit einer Persönlichkeit verknüpft", schrieb ein Reporter der *Dallas Morning News*. „Jetzt hat sich Julie St. Claire, das ‚Baby von der Bay‘, mit ihrer präzisen, tröstenden und häufig auf Konfrontation bedachten Berichterstattung über den Absturz der PanWorld Maschine in die Herzen der Fernsehzuschauer gesprochen."

Julie schlug die Beine übereinander und sah lächelnd auf den Computerbildschirm. Ihr Produzent hatte einen Anfall bekommen an dem Tag, als sie dem Kamerateam aufgetragen hatte, die Kameras auf einen Taucher der Navy zu richten, während sie ihn nach Einzelheiten über die geborgenen Leichen fragte, aber sie wusste, die Konfrontation würde sich gut auf Band machen. Der Taucher, erschöpft und ausgelaugt, wie er war, zeigte keinerlei Geduld. Seine unhöfliche Bemerkung wurde so bearbeitet, dass sie nicht zu hören war, aber sie sicherte Julie die Sympathie der Zuschauer und ließ ihre Einschaltquoten noch einmal um zehn Prozentpunkte in die Höhe schnellen. Schließlich hatte ihr Produzent zugegeben, dass die Begegnung gut gewesen war, und Julie hatte sich über die Bestätigung ihrer tiefsten Überzeugung gefreut, nämlich dass die Leute die Nachrichten im Fernsehen in erster Linie der Unterhaltung wegen ansahen und erst in zweiter Linie der Information wegen.

Sollten Dan Rather und Tom Brokaw die Nachrichten doch in ihren konservativen Anzügen mit Hemd und Krawatte lesen. Sie könnten genauso gut Radiosprecher sein. Julie dagegen hatte die ungerührte Linse der Kamera schätzen gelernt. Sie konnte sehr grausam sein, aber sie konnte einen Reporter auch liebkosen, der wusste, wie er damit umzugehen hatte.

Ja, die Tragödie des Flugzeugabsturzes von Flug 848 war gut für sie gewesen. Nur ungern hatte sie zugesehen, wie die Berichterstattung immer mehr abnahm. Es würde zumindest einen weiteren Bericht geben, wenn die FAA die Ergebnisse ihrer Untersuchungen der Absturzursache bekannt geben würde. Aber das konnte Monate dauern.

Aus Gewohnheit loggte sie sich bei der Informationsdatenbank Nexis ein und begrenzte ihre Suche auf Eingaben der letzten vierundzwanzig Stunden. Wieder gab sie *Flug 848* ein und drückte die Enter-Taste. Sie bezweifelte, neue Informationen zu finden, aber solange die FAA-Untersuchungen im Gange waren, konnte es irgendwo ein Leck geben.

Nur zwei Artikel erschienen auf dem Bildschirm. Der erste war ein Bericht über die abstürzenden Börsenkurse von PanWorld. Der zweite fesselte ihre Aufmerksamkeit:

Schätze aus der Tiefe
„Hilfe für die Seele" ist eine regelmäßig erscheinende Kolumne der Tampa Times.
Liebe Leser,
in der vergangenen Woche bin ich einer Frau begegnet, einer Frau,

die ein paar Jahre jünger ist als ich und verblüffend blaue Augen hat —

Der Rest der Geschichte war beschnitten worden, darum klickte Julie auf die Verbindung. Die Verbindung brachte sie zur TampaTimes.com und einem Abdruck der Kolumne.

Sie überflog die Seite, und ihr Pulsschlag beschleunigte sich.

Der Schatz, der in ein rechteckiges Leinentuch gewickelt in meine Hände fiel, ist kein Edelstein, auch kein Geld, sondern ein einfacher Zettel in einer schützenden Plastiktüte. Die Botschaft spricht von einer Liebe, die so weit ist wie das Meer und so unergründlich wie der Ozean. Der Zettel ist, wie ich vermute, ein Überbleibsel aus Flug 848, aber kein einziges Gepäckstück oder Trümmerteil ist von solchem emotionalen Wert wie dieses kleine Stück Papier. Er ist an eine bestimmte Person gerichtet und mit Dad unterschrieben.

Julie umklammerte ihre Maus, und ein Schauder der Erregung fuhr durch ihre Glieder. Ein Zettel? Wer hatte jemals davon gehört, dass ein Zettel einen Flugzeugabsturz überstand? Noch nie hatte jemand in den Trümmern einer abgestürzten Maschine einen Zettel gefunden, weder in dem Wrack von EgyptAir Flug 990 noch TWA 800 noch ValuJet DC-9, die 1996 in die Everglades gestürzt war ...

Sie lehnte sich zurück. Tausend Gedanken und Bilder schossen ihr durch den Sinn. *Ein Zettel.* Eine Nachricht von einem Vater an sein Kind. Das Interesse an einer solchen Geschichte würde ihre Einschaltquoten in die Höhe schießen lassen! WNN hielt sich jetzt ganz gut, nachdem der Sender während der Berichterstattung über den Absturz Millionen Fernsehzuschauer und Werbeeinnahmen dazugewonnen hatte, aber eine solche Story würde sie ganz oben auf der Liste halten. Und wenn sie darüber berichtete, würde ihr Bekanntheitsgrad enorm ansteigen. Jeder

Mann und jede Frau in Amerika würde ihr Gesicht und ihren Namen kennen.

Sie überflog den Rest der Geschichte, dann rief sie die Homepage der Zeitung auf. Besitzer der *Tampa Times* war Howard Media & Entertainment, WNNs Muttergesellschaft. Die Kolumnistin war eine Frau mit dem Namen Peyton MacGruder – sie scrollte mit der Maus zum Ende der Seite – die unter pmacgruder@tampatimes.com. zu erreichen war.

Ohne zu zögern klickte sie auf die E-Mail-Adresse der Reporterin, hielt jedoch inne, als auf ihrem Bildschirm ein Blankoformular erschien. Wie konnte eine Reporterin eine andere möglichst taktvoll bitten, eine Story mit ihr zu teilen? Wenn diese Peyton MacGruder kein kompletter Vollidiot war, wusste sie, dass sie die Story des Monats, vielleicht sogar des Jahres hatte. ... Eine E-Mail war zu unpersönlich.

Sie stieß sich mit ihrem Schreibtischstuhl von ihrem Computer ab und nahm das Telefon zur Hand.

* * *

Wieder im Nachrichtenraum zog Peyton ihren Stuhl näher an den Schreibtisch heran und zwang sich, sich auf die Passagierliste in ihren Händen zu konzentrieren. Seit sie von Clearwater zurückgekommen war, sah sie jedes Mal, wenn sie die Augen schloss, Mary Grace Van Owens düsteres Wohnzimmer vor sich mit den auf dem Sofa sitzenden lächelnden Puppen. Das war unheimlicher als einen Roman von Stephen King während eines Gewitters zu lesen. Auf keinen Fall durfte sie sich jetzt durch so etwas ablenken lassen.

Sie starrte die Passagierliste an, ließ ihren Finger über die Namen gleiten und überprüfte noch einmal, ob sie wirklich all die Passagiere markiert hatte, die hier in Tampa wohnten. Ihre Todesanzeigen lagen in einem Stapel neben ihrem Computer. Sie hatte sie ihrer eigenen Zeitung entnommen. An einem kleinen Schreibmaschinentisch, der Mandi heute als Schreibtisch diente, war die Praktikantin mit derselben Aufgabe beschäftigt. Sie sollte Peytons Ergebnisse überprüfen. Das Mädchen hatte ein wenig verärgert gewirkt, als Peyton ihr mitteilte, sie würden in den kommenden zwei Wochen zusammenarbeiten. Aber alle Zeichen von Verärgerung verschwanden, als Peyton ihr erklärte, was sie vorhatten.

„Oh Mann, das ist ja eine Sache!", hatte Mandi gestaunt und ihre Hand an die Brust geschlagen, als würde sie die ersten Anzeichen eines Herzanfalls bemerken. „Was für eine Story! Ich würde gern undercover mit Ihnen arbeiten!"

Nur mit Mühe schaffte es Peyton, nicht die Augen zu verdrehen. „Wir sind keine Polizisten, Mandi, und das wird kein Spaziergang. Wir werden viel lesen, vermutlich einige Anrufe machen müssen, und ich erwarte ein hohes Maß an Diskretion. Ich möchte nicht, dass sonst noch jemand Einzelheiten kennt, bis wir den Empfänger ermittelt haben." Sie runzelte die Stirn. „Falls es einen Empfänger gibt. Wenn das eine Falschmeldung ist, müssen wir uns eine Hintertür offen lassen."

„Ich habe verstanden, Boss", hatte Mandi geantwortet, bevor sie sich auf die Suche nach einem Schreibtisch gemacht hatte, den sie ihr Eigen nennen konnte. Und obwohl ihr Übereifer Peyton innerlich auf die Nerven ging, war es doch schön, eine Hilfe bei den Nachforschungen zu haben und jemanden, der die Telefongespräche entgegennehmen konnte, wenn sie unterwegs war.

Sie fuhr sich über die Nase und schloss die Augen, um ihre Gedanken zu ordnen. Zumindest hatte sie herausgefunden, dass die Suche vielleicht doch nicht so schwierig werden würde, wie zuerst befürchtet. Zuerst hatte sie alle Frauen und Kinder unter einundzwanzig von der Passagierliste gestrichen. Der Verfasser des Zettels musste ein Mann mit einer gewissen Reife sein. Von den 147 verbleibenden Namen hatten 82 im Gebiet von Tampa gewohnt. Ihre Todesanzeigen hatte sie sich besorgt. Wenn alles gut ging, sollte sie gegen Abend wissen, ob jemand von ihnen ein Kind hatte, dessen Vornamen mit einem T begann. Sie brauchte etwas – ihre Mittwochs-Kolumne musste am Dienstagmorgen um 11 Uhr 30 fertig sein, und ohne einen Namen wusste sie nicht, worüber sie schreiben sollte.

Peyton öffnete die Augen und widmete sich wieder den Todesanzeigen der Passagiere aus Tampa. Das Telefon begann zu läuten. Stirnrunzelnd blickte sie auf.

Mandi an ihrem kleinen Tisch sah sie an. „Soll ich drangehen?"

„Nein, lesen Sie weiter. Sobald Sie die Liste durchgegangen sind, rufen Sie die Zeitungen außerhalb des Staates an. Sie können das Telefon auf Karens Schreibtisch benutzen; sie wird heute nicht mehr reinkommen. Die Zeitungen sollen die Todesanzeigen der Passagiere rüberfaxen. Und sagen Sie denen, es sei eilig. Und seien Sie vor allem freundlich. Dann geht es schneller."

Verärgert über das hartnäckig klingelnde Telefon – kommunizierte man heute nicht per E-Mail miteinander? – schnappte sich Peyton den Hörer. „MacGruder", meldete sie sich, während sie den Namen einer Frau durchstrich, den sie vergessen hatte.

„Peyton MacGruder? Hier spricht Julie St. Claire von WNN."

Einen Augenblick lang sagte ihr der Name nichts, doch dann schaltete sie. Peyton schnappte nach Luft und grinste. „Julie St. Claire – ich habe Sie während der Berichterstattung über den Flugzeugabsturz gesehen. Ich finde, Sie haben die schwierige Situation sehr gut gemeistert."

„Danke." Die Stimme der Frau klang flach und lustlos. „Hören Sie, ich habe Ihre Kolumne heute gelesen. Sehr gut. Und es ist ja wirklich unglaublich, dass Sie einen Zettel aus der Unglücksmaschine gefunden haben."

„Ich habe ihn nicht gefunden." Peyton starrte das Foto ihrer Katzen an, das sie an ihrem Bildschirm befestigt hatte. „Wie ich in der Kolumne schrieb, wurde mir der Zettel ausgehändigt."

„Hören Sie." St. Claires Stimme wurde etwas schärfer. „Während ich Ihre Kolumne las, hatte ich eine großartige Idee. Wenn Sie das Geheimnis so schnell wie möglich aufklären wollen, könnten Sie Ihre Suche doch landesweit ausdehnen. Ich könnte herunterkommen und einen Bericht über Sie und Ihre kleine Suche bringen. Wir machen eine Aufnahme von Ihnen mit dem Zettel und vielleicht einen Schwenker auf die aktuelle Kolumne. Eine zusätzliche Berichterstattung durch unseren Sender wird Ihnen helfen, die betreffende Person im Nu zu finden."

Peyton versteifte sich. Sie war fassungslos. „Sie wollen mich im Fernsehen haben?"

Wie ein strahlendes Schachtelmännchen fuhr Mandis Kopf hoch und in Peytons Blickfeld.

„Ich denke, das wird ein großartiges Feature werden", fuhr Julie fort. „Vielleicht könnten wir eine ganze Stunde mit dem Thema füllen, vielleicht sogar noch eine Sondersendung machen. Wir werden die Hintergrundarbeit gemeinsam tun, dann werden mein Team und ich Sie bei der Suche nach dieser Person begleiten. Immerhin", ein Lächeln stahl sich in ihre Stimme, „gehören wir zur selben Firma. Eine Zusammenarbeit scheint doch nur natürlich zu sein."

Peyton rieb sich die Schläfe. Zu Howard Media & Entertainment gehörten eine ganze Reihe Zeitungen, Zeitschriften, Filmgesellschaften und auch das World News Network, doch der Konzern hatte seinen Tochterfirmen immer vollkommene Autonomie gewährt. Sie hatte noch nie von einem gemeinsamen Projekt einer Zeitungskolumnistin und eines Fernsehreporters gehört, nicht einmal bei der *Times*, abgesehen vielleicht von Krisenzeiten oder wenn die Projekte von Anfang an als Gemeinschaftsprojekt betrachtet wurden. Reporter teilten ihre Storys normalerweise nur selten.

Der Gedanke an eine Fernsehberichterstattung war verlockend, aber ein solcher Bericht würde Peyton nicht helfen, ihre Kolumne zu behalten. Und die ruhige Stimme des gesunden Menschenverstandes mahnte sie, dass jeder, der so viel Dreistigkeit besaß, ein solches Angebot zu machen, ohne auch nur zu sagen: *Wie geht es Ihnen, wir sollten uns besser kennen lernen*, vielleicht die Show nur ganz für sich allein haben wollte.

Peyton hatte in ihrem Leben schon genug Bosse gehabt.

Sie straffte die Schultern. „Danke für das Angebot, aber ich möchte diese Story wirklich auf meine Weise angehen. Sehen Sie, ich habe viel darüber nachgedacht, und ich möchte eine Fortsetzungsreihe für meine Leser schreiben. Ich habe vier Kolumnen in der Woche zu füllen, und zwei Wochen Zeit, Interviews mit möglichen Empfängern dieser Nachricht zu führen. Ein Bericht im Fernsehen gehört nicht zu meiner Vision für diese Story."

Schweigen machte sich am anderen Ende der Leitung breit, und einen Augenblick lang überlegte Peyton, ob die Verbindung vielleicht unterbrochen worden war.

„Sind Sie sicher, dass Sie es sich nicht noch anders überlegen?" In Julie St. Claires Stimme lag nun ein Hauch von Spott. „Sie werden erstaunt sein, wie ein wenig Sendezeit im Fernsehen Ihre Leserzahlen in die Höhe schnellen lässt."

„Das bezweifle ich nicht, aber ja, ich bin sicher. Vielen Dank, dass Sie an mich gedacht haben." Peyton lächelte ins Telefon. „Ich bin ein wenig erstaunt, dass jemand wie Sie die *Tampa Times* liest. Wo haben Sie Ihren Sitz? In New York?"

„Ich habe es im Internet gelesen", antwortete Julie und legte auf.

Peyton nahm den Hörer vom Ohr, blickte ihn einen Augenblick lang stirnrunzelnd an, dann legte sie ihn auf ihren Schreibtisch.

„War das wirklich Julie St. Claire?", flüsterte Mandi ehrfürchtig. „Ich habe gehört, wie Sie ihren Namen gesagt haben, und dann hörte ich etwas über Fernsehen –"

„Reg dich ab, Mädchen, das wird nicht passieren." Peyton presste die Lippen aufeinander und dachte nach. Wenn sie vorgewarnt worden wäre, hätte sie sich eine Alternative überlegen können und hätte Julie St. Claire nicht so vor den Kopf stoßen müssen. Ein Bericht im Fernsehen könnte ihre Suche schon vorantreiben ... aber sie hatte beschlossen, dieser Story zu folgen, bis sie nicht mehr weiterwusste, und sie hatte ihren Lesern versprochen, ihr Bestes zu geben. Die Ablenkung des Fernsehens würde ihr bestimmt nicht helfen, auch nur eines ihrer Ziele zu erreichen.

Sie lächelte Mandi entschuldigend an. „Tut mir Leid, Sie zu enttäuschen, Kind, aber diese Suche wird kein romantisches Abenteuer werden. Der größte Teil der Zeitungsarbeit ist lesen und nachforschen, und wir müssen uns dem wieder zuwenden. Ich brauche mindestens einen Namen, der mit T beginnt, bevor wir heute Abend nach Hause gehen."

„Ist schon gut, Boss", erwiderte Mandi, und mit einem Seufzer wandte sie sich wieder dem Papierkram zu. „Wie Sie meinen."

* * *

Wütend funkelte Julie St. Claire das Telefon an und trommelte mit ihren Acrylfingernägeln auf die polierte Schreibtischoberfläche. Peyton MacGruders Worte klangen in ihr nach: *Ein Bericht im Fernsehen gehört nicht zu meiner Vision für diese Story.* Was wusste eine Zeitungskolumnistin, die vielleicht dreißigtausend Dollar im Jahr verdiente, von Visionen? Die Frau war ein Bleistiftschieber, und sie hatte sicher keine Ahnung, was sie da in Händen hielt. Dieser Zettel würde sich in Emotionen und Einschaltquoten verwandeln, und in diesem Geschäft waren die Einschaltquoten alles.

Julie erhob sich, suchte in einer Schreibtischschublade nach ihren Zigaretten und nahm sich eine aus der Schachtel. Sie zündete sie an, nahm einen tiefen Zug und ging zum Fenster. Ihr Spiegelbild starrte sie an – große Augen, eingerahmt von dunklem Haar, einen Arm an den Bund ihres Lederrockes gelegt, in der anderen Hand die glimmende Zigarette. Adam war ständig an ihr, sie solle das Rauchen sein lassen – es sei schlecht für das Image. Aber dies war ihre private Welt und Zigaretten ihr Privatvergnügen.

Ihr Spiegelbild anstarrend, führte sie die Zigarette an den Mund und nahm einen tiefen Zug. Die Spitze glühte rot auf, dann stieß sie den dünnen Rauchfaden aus ihren gekräuselten Lippen. Zu schade, dass sie keine Schauspielerin war. Sie konnte gut eine Haltung nachahmen und einer Rolle vielleicht sogar den Anschein von Ernsthaftigkeit geben. Aber Schauspielerinnen, wenn sie gut waren, zogen zu viel Aufmerksamkeit auf sich. Niemand kümmerte sich um das Privatleben einer Nachrichtensprecherin; niemand würde anfangen, in ihrer Vergangenheit zu graben. Esther Hope Harner würde für immer begraben bleiben.

Nicht dass das viel ausmachte. Jeder, der wusste, dass Howard Cosell sein Leben als Howard William Cohen begonnen hatte oder dass Wolfman Jack eigentlich Robert Smith hieß, würde sich auch nur einen Deut darum kümmern, dass Esther Harner sich selbst in Julie St. Claire umbenannt hatte, nachdem sie Mississippi verlassen hatte. Ein neugieriger Reporter wäre vielleicht erstaunt über den Wohnwagen ... und den knochigen Mann in dem weißen T-Shirt, der bei mehreren Gelegenheiten seine Daumenabdrücke an Julies Hals hinterlassen hatte. Ein Sensationsreporter wäre vielleicht entsetzt von der Frau, die auf der Couch vor dem Fernsehgerät in einer Mulde saß, die sich buchstäblich um ihren breiten Hintern gebildet hatte. Dass eine solche Frau, deren fettige Haare unordentlich um ihr Gesicht herumhingen, einem so strahlenden Star wie Julie St. Claire das Leben geschenkt hatte – nun, eine solche Vorstellung würde man sofort als absurd abtun. Kein Reporter, der recht bei Sinnen war, würde eine solche Story bringen wollen. Denn es würde die Aufmerksamkeit auf die unwilligen und unmotivierten Armen lenken, ein Thema, das nicht einmal die Politiker ansprechen wollten.

Julie nahm erneut einen tiefen Zug von ihrer Zigarette. Mit elf hatte sie angefangen zu rauchen, als Jimmy Tennant sie hinter der Schule abgefangen und ihr das Küssen und Rauchen beigebracht hatte, zwei Lektionen an einem Tag. Sie hatte seither viel gelernt – und zwar von Männern, die viel erfahrener waren als Jimmy. Auf ein paar Rücken hatte sie Spuren ihrer Pfennigabsätze hinterlassen, aber sie war der Armut entkommen und hatte Mississippi verlassen. Esther Harner hatte sie in dem Wohnwagen zurückgelassen, zusammen mit der Frau und dem Mann in dem verschwitzten T-Shirt.

Sie führte die Zigarette an die Lippen, inhalierte jedoch nicht, sondern starrte gedankenverloren ihr Spiegelbild in dem breiten Fenster an. Der Kerl in dem Wohnwagen war nicht ihr Vater, und irgendwie hatte sie das gewusst, so lange sie zurückdenken konnte. Ihre Mutter sprach nicht gern über ihren Vater, den sie verlassen hatte. Aber manchmal träumte Julie von einem Mann mit freundlichen Augen und einer sanften Stimme ... *einem Schwächling*, wie ihre Mutter ihn genannt hätte, *einem Feigling*, der nicht einmal den Mumm hatte, eine Gans zu erschrecken.

Eines Nachmittags hatte ihre betrunkene Mutter, kurz bevor sie bewusstlos wurde, Julie in die Augen gesehen und wie eine Verrückte gegackert. „Er wollte dich adoptieren", schrie sie und wischte sich mit dem Handrücken die Spucke vom Kinn. „Was für ein Dummkopf! Du warst nicht einmal seine Brut, und trotzdem wollte er dir seinen Namen geben!"

Julie nahm einen tiefen Zug von ihrer Zigarette und spürte, wie der Rauch in ihre Kehle und ihre Lunge drang. Ihre Mutter hatte mit Mr. Harner, wer immer er war, wie auf einem Musikinstrument gespielt. Sie hatte ihn geheiratet, seinen Namen angenommen und ihn auch ihrer Tochter gegeben. Dann hatte sie sein Bankkonto abgeräumt und die Stadt mit dem Greyhound Bus verlassen.

Julie stieß den Rauch durch die Nasenlöcher aus. Ihre Mutter hätte vermutlich nicht gezögert, ihre Tochter zurückzulassen, wenn der Mann nicht so schwach gewesen wäre. Sie hätte ihm nichts zurücklassen wollen, das es wert war, sich darum zu kümmern.

Wie ihre Mutter hatte Julie den Mut gefunden davonzulaufen, und mit sechzehn hatte sie dem traurigen Leben den Rücken gekehrt. Sie war mehr als glücklich, die Schläge, den Missbrauch und die Ignoranz hinter sich zu lassen. Sie log in Bezug auf ihr Alter, nahm einen Job in einem Speiserestaurant in Tupelo an und arbeitete hart daran, ihre Sprache, ihr Aussehen und ihre

Manieren zu verbessern. Ihre harte Arbeit zahlte sich aus, als sie ein Stipendium am College bekam. Dort schloss sie neue Freundschaften, begann ein neues Leben und vergaß die Vergangenheit. Und jetzt ...

Die Geister aus jenem Wohnwagen konnten ihr jetzt nichts mehr anhaben.

Ein grauer Dunst hing zu dieser Stunde über der Skyline von Manhattan; der Lärm des Spätnachmittagsverkehrs drang nur gedämpft zu ihr hinauf. Gewöhnliche Geräusche konnten sie in diesem Büro nicht erreichen; kein Ärgernis würde an den Sicherheitskräften vorbeischlüpfen und durch ihre Tür treten ... und doch war es passiert. Ein Ärgernis in Gestalt von Peyton MacGruder hatte sich in Julies Kokon eingeschlichen. Sie konnte keine Ruhe finden, bis sie diese Angelegenheit für sich geregelt hatte.

Sie ging zu ihrem Schreibtisch zurück, inhalierte noch ein letztes Mal und legte die glimmende Zigarette in einen Aschenbecher. Sie machte es sich auf dem Lederstuhl bequem, nahm den Telefonhörer zur Hand und drückte einen Knopf für eine eingespeicherte Nummer. Während die Verbindung hergestellt wurde, fuhr sie sich mit den Händen durch die Haare und atmete tief durch, um sich zu beruhigen.

Adam Howard, Vorstandsvorsitzender von Howard Media & Entertainment, hatte auch nichts für Ärger übrig. Man musste ihn eben richtig anfassen.

* * *

Der Blick von seinem Büro im fünfzigsten Stock über die Stadt hinweg überstieg alles, was der Durchschnittsmensch von der grauen asphaltierten Straße aus sah. Das musste Adam Howard zugeben.

Als sein Telefon klingelte, hatte er jedoch anderes zu tun, als den spektakulären Blick über die Stadt zu genießen. Er sah zum Schreibtisch hinüber, verärgert darüber, dass seine Sekretärin einen Anruf durchstellte, wo er ihr doch ausdrücklich gesagt hatte, er brauche Zeit, um über das Angebot von Digital Media nachzudenken. Dann merkte er, dass sein privates Handy läutete. Die Nummer davon kannten nur ungefähr fünfzig Leute, die ihm Geld, Zeit oder einen persönlichen Gefallen schuldeten.

Er holte das kleine Handy aus seiner Jackentasche, klappte es auf und hielt es sich ans Ohr. *Warum mussten diese Dinger nur so klein sein?* „Ja?", meldete er sich.

„Hallo Adam. Störe ich?"

Er erkannte die rauchige Stimme sofort. „Natürlich." Eigentlich war es sogar ein guter Zeitpunkt. Der ganze Monat war ein fortgesetztes Bankett gewesen. Die Einschaltquoten seines World News Network waren in die Höhe geschossen und über CNN eingebrochen, und seine Zeitschriften, die monatlich erscheinende *Newsworld* und das wöchentlich erscheinende Boulevardblatt *Celeb!* hatten auf Grund der Berichte über den Flugzeugabsturz ihre Auflagen erhöht. Wie der Zufall es wollte, hatte sich ein ehemaliger Strafgefangener an Bord der Unglücksmaschine befunden und neben der zurückgezogen lebenden Frau eines Multimillionärs gesessen. Die großen Zeitungen hatten beide Geschichten übersehen, aber seine Bluthunde hatten die Verbindung herausgefunden und vor zwei Tagen zugeschlagen.

„Ich würde dich gern heute Abend sehen." Er lächelte. Die Verführungsversuche in ihrer Stimme waren nicht zu überhören.

Adam zog seinen elektronischen Terminplaner zu sich heran und überflog seine Termine. Ein Abendessen mit Mavis und ihrer Theatergruppe war für heute Abend angesetzt, aber das konnte er absagen. Mavis würde nicht die einzige Frau sein, die an diesem Abend ohne ihren Mann kam.

„Wie wäre es mit acht Uhr?", fragte er und griff nach seinem Stift. „Wir treffen uns im Appartement."

„Acht Uhr ist großartig", erwiderte sie und legte auf.

Adam lächelte, als er das Telefon zuklappte. Julie St. Claire verfügte über viele Talente, aber ihre Direktheit liebte er besonders an ihr.

* * *

Gegen Viertel nach fünf hatten sich die meisten Schreibtische im Nachrichtenraum der *Times* geleert. Die Telefone schwiegen, und das ständige Geschnatter und Klappern war dem dumpfen Dröhnen des Staubsaugers der Putzfrau gewichen. Peyton meinte, das Summen der Neonröhren über sich hören zu können, ein Geräusch, das in dem hektischen Treiben, das sonst im Nachrichtenraum herrschte, normalerweise unterging.

Über ihren Schreibtisch gebeugt, nahm sie eine weitere Todesanzeige in die Hand und zwang sich, jedes Wort zu lesen. Nachdem sie die Hälfte des Textes durchgegangen war, setzte ihr Herzschlag aus: Winston Manning aus St. Petersburg, Passagier der PanWorld, hinterließ zwei Kinder: Eine Tochter, Victoria Manning Storm aus Brooklyn, und einen Sohn, Reverend Timothy Manning aus St. Louis.

Sie jubelte. „Bingo!"

Mandis Kopf fuhr von ihrer Lektüre hoch. „Was gefunden?"

Peyton lächelte sie triumphierend an. „Timothy Manning – kein Geringerer als ein Reverend. Der Sohn von Passagier Winston Manning aus St. Pete." Sie ließ die Seite auf ihren Schoß sinken und legte die Hände auf ihr Computerkeyboard. „Mal sehen ... wenn ich morgen von hier losfliege, kann ich am Mittwoch mit dem Mann sprechen und am Mittwochabend oder am Donnerstagmorgen wieder zurückkommen. Wenn es sein muss, kann ich die Freitagskolumne im Flugzeug schreiben."

„Das sind viele Wenns." Ein zweifelnder Ausdruck trat in Mandis Augen. „Und wenn etwas schief geht?"

„Ich habe noch eine Ersatzkolumne, aber die würde ich nicht so gerne bringen." Peyton hielt mit dem Tippen inne und sah zu Mandi hinüber. Ausgedruckte Todesanzeigen, Dosen mit Diätcola und Brezelpapier lagen auf dem Schreibtisch verstreut. „Hatten Sie Glück?"

„Noch nicht."

Peyton zog die Augenbraue in die Höhe. „Und?"

Mandi warf einen sehnsüchtigen Blick auf die Uhr, nahm sich jedoch den Hinweis zu Herzen und wandte sich wieder ihrer Arbeit zu. Peyton loggte sich ins Internet ein. Sie hatte gerade einen Direktflug von St. Louis nach Tampa ausfindig gemacht, als Mandi rief: „Ich habe einen!"

Peytons Herz sank. Zwei hinterbliebene Kinder, deren Vornamen mit einem T begannen? Sie hatte schon beinahe gehofft, bei ihrem ersten Versuch einen Treffer zu erzielen.

„Wer?", fragte sie und stieß sich vom Schreibtisch ab.

„Tanner Ford aus Gainesville in Florida." Mandi markierte die Todesanzeige mit ihrem Textmarker. „Sein Vater war Trenton Ford aus Dallas, Texas, Passagier der ersten Klasse."

Peyton verschränkte die Arme und wiegte sich auf ihrem Stuhl hin und her. Tampa und LaGuardia schienen ungewöhnliche Flughäfen zu sein für jemanden, der von Dallas aus nach Gainesville wollte, aber vielleicht hatte Trenton Ford ja auch Freunde oder Geschäftspartner besucht. Wer konnte das wissen?

„Also gut." Sie nahm ihren Notizblock vom Schreibtisch. „Zwei Namen, die mit T anfangen – das ist nicht übel. Wie viele Todesanzeigen haben Sie noch?"

Mandi zählte die Seiten. „Fünfzehn."

Peyton atmete tief durch. Es wäre schön, wenn keine weiteren möglichen Kandidaten mehr auftauchen würden. Und natürlich wäre es ihr sehr recht, wenn Reverend Timothy Manning derjenige wäre, für den der Zettel bestimmt war. Dann würde sie sich um Tanner Ford nicht mehr kümmern und nicht nach Gainesville reisen müssen ...

„Was ist mit der Mittwochskolumne?", unterbrach Mandi ihre Gedankengänge. Sie sah auf die Uhr. „Haben Sie damit schon angefangen?"

„Das wird nicht lange dauern. Gestern Abend habe ich mir ein paar Stichpunkte aufgeschrieben, das ist nicht mehr viel Arbeit." Peyton nahm einen Bleistift und schrieb auf, was sie nach St. Louis mitnehmen musste: Ihren digitalen Recorder, ihren Notizblock und ihren Laptop. Und natürlich ihre Kreditkarte.

Die *Tampa Times* war nicht besonders versessen darauf, die Auslagen von Kolumnisten zu ersetzen, aber dies war eine außergewöhnliche Situation. Curtis DiSalvo hatte ihre Recherche genehmigt, ebenso King. Selbst die Drachenlady wusste, dass einem eine solche Story nur alle Jahre einmal in die Finger fiel.

„Sie sind noch da?" Die tiefe Männerstimme riss sie aus ihren Gedanken. Peyton sah über die Schulter zurück und entdeckte King, der an dem Schreibtisch hinter ihr lehnte. Grinsend verschränkte er die Arme und streckte seine langen Beine von sich. Dann versetzte er ihrem Stuhl mit dem Fuß einen Schubs.

Peyton spürte, wie sie errötete. Was würde Mandi denken?

„Nanu, was machen Sie denn hier?" Sie drehte sich zu ihm um. „Begeben sich in niedrigere Gefilde, ja? Sind Sie gekommen, um die einfachen Fronarbeiter an den Schreibtischen zu besuchen?"

Seine dunklen Augen funkelten. „Ich dachte, wir hätten eine Wette abgeschlossen."

Peyton schloss die Augen. King hatte versprochen, er würde sie zum Abendessen ausführen, ob ihr Gespräch mit Mary Grace sie nun weitergebracht hatte oder nicht. Sie war so in die Todesanzeigen vertieft gewesen, dass sie das vollkommen vergessen hatte.

„Nun?" Er zog die linke Augenbraue in die Höhe. „Wie geht es übrigens Mary Grace?"

„Sehr gut, wenn sie schon immer ein wenig exzentrisch gewesen ist." Peyton drückte ihren Stenoblock an die Brust. „Sie ist scharfsinnig, das muss man ihr lassen. Aber Sie haben nichts von dem Puppenmuseum gesagt und mir verschwiegen, dass sie nichts von Klimaanlagen hält. Ich dachte, ich würde in ihrem Wohnzimmer ersticken."

„Hat sie Ihnen gute Tipps geben können?"

„Sie versorgte mich mit Analogien: ‚Menschen sind wie Zeitungen. Wenn man freundlich ist, öffnen sie sich und lassen einen hineinsehen.' Sie war in Ordnung, King, und vielen Dank für das Angebot. Aber ich kann wirklich heute Abend nicht zum Abendessen ausgehen." Sie deutete auf die Papiere auf ihrem

Schreibtisch. „Ich muss noch ein paar Dinge regeln, sonst kann ich meine Mittwochskolumne vergessen."

Sein Blick wanderte, und einen Augenblick lang dachte sie, er könnte tatsächlich enttäuscht sein. Doch dann grinste er und schnippte mit den Fingern in Mandis Richtung. „Lassen Sie sie nicht zu hart arbeiten, junge Dame", sagte er und verschwand durch den Nachrichtenraum. „Und sagen Sie ihr, sie hat einen großartigen Abend mit den Jungs verpasst."

Peyton sah ihm kopfschüttelnd nach. Eine Einladung zum Abendessen. Vermutlich hätte er sie in seine Lieblingsbar geschleift, sich mit ihr an die Theke gesetzt und einen fettigen Burger mit Pommes frites verschlungen, und sich dabei im Fernsehen irgendein Spiel angesehen.

In der Überzeugung, dass ihr viel erspart geblieben war, wandte sie sich wieder ihrer Arbeit zu.

* * *

Um acht Uhr hatte Julie St. Claire Duftkerzen angezündet, romantische Musik aufgelegt und ein ausgeschnittenes schwarzes Kleid angezogen. Der Duft von Vanille hing schwer in der Luft, ihr Haar glänzte im Kerzenlicht, und ihre Augen funkelten vor Jagdfieber. Das Kleid hatte zwölfhundert Dollar gekostet, etwa sechshundert Dollar pro Meter, aber sie betrachtete die Ausgabe als eine Investition in ihre Karriere. Der seidige Stoff unterstrich ihre Figur, und die Farbe brachte die milchige Blässe ihrer Haut gut zur Geltung.

Sie sah auf die Uhr. Adam verspätete sich, wie das bei einflussreichen Männern häufig der Fall war. Darum mahnte sie sich zur Geduld. Dieses kleine Drama verfolgte einen Zweck, und sie durfte sich nicht ablenken lassen. Sie würde Adam Howard einen wundervollen Abend bereiten, und als Gegenleistung dafür würde er tun, was immer nötig war, um diesen Zettel zu bekommen. Eine Hand wäscht die andere.

Um Viertel nach acht wurde der Schlüssel ins Schloss gesteckt. Reglos stand sie im Eingangsbereich unter einer Lampe und wartete. Adam öffnete die Tür und blieb mit glänzenden Augen neben der Tür stehen, während sie den Kopf zurücklegte und langsam ihre Hände von ihrem Hals zu dem nicht allzu weit entfernten Saum ihres schwarzen Kleides gleiten ließ.

„Hallo Adam", begrüßte sie ihn mit einem heiseren Flüstern. In Sekundenschnelle war er bei ihr, ließ die Aktentasche auf den Marmorboden fallen und riss sie in seine Arme.

Um 22 Uhr lag das schwarze Kleid auf dem Boden. Jemand hatte ihr einmal erzählt, eine Frau in einem Männerhemd sei besonders sexy. Darum trug Julie jetzt eines von Adams Hemden, ein blaues, das sie aus dem Schrank genommen und mit einem Knopf zugeknöpft hatte.

Der Vorstand von Howard Media & Entertainment lag auf dem Bauch und mit geschlossenen Augen auf dem Bett.

Da sie wusste, dass nun die Zeit zu handeln war, kroch sie über das Bett zu ihm hin und küsste ihn auf die Wange. „Hey, Schlafmütze", flüsterte sie und wischte mit einem Hemdzipfel die Lippenstiftspuren von seinem Hals, „Zeit, dass du dich präsentabel herrichtest."

Seine Augen gingen auf und schlossen sich wieder, aber anscheinend dachte er nicht an Schlaf. Seine kräftigen Hände griffen nach ihr, legten sich mit besitzergreifendem Griff um ihre Taille und zogen sie an sich.

„Adam", warnte sie, „du musst bald gehen."

Sein Kopf fuhr hoch. Seufzend sah er sie an. „Du hast Recht", erwiderte er und ließ sie los. Er rollte sich auf die Seite und stützte den Kopf auf einem Ellbogen ab. Die andere Hand legte er an ihre Wange. „Aber es ist so schwer zu gehen, wenn du so verführerisch bist."

Nachdem er sie für einen letzten Kuss an sich gezogen hatte, setzte sich Adam auf und begann sich anzuziehen.

Ruhig ging Julie nun zum Angriff über. „Adam", sagte sie mit gelassener und kontrollierter Stimme, „heute Morgen fand ich eine Story im Internet über Flug 848 der PanWorld. Anscheinend hat jemand einen Zettel aus der Maschine gefunden. Ist das zu glauben? Eine Kolumnistin der *Tampa Times* hat eine Art privaten Kreuzzug angezettelt, um den Verfasser ausfindig zu machen. In den kommenden Tagen wird sie über den Fortgang ihrer Nachforschungen berichten."

Adam brummte, während er seinen Gürtel schloss. „Interessant."

„Um ehrlich zu sein, ich halte das für eine großartige Idee. Ich würde diese Story auch gern verfolgen."

Adam zupfte sich einen unsichtbaren Fussel vom Hemd und sah sie wissend an. „Ich bin sicher, das würdest du. Aber wenn die Kolumnistin damit bereits an die Öffentlichkeit gegangen ist, wird jeder Reporter im Land dieser Spur folgen."

Julie legte den Kopf zur Seite und strahlte ihn an. „Aber nicht jeder Reporter hat Verbindungen. Die *Tampa Times* gehört doch zu deinen Zeitungen." Sie senkte den Blick und fuhr mit ihrem manikürten Fingernagel die Umrisse des Knopflochs seines Hemdes nach. „Dann hätten wir eine Sache, die CNN nicht hat."

Adam nahm seine Anzugjacke und hielt inne. „Was verschweigst du mir?"

Julie ließ ihre Rolle als Schüchterne fallen und antwortete ihm offen. „Es gibt fehlende Teile: Der Zettel und die Hinweise auf die Identität des Verfassers. Die Reporterin will keine Einzelheiten bekannt geben."

„Und du möchtest, dass sie ihre Geheimnisse dir anvertraut?" Er lachte trocken und zynisch. „Süße, ich sage dir das nur ungern, aber die Pressefreiheit ist nicht zu unterschätzen. Heutzutage wird über alles berichtet. Und wenn diese Kolumnistin ihre Kekse nicht teilen möchte, dann bezweifle ich, dass selbst ich sie dazu zwingen kann."

„Aber du könntest ihr doch bestimmte Anreize bieten", wandte Julie ein und räkelte sich auf dem Satinlaken. „Du hast Macht, Adam. Und du hast noch nie Angst gehabt, sie einzusetzen."

„Du kennst die Zeitungsleute nicht wie ich."

Seine Stimme klang flach und trocken, was bedeutete, dass sie schnell handeln musste, sonst war die Chance vertan.

„Wenn sie uns schon keine Einzelheiten geben will, dann können wir sie doch wenigstens überzeugen, uns mit ihr zusammenarbeiten zu lassen." Julie rollte sich auf die Seite, stützte den Kopf in die Hand und sah ihn an. „Dann haben wir die Nase vor CNN und den anderen Sendern vorn. Sie werden zumindest einen Tag im Verzug sein, weil sie auf die Informationen angewiesen sind, die diese Reporterin in ihrer Kolumne preisgibt. Wenn sie uns mitteilt, was sie weiß, wenn sie es weiß, dann haben wir gewonnen. Wir könnten eine Sondersendung bringen und die Konkurrenz aus dem Feld schlagen. Das würde eine große Sache, aber wir müssen uns beeilen, bevor die Öffentlichkeit Flug 848 vergisst." Sie musste mit einer großen Story vor die Kameras treten, sonst würde die Öffentlichkeit auch sie bald vergessen. Aber sie biss sich auf die Lippen und unterdrückte diesen Gedanken.

Adam schwieg eine Weile. Er richtete seine Jacke, zog seine Krawatte gerade und ging ins Bad. Julie konnte ihn vor dem Badezimmerspiegel stehen sehen. Er fuhr sich mit den Händen durch sein silbergraues Haar und begutachtete sich.

Als er ins Schlafzimmer zurückkam, strahlte er. Er beugte sich zu ihr herunter, um sie zu küssen. Dann nahm er ihr Gesicht in die Hände. „Schön und klug, nicht wahr? Ich wusste, es musste einen Grund geben, warum ich nicht wegbleiben konnte."

Ein Schauder durchzuckte Julie. „Dann wirst du Kontakt mit der Zeitung aufnehmen?"

„Warum nicht? Sie gehört doch mir."

Sie zog ihn näher zu sich und dankte ihm mit einer wahren Flut von Küssen. Er lachte fröhlich wie ein Arbeitgeber, dem es gefällt, seinen Angestellten gelegentlich eine Freude zu machen. Dann erhob er sich und zwickte sie spielerisch in die Wange.

„Wir müssen uns gleich morgen mit der *Tampa Times* in Verbindung setzen." Julie sprach schnell, bevor er fortgehen und die ganze Sache vergessen konnte. „Die Kolumnistin, Peyton soundso, hat mich heute abblitzen lassen."

Adams Gesichtszüge verfinsterten sich. „Kein Teamspieler, nicht? Nun, ich werde morgen den Anruf machen. Wir werden tun, was wir können, um diese Sache zum Laufen zu bringen."

„Adam." Julie faltete die Hände, dann kniete sie sich hin, um seine Krawatte gerade zu ziehen. „Habe ich dir heute schon gesagt, wie sehr ich dich anbete?" Sie zog das Revers seiner Jacke zu sich heran, bis er sich über sie beugte. Dann legte sie den Kopf in den Nacken und erwiderte seinen Kuss.

8

Peyton saß in einer Delta Lounge auf dem internationalen Flughafen von Tampa und balancierte ihren Laptop auf den Knien. Sie flocht noch einige Einzelheiten über ihren ersten Kandidaten in die Kolumne ein.

Diese Kolumne, die King vermutlich als viel Wirbel um nichts bezeichnet hätte, würde den Weg bereiten für ihre erste Präsentation der Nachricht auf dem Zettel. Vor dem Interview wollte sie den Namen des Kandidaten oder Einzelheiten zu seinem Hintergrund nicht preisgeben, darum war sie gezwungen, sich in philosophische und sentimentale Ausführungen zu flüchten, um ihre Kolumne zu füllen. Beide Ansätze lagen entschieden außerhalb ihrer Komfortzone, aber Emma Duncans Leser würden das Resultat vermutlich mögen.

Peyton legte eine Fingerspitze an die Lippen und überflog die Worte auf dem Bildschirm. Ihr Fuß klopfte dabei nervös auf den Boden. Dieser Ansatz, diese *Story*, war anders als alles, was sie bisher geschrieben hatte, und zwang sie, Fächer ihrer Persönlichkeit zu öffnen, die besser verschlossen blieben. Sie hatte sich noch nie für offen gezeigte Sentimentalität erwärmen können, aber sie glaubte, die richtigen Fäden bei ihren Lesern ziehen zu können. Schließlich wusste sie, was liebevolle Eltern zu tun hatten. Sie hatten mit Begeisterung die Fußballspiele, Klaviervorträge und Chorkonzerte ihrer Kinder zu besuchen. Die Tatsache, dass Peyton eine solche Aufmerksamkeit nie erlebt hatte, bedeutete nicht, dass sich nicht andere erwachsene Kinder mit dem Bild, das sie zu zeichnen versuchte, identifizieren würden.

Kinder buchstabieren Liebe wie Z-e-i-t, schrieb sie.

Sicher taten sie das. Immerhin hatte sie das millionenfach in den Artikeln über Erziehung von Nancy Kilgore gelesen. Peytons Mutter hätte Liebe vielleicht auch so buchstabiert, wenn sie lan-

125

ge genug gelebt hätte. Wer konnte das wissen? Wenn ihre Mutter nicht gestorben wäre, hätte ihr Vater vielleicht nie Medizin studiert, sie nicht zu Großmutter und dann ins Internat geschickt. Sie hätten vielleicht eine harmonische Dreisamkeit in einem kleinen Haus in Jacksonville erlebt und von Liebe und gebackenen Bohnen gelebt ...

Sie flocht noch einige von Nancy Kilgores Weisheiten ein und füllte die letzten Leerstellen aus. *Ich werde in [ ] sein*, wurde zu *Ich werde in St. Louis, Missouri, sein*, dann ließ sie die Rechtschreibprüfung durchlaufen. So. Sie hatte eine Kolumne geschrieben, die die jungen Mütter im ganzen Land würde in Tränen ausbrechen lassen.

Sie fuhr den Laptop herunter und sah auf die Uhr. Acht Uhr vierzig. Um neun Uhr würden sie in der Luft sein, und wenn sie die zehntausend Fuß erreicht hatten, würde sie die Story per Modem abschicken. Dann war die Kolumne sogar noch vor dem Abgabetermin in der Redaktion.

Nora Chilton würde diese Kolumne gefallen, obwohl sie vermutlich jedem, der es hören wollte, erzählen würde, dass Peyton mehr als dreihundert Dollar der *Times* für eine Wildgänsejagd vergeudete.

* * *

Julie St. Claire lief, eine Kaffeetasse in der Hand haltend, nervös in ihrem Büro herum und verfluchte Adams Langsamkeit. Schon zehn Uhr. Wenn sie die Story mit dem Zettel von Flug 848 auf den Weg bringen wollten, dann mussten sie langsam loslegen. Sie hatte ihrem Produzenten bereits die Sondersendung schmackhaft gemacht, aber sie brauchte unbedingt Fakten, Namen und Filmmeter. *Unmengen* an Filmmetern. Sie würde nichts bekommen, solange sie hier in diesem Käfig aus Glas und Stahl hockte. Vielleicht war diese MacGruder ja gerade im Augenblick an etwas dran –

Das Telefon klingelte. Sie fuhr erschreckt zusammen und verschüttete Kaffee auf den Teppich. In zwei großen Schritten war sie bei dem Apparat und riss den Hörer ans Ohr. „Ja?"

„Miss St. Claire, hier spricht Edith Kremkau, Mr. Howards Sekretärin."

„Ja?" Julie musste sich Mühe geben, sich ihre Verärgerung nicht anmerken zu lassen. Sie kannte den Namen, warum sollte sie sich mit nutzlosen Höflichkeiten aufhalten?

„Mr. Howard hat Ihretwegen Kontakt zu jemandem bei der *Tampa Times* aufgenommen. Ich habe Informationen für Sie von einer Miss Nora Chilton, Lifestyle-Redakteurin ... oder ist es Feature? Ich kenne den Unterschied nicht so genau –"

„Geben Sie mir einfach nur die Informationen."

„In Ordnung." Die Stimme der Frau wurde eisig. „Nachdem ich immer wieder herumgereicht wurde, sprach ich mit dieser Miss Chilton, die sagte, Peyton MacGruder sei heute Morgen nicht im Büro. Sie können eine Nachricht hinterlassen, wenn Sie sie erreichen wollen."

„Keine Kontaktnummer? Nichts?"

„Sonst nichts", bestätigte die Sekretärin. Jedes Wort war wie ein Eissplitter. „Wenn Sie mehr erfahren wollen, sollten Sie persönlich bei der *Times* anrufen."

Julie zog amüsiert die Augenbrauen in die Höhe. Die Frau hatte Nerven. Ganz schön selbstbewusst für eine überbezahlte Sekretärin.

„Vielen Dank, Edith." Julie lächelte ins Telefon. „Ich werde bei der *Times* anrufen."

Sie legte auf, dann setzte sie sich auf die Kante ihres Schreibtischs und dachte über ihre Möglichkeiten nach. Zweifellos war Miss MacGruder an etwas dran, aber wenn es im Nachrichtenraum der *Times* so zuging wie im Nachrichtenraum ihres Senders, dann würde irgendjemand bereitwillig plaudern ...

Sie sah in ihren Notizen nach, fand die Nummer von Peyton MacGruder und wählte. Vermutlich hatte sie einen Anrufbeantworter laufen. Wenn das der Fall war, würde sie über die Vermittlung gehen. Irgendjemand in diesem Büro musste doch wissen, wohin Peyton MacGruder gefahren war.

Das Telefon klingelte ein paarmal. Julie wollte gerade auflegen, als sich jemand meldete. Eine atemlose Stimme sagte: „Hallo?"

Julie verzog die Lippen zu einem trockenen Grinsen. Nicht sehr professionell, dieser Jemand. „Hallo?", fragte sie und schlug die Beine übereinander. „Hier spricht Julie St. Claire von WNN. Ich versuche, Peyton MacGruder zu erreichen."

„Julie St. Claire?" Bei der letzten Silbe stieg die Stimme um eine Oktave an. „Vom Fernsehen?"

„Genau." Julie drehte sich zum Fenster und betrachtete ihr Spiegelbild. „Und mit wem spreche ich?"

„Mandi Sorenson."

Du meine Güte, die Frau klang wie eine Zehnjährige. „Mandi, ich muss unbedingt mit Peyton sprechen. Sie und ich arbeiten zusammen an der Story, und ich muss sie nach der Reise fragen."

„Oh, sie ist bereits weg." Ein Hauch Enttäuschung klang in Mandis Stimme an. „Ihr Flugzeug ist um neun Uhr heute Morgen gestartet."

„Vielleicht kann ich sie nach der Landung erreichen. Wann landet sie?"

„Äh –", das Rascheln von Papier war zu hören – „ihr Flugzeug landet um halb elf in St. Louis, glaube ich. Ja, hier ist es, zehn Uhr zweiunddreißig."

„Großartig." Julie kritzelte *St. Louis, Missouri*, auf einen Zettel. „Und ihr Termin? War der für heute verabredet? Wir wollten uns eigentlich treffen, aber ich scheine die Adresse verlegt zu haben."

„Tatsächlich?" Die Stimme des Mädchens klang erstaunt. „Sie hat mir gar nicht erzählt, dass Sie sich treffen wollten."

Julie senkte die Stimme zu einem verschwörerischen Tonfall. „Wir halten das geheim. Sie wollte nicht, dass die anderen im Büro es erfahren."

„Ach so."

„Aber ich bin sicher, sie hätte nichts dagegen, dass ich es Ihnen gesagt habe. Arbeiten Sie mit ihr zusammen?"

128

„Ich bin nur Praktikantin", erklärte Mandi niedergeschlagen. „Aber ja, ich helfe ihr bei dieser Story."

„Dann werde ich ihr sagen, dass wir miteinander gesprochen haben. Es hat ja keinen Sinn, dass wir Ihnen Informationen vorenthalten, nicht?"

„Nein, ganz und gar nicht." Das Mädchen lachte. „Sie überlässt mir all die langweilige Arbeit."

Julie zwang sich zu einem mitfühlenden Seufzer. „Na ja, ich habe auch meinen Teil an Sisyphusarbeit hinter mir – verzweifeln Sie nicht. Also – hat Peyton für heute Nachmittag einen Termin verabredet?"

„Sie wollte sich heute mit ihm treffen", erwiderte Mandi und raschelte erneut mit Papieren, „aber als sie im Büro des Pastors anrief, wurde ihr mitgeteilt, er hätte erst morgen Zeit für sie. Sie hat um elf Uhr einen Termin bei ihm. Danach kommt sie sofort nach Hause."

„Elf, das ist gut. So habe ich Zeit, mein Team zusammenzustellen. Und das war Pastor Hargrave, richtig?"

„Nein, Manning, Timothy Manning. Brauchen Sie die Adresse?"

„Nein, vielen Dank, meine Liebe. Ich habe sie." Julie kritzelte den Namen auf einen Zettel. „Also gut, das wär's dann. Machen Sie so weiter, Mandi, und denken Sie dran – verraten Sie nichts von mir. Peyton möchte nicht, dass jemand im Nachrichtenraum von unserer Zusammenarbeit erfährt. Wir wollen erst ein wenig weiterkommen."

„Niemand?"

Klang da Misstrauen in der Stimme des Mädchens an? „Na ja", Julie überlegte fieberhaft, bis ihr der Name einfiel. „Nora weiß natürlich Bescheid. Sie möchte auch nicht, dass das bekannt wird."

„Verstanden." Mandi kicherte. „Ich habe Peyton ja gesagt, das ist, als würde man undercover ermitteln."

„Hmm." Julie legte ihren Stift aus der Hand und nahm sich eine Zigarette. „Danke, Mandi, dass Sie mir geholfen haben."

9

Reisen auf den Flügeln der Hoffnung
Von Peyton MacGruder
„Hilfe für die Seele" ist eine regelmäßig erscheinende Kolumne der *Tampa Times*

Liebe Leser,
wenn Sie dies lesen, werde ich in St. Louis in Missouri sein. Dort werde ich mit einem Mann sprechen, den ich noch nie gesehen habe, und ihm etwas mitteilen, mit dem er bestimmt nicht rechnet. Ich werde eine Botschaft bei mir tragen, die über das Grab hinaus zu ihm kommen wird, in der Hoffnung, dass sie für ihn bestimmt ist.

Wir sind noch auf der Suche, aber bisher haben wir zwei Personen ausfindig gemacht, für die die Botschaft auf dem Zettel bestimmt sein könnte. Ich werde natürlich erst wissen, an wen die Nachricht gerichtet ist, wenn ich mit den beiden Personen gesprochen habe. Ich hoffe auf ein Zeichen, eine Intuition oder Erkenntnis, damit wir alle zweifelsfrei erfahren, für wen die Nachricht auf dem Zettel bestimmt war.

Den Personen, die ich in den kommenden Tagen aufsuchen werde, wird der Zettel sicher nicht viel sagen. Das Papier ist einfach weiß, ohne Verzierung oder Prägung, die Tinte scheint von einem einfachen Tintenschreiber zu stammen. Aber ich hoffe auf Klärung. Ich hoffe, dass eine dieser Personen den Schwung eines Buchstabens oder die Form eines Wortes erkennt. Ich warte darauf, dass die richtige Person die Sorge in dieser Nachricht als Liebe des Vaters erkennt.

Was würden Sie einem geliebten Menschen sagen, wenn Sie nur noch wenige Sekunden hätten, um eine letzte Botschaft weiterzugeben? Welche Sprache spricht die Liebe?

Einige von Ihnen zeigen Ihre Liebe durch Wein und Rosen. Andere erkennen die Liebe durch ein Frühstück im Bett, einen sorgfältig beiseite gelegten Sportteil oder einen Abend mit Popcorn im Kino.

Kinder buchstabieren Liebe wie Z-e-i-t. Und ältere Menschen auch, denke ich.

Teenager buchstabieren sie wie V-e-r-t-r-a-u-e-n. Manchmal buchstabieren Eltern Liebe aber auch wie N-e-i-n.

Aber ungeachtet der Buchstaben, die Gefühle hinter den Worten müssen greifbar sein, fühlbar und aufrichtig.

Dies hoffe ich auf dieser Reise zu finden. Ein konkretes Zeichen einer Liebe, die so stark ist, dass sie einen Mann in einem abstürzenden Flugzeug dazu bringt, seinem Kind eine Nachricht zukommen zu lassen.

Wünschen Sie mir Glück, meine Freunde. Ich werde Ihnen in zwei Tagen berichten, was ich erreicht habe.

Von dem Motelzimmer in St. Louis aus rief Peyton Mandi an und erfuhr, dass sie in den Todesanzeigen nur noch eine Person gefunden hatte, die infrage kam: T. Crowe, Tochter von James Crowe aus New Haven, Connecticut.

„Das ist alles?", fragte Peyton, während sie ihre Finger an die Schläfe drückte. „Wir haben nichts weiter als den ersten Buchstaben des Vornamens?"

„Ich habe bei dem Beerdigungsinstitut angerufen, das James Crowes Beerdigung organisiert hat", erklärte Mandi mit einem Lächeln in der Stimme. „Zum Glück war der Bursche dort sehr gesprächig. T. Crowe ist Taylor Crowe – schon von ihr gehört?"

Peyton überlegte und seufzte. „Nein. Jemand, den wir kennen?"

„Sie kennen sie bestimmt nicht persönlich, aber vermutlich hören Sie jeden Tag ihre Musik. Taylor Crowe ist die erfolgreichste Songschreiberin unserer Generation. Sie schreibt für alle – Celine Dion, Faith Hill, Anita Baker, die Backstreet Boys –"

Peyton runzelte die Stirn, als jemand im Nachbarzimmer gegen die Wand donnerte. Sie hatte kaum ein Auge zugetan, weil ein Bus voll Teenager kurz nach ihrer Ankunft in das Motel eingezogen war. Sie konnte es nicht beweisen, aber sie hatte den starken Verdacht, dass sie sich im Nachbarzimmer gegenseitig gegen die Wände warfen.

„Nennen Sie ein Lied."

Mandi zögerte keine Sekunde. „‚Yesterday my sorrows came and washed my fears away'", sang sie ins Telefon. Dann lachte sie. „Haben Sie das erkannt?"

„Vage – aber ich glaube, das Problem liegt eher im *Singen,* nicht in dem Lied. Ja, ich kenne es. Okay, sie ist berühmt. Das ist gut. Großartig für das öffentliche Interesse." Peyton fuhr sich mit der Hand durch die Haare, als ihr plötzlich ein Gedanke kam. „Ach du meine Güte! James Crowe kam aus Connecticut? Das ist eine ganz schöne Reise – schlecht für Noras Spesenkonto. Sie war gar nicht begeistert zu hören, dass ich nach St. Louis fliegen wollte; sie wird ausrasten, wenn ich ihr sage, dass ich noch einmal in einen anderen Staat werde fliegen müssen."

„Na ja, diese Reise könnte tatsächlich zum Problem werden."

„Was meinen Sie damit? Wo wohnt diese Songschreiberin denn?"

„Das ist eine schwierige Frage, und ich habe den ganzen Morgen daran gearbeitet. Ihre einzige Adresse ist P.O. Box in Los Angeles. Es gibt Tonnen von Material über sie, aber nicht viel Persönliches. Ich finde kaum Hinweise."

„Sie machen Ihre Sache großartig." Beinahe ohne nachzudenken, war Peyton dieses Kompliment herausgerutscht, doch dann erkannte sie, dass sie es wirklich ernst meinte. Mandi war buchstäblich mit ihrer Arbeit gewachsen.

„Nun –" Sie schnippte mit den Fingern. Zwei weitere Interviews bedeuteten zwei weitere Kolumnen, plus den Bericht zu Timothy Manning und einer zusätzlichen abschließenden Kolumne. Wenn es keine unvorhergesehenen Schwierigkeiten gab, würde Peytons letzte Kolumne am vierten Juli erscheinen, dem Unabhängigkeitstag. Wie passend, vor allem, wenn Nora sie noch immer draußen haben wollte. Obwohl King sicher zu sein schien, dass Peyton sich schon aus der Bratpfanne gezogen hatte, war sie selbst noch nicht so ganz davon überzeugt.

„Ist es ganz sicher, dass es sonst keine Angehörigen mehr mit einem Vornamen gibt, der mit einem T beginnt?", fragte sie. „Wir müssen alle Fakten abchecken, bevor wir diese Serie abschließen können."

„Ich habe es immer wieder überprüft", beharrte Mandi. „Ich bin ziemlich sicher."

„Okay. Nächster Punkt. Haben Sie die biografischen Infos über Pastor Manning gefaxt? Ich muss sie vor dem Gespräch mit ihm haben."

„Sie müssten eigentlich bereits in der Hotelhalle auf Sie warten, zusammen mit einer zusätzlichen Kopie für Sie-wissen-schon-wen."

Peyton runzelte die Stirn. „Denken Sie, ich hätte einen Kobold in meinem Koffer oder so etwas?"

„Keine Sorge, mir ist klar, dass ich nichts davon wissen soll, aber ich weiß es nun mal. Das geht schon in Ordnung. Aber ich werde kein Wort verraten."

Peyton verdrehte die Augen. Was faselte das Mädchen da? Vermutlich kursierten irgendwelche Gerüchte im Nachrichtenraum, vor allem, da Carter Cummings glaubte, zwischen ihr und King liefe etwas. Bestimmt war King heute nicht in seinem Büro, und in der Gerüchteküche hieß es, sie und er seien gemeinsam nach St. Louis geflogen ...

Genau das, was sie brauchte – reines Getratsche. Sie räusperte sich. „Hören Sie, Kind, ich habe zwar keine Ahnung, wovon Sie reden, aber ich habe jetzt wirklich nicht die Zeit, das zu klären. Also halten Sie den Mund worüber auch immer, und wir reden darüber, wenn ich zurückkomme." Sie überlegte, ob es noch etwas zu besprechen gab, aber ihr fiel nichts ein. „Ich schätze, das ist alles, Mandi. Sie sind mein Lebensretter. Sagen Sie der Drachenlady, Sie hätten sich eine Gehaltserhöhung verdient."

Mandi kicherte. „Ich bin nicht hier, um Geld zu verdienen,

wissen Sie nicht? Praktikanten sollen Erfahrung sammeln, nicht reich werden."

„Nun, dann werde ich Sie in ein paar Wochen, wenn alles vorbei ist, einmal zum Essen ausführen", versprach Peyton. Sie erhob sich erleichtert. Drei Kandidaten als Empfänger für den Zettel waren leichter zu handhaben als zehn. „Vielen Dank, Mädchen. Bis morgen."

* * *

Nachdem sie ihre Verabredung mit Reverend Manning telefonisch bestätigt hatte, ging Peyton in die Hotellobby hinunter, um ihr Fax zu holen. Sie nahm das Fax zusammen mit einer Diätcola und einer Tüte M & Ms mit hinauf in ihr Zimmer. Das war nicht gerade ein gesundes Frühstück, aber es würde ihr über die Runden helfen, bis sie am Flughafen zu Mittag essen konnte.

Aus ihrer seltsamen Begegnung mit Mary Grace Van Owen hatte sie eines gelernt: Es war hilfreich, im Vorfeld so viele Informationen wie möglich zusammenzutragen. (Wenn sie zum Beispiel gewusst hätte, dass Kings Freundin echt aussehende Babypuppen sammelte und nichts von Klimaanlagen hielt, hätte sie dieses Gespräch vermutlich auf unbestimmte Zeit verschoben.) Trotzdem klangen Mary Graces Ermahnungen in Peyton nach: *Gehen Sie mit leeren Händen in ein Interview. Stellen Sie eine Frage, dann warten Sie und hören Sie zu.*

Peyton hatte noch nie ein Interview ohne einen vorgefertigten Fragenkatalog, einen Kassettenrekorder und einen Notizblock mit Stift geführt. Einmal hatte sie ihren Block zu Hause gelassen, und ausgerechnet da gaben die Batterien ihres Rekorders den Geist auf, und sie hatte die Zitate für eine ganze Kolumne aus der Erinnerung schreiben müssen. Mary Graces Rat widersprach allem, was Peyton beigebracht worden war, aber die Erkenntnisse der Frau waren doch eindrucksvoll gewesen. Vielleicht wusste sie ja etwas.

Trotzdem, Peyton wollte zwar versuchen, mit leeren Händen

in dieses Interview zu gehen, doch sie weigerte sich, mit leerem Gehirn zu gehen. Sie würde die Informationen, die Mandi gefaxt hatte, verinnerlichen, und sie würde sich ein paar Fragen zu Reverend Mannings Beziehung zu seinem Vater überlegen. Nur mit diesem Material im Kopf würde sie Mary Graces ungewöhnliche Interviewtechnik ausprobieren.

Ein paar Fakten hatte sie Mr. Mannings Todesanzeige entnommen. Zwar hatte er zur Zeit des Flugzeugabsturzes in St. Petersburg gelebt, aber der vierundsechzigjährige Winston Manning wurde in Wichita in Kansas geboren. Er war Versicherungskaufmann, bevor er in den Ruhestand ging, und hinterließ zwei Kinder und sechs Enkelkinder.

Da in der Todesanzeige keine Frau erwähnt war, vermutete Peyton, dass der verstorbene Mr. Manning allein nach St. Petersburg gezogen war. Nachdem sein Sohn in St. Louis und seine Tochter in Brooklyn lebten, hatte er vermutlich alle Bindungen an seine Heimatstadt gekappt und war nach Florida geflohen, wo die Sonne fast jeden Tag schien und die Einwohner keine Einkommenssteuer bezahlten.

Sie öffnete die Coladose, riss die Tüte auf und warf sich ein paar M & Ms in den Mund. Fröhlich kauend überflog sie das Fax mit den persönlichen Daten des Sohnes.

Seit 1996 war Timothy Manning Pastor der First Fundamental Church von Kirkwood, einem Vorort von St. Louis. 1989 hatte er Debbie Wyndam geheiratet. Das Ehepaar hatte drei Kinder, Kelsey, Kenyon und Karrie. Offensichtlich liebten er und seine Frau Alliterationen, wie sie mit einem trockenen Grinsen bemerkte.

Manning hatte 1988 seinen Abschluss an der University of the First Bible Fellowship gemacht und 1997 von dieser Universität die Ehrendoktorwürde verliehen bekommen. Seine Gemeinde hatte zahlreiche Auszeichnungen erhalten, ebenso wie er: Herausragender junger Mann Amerikas, 1996 – 2000; Who's Who in American Colleges and Universities, 1984 – 1988; Gemeindebauer des Jahres 2000. Nach der Zeitschrift *Fundamentalist*

Monthly war seine fünfzehntausend Mitglieder zählende Gemeinde die zweitgrößte fundamentalistische Gemeinschaft in den Vereinigten Staaten.

Peyton blies sich eine Haarsträhne aus den Augen und ließ die Seite sinken. Keine besonders brauchbaren Informationen, und nichts wies darauf hin, wie Timothys Beziehung zu seinem Vater aussah. Sie wohnten räumlich weit auseinander, aber das war in Amerika nicht ungewöhnlich.

Nachdem sie sich die Zähne geputzt und ihre Tasche gepackt hatte, nahm sie ein Taxi von ihrem Motel zu Mannings Gemeinde. Die First Fundamental Church von Kirkwood, ein achteckiges Steingebäude mit hohen weißen Säulen und einer breiten Treppe davor, erhob sich an der Ecke North Kirkwood und West Adams wie ein Monument.

„Das ist eine große Gemeinde", erklärte der Taxifahrer, während er die Quittung vom Block riss. Er reichte sie nach hinten und lächelte Peyton schief an. „Der Prediger ist am Sonntagmorgen im Fernsehen zu sehen."

Ihre Reisetasche in der einen und den Rucksack in der anderen Hand haltend, blieb Peyton nervös auf dem Gehsteig stehen, als das Taxi davonfuhr. Seit der Hochzeit von Michael aus der Sportredaktion und Marjorie aus der Nachrichtenredaktion hatte sie keine Kirche mehr betreten. Die Zeremonie damals hatte nicht lange gedauert – ganz bestimmt nicht so lange, dass Peyton irgendwelche Kirchensprache aufgeschnappt hätte. Der Pastor hatte, abgesehen von der üblichen Trauformel, nicht viel gesagt – *Im Angesicht Gottes und dieser Zeugen sind wir hier versammelt –*, darum hatte sie nichts mehr in Erinnerung, was ihr bei dem Interview mit Reverend Timothy Manning von den Kirkwood Fundamentalisten jetzt helfen könnte.

Zumindest hatte sie einen Termin. Sie hatte am Dienstagmorgen in seinem Büro angerufen und der Sekretärin versichert, sie würde die Zeit des Pastors nicht länger als eine Stunde in Anspruch nehmen. Die Sekretärin hatte zuerst gezögert und ihr erklärt, der Dienstagnachmittag sei komplett belegt, und den Mittwochmorgen hätte sich der Pastor als Zeit zum Bibelstudium reserviert. Er ziehe es vor, diese Zeit ungestört zu nutzen. Aber als Peyton sagte, sie würde von Florida kommen, um ihn für eine Zeitung zu interviewen, hatte die Sekretärin ihre Meinung geändert.

Entschlossen stieg Peyton die Stufen hinauf und betrat das Gebäude durch eine weiße Flügeltür. Sie führte in ein großes, mit einem dicken Teppich ausgelegtes Foyer, das, abgesehen von zwei Tischen, leer war. Eine Reihe von Broschüren lag auf den Tischen. Peyton sah sie sich an. *Zehn Gründe, warum Gott die konservative Politik unterstützt, Zehn Dinge, die Gott nicht tun kann,* und *Bestellen Sie noch heute Ihre Timothy Manning Video–Sammlung.*

Neugierig auf das, was Gott nicht tun kann, schlug sie die Broschüre auf und las:

> *Gott kann nicht lügen. Gott kann keine Seele retten, die nicht an Jesus Christus glaubt. Gott kann niemanden abweisen, der zu ihm kommt. Gott kann keinen Menschen segnen, der nicht an ihn glaubt. Gott kann eine Antwort auf ein Gebet nicht schuldig bleiben, wenn der Betende fest an ihn glaubt. Gott kann seinen ewigen Plan nicht ändern. Gott kann seinen Kindern nicht die Führung verweigern. Gott kann seinen Kindern nicht seine Fürsorge verweigern. Gott kann sich nicht weigern, einem Menschen zu vergeben, der durch den Glauben an Jesus Christus sein Kind geworden ist. Gott kann seine Versprechen nicht brechen.*

„Ich bin in die Kirche des Gott-kann-nicht geraten", murmelte sie und legte das Heftchen wieder auf den Stapel. Ohne genau zu wissen, wohin sie gehen sollte, öffnete sie eine weitere Tür, eine von vier Türen, die nebeneinander angeordnet waren, und trat in den Gemeinderaum ein.

Der riesige Saal war still und leer. Gedämpftes Licht spiegelte sich auf den polierten Bänken. Ein breiter Gang zog sich durch die Mitte des Raumes. Fernsehkameras standen in der Mitte, an der rechten und der linken Seite, eine weitere auf der rechten Empore. Alle waren auf eine riesige Kanzel vorne im Gemeinderaum gerichtet.

Sie starrte die Kanzel an und versuchte sich vorzustellen, was für ein Mann wohl dahinter stehen würde, als eine Stimme sie aus ihren Gedanken riss. „Kann ich Ihnen helfen, Madam?"

Als sie sich umdrehte, sah sie einen älteren Mann in einem blauen Arbeitshemd und einer dunklen Hose. In der Hand hielt er ein Kehrblech und einen Handfeger.

„Ich suche das Büro des Pastors."

Der Mann lächelte sie an. „Das befindet sich in dem Gebäude hinter diesem. Bruder Tim müsste jetzt eigentlich in seinem Büro zu finden sein. Sie folgen diesem Gang", er deutete zu dem breiten Gang in der Mitte, „und gehen durch die Türen dahinter. Dann liegt das Bürogebäude direkt vor Ihnen."

Sie lächelte ihn dankbar an und folgte dem Mittelgang zu einer Reihe von Türen. Wie viele Menschen besuchten diese Gemeinde? Der gesunde Menschenverstand sagte ihr, dass die fünfzehntausend zu dieser Gemeinde gehörenden Mitglieder nicht jeden Sonntag zum Gottesdienst kommen konnten – man brauchte ein Stadion, um sie alle aufzunehmen. Sie war keine Expertin in Bestuhlungsfragen, aber in diesen Raum konnten nicht mehr als dreitausend Leute passen, vielleicht ein paar mehr, wenn sich die Leute in den Bänken drückten.

Nachdem sie ein weiteres Foyer durchquert und eine Treppe hinuntergestiegen war, sah sie das Bürogebäude vor sich – ein rechteckiges, einfaches Gebäude. Zum Glück waren die Gemeindebüros, die Kinderräume und Toiletten durch Hinweisschilder gekennzeichnet. Sie folgte dem Hinweisschild zum Büro des Pastors und trat schon bald in das mit Teppichen ausgelegte Heiligtum von Reverend Timothy Manning.

„Sie sind bestimmt Peyton MacGruder." Eine vornehm wirkende, weißhaarige Frau erhob sich von ihrem Platz am Schreibtisch, als Peyton durch die geöffnete Tür trat.

„Das bin ich."

„Der Pastor erwartet Sie. Ich sage ihm, dass Sie da sind."

Peyton hätte sich gern einen Augenblick umgesehen und einen Eindruck gewonnen, aber offensichtlich hatte ihr Anruf die Neugier von Reverend Manning geweckt. In weniger als zehn Sekunden erschien die Sekretärin bereits wieder aus seinem Büro und winkte Peyton zu sich heran. „Kommen Sie gleich mit, Mrs. MacGruder. Der Pastor erwartet Sie."

„Miss, bitte."

Die Sekretärin zog die Augenbraue in die Höhe. „Wie Sie meinen, Ma'am."

Peyton ließ ihre Übernachtungstasche im Vorzimmer stehen und betrat das Büro ihres ersten Kandidaten.

Timothy Manning glich überhaupt nicht dem Bild des gut aussehenden Fernsehpredigers, das Peyton sich von ihm gemacht hatte. Der Mann, der hinter dem Schreibtisch stand, war relativ klein und zierlich. Er trug eine Khakihose und ein blaues Hemd mit einer lose um den Hals hängenden Krawatte. Sein Haar allerdings war so frisiert, wie es von den Fernsehevangelisten bevorzugt war, glatt nach hinten gekämmt. Seine braunen Augen hinter der schicken Brille blickten warm und freundlich. Und er war noch jung, etwa in ihrem Alter oder sogar noch jünger.

Nachdem sie ihn begrüßt und sich für seine Bereitschaft bedankt hatte, sie so kurzfristig zu empfangen, nahm Peyton Platz. Sie erinnerte sich an Mary Graces Ermahnung, faltete die Hände auf ihrem Schoß und widerstand dem Drang, nervös auf ihrem Platz herumzurutschen.

„Erst einmal", sagte sie und blickte ihn an, während ihr Fuß nervös auf den Teppich zu trommeln begann, „möchte ich Ihnen mein Beileid zum Tod Ihres Vaters aussprechen. Der Absturz von Flug 848 war eine Tragödie, die Millionen Menschen betroffen gemacht hat. Ich befand mich in Tampa, als das Flugzeug abstürzte. Wir alle waren tief erschüttert. Ich kann nur erahnen, was Sie empfunden haben müssen, als Sie vom Tod Ihres Vaters erfuhren."

Timothy Manning lehnte sich auf seinem Stuhl zurück, schloss

die Augen und nickte langsam. „Ja, es war wirklich schrecklich."
Seine Stimme klang heiser, als wäre seine Kehle wie zugeschnürt.
„Meine Frau und meine Kinder, nun, wir sind alle noch scho-
ckiert, wenn Sie die Wahrheit wissen wollen. Pop war auf dem
Rückweg zu seiner Wohnung in St. Petersburg, als es passierte.
Wir hatten ihn eine Weile nicht gesehen, aber er hatte vor, uns
zum Geburtstag meiner kleinen Tochter zu besuchen. Offensichtlich", seine Stimme brach, „wird er nun nicht kommen können."

„Ihre Tochter Karrie?", fragte Peyton. Sie war froh, dass sie sich
die biografischen Details angesehen hatte.

Manning nickte und zog ein Taschentuch aus der Jackentasche, um sich die Augen zu tupfen. Sein Gesicht war gerötet,
und Peyton merkte, dass er einen Augenblick Zeit brauchte, um
die Fassung wiederzugewinnen.

„Es tut mir Leid." Peyton hielt inne und gab ihm die Gelegenheit, seine Stimme wieder unter Kontrolle zu bekommen. „Der
Grund, warum ich hier bin, Pastor Manning –"

Er winkte ab. „Nennen Sie mich doch bitte Bruder Tim. Das
tun alle hier."

„Vielen Dank. Wie ich schon sagte, ich bin zu Ihnen gekommen, weil wir einen Zettel gefunden haben, der aus dem Wrack
von Flug 848 stammen könnte. Bevor ich Ihnen davon erzähle,
muss ich Sie bitten, eine Erklärung zu unterschreiben, dass Sie
diese Angelegenheit vertraulich behandeln. Ich tue das wirklich
ungern, aber es ist notwendig. In diesem Dokument erklären Sie
sich bereit, mindestens eine Woche lang mit niemandem über
unser Gespräch zu reden."

Widerstrebend zog sie einen Ordner aus ihrem Rucksack und
entnahm ihm ein Blatt. Sie erhob sich und reichte es dem Pastor.
Er starrte sie an.

„Ich muss sagen", erwiderte er und räusperte sich, „ich bin so
etwas nicht gewöhnt. Bisher habe ich mich noch immer durch
mein Wort gebunden gefühlt."

„Ich weiß." Sie nahm wieder Platz und faltete die Hände. „Aber

Sie kennen ja sicher die Rechtsanwälte. Dies ist zu Ihrem eigenen Schutz. Wir möchten die Story noch unter der Decke halten, bis die Angelegenheit geklärt ist, damit Sie nicht noch von anderen Vertretern der Medien belästigt werden."

Diese Vertraulichkeitszusicherung war eigentlich Peytons Idee gewesen, eine Inspiration in letzter Minute, die ihr nach Julie St. Claires Telefonanruf gekommen war. Tausende Menschen wussten jetzt von der Existenz dieses Zettels, und der Inhalt des Zettels war Peytons einziger Vorsprung. Solange der Inhalt geheim blieb, hatte Peyton die Story.

Pastor Manning zog die Stirn in Falten, aber er nahm einen Stift aus einem Becher auf seinem Schreibtisch und unterschrieb. Peyton war sicher gewesen, dass er sich nicht weigern würde. Nachdem er unterschrieben hatte, schob er ihr die Seite wieder hin, dann legte er die Finger an sein Kinn. „Was bringt Sie auf den Gedanken, dieser Zettel könnte für mich bestimmt sein?"

„Ihr Name beginnt mit einem T." Peyton zog eine Kopie des Zettels aus ihrem Ordner. „Wie Sie sehen werden, ist der Zettel an ‚T' gerichtet. Die Handschrift ist ein wenig zittrig. Wir sind ziemlich sicher, dass das Flugzeug zu dem Zeitpunkt, als dies geschrieben wurde, bereits in Schwierigkeiten war. Der Verfasser hatte vermutlich Angst. Die Botschaft ist einfach, und ich habe mich gefragt, na ja, ich dachte, Sie könnten vielleicht gemeint sein."

Peyton schob die Fotokopie über den Tisch und beobachtete, wie der Pastor den Zettel nahm und laut vorlas: „T – ich liebe dich. Alles ist vergeben. Dad."

Er starrte den Zettel eine Zeit lang an, dann schüttelte er den Kopf und ließ das Blatt sinken. „Das ist nicht von meinem Vater", sagte er und schob Peyton das Blatt wieder hin. „Das würde ich auf einen Stapel Bibeln schwören."

Peyton nahm das Blatt zur Hand, betrachtete es und fragte sich, ob sie etwas darauf vielleicht nicht mitbekommen hatte. „Aber wie können Sie so sicher sein?"

„Aus mehreren Gründen." Er deutete mit dem Kopf zu dem

Blatt hin. „Erstens, mein Vater hätte niemals mit *Dad* unterschrieben. Für alle, die ihn kannten, war er *Pop*. Sogar die meisten Leute in dieser Gemeinde nannten ihn so."

Peyton betrachtete die Unterschrift. „Sie haben ihn nie *Dad* genannt?"

„Natürlich habe ich das, aber nicht mehr, seit meine Kinder auf der Welt sind. Für sie ist er *Pop-Pop*, für mich *Pop*. Außerdem ist dies nicht seine Handschrift. Ganz und gar nicht. Er hat nie so geschrieben, nicht einmal, als er sich die rechte Hand gebrochen hatte und acht Wochen lang mit links schreiben musste."

Peyton ließ das Blatt sinken. Sie merkte kaum, dass sich ihr Trommeln mit dem Fuß wieder verstärkte. „Wir wissen nicht, was an Bord von Flug 848 passiert ist, Reverend Manning, und dieser Zettel wurde unter stärkster Anspannung geschrieben. Vielleicht haben die Turbulenzen seine Handschrift verzerrt."

„Da gibt es noch etwas anderes." Der Pastor lehnte sich auf seinem Stuhl zurück, und ein Lächeln umspielte seinen Mund. „Mein Vater hätte nie geschrieben ‚alles ist vergeben'. Unsere Beziehung war gut, es gab keine ausstehenden Schulden. Wir standen uns sehr nahe, und wir sind in Kontakt geblieben. Er hatte keinen Grund, von Vergebung zu sprechen."

Mit zusammengepressten Lippen senkte Peyton den Blick. Vielleicht hatte Pastor Manning Recht, vielleicht aber auch nicht. Offensichtlich war bei ihm kein Raum für Zweifel.

Etwas, das Timothy Manning nicht kann: Er kann seinen Daddy nicht infrage stellen.

Sie versuchte es mit einem anderen Ansatz. „Erzählen Sie mir von Ihrem Vater." Sie lächelte den Pastor zuversichtlich an, lehnte sich zurück und wartete darauf, dass er sich öffnete wie Mary Graces hypothetische Zeitung. „Ich würde gern in meiner nächsten Kolumne über ihn schreiben, natürlich ohne in Bezug auf den Zettel ins Detail zu gehen. Ich habe über mehrere Absturzopfer recherchiert."

„Mein Vater war ein Heiliger", begann Tim. Er stützte sich auf der Armlehne seines Schreibtischstuhls ab. „Er hat mich und meine Schwester Victoria großgezogen. Wir hatten wenig Geld. Jeden Abend vor dem Schlafengehen hat er uns aus der Bibel vorgelesen. Er liebte das Wort Gottes, hat es ein- und ausgeatmet. Vicki und ich konnten Bibelstellen vorwärts und rückwärts aufsagen, noch bevor wir in die Schule gekommen sind. Vermutlich kann ich das noch immer." Er hielt inne. „,Erde und Himmel Gott schuf Anfang am.' 1.Mose 1,1, rückwärts."

Peyton blinzelte. Sie wollte schweigen, aber Pastor Manning wartete mit hochgezogener Augenbraue auf eine Antwort.

„Oh, nun, ich hoffe, Sie haben nicht die gesamte Bibel auf diese Weise lernen müssen."

Manning lachte. „Natürlich nicht. Vicki und ich haben das aus Spaß gemacht."

„Trotzdem, es muss ein schreckliches Erlebnis sein, einen geliebten Vater zu verlieren. Wie ich hörte, war er Anfang sechzig."

„Miss MacGruder, vor langer Zeit habe ich gelernt, Gott nicht infrage zu stellen. Er hat seine Gründe, und alle Dinge haben einen Grund. Selbst wenn ich ihn nicht verstehe, Gott weiß es. Und das reicht mir."

Stille hüllte sie ein, während Peyton auf eine weitere Offenbarung wartete. Sie wollte gerade aufgeben und eine weitere Frage stellen, als jemand an die Tür klopfte. Unaufgefordert trat die Sekretärin ein. „Draußen wartet ein Fernsehteam", berichtete sie aufgeregt. „Sie sagen, sie wollen mit Ihnen sprechen."

Pastor Tims Augen verengten sich leicht, dann sah er Peyton an. „Einige von Ihren Leuten?"

Peyton schüttelte den Kopf. „Ich bin allein gekommen."

Die Sekretärin trat vor und reichte dem Pastor eine Visitenkarte. „Eine Frau gab mir das hier – sie sagte, sie wolle hereinkommen und ein Interview vor laufender Kamera machen."

Der Pastor überflog die Karte und reichte sie an Peyton weiter. „Haben Sie je von Julie St. Claire gehört?"

Sprachlos starrte Peyton die Visitenkarte an. Schließlich fand sie ihre Stimme wieder. „Ich habe tatsächlich von ihr gehört. Sie arbeitet bei World News Network ... und ich glaube, sie verfolgt diese Story." Sie stieß den Atem aus. „Ich entschuldige mich, Reverend, dass ich diese Art der Aufmerksamkeit auf Ihre Gemeinde gelenkt habe. Ich habe keine Ahnung, wie sie erfahren hat, dass ich hier bin –"

Manning brach in Gelächter aus. „Machen Sie sich keine Gedanken. Die Kamerajungs sind vermutlich hier vom Ort, und ich kenne sie." Er schob seinen Stuhl zurück, erhob sich und richtete seine Krawatte. „Jeden Sonntag finden sich hier Protestierende ein, und die ziehen die Kameraleute an wie das Licht die Fliegen. Wenn es nicht die Feministinnen sind, dann sind es die Schwulen oder die Abtreibungsbefürworter." Er lachte, während er um seinen Schreibtisch herumtrat. „Ich habe erfahren, dass die Leute, sobald man den Kopf herausstreckt, nur zu gern auf einen losgehen. Sie wollen, dass wir uns in unseren Kirchenbänken verstecken, aber wir sind auch amerikanische Bürger, um Himmels willen. Und wir haben das Recht, den Leuten zu sagen, wen Jesus unserer Meinung nach wählen würde."

Peyton verzog das Gesicht. „Würde Jesus denn wählen? Ich dachte, er sei Pazifist gewesen –"

„Natürlich würde er wählen." Manning trat vor. „Er war ein vernünftiger Bürger, er hat Steuern gezahlt, und er hat gesagt, wir sollen dem Kaiser geben, was des Kaisers ist. Darum werde ich, bis ich in den Himmel komme, meinen Teil dazu beitragen, um sicherzustellen, dass die Leute des Kaisers die Dinge hier auf der Erde angemessen regeln."

Er lachte wieder, und irgendetwas im Klang seines Lachens sagte Peyton, dass das Interview zu Ende war.

„Vielen Dank, Reverend", sagte sie und erhob sich, „dass Sie mir Ihre Zeit geschenkt haben. Denken Sie bitte daran, dass Sie mir Vertraulichkeit zugesichert haben. Die Reporterin draußen wird wissen wollen, worüber wir gesprochen haben, Sie täten also gut daran, eine selektive Amnesie vorzutäuschen."

Er lächelte, und ein Grübchen erschien in seiner Wange, als er einen dunkelblauen Blazer vom Kleiderständer nahm und anzog. „Miss MacGruder, kennen Sie einen Prediger, der lügt?"

Sie lachte. „Um ehrlich zu sein –"

„Keine Sorge." Er schob sie in sein Vorzimmer, wo seine Sekretärin nervös hinter ihrem Schreibtisch saß. „Machen Sie sich keine Gedanken. Mein Pop hat Ihren Zettel nicht geschrieben, und ich werde beten, dass Sie die richtige Person ausfindig machen. Und was diese Meute dort draußen betrifft, Sie und ich haben ein wenig über die Welt im Allgemeinen und im Besonderen geplaudert, was niemanden etwas angeht."

„Großartig." Peyton sah sich um in der Hoffnung, eine Hintertür zu entdecken. „Gibt es einen Weg, hier zu verschwinden, ohne den Menschen da draußen in die Arme zu laufen?"

„Ich fürchte nicht. Aber wenn Sie mit mir kommen, wird alles in Ordnung kommen." Mannings Lächeln vertiefte sich. „Sie haben doch nicht etwa Angst vor Ihresgleichen, oder?"

„Nein." Die Antwort klang schnippischer, als sie beabsichtigt hatte. „Ich habe vor niemandem Angst. Aber meine Anwesenheit hier bestätigt etwas, das ich lieber noch nicht publik gemacht hätte."

„Wenn sie Ihnen hierher gefolgt sind, dann scheint zumindest ein Teil Ihres Geheimnisses bereits bekannt zu sein."

Peyton verzog das Gesicht, weil sie wusste, dass er Recht hatte.

* * *

Julie St. Claire hielt die Luft an, als sich die Tür zum Kirchengebäude öffnete. Sie rutschte vom Beifahrersitz des Übertragungswagens, strich ihren Rock glatt und nickte dem Kameramann zu. Sie hatte ihn in ihren Plan eingeweiht – er sollte zuerst über die Szene schwenken, dann die Kamera auf den Pastor richten und seinen Gesichtsausdruck einfangen, wenn sie ihn nach dem Zettel fragte. Was er sagte, war egal, sie konnte später noch irgendwelche Versprecher korrigieren. Sein Gesichtsausdruck könnte jedoch tausend Worte aufwiegen.

Zum Glück hatte sie den Direktor von FOX davon überzeugen können, ihr ein Kamerateam mitzugeben – allein der Gedanke an eine gemeinsame Berichterstattung über eine, wie sie ihm versicherte, große Story, hatte sie seiner Kooperation versichert. Jetzt stand ein Übertragungswagen mit dem Logo von Channel 2 mit laufendem Motor auf dem Parkplatz. Der Direktor flüsterte ihr in den Kopfhörer, und der Kameramann, der aussah wie Jim Varney, folgte ihr auf Schritt und Tritt.

Mit langen, selbstbewussten Schritten lief sie auf das Gebäude zu. „Pastor Manning", rief sie. Zwei Frauen begleiteten den Pastor. Die ältere war die nervöse Sekretärin, mit der sie bereits gesprochen hatte, dann musste die Rothaarige an seiner Seite also Peyton MacGruder sein. Die Kolumnistin flüsterte dem Pastor jetzt etwas zu, vermutlich sagte sie ihm, er solle den Mund halten, damit sie das Exklusivinterview hatte.

Die alte Spinatwachtel im Hosenanzug würde keine Chance haben.

„Pastor Manning!", rief sie mit verführerischer Stimme, um die Aufmerksamkeit des Mannes auf sich zu lenken. Aber der Pastor sah nicht auf. Obwohl ein freundliches Lächeln seine Mundwinkel umspielte, hielt er die Hände fest vor sich verschränkt, während er Peyton MacGruder aufmerksam zuhörte.

Julies Augen verengten sich. Sie nahm die Reporterin aus Tampa ins Visier. MacGruders Foto auf der Website wurde ihr nicht gerecht. Frisur und Kleidung nach musste sie schon über vierzig sein, aber ihr Gesicht war noch faltenfrei. Nicht einmal Lachfältchen an den Augenwinkeln waren zu entdecken. Die rotgoldene Farbe ihres Haares verdeckte mögliche graue Strähnen, und ihr ganzes Auftreten war durchaus nicht so tölpelhaft, wie Julie zuerst vermutet hatte. MacGruder würde allerdings zwanzig Pfund abnehmen müssen, sollte sie je vorhaben, vor die Kamera zu treten.

Da Julie das Warten satt hatte, kam sie näher. Ihre Absätze klapperten auf dem Asphalt des Parkplatzes. „Pastor Manning, ich bin Julie St. Claire von World Network News. Wir haben Gerüchte gehört, dass Sie vielleicht Zugang zu Informationen über Flug 848 haben."

Timothy Manning drehte sich schließlich um, und ein Ausdruck von wohlerzogenem Missfallen huschte über sein Gesicht, bevor er höflich lächelte. „Sie haben *Gerüchte* gehört?" Er hob das Wort so stark hervor, als passe es nicht in die Öffentlichkeit. „Nun, Miss St. Claire, ich wusste gar nicht, dass WNN auf Grund von reinen Gerüchten hier herauskommt. Ich dachte, Sie hätten die Aufgabe, über Fakten zu berichten."

Sie warf ihm einen eiskalten Blick zu, und das Funkeln in seinen Augen fachte ihren Zorn noch an. „Pastor", begann sie erneut, „hat Peyton MacGruder Ihnen einen Zettel gezeigt, der aus dem Flugzeugwrack stammt?"

Der Pastor zog die Augenbraue in die Höhe. „Ich bitte um Verzeihung, Madam. Hatten wir einen Termin für ein Interview vereinbart?"

Julie sah nicht hinüber, aber sie war fest davon überzeugt, dass Peyton MacGruder grinste. „Entschuldigen Sie, Pastor Manning." Nur mit Mühe bewahrte sie die Fassung. „Lassen Sie mich erklären. Wir haben Grund zu der Annahme, dass Miss MacGruder", sie hielt inne und deutete mit dem Kopf zu der Kolumnistin hinüber in der Hoffnung, der Kameramann würde ihren Hinweis aufnehmen, „Ihnen einen Zettel gebracht hat, der aus dem Wrack von Flug 848 stammen soll. Es ist allgemein bekannt, dass Miss MacGruder versucht, einen Angehörigen eines der Opfer zu finden, für den der Zettel bestimmt sein könnte –"

„Ich kann Ihnen versichern, dass ich keinen Zettel habe." Der Pastor hob die Hände und hielt die Handflächen in Richtung Kamera. „Und ich versichere Ihnen, dass mein Vater sich bestimmt nicht die Zeit genommen hat, mir eine Nachricht zu schreiben, als sein Flugzeug abstürzte. Mein Vater, Gott segne ihn, sang vermutlich ein Loblied, während die Insassen dieses Flugzeugs ihrem ewigen Ziel entgegengingen. Er war sich des Himmels sicher, als wäre er bereits zehntausend Jahre dort gewesen." Er lächelte strahlend in die Kamera. „Miss MacGruders Gründe für den Besuch unserer Kirche sind persönlicher Art, und ich bin sicher, Sie wollen nicht neugierig sein."

Julie St. Claire traute ihren Ohren kaum. Sie war professionell und höflich abgewiesen worden. Der Kameramann hinter ihr brummte, während der Regisseur im Übertragungswagen leise in ihr Ohr fluchte. Resigniert ließ sie das Mikrofon sinken.

„In Ordnung. Ganz unter uns", sagte sie und funkelte den Mann an, „sind Sie sicher, dass der Zettel nicht für Sie bestimmt war?" Ihr Blick wanderte zu der Reporterin. „Sind Sie sicher?"

„Das Einzige, was ich *nicht* so genau weiß", Peyton MacGruders Blick war genauso kalt wie ihr Tonfall, „ist, wie Sie von meiner Reise erfahren haben. Ich dachte, ich hätte Ihnen gesagt, ich wünsche keine Zusammenarbeit mit dem Sender."

„Diese Story gehört nicht Ihnen allein." Julie verschränkte die Arme. „Dies ist ein amerikanisches Drama. Das geht uns alle an."

Timothy Manning trat vor und stellte sich schützend vor Peyton MacGruder. „Oh nein, Miss St. Claire, das glaube ich nicht. Sie und Ihr Team befinden sich auf einem Privatgrundstück, und ich wäre Ihnen dankbar, wenn Sie abziehen würden, damit Vorübergehende nicht denken, hier in unserer Gemeinde gäbe es über Unregelmäßigkeiten zu berichten."

Julie funkelte ihn an. Sie war zornig und hätte ihm am liebsten ihre Meinung über Kirchen und Prediger und all die schlimmen Dinge gesagt, die Woche für Woche im Namen Gottes geschehen. Doch sie biss sich auf die Zunge. Sie konnte es sich leisten, Peyton MacGruder ein wenig Leine zu geben, zumindest für heute. Die Frau hatte noch keine Gelegenheit gehabt, mit ihren Vorgesetzten zu sprechen. Vermutlich hatte sie keine Ahnung, was sie in Tampa erwartete.

„Wir gehen." Julie warf dem Pastor ein strahlendes Lächeln zu. Dann zeigte sie mit dem Finger auf die Reporterin. „Ich bin sicher, wir werden uns wieder sehen, Miss MacGruder. Einen schönen Heimflug."

Julie ließ den Pastor und die beiden Frauen auf den Kirchenstufen stehen, stieg in den Übertragungswagen und fuhr davon.

* * *

„Ein interessanter Vormittag, nicht, Bruder Tim?"

Er lächelte seine Sekretärin an und nickte zustimmend. „Ein denkwürdiger Vormittag, Eunice. Mal sehen, ob wir noch ein paar Stunden Ruhe bekommen, ja? Ich muss mich wirklich auf die Bibelstunde heute Abend vorbereiten."

„Keine Sorge. Ich kümmere mich um alles."

Tim durchquerte das Vorzimmer, betrat sein Büro und schloss die Tür hinter sich. Er blieb gegen die Tür gelehnt stehen. Die Begegnungen an diesem Vormittag waren interessant gewesen. Schließlich tauchten nicht jeden Tag Reporter und Kamerateams vom Fernsehen auf, ohne dass eine außergewöhnliche Veranstaltung sie anlockte. Peyton MacGruder schien zwar nett zu sein, aber diese andere, St. Claire, schien ja ein regelrechter Feuerball zu sein. Das würde Probleme geben, so viel stand fest.

Kopfschüttelnd ging er zu seinem Schreibtisch hinüber. St. Claire konnte froh sein, dass er Menschen mochte und tolerierte, sonst hätte er sie sonstwohin geschickt. Natürlich durfte er so etwas nicht äußern, oder auch nur zugeben, dass er so empfand. Die Leute waren immer erstaunt, wenn sie entdeckten, dass die Gedankengänge eines Pastors denen der meisten Leute glichen. Die Tatsache, dass er errettet und in den Gemeindedienst gerufen worden war, bedeutete doch nicht, dass er nicht Mensch war wie alle anderen auch. Und manchmal konnte das Fleisch unter dem Mantel der Heiligkeit, den zu tragen von ihm erwartet wurde, ganz schön beansprucht werden.

Er setzte sich an den Schreibtisch, nahm ein Blatt Papier und schlug seine Bibel im Markusevangelium auf. Er hatte vorgehabt, über die Heuchelei zu predigen. Aber während sein Blick über die Bibelstelle glitt, bauten sich zwei Verse vor ihm auf wie ein anklagender Zeigefinger:

Ihr dagegen behauptet: Wenn jemand zu seinem Vater oder seiner Mutter sagt: Korban – das heißt: Was ihr von mir bekommen

müsstet, ist für Gott bestimmt, dann braucht er für seine Eltern
nichts mehr zu tun. Ja ihr erlaubt es ihm dann nicht einmal mehr.
(Übers. Gute Nachricht Bibel 1997)

Er schlug die Bibel zu. Er hatte Peyton MacGruder die ganze
Wahrheit gesagt, und er hatte es geschafft, dieser St. Claire gelassen gegenüberzutreten. Keine leichte Aufgabe. Trotzdem ... vielleicht hätte er eine Kopie des Zettels behalten sollen, für den
Fall, dass sein Vater ihn doch geschrieben hatte.

Nein, das konnte nicht sein. Er hätte so etwas nicht geschrieben. Er hatte nichts mit Tim in Ordnung zu bringen; sie hatten
eine gute Beziehung gehabt. Sein Vater hatte akzeptiert, dass
Tim die Menschen liebte und sein Leben dem Dienst für Gott
zur Verfügung gestellt hatte, und er freute sich darüber.

Schließlich hatte Pop in der ersten Reihe gesessen, als ihr neues Gebäude mit einem Dankgottesdienst eingeweiht worden war!
Die Kameras hatten eine gute Aufnahme von ihm gemacht, wie
er dem Fernsehpublikum zuwinkte, als zum ersten Mal ein Gottesdienst übertragen wurde. Die Leute wollten sehen, dass ein
Pastor seinen Daddy liebte ... und dass sein Daddy ihn liebte.

Tim schluckte und drehte sich mit seinem Stuhl zum Fenster.
Er hatte seinen Vater geliebt, das hatte er wirklich. Er konnte
nichts dafür, dass er den Mann seit, wie lange war es her, drei
Jahre?, nicht gesehen hatte. Das schien keine so lange Zeit zu
sein. Das letzte Mal, als sie zusammen gewesen waren, hatte er
gerade seine Predigtreihe über das Säen und Ernten beendet. Sie
hatten ein paar Kontakte für Pop in Florida hergestellt in der
Hoffnung, er würde neue Freunde dort unten finden. St. Louis
war im Winter zu kalt für ihn, und Pop vermisste Mama schrecklich. Eine sonnige Altersresidenz war genau das Richtige für ihn.

„Ja, Sir, genau das, was er brauchte." Tim faltete die Hände vor
seinem Bauch und starrte zum Fenster hinaus auf das große Kreuz
auf dem Parkplatz. Abends wurde es von Scheinwerfern ange-
strahlt und zeigte den Weg zum Kreuz für jeden, der sich die
Zeit nahm, um aufzusehen.

Sein Dad hatte das Kreuz nie gesehen; sie hatten es erst im vergangenen Jahr aufgestellt. Aber er hatte davon gehört und war stolz darauf. Er war stolz auf alles, was Tim erreicht hatte. Und es war nicht so, als hätte Tim seinen Vater vergessen – seine Frau achtete darauf, dass Karten und Briefe und Fotos von den Kindern wie Wasser nach Florida flossen. Sein Vater sah sich seinen Gottesdienst jeden Sonntagmorgen im Fernsehen an.

Vermutlich hatte er sogar bei Vicki die Übertragung verfolgt. Er hatte sie besucht, bevor er an Bord von Flug 848 gegangen war. Die Schuldgefühle wollten einfach nicht verschwinden. Da Pop gerade von einem Besuch bei seiner Tochter kam, dachte er vielleicht an seinen Sohn, als das Flugzeug abstürzte. Und wenn das so war, bedeutete das, dass Tim ihn irgendwie verletzt hatte?

Bestimmt nicht. Sein Dad hätte es ihm gesagt. Er hatte Vicki immer näher gestanden als Tim, sie häufiger besucht, war zu ihr geflogen, wann immer sie ihn rief. Aber sie war Hausfrau; sie hatte keine Gemeinde mit fünfzehntausend Mitgliedern zu betreuen. Sie hatte mehr Zeit für familiäre Treffen. Darum war sie auch nach Tampa geflogen, um die Beerdigung zu regeln. Tim wäre auch hingeflogen, aber er war nicht abkömmlich gewesen. Und warum sollte er auch? Sein Vater war tot, und es war zu spät, um noch irgendetwas zu ändern.

Zu spät. Das waren die beiden traurigsten Wörter, die es gab.

Langsam drehte Tim sich um und betrachtete die geschlossene Bibel auf seinem Schreibtisch. Er hatte seinen Vater nicht missachtet. Er hatte seinen Vater mit Liebe und Respekt behandelt.

„Und Dad wusste, dass ich ihn liebe", flüsterte er. „Gott ist mein Zeuge, er wusste es."

Er beugte sich vor und barg den Kopf in den Händen. Mit leerem Blick starrte er auf das weiße Blatt vor sich. „Herr, ich hoffe, er wusste es."

* * *

Peyton schnallte sich an und lächelte den Mann auf dem Nachbarplatz entschuldigend an, dann beugte sie sich vor, um sein Handgepäck aus dem Weg zu schieben. Seit der Erfindung von Koffern auf Rädern benahmen sich die Leute, als hätten sie das unveräußerliche Recht, jedes Teil ihres persönlichen Besitzes mit an Bord zu nehmen. Peytons Nachbar, der sich angenehmerweise hinter dem neusten Grisham-Roman verschanzt hatte, hatte seine Kameratasche, einen Aktenkoffer und eine Stofftasche in der Größe von Texas dabei. Die Stofftasche engte Peyton in ihrer Bewegungsfreiheit ein. Die Leute am Gate hatten wohl geschlafen, dass sie den Kerl mit dieser Tasche an Bord gelassen hatten.

Peyton sah sich um in der Hoffnung, die Aufmerksamkeit des Flugbegleiters auf sich lenken zu können, aber der junge Mann hatte offenbar andere Dinge zu tun. Er ging an ihr vorbei. Seine Lippen bewegten sich stumm; entweder zählte er die Passagiere, oder er betete um einen besseren Job.

Seufzend blies sie sich eine Haarsträhne aus den Augen und bückte sich, um ihren Rucksack unter dem Vordersitz hervorzuholen. Die schwarze Stofftasche behinderte sie. Sie trat danach und hoffte beinahe, die Zahnpasta ihres Platznachbarn getroffen zu haben. Es würde ihm recht geschehen, wenn die Zahnpasta seine Unterwäsche verschmiert hätte.

Sie holte ihren Laptop heraus und stopfte den Rucksack wieder unter den Sitz. Langsam stieß sie die Luft aus. Mit ein wenig Glück würde sie sich in den nächsten paar Stunden nicht mehr bewegen müssen. Sie konnte still sitzen bleiben und ihre Gedanken sammeln. Den Computer konnte sie erst hochfahren, wenn sie in der Luft waren. Auch den Klapptisch konnte sie erst dann herunterklappen.

Während sie darauf wartete, dass die Flugbegleiter ihre Sicherheitsinformationen beendeten, schloss sie die Augen. Sie war dankbar für einen Augenblick der Stille. Auf dem Flughafen war die Hölle los gewesen. Nur mit Mühe hatte sie es geschafft, sich einer Auseinandersetzung zwischen zwei erbosten Passagieren zu entziehen, und dann hatte sie noch beinahe ihren Flug verpasst. Aber jetzt saß sie hier, angeschnallt, und schon bald würde sie in der Luft sein und mit dem Schreiben beginnen können.

Bis dahin musste sie überlegen, was Julie St. Claires Auftauchen im Gemeindehaus zu bedeuten hatte. Wie hatte St. Claire die Identität des Pastors herausgefunden? Diese Informationen konnte sie nur von jemandem von der *Times* haben. King und Mandi waren die beiden Einzigen, die von Manning wussten.

Also, wer konnte Timothy Mannings Namen an Julie St. Claire weitergegeben haben? Das Flugzeug beschleunigte auf der Startbahn.

Jetzt hob es von der Startbahn ab. Konnte Nora WNN über Peytons Besuch informiert haben? Unwahrscheinlich. Sie kannte die Fernsehreporterin nicht einmal, und Peyton bezweifelte, dass Nora sich besonders für World News Network interessierte. Nora lebte für die Zeitung und stöhnte ständig darüber, dass das Fernsehen den Tod für die Tageszeitung und die amerikanische Literatur bedeute, wenn sich nicht etwas ändern würde. Außerdem wusste Nora nichts von Timothy Manning. Peyton hatte ihr in einer E-Mail erklärt, sie müsse nach St. Louis reisen, aber sie war ziemlich sicher, den Namen des Pastors nicht erwähnt zu haben.

Konnte King ...? Sie schüttelte den Kopf. Das war undenkbar. Er hatte zu viel Respekt vor dem Ehrenkodex des Journalisten – er würde niemals die Kontakte eines anderen Reporters verraten. Er würde nicht einmal seine eigenen Quellen verraten, nicht einmal, wenn Druck auf ihn ausgeübt würde.

Peyton seufzte, während sie über das Offensichtliche nachdachte. Mandi hatte bei Julie St. Claires Anruf praktisch vor Erregung vibriert. Vielleicht hatte sie noch einmal angerufen, und Mandi hatte den Anruf entgegengenommen, als Peyton nicht da war. –

Ich habe es vor zehn Minuten gefaxt, zusammen mit einer zusätzlichen Kopie für Sie-wissen-schon-wen ...

Bei dem Gedanken an Mandis Abschiedsworte verzog Peyton das Gesicht. Das Mädchen musste das schwache Glied sein. St.

Claire, diese charmante kleine Schlange, hatte die naive Praktikantin bezirzt.

Peyton umklammerte die Armlehne, als das Fahrwerk eingefahren wurde. Du meine Güte, warum war sie nur so schreckhaft? Sie war doch schon ein Dutzend Mal geflogen, und dieses Geräusch hatte ihr noch nie Angst eingejagt. Aber dieses Mal schien es viel lauter als sonst. Saß sie vielleicht unmittelbar über dem Fahrwerk? Oder hatte sich vielleicht im Frachtraum irgendetwas gelöst?

Sie beobachtete die Flugbegleiter nach Anzeichen von Besorgnis. Doch die einzige Stewardess, die sie sehen konnte, saß angeschnallt auf ihrem Sitz und betrachtete ihre Fingernägel.

Peyton drehte sich wieder nach vorn. Ihre Ängste waren lächerlich. Ihre Nerven waren sicherlich so strapaziert, weil sie sich zu sehr mit dem Flugzeugabsturz beschäftigte; ihr Herz klopfte, weil diesem Flugzeug vielleicht dasselbe zustoßen könnte wie Flug 848 zwei Wochen zuvor ...

Sie ließ langsam die Luft entweichen und hörte das Geräusch verstärkt in ihren Ohren. Sie hatte das Gefühl, irgendwie geschrumpft zu sein, zurückgezogen an einen Ort tief in ihrem Körper. Der Mechanismus, der ihre Lungen in Bewegung hielt, lief unregelmäßig und sprunghaft.

Die Glocke läutete; das Zeichen zum Anschnallen verschwand. Hinten im Flugzeug hörte Peyton das metallische Klicken des Gurtes der Stewardess. Gleich würde sie Getränke und Erdnüsse servieren. Die Situation war unter Kontrolle, Zeit zu entspannen.

Auf der anderen Seite des Ganges erlaubte eine Mutter ihrem Kleinkind, sich auf den Sitz zu knien und die Hände gegen das Fenster zu drücken. „Oh, Wolken!", jubelte das kleine Mädchen. „Will raus."

„Nein, Liebes." Die Mutter fuhr mit den Fingerspitzen durch die goldenen Locken. „Du kannst nicht raus. Nicht jetzt."

„Will drin spielen." Das Mädchen drückte die feuchten Finger an die Scheibe. „Will spielen! Rausgehen!"

„Du kannst nicht in den Wolken spielen." Das gutmütige Lächeln der Mutter verschwand, als das Mädchen ernsthaft zu jammern begann. „Schsch, Hillary, nicht so laut. Du störst die anderen Leute."

Peyton schloss die Augen, als das Kind zu schreien begann. Unter normalen Umständen wäre ihr das schrille Schreien einfach laut erschienen, aber im Augenblick, bei Peytons angespannten Nerven ...

Mit zitternden Fingern drückte sie auf den Knopf, um die Flugbegleiterin herbeizurufen. Die Wartezeit erschien ihr wie eine Ewigkeit. Peyton schnappte verzweifelt nach Luft, als eine schlanke blonde Stewardess neben ihr auftauchte. „Kann ich Ihnen helfen?"

Ich-will-hier-raus-ich-muss-hier-raus-lasst-mich-raus!

Wie durch ein Wunder bezwang Peytons Stimme der Vernunft die schreiende Stimme des Gefühls. „Wasser, bitte", flüsterte sie mit einer Stimme, die sie kaum als ihre eigene erkannte. „Und könnten Sie dem Kind ein paar Salzstangen oder so etwas geben?"

Kurze Zeit später erschien die Stewardess mit einem Glas Wasser, das Peyton hastig trank, dann schloss sie die Augen, während die Stewardess sich um Mutter und Kind kümmerte.

Sie hatte im Flugzeug schreiben wollen, aber sie konnte nicht. Nicht, wenn neben ihr ein schreiendes Kind saß.

Irgendwie wusste sie, dass sie froh sein konnte, wenn sie diesen Flug mit heilem Verstand überstehen würde.

* * *

Sie war gerade zehn Minuten zu Hause, wo alles glücklicherweise normal zu sein schien, als es an der Tür klingelte. Sie lachte vor Erleichterung, als sie King auf ihrer Veranda stehen sah, eine Tüte mit chinesischem Essen in der Hand.

„Ich dachte, Sie hätten vielleicht Hunger", sagte er und trat ein, ohne auf eine Einladung zu warten. „Die Fluggesellschaften wollen den Passagieren heutzutage nichts mehr zu essen geben, ist Ihnen das aufgefallen?"

„Allerdings." Sie schloss die Tür hinter ihm und war plötzlich dankbar für diese Freundschaft, die ihr nicht viel abverlangte. An der Haustür streifte sie die Schuhe von den Füßen und folgte ihm in die Küche. Die Katzen strichen um ihre Beine.

„Wie war es in St. Louis?", fragte er, während er die Tüte auf dem Tisch auspackte. Der Duft von gebackenem Reis, Hühnchen und Gewürzen stieg in die Luft.

„Prima." Sie schnüffelte anerkennend. „Riecht gut. Kung Pao Hühnchen?"

„Würzig und knusprig, anders kann man es nicht essen." Aus der kleineren Tüte holte er das Zubehör, Essstäbchen, Servietten und Tüten mit Dippsoße. Dann nahm er Platz und sah sie erwartungsvoll an. „Tatsächlich? War das der Typ, nach dem Sie gesucht haben?"

„Seiner Aussage nach nicht." Sie drehte sich um und nahm zwei Teller aus ihrem Küchenschrank. „Er nannte mir eine Liste mit Gründen, warum sein Vater diesen Zettel nicht geschrieben hätte, nicht geschrieben haben konnte. Es sei nicht seine Handschrift, nicht sein Stil. Und vor allem betonte er immer wieder, ihre Beziehung sei in Ordnung gewesen, zumindest hätte es nichts gegeben, das der Vergebung bedurft hätte."

„Haben Sie ihm geglaubt?"

Sie hielt inne, einen Teller in jeder Hand. „Zuerst schon. Er schien ... ziemlich sicher. Der Mann könnte einen Gefängnisaufenthalt als einen Teilzeitjob verkaufen; er ist wirklich überzeugend."

Kings Augen funkelten unter seinen dunklen Brauen. „Aber jetzt?"

Achselzuckend stellte sie die Teller auf den Tisch. „Ich weiß nicht. Kann man in Bezug auf andere Menschen wirklich sicher sein? Ich meine, wir denken, wir kennen jemanden, aber wann immer John Doe verhaftet und eines Verbrechens schuldig befunden wird, gibt es ein halbes Dutzend Verwandte, die schwö-

ren würden, dass er diese Tat *niemals* begangen haben könnte."
Sie zog eine Schublade auf, holte einen Löffel heraus und steckte
ihn in den Behälter mit dem Reis. „Ich meine, ich kenne Sie
recht gut, nicht? Wenn Sie heute Abend hier weggehen, bin ich
ziemlich sicher, dass Sie nach Hause gehen, sich fürs Bett fertig
machen und vielleicht noch ein wenig fernsehen, bevor Sie einschlafen. Aber wie kann ich ganz sicher sein? Vielleicht führen
Sie ein Doppelleben, von dem ich nichts weiß."

Kings Lächeln verstärkte sich zu einem Lachen. „Da Sie gerade
davon sprechen, ich habe abends noch einen zweiten Job. Aber
im Augenblick habe ich meine Arbeitskleidung nicht an; mein
Trikot und mein Cape müssen geflickt werden."

Peyton zog die Augenbraue in die Höhe. „Lassen Sie mich raten – auf der Rückseite Ihres Capes prangt ein großes S, stimmt's?"

King schüttelte den Kopf. „Ein K. Für Kingman. Jede Nacht
mache ich mich auf die Suche nach hungrigen Damen in Not –
Damen, die chinesisches Essen mögen."

„Sehr lustig." Peyton verscheuchte Samson von ihrem Stuhl,
setzte sich und griff nach einem Löffel. Sie fragte sich, was King
damit meinte. Von ihrem irrationalen Anfall von Nervosität im
Flugzeug konnte er nichts wissen ... und sie würde ihm ganz
bestimmt nicht davon erzählen.

Stille senkte sich über die Küche, während sie ihre Teller mit
Reis und Hühnchen beluden. Peyton überlegte, ob sie King fragen sollte, ob er mit Julie St. Claire gesprochen habe. Doch dann
wurde ihr klar, dass Mandi die Schwachstelle sein musste.

Sie griff nach einer Gabel.

„Hier." King nahm ein Paar Stäbchen in die Hand und
schwenkte sie vor ihrer Nase. „Chinesisches Essen muss mit Stäbchen gegessen werden."

„Ich kann das nicht."

„Sie können es. Vermutlich haben Sie es nur noch nie probiert."

„Ich habe es probiert, und es gefällt mir nicht, vor allem, wenn
man eine durchaus funktionierende Gabel zur Hand hat."

„Wenn die Mehrheit der auf der Welt lebenden Menschen damit essen kann, können Sie es auch."

Stirnrunzelnd nahm sie die Holzstäbchen aus der Papierhülle. „Ein wirklich nobles Teil."

„Wegwerfware", erklärte King und schob ein Stück Hühnchen mit den Stäbchen auf seinem Teller herum. „Ach, da fällt mir ein, Curtis DiSalvo kam heute herunter und mischte sich unter das Volk. Er hat Sie gesucht."

Peyton schluckte. „Wirklich?"

King nickte und stopfte sich erneut ein Stück Hühnchen in den Mund. Sie wartete, während er kaute, doch ihre Geduld war wie ihre Energie beinahe erschöpft. „Und was um Himmels willen wollte er von mir?"

King ließ seine Stäbchen sinken. „Er sagte, er wolle Ihnen gratulieren. Ihre Kolumnen über den Zettel sind wohl ein Hit. Offensichtlich hat sein Büro einige Anrufe bekommen – sogar aus New York."

Peyton stöhnte. „Ich fürchte, ich weiß über New York Bescheid", erklärte sie mit finsterer Mine. „Julie St. Claire tauchte mit einem Kamerateam bei der Gemeinde auf, als ich gerade gehen wollte. Sie wollten den Pastor interviewen, aber er hat sich geweigert."

King runzelte die Stirn. „Das ist übel. Sie haben da eine richtig große Sache laufen, ganz zu schweigen von dem aufrichtigen öffentlichen Interesse –"

„Und wenn sie mir die Show stiehlt, bin ich verloren." Peyton biss sich auf die Lippe und dachte nach. „Aber sie kennt die Namen unserer anderen zwei Kandidaten nicht. Und ich werde Mandi ins Gewissen reden, dass sie den Mund hält. Ich habe den Pastor auch gebeten, eine Vertraulichkeitszusicherungserklärung zu unterschreiben."

„Und hat er?"

„Ja. Und er sagt, er sei ein Mann, der sein Wort hält. Ich denke, ich kann ihm trauen. Und wenn ich das nicht kann, kann ich ihm noch immer eine gerichtliche Verfolgung androhen."

„Sie würden einen Pastor anzeigen?"

„Vermutlich nicht. *Androhen* ist das richtige Wort."

King nahm die Stäbchen wieder zur Hand und aß weiter. In seinen Augen lag ein zerstreuter Ausdruck. Nach einer Weile sah er sie an und zog die Augenbrauen in die Höhe. „Sie bauen hier etwas auf, MacGruder, und Ihre Intensität wird der Schlüssel zum Erfolg sein. Sie dürfen nicht zulassen, dass eine Fernsehreporterin oder irgendein anderer Reporter die Führung übernimmt. Wenn jemand sich vor Sie setzt, haben Sie verloren. Kolumnen sind schnell Schnee von gestern, aber Fernsehnachrichten sind noch schneller Vergangenheit."

„Sagen Sie mir etwas, das ich noch nicht weiß." Peyton bearbeitete mit ihrem Stäbchen eine Erdnuss und spürte das befriedigende Knirschen, als sie in drei Teile zerbrach.

10

Nach einem entspannenden Schlaf in der Nacht fühlte sich Peyton besser, als sie es je für möglich gehalten hätte. Sie beschloss, ihre Kolumne zu Hause zu schreiben, anstatt sich von neugierigen Kollegen ablenken zu lassen, von denen die meisten wussten, dass sie mit der Suche begonnen hatte. Samson und Elijah waren zwar genauso neugierig wie ihre Kollegen, aber sie konnten sich wenigstens nicht verbal äußern.

Da Reverend Manning davon überzeugt war, dass sein Vater den Zettel nicht geschrieben haben konnte, beschloss sie, weder ihn noch seine Gemeinde in ihrer Kolumne namentlich zu nennen. Sie umschrieb ihren Kandidaten als einen „erfolgreichen Pastor in einer mittelamerikanischen Stadt." Durch die Geheimhaltung seiner Identität bewahrte sie nicht nur die Zeitung vor einer möglichen gerichtlichen Auseinandersetzung (sie konnte die Schlagzeilen direkt vor sich sehen: *„Manning gegen Tampa Times* – Spenden für den Fernsehdienst werden ausgesetzt, nachdem Pastor leugnet, Empfänger des Zettels aus Flug 848 zu sein"), sie verhinderte damit auch, dass andere scharfsichtige Reporter die Verbindung zwischen ihren Kandidaten erkannten.

Sie arbeitete von acht bis elf Uhr, holte sich zwischendurch nur eine Tasse Kaffee und warf schnell einen Blick in die Zeitung. Dann schloss sie ihren Laptop ans Telefonnetz an und schickte ihre Arbeit ab.

Fertig.

Peyton lehnte sich auf ihrem Stuhl zurück. Ihre Konzentration löste sich in einem Nebel der Müdigkeit auf. Seltsam, wie diese Story sie auslaugte. Normalerweise war ihr nach Feiern zu Mute, wenn sie eine Kolumne fertig geschrieben hatte; heute war ihr eher danach, sich in ihr Bett zu verziehen und zu schlafen.

Peyton beschloss, ihren Gefühlen nachzugeben.

11

Freitag, 29. Juni

Nicht mein Pop
von Peyton MacGruder
„Hilfe für die Seele" ist eine regelmäßig erscheinende Kolumne der *Tampa Times*

Liebe Leser,
gerade bin ich aus einer typischen mittelamerikanischen Stadt zurückgekehrt, mit hübschen Häusern, weißen Zäunen und Fußabtretern vor den Haustüren, auf denen „Willkommen" steht. Die Reise jedoch führte mich nicht zu einem Haus, sondern zu einer Kirche. Eine ungewöhnliche Kirche mit einer Mitgliederzahl, die die Einwohnerzahl vieler amerikanischer Städte übersteigt. Diese Gemeinde wird geführt von einem Mann, der mein erster Kandidat als Empfänger dieses Zettels war: Ein erfolgreicher Pastor, den ich einmal Jim nennen möchte.

Jim ist ein attraktiver Mann – Anfang vierzig, schlank und intellektuell aussehend. Unser Gespräch verlief angenehm, und ich war beeindruckt von seinen Fähigkeiten und seiner Ehrlichkeit. Als Pastor hat er sicher häufig mit Menschen zu tun, die mit ihren Sorgen nicht mehr fertig werden. Vielleicht ist das der Grund dafür, dass er seine eigene Trauer mit Würde und Reserviertheit trägt.

Nachdem ich Jim eine Kopie des Zettels gezeigt hatte, dauerte es nur einen kurzen Augenblick, bis er mir sagte, sein Vater könnte diese Nachricht nicht geschrieben haben. Die Handschrift sei ihm nicht vertraut, sagte er mir, und normalerweise hätte er seinen Vater „Pop" genannt, nicht „Dad". Doch der wichtigste Grund für seine Annahme war einfach: Zwar wohnten sie viele Meilen voneinander entfernt, doch offensichtlich standen sich Vater und Sohn so nahe, dass der Vater keinen Stift für ein letztes Lebewohl brauchte. Ich möchte den Inhalt der Botschaft zwar nicht preisgeben, bis ich den rechtmäßigen Empfänger gefunden habe, doch ich kann sagen, dass der Schreiber Vergebung anbot – und Vergebung, so sagte Jim mir, wäre unnötig gewesen.

Glaubte ich Jims Behauptung? Von ganzem Herzen, während ich ihm zuhörte. Doch jetzt, nachdem ich über die Dinge nachgedacht habe, die er mir erzählt hat, frage ich mich, ob ein Mensch so sicher sein kann, was seine Lieben von ihm denken. Wenn man tage-, wochen- oder sogar monatelang nicht mit Mutter oder Vater gesprochen hat, woher will man wissen, was sie denken und fühlen? Wenn man nicht geschrieben oder angerufen hat, woher sollen sie wissen, dass man an sie denkt?

Jim gab zu, seinen Vater eine Zeit lang nicht gesehen zu haben. Er versicherte mir jedoch, dass sie sich nahe gestanden hätten. Aber wie nahe standen sie sich? Wenn die Situation umgekehrt gewesen wäre und Jim in einem abstürzenden Flugzeug eine Nachricht geschrieben hätte, würde sein Vater auch so schnell behauptet haben, sie könnte nicht von Jim stammen?

Schwierige Fragen, das weiß ich. Und es gibt keine eindeutigen Antworten.

Trotzdem, Jim ist der Meinung, nicht der Empfänger dieser Botschaft zu sein, und ich habe keine Wahl, als meine Suche fortzusetzen. Meine nächste Reise wird mich zu einer jungen Dame führen. Wir wollen hoffen, dass ihr Herz auf eine befreiende Nachricht wartet.

Peyton erkannte sehr schnell, dass sie in dem Donutrestaurant zu einer kleinen Berühmtheit aufgestiegen war. Sie hatte kaum ihren Stammplatz eingenommen und wie üblich Kaffee und Donut bestellt, als zwei der anderen Stammgäste sich auf die Stühle rechts und links von ihr setzten.

„Wir haben Ihre Kolumne heute Morgen gelesen", sagte ein Mann, dessen braune Augen sie wachsam und freundlich ansahen. „Warum denken Sie, die Botschaft könnte an diesen Prediger gerichtet sein?"

Sie zuckte die Achseln. „Es gibt einen Hinweis. Nur einen kleinen, aber er schien auf den Pastor zu deuten."

„Und woher wissen Sie dann, dass er es doch nicht war?" Diese Frage kam von einer jungen Frau an einem Tisch.

Peyton drehte sich um. Die Frau trug eine Baumwollhose und eine bedruckte Bluse, die Arbeitskleidung der Sprechstundenhilfen des nebenan praktizierenden Arztes. „Ich weiß es nicht genau", antwortete Peyton lächelnd. „Aber er ist sicher, dass die Botschaft auf dem Zettel nicht für ihn bestimmt ist. Sie haben seine Begründung in der Zeitung gelesen."

„Was werden Sie tun", ertönte eine Stimme vom anderen Ende der Theke, „wenn niemand Anspruch auf diesen Zettel erhebt?"

Peyton drehte sich langsam um. Zwei Männer saßen am anderen Ende der Theke, leitende Angestellte, so wie sie aussahen. Während Peyton über ihre Antwort nachdachte, wurde ihr klar, dass alle Gäste im Lokal sie anstarrten, auch Erma. Die Kellnerin stand, die Kaffeetasse in der Hand haltend, vor ihr und sah sie fragend an.

In der Stille wäre der Schluckauf eines Frosches zu hören gewesen.

„Ich weiß nicht, was ich tue, wenn niemand Anspruch darauf erhebt", sagte sie schließlich und sah sich im Restaurant um. „Vermutlich würde ich Bedauern empfinden, weil ein wichtiges Geschenk nicht angenommen wurde."

Als Peyton ins Büro kam, stand Mandi hinter ihrem Computertisch und reichte ihr einen Stapel Post. „Curtis DiSalvo hat gestern nach Ihnen gefragt", erklärte sie mit funkelnden Augen. „Der oberste Umschlag ist von ihm."

„Wirklich?" Peyton stellte ihren Rucksack neben ihren Schreibtisch und wünschte sich nicht zum ersten Mal, sie hätte eine Tür, die sie schließen und abschließen könnte, auch ein kleiner abgeteilter Raum wäre nett. Mandi war nicht so vorwitzig, um offen zu lauschen, aber Geheimnisse waren im Nachrichtenraum schier unmöglich zu bewahren.

Sie riss den obersten Umschlag auf. Nur ihr Name stand darauf. Darin fand sie eine getippte Bitte – oder einen Befehl? – am Freitag um elf Uhr in DiSalvos Büro zu erscheinen. Heute.

„Mandi", rief sie und ließ das Blatt auf ihren Schreibtisch sinken, „ich möchte Sie warnen. Von jetzt an werden die Kandidaten nicht mehr mit Namen genannt, nicht einmal am Telefon. Wir nennen sie Kandidat eins, zwei und drei, okay? Vernichten Sie alle Dateien in Ihrem Computer, in denen Namen genannt sind, oder achten Sie zumindest darauf, dass diese Dateien mit Passwort gesichert sind. Und verschicken Sie ja keine E-Mails, in denen ein Name genannt wird. Verstanden?"

Besorgnis und Verwirrung war in den aufgerissenen Augen des Mädchens zu lesen. „In Ordnung – aber warum?"

Peyton setzte sich auf ihre Schreibtischkante und verschränkte die Arme. „Gestern tauchte Julie St. Claire bei der Kirche auf, als ich gerade herauskam. Irgendwie hat sie erfahren, wo ich sein werde, wen ich interviewen werde und wann ich ankomme." Sie verzog spöttisch den Mund. „Mist, vermutlich stand ihr sogar ein Privatjet zur Verfügung, der sie noch rechtzeitig in die Stadt gebracht hat. Sie hat unfaire Vorteile, und wir wollen ihr nicht noch mehr Hilfestellung geben, okay?"

Mandis Gesicht verdüsterte sich. „Ich – ich dachte – sie hat mir gesagt, Sie würden zusammenarbeiten."

Peyton beugte sich zu ihr hinüber. „Ich bin sicher, dass sie das getan hat, aber ich würde lieber noch mit Captain Känguru zusammenarbeiten. Denken Sie daran, Mandi, alle anderen, vor allem Fernsehreporter, sind die Konkurrenz. Der *Feind*. Wir wollen ihnen doch nicht mehr helfen, als wir müssen, verstanden?"

Mandi nickte. Sie war sehr betroffen.

„Okay." Peyton lächelte. „Also, wie kommen wir mit Nummer zwei voran? Haben Sie ausfindig machen können, wo die Frau wohnt?"

„Ich habe bei ihrer Plattenfirma angerufen", flüsterte Mandi. Ihr Blick flog nervös von links nach rechts, als vermute sie hinter jedem Schreibtisch Spione. „Ich denke, ich werde heute Morgen Bescheid bekommen. Offensichtlich lebt diese Frau sehr abgeschieden und ist wirklich schwer zu erreichen." Peyton nickte. „In Ordnung. Nur denken Sie daran, wann immer Sie meinen, jemand sei zu wichtig oder zu schwer zu erreichen, dass fast jeder ein Telefon besitzt. Der Trick ist, die Nummer herauszubekommen. Oh, und versuchen Sie, ihre Mutter zu finden. Die meisten Berühmtheiten haben eine Mutter, die nicht berühmt ist, und alle Mamas lieben es, über ihre Kinder zu sprechen."

„Ich werde sicher daran denken." Mandis Augen leuchteten erleichtert auf. „Ach, vergessen Sie nicht die andere Post. Es war ein interessant wirkendes Päckchen ohne Absenderangabe dabei –"

„Hoffentlich keine Briefbombe", scherzte Peyton und drehte sich um. Ein gelber wattierter Umschlag lag ganz unten auf dem Stapel auf ihrem Schreibtisch. Er war ziemlich schwer. Obwohl sie ein Buch von einem Schriftsteller vom Ort vermutete, der sich einen Reklamehinweis in der Zeitung erhoffte, spürte sie unwillkürlich prickelnde Neugier, als sie das Päckchen mit der Hand abwog. Nein – zu leicht und zu groß für ein Buch.

Mandi beugte sich angespannt vor, die Ellbogen auf die Knie gestützt.

„Sie wissen doch, Mandi", sagte Peyton, während sie den Umschlag aufriss, „Sie sind nicht meine Sekretärin. Ich erwarte nicht von Ihnen, dass Sie jeden Tag meine Post holen."

„Das macht doch keine Mühe."

Peyton zog einen Bilderrahmen aus dem Umschlag. In dem einfachen Holzrahmen steckte ein vergrößertes Foto von ihrem Vater und Kathy zusammen mit ihrer jüngsten Tochter, die ein Barett und ein Gewand trug. Die anderen fünf Kinder hatten sich um das glückliche Trio geschart wie die übertriebene Dekoration eines Geburtstagskuchens.

Sie ließ langsam die Luft entweichen. Den Bilderrahmen legte sie auf ihren Schreibtisch. Das Geräusch ließ Mandi hochfahren. „Was ist los? Etwas Schlimmes?"

„Nur ein Foto." Peyton nahm den Rest der Post zur Hand und blätterte die unausweichlichen Werbebriefe durch auf der Suche nach Briefen von Lesern. In diesem Stapel befanden sich mindestens ein Dutzend. Nicht schlecht, wenn man bedachte, dass die meisten Leute heutzutage E-Mails schickten.

„Was für eine nette Familie." Mandi nahm den Rahmen zur Hand. „Dieses Mädchen sieht ja aus wie Sie! Wie lustig! Schicken Ihnen viele Ihrer Fans Fotos, die Ihnen ähnlich sehen?"

„Das sind keine Fans." Peyton warf die Werbesendungen in den Papierkorb hinter ihrem Schreibtisch, dann setzte sie sich hin, um die Briefe ihrer Leser zu öffnen.

„Wer ist das denn –"

„Der Mann ist mein Vater; die Frau und Kinder sind seine Familie."

Mandis Lippen öffneten sich, als wollte sie noch etwas hinzufügen. Doch Peyton warf ihr einen warnenden Blick zu. Mandi machte schnell den Mund wieder zu; die Worte schienen ihr im Hals stecken zu bleiben. Dann legte sie das Foto wieder auf den Schreibtisch.

Peyton wartete, bis Mandi sich wieder an ihren Tisch gesetzt hatte, schließlich schob sie die übrigen Briefe beiseite und starrte das Foto an. Sah ihre Halbschwester ihr wirklich so ähnlich? Das Haar des Mädchens hatte einen rötlichen Schimmer, und vielleicht war die Nase wie Peytons geformt, aber die stolze Absolventin hatte eindeutig die Augen ihrer Mutter. Vielleicht bestand eine leichte Ähnlichkeit ... na ja, so musste es ja sein, denn sonst hätte Mandi nichts gesagt.

Peyton blinzelte und versuchte sich zu erinnern, wie das jüngste Mädchen hieß. Dann fiel es ihr wieder ein – Erin. Sie tippte mit einem Fingernagel auf das Foto und wandte sich lächelnd wieder ihrer Arbeit zu.

* * *

Das Büro des Herausgebers und Präsidenten der *Tampa Times* Curtis DiSalvo befand sich im obersten Stockwerk des Zeitungsgebäudes, ein geheiligter Ort, den Peyton nur selten aufsuchte. Alle ihre Nerven waren gespannt, als sie den Aufzug verließ. Sie nannte der Empfangsdame ihren Namen und wurde zu einem Gang und einer zweiflügeligen Tür gewiesen. „Alle sind da und warten auf Sie", sagte die Frau und lächelte Peyton strahlend an.

„Alle?" Peyton strich ihre Hose glatt. „Ich dachte, ich sei mit Mr. DiSalvo verabredet."

Die Frau nahm eine Liste zur Hand. „Heute Morgen ist eine ganze Gruppe von Leuten aus New York hergekommen, und sogar Adam Howard ist dabei." Sie beugte sich vor und senkte die Stimme. „Ich glaube, ihm gehört der größte Teil des Planeten."

Peyton spürte, wie ihr ein Schauer über den Rücken lief. „Das habe ich gehört."

Sie blieb noch einen Augenblick stehen und widerstand dem Drang, zum Aufzug zu rennen. Dann schob sie ihr Kinn vor und ging zum Konferenzraum. Vielleicht waren ihre Ängste ja unbegründet. Vielleicht würde diese Besprechung ja gut ausgehen. In einer Stunde lachte sie vermutlich bei der Erinnerung an ihre gespannten Nerven.

Sie öffnete eine der Türen und betrat den riesigen Raum. Alle Gespräche verstummten. Ein paar der Männer, die an dem langen Eichentisch saßen, erhoben sich bei ihrem Eintreten, knöpften ihre Jacke zu und lächelten sie an.

In ihrer Bluse und der Baumwollhose fühlte sie sich dem Anlass überhaupt nicht angemessen gekleidet. Mit weichen Knien ging sie weiter.

„Peyton MacGruder, nehme ich an." Der Mann am Kopf des Tisches ging auf sie zu. „Ich bin Adam Howard, und es ist mir ein Vergnügen, die Frau kennen zu lernen, über die die ganze Nation spricht."

„Die ganze Nation?" Peyton lächelte vorsichtig.

Howard lachte. „Ihre Suche beschäftigt alle Nachrichtensendungen von hier bis Hawaii."

„Ich fürchte, ich sehe nicht viel Fernsehen."

Als er ihre Hand nahm, legte Peyton den Kopf zurück, um ihm in die Augen sehen zu können. Adam Howard sah distinguiert aus und trotz seines ergrauenden Haares, der Brille und dem Ansatz eines Bauches, über den sich seine Anzugjacke spannte, keineswegs alt. Seine Hand schloss sich um ihre.

„Sie wussten wirklich nicht, dass die Aufmerksamkeit der Welt auf Sie gerichtet ist?", fragte Howard und grinste über die Schulter hinweg die anderen Leute am Tisch an.

„Ich sehe nicht, wie das möglich sein sollte." Sie zwang sich zu einem Lächeln. „Die Auflage unserer Zeitung beträgt nur –"

„Die Website mit Ihrer Kolumne wird im Durchschnitt sechstausend Mal pro Stunde abgerufen", erklärte Curtis DiSalvo. Er trat vor. Trotz seiner breiten Schultern und seiner sportlichen Figur wirkte der Mann kleiner, als Peyton ihn in Erinnerung hatte. Seine Kiefermuskeln waren gespannt, als er ihr die Hand schüttelte, und Peyton vermutete, dass er über Adam Howards Besuch gar nicht so erfreut war wie er vorgab.

„An den Tagen, an denen Ihre Kolumne erscheint, haben wir unsere Auflage erhöht", erklärte er und ließ ihre Hand los. „Das Interesse ist so groß, Peyton, dass Mr. Howard heruntergekommen ist, um zu sehen, ob wir Ihre Suche nicht noch besser herausbringen können. Die Welt soll davon erfahren."

Peyton sah sich im Raum um. Sie erkannte Nora Chilton und ein paar Gesichter aus der Abteilung Marketing und Verkauf. Aber mindestens ein halbes Dutzend Personen waren ihr vollkommen unbekannt. Fernsehleute vermutlich, oder Arbeitsbienen aus Adam Howards Medien-Bienenstock. Die meisten Anwesenden grinsten sie an, während Nora Chilton reglos, den Kopf über ein Blatt Papier gebeugt, am Tisch saß.

„Bitte, Miss MacGruder." Adam Howard deutete auf einen leeren Stuhl neben Nora. „Setzen Sie sich doch zu uns. Wir sind gespannt auf Ihren Input."

Sie wollten ihren „Input" zu ihrer eigenen Reihe? Sofort war sie auf der Hut. Peyton nahm Platz, schlug die Beine übereinander und starrte die Gesichter am Tisch an. Adam Howard setzte sich auf seinen Stuhl, knöpfte seine Jacke auf und lockerte seine Krawatte, rote Seide, wie es aussah. „Ich habe jede Kolumne in dieser Reihe gelesen", begann er und sah sie mit seinen dunklen Augen an. „Und ich muss sagen, ich bewundere Ihre Arbeit und Ihre Erkenntnisse sehr. Ich bewundere sie so sehr, dass ich bereit bin, Ihnen einen Vertrag mit meiner Gesellschaft, der Howard Features, anzubieten."

Er deutete auf einen anderen Mann am Tisch, einen schmalgesichtigen Burschen mit Nickelbrille, der Peyton eindringlich ansah. „Frank Myers ist Präsident von Howard Features. Siebenhundert Zeitungen sind bereit, ihre Layouts zu ändern und Platz zu schaffen für ‚Hilfe für die Seele'. Das sind – Frank, was bedeutet das an Einkommen für Miss MacGruder?"

Der zuvor erwähnte Frank sprach mit einer Stimme, die genauso schmal war wie sein Gesicht: „Fast zehntausend Dollar pro Woche als Honorar", erklärte er ausdruckslos. „Die meisten Reporter brauchen Jahre, um diese Gehaltsstufe zu erreichen."

„Peyton, wir möchten Ihnen diese Gehaltsstufe jetzt anbieten." Adam Howard lächelte sie an. „Wir können Ihre Sonntagskolumne in siebenhundert verschiedenen Zeitungen platzieren. Wir bringen die Leser auf Trab, vielleicht sogar mit einer Sammlung der letzten drei Kolumnen, und lassen Sie den Rest der Suche mit Ihnen gemeinsam erleben." Er schlug sanft mit der Faust auf den Tisch. „Wie klingt das?"

„Das klingt unglaublich." Sie blinzelte in Howards Richtung. „Wie genau soll dieses Syndikat funktionieren?"

„Durch Technologie." Howard sprach mit ruhiger und fester Stimme. „Sie unterbreiten Ihre Story genau wie immer Ihrer Redakteurin, doch sie wird sie auf elektronischem Weg an unser Syndikat weitersenden. Mit einem Mausklick wird Ihre Kolumne in Zeitungen im ganzen Land erscheinen, natürlich auch in Ihrer *Tampa Times*."

„Aber ... das Resümee." Peyton musste sich Mühe geben, mit ruhigem Ton zu sprechen. „Wer wird das zusammenstellen?"

„Sie natürlich." Ein Ausdruck der Befriedigung funkelte in seinen Augen. „Wie ich höre, sind Sie so verlässlich wie der Sonnenaufgang. Wir haben überhaupt keine Sorge, Sie könnten dieser Sache nicht gewachsen sein."

Peytons Magen krampfte sich zusammen, während sich aller Augen ihr zuwandten. Eine Syndikatsbildung war der Traum jedes Kolumnisten – sie garantierte dem Reporter Unabhängigkeit und vervielfältigte seine Einnahmen exponentiell. Als einem Syndikat angeschlossene Kolumnistin würde sie trotzdem für die *Times* arbeiten, aber ihre Leserschaft und ihr Einkommen würden ihre kühnsten Träume übersteigen. Die größeren Syndikate förderten ihre Journalisten, und Förderung machte den Namen des Reporters bekannt, wodurch er noch weiteren Einfluss bekam.

Sie hatte gehofft, der Zettel könnte der Schlüssel für diese Tür sein, aber das erschien ihr ... zu einfach.

„Eine Syndikatsbildung klingt wundervoll", begann sie. Sie wählte ihre Worte mit Bedacht. „Aber ich muss mich doch wundern. Mr. Howard – wo ist der Haken?" Sie fing Noras Blick auf. „Ich weiß, dass ich an einer heißen Sache dran bin, und meine letzten Kolumnen sind vermutlich die besten, die ich je geschrieben habe. Aber was versprechen Sie sich von mir, nachdem diese Story beendet ist? Ich glaube wirklich nicht, dass ich mich mit Ellen Goodman oder Dave Barry auf eine Stufe stellen kann."

Ein Funkeln trat in Noras Augen. War das etwa Zustimmung? Adam Howard wandte sich lachend an DiSalvo. „Sie haben hier wirklich ein sehr offenes Mädchen, Curt." Er lachte erneut. „Eine ganz Ausgekochte."

Peyton schwieg und wartete, bis das nervöse Gelächter verstummt war.

„Es gibt tatsächlich etwas, das wir von Ihnen möchten." Howard sah sie an. „Diese Sache wird nicht nur durch die gedruckte Presse gehen. Die Leute lesen heute nicht mehr nur Zeitung. Darum werden wir diese unglaubliche Geschichte im Fernsehen bringen; wir werden auch die anderen Medien einschalten. Ihre Leute nutzen bereits das Internet, aber selbst diese Kapazität ist begrenzt –"

„Sie wollen diese Story ins Fernsehen bringen", unterbrach Peyton ihn. Sie zwang ein höfliches Lächeln auf ihr Gesicht. „Und ich wette, Sie wollen, dass es ein WNN-Bericht von Julie St. Claire wird."

Sie hatte nicht damit gerechnet, Adam Howard verblüffen zu können. Aber offensichtlich war ihr genau das gelungen. Einen Augenblick lang zeigte sich Erschrecken auf seinem Gesicht, dann überzogen sich seine Wangen mit einem Hauch von Röte. Peyton begann, mit ihrem Schuh auf den Boden zu klopfen. Die plötzliche Veränderung des Mannes machte sie nervös. Julie St. Claires Beteiligung war ein Fakt, wenn man bedachte, dass sie in St. Louis aufgetaucht war. Warum errötete Adam Howard?

Nach einem Augenblick des Schweigens hüstelte der Präsident von Howard Media & Entertainment. „Ich dachte, Sie würden nicht fernsehen! Woher wissen Sie dann, dass Julie St. Claire zu unseren besten Leuten gehört?"

„Ich habe sie bei der Berichterstattung über den Flugzeugabsturz gesehen." Peyton zuckte die Achseln. „Sie war gut ... und sie ist aggressiv."

Howard ließ sich auf seinen Platz am Tisch sinken. „Da haben Sie es. Natürlich werden wir sie auf die Story ansetzen. Wir denken, dass sie großartig sein wird – natürlich mit Ihnen zusammen."

„Sie ist bereits an der Story dran." Peyton fing DiSalvos Blick auf. „Ich habe sie in St. Louis getroffen. Offensichtlich wusste sie, wo ich war und wen ich interviewen wollte."

Howard breitete die Hände aus. „Nun, das ist doch der Beweis für ihre Kompetenz, nicht? Wir müssen teilen. Diese Story ist zu groß für eine einzige Zeitung; sie ist sogar zu groß für unser Feature-Syndikat. Wir lassen Miss MacGruder ihre Kolumne schreiben, aber wir müssen anfangen, Pläne zu machen für eine Sondersendung im Fernsehen zu dem Ausgang."

Er sprach, als würde diese Angelegenheit allein in den Händen dieses kurzfristig zusammengestellten Komitees liegen. Schließlich wandte er sich an Peyton. „Ich weiß, ihr Reporter neigt dazu, eine Story als Besitz zu betrachten. Ich weiß auch, dass ihr eure Spuren beschützt wie ein Hund, der seinen Knochen bewacht. Aber diese Story ist größer als eine einfache Kolumne, Peyton. Teilen Sie sie mit uns, und wir werden Sie zu höchstem Ruhm führen."

Peyton umklammerte die Armlehne des Lederstuhls. Der Raum begann sich um sie zu drehen. Howard hatte vollkommen Recht. Technisch gesehen gehörte die Story ihr und ihr allein, aber er bot ihr so viel –

„Wir müssen bestimmte Spielregeln aufstellen", sagte sie, als sie ihre Stimme wieder fand. „Erstens, Sie könnten Recht haben, dass diese Sache zu groß für eine Kolumne ist. Aber sie begann als Kolumne, und ich möchte fair mit meinen Lesern sein. Sie begleiten mich bei der Lösung dieses Geheimnisses, darum dürfen sie den Schluss der Story nicht hören, bevor sie die Gelegenheit hatten, sie in ‚Hilfe für die Seele' zu lesen."

Howard hob ergeben die Hände. „Kein Problem. Wir werden unsere Sondersendung am selben Tag bringen, an dem Sie Ihre Reihe beenden. Wann wird das sein?"

„Am vierten Juli", flüsterte sie.

Howard nahm einen Stift zur Hand und kritzelte das Datum auf einen Zettel. Seine Lakaien taten es ihm nach. „Das ist gut. Wir werden unsere Angestellten eine Vereinbarung unterschreiben lassen, dass sie vor diesem Termin kein Wort verraten." Er blinzelte Peyton zu. „Wenn die Leute bei CBS für sich behalten können, wer in dieser Überlebensshow auf der einsamen Insel gewonnen hat, dann können wir das auch."

„Meine Kolumne muss zuerst erscheinen", erklärte sie und blickte ihn unverwandt an. „Die Sendung muss laufen, nachdem meine Serie beendet ist – am folgenden Tag, denke ich. Nicht jeder liest die Zeitung am Morgen."

Howard schüttelte den Kopf. „Nein, das geht nicht – das ist zu viel Vorlauf, und wir stehen dumm da, wenn wir über Nachrichten vom Tag zuvor berichten. Ich sage Ihnen was, wir schließen einen Kompromiss. Unsere Sendung wird am vierten Juli am frühen Abend ausgestrahlt. Dann haben Ihre Leser fast den ganzen Tag Zeit, die Zeitung zu lesen, und wir erwischen das Abendpublikum. Klingt das fair?"

Wortlos nickte Peyton.

Howard machte sich eine Notiz auf seinen Block. „In der Zwischenzeit werden unsere Leute im Hintergrund und mit Ihnen zusammenarbeiten, Videoaufnahmen machen und in New York bearbeiten. Und Sie können mir vertrauen – keine Information wird durchsickern, bis Sie die Lösung des Rätsels in Ihrer Kolumne beschrieben haben."

„Niemand arbeitet mit mir zusammen." Ihr entschiedener Tonfall ließ ein Dutzend Köpfe hochfahren. Peyton sah sich am Tisch um und erklärte: „Diese Interviews sind nicht gerade angenehm für mich oder meine Interviewpartner. Das erste lief ganz gut, aber ich weiß nicht, was noch kommen wird. Ich werde nicht mit Kameras bei ihnen auftauchen, niemand wird mich zu dem Interview begleiten. Sie können mir folgen, aber ich mache die Interviews allein."

Adam Howards Kinn schob sich vor. Einen Augenblick lang überlegte er, ob er Einwände erheben sollte. Dann entspannte er sich und hob die Hand. „Okay. Wir werden Julie für Nachfolgeberichte schicken. Das wird ihr vermutlich sowieso lieber sein." Er sah sich am Tisch um. „Hat noch jemand Fragen an Miss MacGruder?" Als niemand das Wort ergriff, wandte er sich an Peyton. „Möchten Sie noch etwas wissen, bevor wir zu einem Entschluss kommen?"

Peyton schwieg und überdachte die Situation aus unterschiedlichen Perspektiven. Warum sollte sie das Angebot nicht annehmen? Diese Arbeit würde keinen Einfluss auf ihre Kolumne haben. Eine Sondersendung im Fernsehen würde weit mehr Menschen erreichen, als eine Kolumne, selbst wenn sie im Syndikat erschien. Und ihre Leser würden sich bestimmt freuen, diese Geschichte im Fernsehen noch einmal mitzuerleben. Sie blickte

DiSalvo ratsuchend an, aber sein Gesicht blieb ausdruckslos. Nora Chilton dagegen wirkte leicht verärgert.

„Ich würde gern einen kleinen Spaziergang machen, um darüber nachzudenken", sagte sie und beugte sich vor. „Hat jemand etwas dagegen, wenn ich mir fünf Minuten Zeit nehme?"

DiSalvo sah zu Howard hinüber, der nur mit den Schultern zuckte.

„Machen Sie nur, Peyton", ermunterte DiSalvo sie nickend. „Wir können in der Zwischenzeit die Einzelheiten des Vertrags ausarbeiten. Wenn die *Times* Sie mit siebenhundert anderen Zeitungen teilen soll, wollen wir uns diesen Syndikatsvertrag genau ansehen."

Draußen im Flur fiel Peyton das Atmen leichter. Sie verschwand in der Toilette – weißer Marmor vom Boden bis zur Decke. Sie stützte sich am Waschbecken ab und starrte ihr Bild in dem großen Spiegel an. Ihre großen Augen dominierten ihr Gesicht, das mit dem Alter breiter geworden war – und ein wenig dicker. Ihre Haare hingen ihr unordentlich ums Gesicht, und sie war viel zu blass für jemanden, der in Florida geboren worden war.

Kein Wunder, dass Julie St. Claire sie nicht im Fernsehen haben wollte.

Sie war nicht aus demselben Stoff geschnitten wie diese Fernsehleute. Aber wann würde ihr noch einmal ein solcher Deal angeboten werden? Durch eine Laune des Schicksals war ihr eine Story mit erstaunlichem Potenzial auf einem Silbertablett überreicht worden. Alle erkannten das, und sie war nicht erstaunt, dass nun jeder ein Stück vom Kuchen abhaben wollte.

Warum sollte sie dieses Angebot nicht akzeptieren? Sie würde nichts Unmoralisches tun oder irgendwelche Geheimnisse verraten. Wenn die anderen Kandidaten anonym bleiben wollten, würde sie ihre Identität geheim halten. Die Fernsehleute würden sich fügen und sich an ihr Versprechen halten müssen. Sie hatte genügend Interviews gesehen, bei denen das Gesicht des Interviewten im Fernsehen verzerrt worden war, sodass Anonymität kein Problem sein sollte.

Wenn sie sich dem Team anschloss, würde sie sich keine Sorgen zu machen brauchen, dass Julie St. Claire der Story vorgriff. Dies könnte der perfekte Weg sein, diesen eifrigen Biber an die Leine zu nehmen, bis Peyton die Serie abgeschlossen hatte. Warum sollte sie also nicht unterschreiben und die Ware ausliefern?

Falls sie eine Ware zu bieten hatte. Sie sah auf die Uhr. Die Zeit lief ihr davon, und sie musste doch noch das Interview mit Taylor Crowe vereinbaren. Wenn sie das nicht schaffte, gab es vielleicht keine weitere Diskussion.

Sie ging an den Tisch der Empfangsdame und bat, telefonieren zu dürfen. Sie wählte Mandis Nummer. „Haben Sie Kandidat Nummer zwei aufgetrieben?"

Mandi stöhnte. „Ja, leider. Ich habe getan, was Sie gesagt haben, und ihre Mutter ausfindig gemacht. Voller Begeisterung erzählte sie mir, wo ihre Tochter wohnt. Sie wollte mir aber die Telefonnummer nicht geben."

„Solange Sie eine Adresse haben, reicht das ja."

„Nicht so richtig. Ihre Mutter hat mir alles so genau erzählt, weil man nicht einfach so zum Haus von Nummer zwei fahren kann. Sie könnte genauso eine Million Meilen entfernt wohnen."

Peyton sackte in sich zusammen. „Und wo lebt sie nun? Auf dem Mars?"

„Auf der *World*", erklärte Mandi in rauem Flüstern. „Das ist ein Schiff, das von Hafen zu Hafen fährt, um die ganze Welt. Mama weiß nicht, wo es gerade vor Anker liegt. Ihre Tochter liebt ihre Privatsphäre und scheint sehr darauf bedacht zu sein, sie zu erhalten."

Peyton stand reglos da. Ihre Hoffnungen fielen in sich zusammen wie ein Luftballon mit einem Loch. Falls Taylor Crowe tatsächlich nicht zu sprechen war, wie sollte sie dann ihre Serie weitermachen? Sie konnte zwar mit dem letzten Kandidaten, Tanner Ford, sprechen, aber dazu wäre eine Reise nach Gainesville nötig ...

Die Muskeln an ihrem Hals waren in Bewegung. „Danke, Mandi." Sie versuchte, ruhig zu bleiben. „Ich werde mir überlegen, wie wir weiter vorgehen und lasse Sie wissen, wenn ich einen Plan habe."

Sie legte auf, dankte der Empfangsdame, dann wandte sie sich um und verschränkte die Arme vor der Brust. Sie fürchtete sich vor ihrer Rückkehr zu der Besprechung. Howards Angebot löste sich vielleicht in Luft auf, wenn sie die Story nicht zu Ende bringen konnte. Da Taylor Crowe sich buchstäblich auf See befand, konnte sie vielleicht nicht weitermachen.

Langsam setzte sie sich wieder in Bewegung. Aber ... vielleicht konnte dieses neue Team den Tag retten. Immerhin gehörte Adam Howard fast der ganze Planet, und das Schiff musste ja irgendwo stecken. Ein Mann wie Howard hatte bestimmt einen Privatjet, er hatte Verbindung und konnte vielleicht ein paar Fäden ziehen, um ein Interview zu vereinbaren ...

Sie eilte weiter und trat in das Konferenzzimmer ein. Sie hatte das Gefühl, wieder oben auf zu sein. „Meine Herren." Sie lächelte die Anwesenden an, dann richtete sie ihren Blick auf Adam Howard. „Die Vereinbarung steht. Aber –"

„Großartig", unterbrach Howard. „Wir übernehmen Ihre Kolumne ab Sonntag. Als Gegenleistung versprechen Sie, uns den Inhalt des Zettels, die Spuren und die Ergebnisse Ihrer Interviews mitzuteilen. Wir möchten Sie bitten, von allen Beteiligten unterschriebene Verzichtserklärungen einzuholen, damit sich Julie an die Arbeit machen und dann die Interviews durchführen kann."

„Ich werde alles offen legen – wenn ich fertig bin." Peytons Stimme klang hart. „Sie können mit den Kandidaten sprechen, nachdem ich mein Interview hatte, nicht vorher. Meine Kolumnen werden Ihren Leuten genügend Material geben, mit dem sie arbeiten können. Aber ich muss meine Interessen schützen." Sie lächelte in die Runde. „Ich bin sicher, das verstehen Sie."

„Das tun wir." Howard erhob sich und schüttelte erneut ihre Hand. DiSalvo strahlte wie ein stolzer Vater.

„Dann sind wir uns also einig", sagte DiSalvo, als sie Platz nahm. „Sicherlich werden Sie den Vertrag mit einem Rechtsanwalt oder Ihrem Agenten durchsprechen wollen –"

Als ob sie einen hätte.

„– aber alles scheint in Ordnung zu sein. Ihre Sonntagskolumne wird landesweit erscheinen, und das Nachrichtenteam von WNN wird mit der Arbeit an der Sondersendung beginnen."

Sie zwang sich zu einem Lächeln. „Es tut mir wirklich Leid, aber da ist noch eine Sache. Ich werde auf Ihre Bedingungen eingehen, doch ich werde Hilfe brauchen." Ihr Blick wanderte zu Howard. „Ich habe zwei weitere Kandidaten ausfindig gemacht, doch eine davon scheint sehr schwer zu erreichen zu sein. Ich brauche das Interview mit ihr morgen, und dann muss der Redaktionsschluss verschoben werden – so weit nach hinten wie möglich."

Howards Augen strahlten auf bei der Stimulation einer Herausforderung. „Wo liegt das Problem?"

„Wir wissen, wo unsere nächste Kandidatin wohnt", antwortete sie. Sie wollte ihre Fähigkeiten im Bereich der Nachforschung nicht herabsetzen. „Aber sie ist eine Berühmtheit. Sie mag keine Publicity und wohnt an Bord eines Schiffes."

DiSalvos Augenbrauen fuhren in die Höhe. „Das ist ja *großartig*. Sie lebt an Bord einer Jacht?"

Kopfschüttelnd erwiderte Peyton: „Es ist ein Schiff, die *World*, und es liegt irgendwo vor Anker."

„Ihren Namen." Ungeduld schlich sich in Howards Stimme ein. „Wir können Ihnen nicht helfen, wenn wir nicht den Namen kennen."

Peyton unterdrückte ein Seufzen. „Taylor Crowe. Sie schreibt Lieder."

Mehrere Augenbrauen fuhren in die Höhe. Ein stämmiger Mann, der Howard gegenübersaß, schnippte mit dem Finger. „Kein Problem, sie gehört zu uns. Sie schreibt für unsere TruBlood Abteilung. Und das Allerbeste daran ist", er grinste die Anwesenden im Raum an, „sie steht noch fünf Jahre bei uns unter Vertrag."

Howard legte den Finger an sein Kinn. „Können wir sie dazu bringen, ein Interview zu geben?"

„Sie wird begeistert sein", erklärte der stämmige Mann. „Wir bezahlen sie, damit sie begeistert ist."

Howard stützte den Kopf in der Hand ab und lächelte Peyton an. „Problem gelöst, Miss MacGruder. Sagen Sie uns einfach, wann Sie fahren wollen, und wir werden alles arrangieren."

Ein wenig atemlos blickte Peyton Nora Chilton an. „Ich sollte so bald wie möglich aufbrechen. Aber ich muss wissen, wie viele Wörter und wann Redaktionsschluss −"

„Fünf Uhr morgen Nachmittag", erklärte Nora mit eisiger Stimme.

Peyton sah Hilfe suchend zu DiSalvo hinüber. Nora hatte noch mehr Spielraum. Sie ließ häufig Platz für Theaterkritiken, die sehr viel später eingereicht wurden.

„Zweiundzwanzig Uhr. Aber lassen Sie sich das nicht zur Gewohnheit werden, okay?" DiSalvo blickte Peyton amüsiert an. „Und nehmen Sie so viele Wörter wie nötig sind. Sie schreiben knapp; ich brauche mir keine Gedanken zu machen, dass Sie ausschweifend werden."

„Wir werden den Transport arrangieren." Howard deutete auf seinen Begleiter. „Carl, Sie übernehmen die Arrangements für Miss MacGruder und sehen zu, dass diese Liederschreiberin, wie heißt sie noch, Crowe?, bereit ist zu reden. Und ein Kamerateam soll ebenfalls bereitstehen."

„Keine Kameras." Peyton hob die Stimme und freute sich über die dadurch ausgelöste Stille. „Keine Kameras, bis ich fertig bin."

„Die Kameras sind nicht für Julie, sondern für Sie", erklärte Howard. „Die Leute werden wissen wollen, wie Sie aussehen, wenn Sie auf diese Suche gehen."

„Keine Kameras", wiederholte Peyton mit scharfer Stimme. „Nicht für mich, niemals."

Adam Howard warf DiSalvo einen fragenden Blick zu, dann hob er ergeben die Hände. „Wir spielen nach Ihren Regeln. Akzeptiert."

Peyton dankte ihm, erhob sich und entschuldigte sich, sie müsse an die Arbeit gehen. Der Mann mit Namen Carl versprach ihr, die Reisearrangements telefonisch durchzugeben, und Frank versicherte, er würde so bald wie möglich eine vertragliche Vereinbarung aufsetzen.

Nachdem sie die Tür geschlossen hatte und durch den stillen Flur ging, atmete Peyton tief durch, um ihr klopfendes Herz zu beruhigen. In wenigen Stunden würde sie den Vertrag unterzeichnen, ihre Kolumne würde Adam Howard gehören ... und in siebenhundert Zeitungen erscheinen.

Sie runzelte die Stirn, als sie den Aufzugknopf drückte. Das ging alles viel zu schnell. Sie sollte eigentlich überglücklich sein, aber ihr Magen krampfte sich ängstlich zusammen. Sie fühlte sich wie eine Frau, die ihr Lieblingskind in die Sklaverei verkauft hatte.

12

Nachdem die Kopie des Vertrags sicher in den Händen ihres neu engagierten Rechtsanwalts lag, saß Peyton an Bord des Privatjets von WNN und versuchte, gelassen zu bleiben. Obwohl die meisten Zeitungsreporter sich rühmten, mutiger und weniger verwöhnt zu sein als ihre Kollegen vom Fernsehen, musste sie zugeben, dass die Zusammenarbeit mit der anderen Seite ihre Vorteile hatte. Howard Features hatte einen Wagen geschickt, der sie um sechs Uhr morgens abholte und zum Hangar am Flughafen fuhr. Der Privatjet brachte sie nach Boston, wo Taylor Crowes schwimmendes Heim, die *World,* während der Monate Juni und Juli vor Anker liegen würde. Offensichtlich suchten die Bewohner des Schiffes die Gelegenheit, während des Sommers im Nordosten zu segeln.

Nachdem sie eine Dose eiskalte Diätcola ausgetrunken hatte, die ihr die Flugbegleiterin gereicht hatte, streckte Peyton die Beine aus und versicherte der jungen Frau, sie brauche nichts mehr. Sie nahm ihre Aktentasche zur Hand. Diese Tasche hatte Mandi ihr geliehen, weil sie der Meinung war, Peyton könnte unmöglich eine so bedeutende Persönlichkeit wie Taylor Crowe mit einem voll gestopften Rucksack besuchen. In Mandis neue Aktentasche (ein Geschenk von ihrem Vater, der davon überzeugt war, sie würde die nächste Anna Quindlen werden) hatte Peyton ihren digitalen Recorder gesteckt, eine Kopie des Zettels, ihren Stenoblock und ihren Laptop.

Die Story würde sie auf dem Rückflug nach Tampa schreiben müssen, um sie rechtzeitig zum Redaktionsschluss fertig zu haben. Aber sie vermutete, dass sie lange vor zweiundzwanzig Uhr fertig gestellt sein würde, vielleicht sogar noch vor siebzehn Uhr. Frank Myers, der Präsident von Howard Features Syndicate hatte ihr versichert, dass seine besten Zeitungen Raum für ihre erste Kolumne reservieren würden.

„Herr, hilf mir, eine gute Kolumne zu schreiben", flüsterte sie, dann lachte sie, weil ihr Seufzen verdächtig nach einem Gebet klang. Sie konnte sich nicht erinnern, wann sie das letzte Mal versucht hatte zu beten, abgesehen von dem einen Mal, als sie in einem der übelsten Viertel von Tampa um zwei Uhr morgens eine Reifenpanne gehabt hatte. Ihr Handy funktionierte nicht, und sie hatte keine Ahnung, wie man einen Reifen wechselte. Auch wusste sie nicht, wie man Freunde mitten in der Nacht mittels mentaler Telepathie aus dem Bett holte.

In dieser Nacht hatte sie gebetet, vorsichtig, aber aufrichtig. Kurz darauf waren ein paar gepiercte und tätowierte Jugendliche aufgetaucht und hatten ihr angeboten, den Reifen zu wechseln, für fünf Dollar – für jeden. Sie hatte zugestimmt und war beinahe in Ohnmacht gefallen, als sie den Reifen wechselten, das Geld nahmen und in der Dunkelheit verschwanden.

Aber diese Situation war damit nicht zu vergleichen. Ihre Begegnung heute würde sicher, schnell und vielleicht nur ein wenig schmerzlich verlaufen – vermutlich mehr für Miss Crowe als für Peyton.

Sie wappnete sich für die vor ihr liegende Aufgabe, öffnete die Aktentasche und zog den Ordner mit den biografischen Informationen heraus, die sie sich aus dem Internet geholt hatte. Taylor Crowes Vater James war zum Zeitpunkt seines Todes dreiundfünfzig Jahre alt gewesen. Die Suche im Internet hatte keine Informationen über sein Leben zu Tage gefördert. Und in der Todesanzeige des *New Haven Register* waren nur die nackten Tatsachen zu lesen gewesen: James Crowe aus New Haven, Connecticut, starb am 15. Juni in Tampa, Florida, als Passagier des PanWorld Fluges 848. Er war Bauingenieur, und seine Religionszugehörigkeit war deutsch-lutherisch. Er hinterließ seine Frau Maria und eine Tochter, T. Crowe. Begraben lag er auf dem Evergreen Friedhof in New Haven.

Peyton schüttelte den Kopf, während sie die Informationen in ihrem Gedächtnis abspeicherte. James Crowe hatte vermutlich ein erfülltes Leben geführt. Wie traurig, dass es auf ein paar Zeilen in einer Kolumne reduziert wurde.

Informationen über seine Tochter gab es mehr. Obwohl weder Taylor Crowes Name noch ihr Gesicht in der Öffentlichkeit besonders bekannt war, sangen die Musikmogule ihr Lob, und die Sänger überschütteten sie mit Geschenken. Sie war, wie in einer Zeitschrift zu lesen stand, ein unglaubliches Talent.

Mit dem Liederschreiben hatte sie mit achtzehn angefangen, und mit einundzwanzig kamen vier Hits von ihr pro Tag in die Charts. Sie schrieb, während sie Radio hörte. Einer ihrer Songs, „If You Looked My Way", war von Whitney Houston und Faith Hill aufgenommen worden und blieb mehr als ein Jahr lang ganz oben in den Charts. Sie hatte einen Grammy bekommen, einen Oscar und einen Golden Globe. Viermal hatte die amerikanische Gesellschaft der Komponisten, Autoren und Herausgeber sie zur Songschreiberin des Jahres nominiert. Die Verkäufe ihrer aufgenommenen Lieder brachten sechsstellige Summen ein.

Crowes schwimmendes Heim, so erfuhr Peyton, gehörte der ResidentSea. Es war das erste „Wohnschiff" in der Geschichte der Schifffahrt. Auf der *World* gab es 110 geräumige, voll ausgestattete Apartments, die den Komfort und die Bequemlichkeit eines Hauses boten zusammen mit den Dienstleistungen und Annehmlichkeiten eines Luxushotels. Die *World* umkreiste kontinuierlich den Globus und ging bei besonderen internationalen Ereignissen für einen längeren Aufenthalt vor Anker. Auf dem kleinen Schwarzweißfoto war ein riesiges Schiff zu sehen, sechs Decks hoch.

Peyton pfiff leise durch die Zähne. Da die Apartments an Bord der *World* zwischen zwei und sechs Millionen Dollar kosteten, musste Taylor Crowe eine Multimillionärin sein. Trotzdem, ein Schiff war ein seltsames Zuhause. Hatten die Erbauer der *World* denn nie von der *Titanic* gehört?

* * *

Nachdem das Flugzeug in Boston gelandet war, machte die junge Flugbegleiterin Peyton auf eine schwarze Limousine aufmerksam, die sie zum Hafen bringen sollte. Dort angekommen, sprach der Fahrer in ein Funkgerät, und wie von unsichtbarer Hand geführt, öffnete sich ein elektronisch gesteuertes Tor. Sie fuhren hindurch zu einer Pier, an der Schiffe und Jachten vor Anker lagen und gut aussehende junge Männer in weißen Uniformen herumliefen.

„Die *Misty Sea* wurde gechartert, um Gäste zu der *World* zu bringen und wieder abzuholen", erklärte der Fahrer halb zu ihr gewandt. „Das ist Ihre Fähre – das große weiße Schiff am zweiten Liegeplatz."

Peyton sah auf die Uhr. Sie hatte noch viel Zeit, aber wenn sie am Anlegesteg aufgehalten würde –

„Wann legt das Schiff das nächste Mal ab?", fragte sie und sah zur Windschutzscheibe hinaus. Sie konnte kein Anzeichen von Leben an Bord erkennen.

Der Fahrer lächelte. „Es wartet auf Sie. Wenn Sie fahren wollen, legt es ab."

Peyton schluckte. Daran konnte man sich richtig gewöhnen ...

„Danke." Sie öffnete ihre Tasche. „Äh – soll ich Sie anrufen, wenn ich fertig bin?"

„Man hat mich angewiesen, hier auf Sie zu warten." Der Fahrer deutete auf die Aktentasche in ihrer Hand. „Warten Sie einen Augenblick, ich trage das für Sie."

„Das geht schon", erwiderte Peyton mit leiser Stimme. Auf keinen Fall würde sie die verwöhnte Gesellschaftsdame spielen, nicht solange sie einen Presseausweis bei sich hatte.

Sie stieg aus dem Wagen aus. Mit gesenktem Kopf, um sich vor dem Wind zu schützen, eilte sie zur *Misty Sea*. Zwei Männer in weißer Uniform kamen die Gangway herunter und geleiteten sie an Bord.

Fünf Minuten später saß sie in einer klimatisierten Kabine, während das Schiff den Hafen durchquerte. Die Kabine war mit gepolsterten Sitzen ausgestattet, auf dem Tisch in der Mitte lagen verschiedene Zeitschriften. Der Ausblick aus dem Fenster war wirklich atemberaubend. Peyton erhob sich und betrachtete das riesige weiße Schiff, das sich von dem tiefblauen Meer abhob.

Unglaublich. Wie es wohl war, an Bord eines Luxusdampfers zu wohnen?

Zehn Minuten später hatte die *Misty Sea* die *World* erreicht, direkt an der weiß gestrichenen Stahltreppe. Zwei höfliche junge Männer in weißer Uniform halfen ihr an Bord. Auf dem Deck standen mehrere Seeleute in Uniform. Einer von ihnen kam auf sie zu. Peyton umklammerte ihre Aktentasche und bedankte sich lächelnd bei der Crew der *Misty Sea*.

„Ich bin Peyton MacGruder", rief sie dem Offizier entgegen, der auf sie zugekommen war. Sie musste regelrecht schreien, um den Lärm des abfahrenden Schiffes zu übertönen. „Ich habe eine Verabredung mit Taylor Crowe."

Der Offizier nickte wortlos und sah auf das Klemmbrett in seiner Hand. Nachdem er den Namen auf einem Computerausdruck überprüft hatte, ging er zu einem Telefon an der Wand.

„Wir stehen Ihnen gleich zur Verfügung", sagte er zu Peyton und deutete auf eine schmale Treppenflucht. „Warten Sie hier, gleich wird Sie jemand zu Miss Crowes Apartment bringen."

Ein uniformierter Sicherheitsbeamte führte sie durch ein Gewirr von Gängen, Decks und Aufzügen, und schließlich stand Peyton vor einer aufwändig verzierten Holztür. Erst nachdem die Tür geöffnet worden war, zog sich der Sicherheitsbeamte zurück.

Die Frau, die ihr öffnete, trug ein T-Shirt aus Baumwolle, das am Hals ausgefranst war, und eine schwarze Lederhose. Lange schwarze Haare ergossen sich über ihre Schultern. Ihre Haut war sehr hell. Das Gesicht war schmal und knochig; unter den dunklen Augen schienen noch dunklere Ringe zu liegen.

Peyton wurde von Erregung gepackt.

„Taylor Crowe?" Sie streckte der Frau die Hand hin. „Ich bin Peyton MacGruder von der *Tampa Times*. Ich hoffe, Sie haben mich erwartet."

„Ja." Die Stimme der Frau war ausdruckslos wie die eines Roboters, aber sie schüttelte Peyton die Hand. Dann öffnete sie die Tür weiter. „Kommen Sie herein. Wir sollten das hinter uns bringen."

Peyton machte zwei Schritte in das Apartment. Bei dem Anblick der Wohnung stockte ihr der Atem. Das Foyer war mit schwarzem Marmor ausgelegt, aber das Wohnzimmer schien ganz in Weiß gehalten zu sein – weißer Teppich, weiße Sitzmöbel, weiße Wände. An den großen Fenstern hingen keinerlei Vorhänge, allerdings standen ein paar Kristallfiguren auf dem Fensterbrett, in denen sich die Farben des stahlblauen Meeres und des Himmels widerspiegelten.

Peyton hatte das Gefühl, durch ein Gemälde zu laufen. „Ich weiß nicht so genau, was man Ihnen in Bezug auf meinen Besuch gesagt hat", begann sie, während sie ihrer nicht sehr begeistert wirkenden Gastgeberin in das Wohnzimmer folgte.

Taylor Crowe lief mit nackten Füßen und starrte sie finster an. „Man hat mir gesagt, ich müsste mit Ihnen sprechen, darum sind Sie hier. Wenn mir das nicht von oben verordnet worden wäre, wären Sie nicht hier."

Ehrlich war sie, das musste man ihr lassen; aber Taktgefühl schien ihr zu fehlen.

Peyton zwang sich zu lächeln. „Also gut, ich versuche, es so schmerzlos wie möglich zu machen."

Taylor zuckte nur die Achseln, dann ließ sie sich auf das Sofa sinken. „Nehmen Sie Platz und sagen Sie mir, worum es geht."

Peyton nahm in einem Sessel Platz, der so weiß war, dass es ihr in den Augen schmerzte. „Zuerst einmal möchte ich sagen, wie Leid es mir tut, dass Sie Ihren Vater bei dem Absturz von Flug 848 verloren haben. Ich befand mich zu dem Zeitpunkt in Tampa, und wir alle haben den Verlust so vieler Menschen mitempfunden."

Taylor legte ihren Ellbogen auf die Rückenlehne des Sofas und stützte den Kopf in der Hand ab. Mit den bloßen Zehen spielte sie in dem weichen Teppich. „Mein Vater und ich standen uns nicht sehr nahe", erklärte sie und senkte den Blick. „Ich habe seit Jahren nicht mit ihm gesprochen, also –" Sie zuckte erneut die Achseln; diese Geste schien eine Angewohnheit von ihr zu sein. „Ich habe mich schon vor langer Zeit von ihm verabschiedet."

Eine schwarzweiße Katze kam in das Zimmer geschlichen und sprang auf Taylors Schoß. Die Frau streichelte das Tier mit ihrer freien Hand. Nach einer Weile hob Taylor den Kopf und sah Peyton herausfordernd an.

Peyton nahm die Aktentasche auf den Schoß. „Ich hasse es, mit Formalitäten zu beginnen, aber ich muss Sie bitten, eine Vertraulichkeitszusicherungserklärung zu unterschreiben. Im Grunde genommen sichern Sie mir darin zu, bis zum vierten Juli mit niemandem, der nicht bei Howard Media & Entertainment arbeitet, über die Einzelheiten dieses Besuchs zu sprechen. Ich werde Ihnen etwas zeigen, das Ihrem Vater gehört haben könnte. Wenn ich an Ihrer Stelle wäre, würde ich vermutlich diese Diskretion zu schätzen wissen."

Taylors dunkle Augen funkelten. „So ähnlich wird das ja auch bei Unglücksfällen gehandhabt; es dürfen keine Namen genannt werden, bevor die Angehörigen nicht verständigt wurden."

„Ja, dasselbe Prinzip." Peyton schob das Papier und einen Stift über einen weißen Couchtisch. „Wenn Sie unterschreiben, habe ich ein paar Fragen an Sie."

Mit einem gelangweilten Achselzucken kritzelte Taylor ihre Unterschrift auf das Blatt und legte den Stift aus der Hand. „Vermutlich hätte ich das durchlesen sollen", sagte sie und machte es sich auf dem Sofa gemütlich. „Aber wenn der Sender Sie geschickt hat, muss ich schließlich doch unterschreiben. Deshalb kann ich den Vorgang auch gleich abkürzen."

Peyton nahm das Blatt. Die Frau hatte durchaus Recht.

Nachdem sie Blatt und Stift in ihre Aktentasche gesteckt hatte, lehnte sich Peyton zurück und faltete die Hände auf dem Schoß. Wie würde Mary Grace anfangen? Mit einer offenen Frage – dann würde sie sich einfach zurücklehnen, beobachten und zuhören.

„Können Sie mir etwas über Ihren Vater erzählen? Wissen Sie, was er in Tampa wollte?"

Wieder ein Achselzucken von der Songschreiberin. „Ich habe keine Ahnung. Ich kann mir nicht vorstellen, warum jemand im Juni nach Florida fliegt. Vielleicht wollte er Urlaub machen. Vielleicht hatte er Sehnsucht nach dem Fegefeuer. Ich weiß es nicht."

Peyton wartete. In der anschließenden Stille konnte sie den Schrei der Möwen über dem Schiff hören. Offensichtlich hatte sich Taylor Crowe an die Stille gewöhnt. Sie sagte nichts mehr.

Mary Grace hätte mit dieser Frau ihre Probleme gehabt. Peyton holte eine Kopie des Zettels aus ihrer Aktentasche.

„Taylor, was ich Ihnen jetzt zeige, könnte Sie sehr aufwühlen. Aber ich bin der Meinung, Sie sollten es sehen. Ein paar Tage nach dem Absturz fand eine Frau einen in einer Plastiktüte steckenden Zettel. Wir haben Grund zu der Annahme, dass Ihr Vater ihn geschrieben hat. Wenn das der Fall ist, dann ist die Botschaft an Sie gerichtet."

Irgendetwas flackerte in den dunklen Augen auf – aber Peyton konnte nicht sagen, ob es Interesse oder eine Widerspiegelung vom Fenster war. Taylor beugte sich vor, schob die Katze von ihrem Schoß und nahm den Zettel. Schweigend las sie die Worte durch. Einen Augenblick lang saß sie reglos da, den Zettel in der Hand. Schließlich sah sie auf.

„Warum bringen Sie mir das?"

Peyton faltete die Hände. „Wenn das an Sie gerichtet ist, sollten Sie das erhalten, denke ich."

Taylor las den Zettel erneut durch und fuhr mit der Fingerspitze über die krakelige Schrift.

Hoffnung stieg in Peyton auf. „Denken Sie, Ihr Vater hätte diese Worte schreiben können?"

„Ja", flüsterte Taylor. „Warum nicht? Es könnte sein. Vielleicht. Die Schrift ist ziemlich klar, nicht?"

„Für jemanden an Bord eines abstürzenden Flugzeugs schon." Peyton beugte sich vor und beobachtete die junge Frau. „Wenn dies geschrieben wurde, während das Flugzeug abstürzte, dann stelle ich mir vor, dass viele Passagiere in Panik geraten sind. Vielleicht vibrierte ja auch das Flugzeug. Wir wissen es nicht."

„Mein Dad hatte eine wunderschöne Handschrift." Taylor hob den Kopf und schloss die Augen. Die dunklen Haare umrahmten ihr Gesicht. „Alles an ihm war bezaubernd, wirklich. Er war elegant, eine Eleganz, die man bei einem Bauarbeiter nicht erwartet. Das hat mir früher sehr an ihm gefallen. Er schien der perfekte Mann zu sein, und er hat mich geliebt ... bis ich ihm sagte, ich wollte nicht mehr seine Tochter sein."

Peyton presste die Lippen zusammen und schwieg.

Taylor sprach nicht mehr weiter. Vielmehr erhob sie sich vom Sofa und nahm den Zettel mit ins Nebenzimmer. Verwirrt wartete Peyton eine Weile, dann lockten die Töne eines Klaviers sie hinüber.

Das Wohnzimmer führte in ein Musikzimmer, das dominiert wurde von einem glänzenden schwarzen Flügel. Notenpapier und Notenblätter lagen auf dem Instrument, ein paar Bleistifte griffbereit rechts von Taylor. Auf einem Tablett links von ihr stand ein Kaffeebecher.

„Mein Büro", erklärte Taylor mit verträumter Stimme, während ihre Finger über die Tasten glitten. „Sie sind Journalistin, richtig?"

Peyton nickte.

„Dann werden Sie verstehen." Taylor schloss die Augen und beugte sich über die Tasten. „Dies ist meine Schreibmaschine, und dies –", sie griff nach unten und stellte einen Kassettenrecorder an, der auf einem kleinen Tisch am Ende des Klavierhockers stand, „ist mein Computer."

Peyton lehnte sich mit verschränkten Armen gegen die Wand. Diese Frau vor ihr amüsierte und unterhielt sie. Taylor spielte ein paar energische Akkorde, blinzelte konzentriert, dann schien sie sich in eine Melodie zu finden. Ihre linke Hand nahm einen Rhythmus auf mit den Basstönen, während ihre rechte Hand eine eingängige Melodie spielte. Jede Note schien aus Schmerz und schier unerträglicher Einsamkeit geboren zu sein ...

Peyton verstand die Armut der Einsamkeit. Sie konnte die Augen schließen, und sofort fiel ihr ein, wie sie allein im Sand hinter dem Haus ihrer Großmutter gespielt hatte, welche Qualen sie gelitten hatte, wenn sie allein zum Mutter-Tochter-Tee in der Grundschule hatte gehen müssen, und wie schlimm es für sie gewesen war, dass sie niemanden hatte, der ihr geholfen hatte, ihr Haar herzurichten oder ihr erklärt hatte, wie sie mit hormonell bedingten Unpässlichkeiten umgehen musste. Selbst jetzt als Erwachsene saß sie manchmal im Kino in ihrem Sessel, aß leise ihr Popcorn und wünschte, dass die Lichter ausgehen mögen, damit niemand die Frau allein im Kino sah ...

Während diese Geisterspinnen Peytons Nacken heraufkletterten, begann Taylor zu singen:

> *„Ich sagte Lebewohl unter dem blauen Himmel mit dem Regenbogen,*
> *ich sagte Lebewohl einer Liebe so stark wie das Meer,*
> *ich wich vor der alles beschützenden Umarmung zurück*
> *und hoffte, du würdest für immer in mir leben."*

Ihre Stimme war klar und angenehm, und Peyton fragte sich, warum Taylor keine Karriere als Sängerin angestrebt hatte. Viele Sänger schrieben ihre eigenen Lieder, und bei ihren wunderschönen Songs und ihrer Stimme könnte sie sich durchaus mit Whitney Houston messen.

Taylor spielte ein Zwischenspiel und begann mit dem zweiten Vers:

> *„Ich ging davon, in meine eigene Welt.*
> *Ich ging allein, auf der Suche nach Liebe und Leben,*
> *ich sehnte mich nach dir in jedem Gesicht und jeder Blume,*
> *aber alles, was ich von dir hatte, war Leere in mir."*

Eine Stimmungswandlung, schnelleres Tempo, dann sang sie weiter:

„Warum bin ich gegangen? Wie konnte ich ahnen ... Deine Liebe
hatte mich gemacht und gestaltet.
Nicht zu sagen ... ich möchte bleiben ... denn deine Liebe wird
mich versklaven."

Wieder zurück zum Anfang, ruhiger jetzt:

„Ich sagte Lebewohl, jetzt kann ich nicht weinen, denn ich muss
mit meiner Entscheidung leben,
aber wenn ich gehe, sollst du wissen, ich werde immer deine liebe-
volle Stimme hören."

Taylor spielte einen letzten Akkord, ließ ihn ausklingen und senkte
dann den Kopf. Peyton stieß sich von der Wand ab. Sie war nicht
sicher, ob sie applaudieren, lächeln oder weinen sollte. Ihr war
nach allem drei zu Mute.

„Das war wunderschön", sagte sie schließlich und kam näher
an den Flügel heran. „Eines Ihrer veröffentlichten Lieder?"

Taylor stellte den Recorder ab. „Eine neue Komposition. Noch
nicht ganz fertig, aber ich kann damit arbeiten. Und wenn ich es
verkaufe, wird jeder denken, es würde von einer Liebe zwischen
einem Mann und einer Frau handeln." Sie hob den Kopf, und
zum ersten Mal, seit sie am Klavier saß, fing sie Peytons Blick
auf. „Nur Sie und ich werden wissen, dass es von mir und meinem Vater erzählt."

Da Peyton die traurige Wahrheit in diesem Meer der Verwirrung spürte, bemühte sie sich zu helfen. „Taylor", sie kam noch
näher heran und wagte es, das glänzende Holz zu berühren, „wenn
Sie der Meinung sind, Sie wären Ihrem Vater nicht wichtig gewesen, dann stimmt das nicht. Wenn Ihr Vater diesen Zettel
geschrieben hat, dann war sein Herz voller Liebe für Sie. Er hat
Ihnen vergeben, was immer Sie ihm in diesen Jahren gesagt oder
angetan haben. Das zeigt der Zettel sehr deutlich."

Taylor schüttelte den Kopf. „Dieser Zettel war nicht an mich
gerichtet."

„Aber –" Frustriert hob Peyton die Hand. Ein Mantel der Melancholie und der Resignation lag auf dieser Frau. Warum konnte sie denn nicht erkennen, dass die Vergebung greifbar nahe war? Ob James Crowe diesen Zettel nun geschrieben hatte oder nicht, Taylor brauchte ihre verlorene Beziehung nicht zu beweinen. Der Zettel war der Schlüssel zum Ende ihrer Trauer ... wenn sie ihn nur akzeptieren würde.

„Taylor", begann sie mit fester Stimme, „es gibt keinen Grund zu bezweifeln, dass dieser Zettel für Sie bestimmt ist. Es macht doch keinen Sinn, ihn abzulehnen."

Crowe warf sich ihre dunklen Haare über die Schulter und legte ihre Hände auf die Klaviertasten. „Das Leben macht keinen Sinn, nicht?" Sie spielte ein paar aggressive Akkorde, einen misstönender als den anderen. „Das braucht es auch nicht."

Peyton umklammerte den Rand des Flügels. „Hören Sie – ich bin ein paar Mal mehr um den Block gegangen als Sie, und ich habe Dinge erlebt, die Sie hoffentlich nie erleben werden. Lassen Sie mich Ihnen eins sagen – traurige Erinnerungen mit sich herumzutragen, wird Sie auslaugen. Es ist besser, Sie legen sie ab und machen Frieden damit. Tun Sie, was nötig ist, um emotionalen Abstand zwischen sich und Ihre Vergangenheit zu bekommen. Anders werden Sie es wohl nicht schaffen."

Taylor antwortete nicht, spielte einfach weiter. Die Noten verbanden sich zu Phrasen, die an Peytons Nerven zerrten, bis ihr Herz zum Zerspringen klopfte. Ein Schauder lief ihr über den Rücken, und eine seltsame Kälte machte sich in ihr breit, ein dunkles Gefühl, das düstere Gedanken wie Kugeln durch ihr Gehirn schoss. Sie zitterte, dabei sah sie ihren spärlich eingerichteten Schlafsaal im Internat vor sich, das leere Haus in der Nacht, als Garrett starb, und das Krankenhaus –

Plötzlich verstand Peyton. Die junge Frau, die da vor ihr saß, hatte ein Vermögen mit ihren Liedern über Liebe und Sehnsucht verdient. Doch sie führte ein abgeschiedenes Leben in diesem makellosen Apartment, allein mit ihrer Katze. Taylor hatte sich für dieses Leben entschieden ... und ihr würde ein Leben als

Sängerin überhaupt nicht gefallen. Sie *wollte* abgeschieden leben, nur das empfinden, was sie sich zu empfinden gestattete, ihre Emotionen durchforsten und nur das zulassen, was ihrer Fantasie und ihrem Ehrgeiz diente. Ob nun bewusst oder unbewusst kultivierte Taylor Crowe ihr Elend und ihre Melancholie, jätete Farbe und menschliche Kontakte, damit sie erfolgreiche Songs ernten konnte.

Peyton musste beinahe lachen, als ihr ein anderer Gedanke kam. Dieses Mädchen würde Julie St. Claire und ihr Kamerateam verachten.

„Taylor." Peyton beugte sich vor und suchte den Blick der Musikerin. „Ich muss eine Kolumne über dieses Interview schreiben. Wenn Sie gern anonym bleiben wollen, würde ich ein Pseudonym verwenden und Ihren Namen nicht nennen. Ich könnte Sie als erfolgreiche junge Frau beschreiben, die allein lebt."

„Das wäre mir lieb." Die Musik brach abrupt ab. Taylor rutschte auf dem Klavierhocker herum und setzte sich auf ihre Hände.

„Das ist in Ordnung, aber –", Peyton beugte sich vor und empfand den unerklärlichen Drang, diese erstarrte junge Frau zu schütteln. „Die Nachrichtenleute von WNN würden Ihren Namen natürlich gern nennen wollen. Und da sie Druck auf Sie ausüben konnten, mich zu empfangen, bin ich sicher, dass es gern gesehen würde, wenn Sie mit dem Kamerateam zusammenarbeiten."

Ein schmerzlicher Ausdruck trat auf Taylors Gesicht. „Sie werden mich nicht dazu bringen zu sagen, dass mein Vater diesen Zettel geschrieben hat."

„Aber Sie sagten, er könnte von ihm stammen."

„Das ist egal." Sie warf den Kopf in den Nacken. Ihre schwarzen Haare flogen auf den Rücken. „Dieser Zettel gehört nicht mir, und niemand kann mich zwingen, das zu sagen."

„Okay." Peyton wandte sich zum Gehen, dann deutete sie auf die Kopie auf dem Flügel. „Sie können das behalten, wenn Sie wollen. Es ist eine Kopie."

Ohne zu zögern nahm Taylor das Blatt und reichte es Peyton.

„Der ist nicht für mich bestimmt." Sie zuckte die Achseln. „Ich möchte es nicht."

Peyton nahm das Blatt mit einem kurzen Nicken entgegen und ließ Taylor in ihrer schwarzweißen Umgebung zurück.

* * *

Als die Tür ins Schloss fiel, sank Taylor in sich zusammen. Alle Spannung wich aus ihren Schultern.

Mann, sie hasste Reporter. Sie wühlten Dinge auf, erinnerten an Dinge, an die sie lange nicht gedacht hatte und an die sie auch gar nicht denken wollte ... aber wenigstens war aus dem Interview ein neues Lied entstanden.

Sie spulte die Kassette zurück, ließ sie von vorne laufen und sang die Zeile mit.

Ja, dieses Lied würde Erfolg haben. Sie würde es morgen einschicken, sobald sie es ins Reine geschrieben hatte. Vermutlich würde die Plattenfirma es Mariah oder Celine geben ... vielleicht auch LeAnne Rimes. Rimes wäre die Beste dafür – die Country-Sängerin war noch jung genug, um es richtig zu interpretieren. Die Melodie könnte ihre Kennmelodie werden.

Taylor erhob sich, streckte sich und nahm die Katze auf den Arm. Sie ging mit ihr in die Küche und setzte sie auf der blitzblanken Arbeitsplatte ab.

„Ich ging davon in meine eigene Welt", sang sie leise, während sie ein Glas aus dem Schrank nahm. Nein, vielleicht wäre *unabhängige* Welt besser. Oder vielleicht *kristallklare* Welt. So fühlte man sich, wenn man zum ersten Mal von zu Hause fortging. Die Welt lag hell und strahlend und ach so zerbrechlich vor einem.

Sie ging zur Bar und goss sich Wodka ein, dann hob sie das Glas zu einem Toast. „Auf dich, Dad", sagte sie leise. „Ich dachte, ich wäre fertig mir dir."

Sie leerte das Glas mit einem Schluck, stellte es auf die Theke und ließ sich auf einen Barhocker sinken. Warum konnten die Toten nur nicht begraben bleiben?

Sie hatte Blumen zur Beerdigung geschickt, weil sie wusste, ihre Mutter würde von ihr erwarten, dass sie sich irgendwie rührte. Aber sie war nicht zu dem Trauergottesdienst gegangen, und ihre Mutter verstand das. Ihr Bekanntheitsgrad kam ihr dabei zu Gute. Ihre Mutter dachte vermutlich, dass Taylor auf dem Friedhof belästigt werden würde. Ihr war anscheinend nicht klar, dass kaum jemand außerhalb der Branche wusste, wer Taylor Crowe war – oder sich dafür interessierte. Aber das war in Ordnung. Sie verdiente viel Geld, und den Leuten gefiel, was sie machte. Nichts anderes war wichtig.

Die Katze kam zu ihr herüber und rieb ihren Kopf an ihrem, weil sie zwischen den Ohren gekrault oder am Rücken gestreichelt werden wollte. Taylor tat keins von beidem.

Das Schicksal, oder wer immer diese Dinge anordnete, hatte ihrem Vater keinen leichten Tod beschieden. Er war ein wundervoller Mensch gewesen, aufrichtig, freundlich seiner Familie gegenüber, gut zu seinen Freunden. Nur einmal war er zornig geworden mit Taylor, und im Nachhinein konnte sie auch den Grund verstehen.

Ihre Kindheit war unspektakulär und glücklich verlaufen, nahm sie an, das Übliche. Aber seit sie dreizehn geworden war, konnte sie sich mit ihren Eltern über nichts mehr einig werden. Sie mochten weder ihre Freunde, ihre Musik noch ihre Kleider. Sie beschwerten sich, dass sie nie mit ihnen sprach – na ja, wer hatte schon Lust dazu? Sie waren so hoffnungslos altmodisch. Und eines Tages hatten sie und ihr Dad einen Streit im Wohnzimmer, und ihr phlegmatischer Vater wurde tatsächlich zornig. Er forderte von ihr, sich an die Familienregeln zu halten; sie sagte, sie würde es nicht tun. Er sagte, dann könnte sie gehen; und sie sagte, in Ordnung, dann gehe ich eben. Damals war sie siebzehn gewesen, und ihre Eltern konnten wenig tun, um sie aufzuhalten.

Ein Jahr hatte sie mit Daniel zusammengelebt und dabei erkannt, dass Liebe ganz und gar nicht so war, wie sie im Film immer dargestellt wurde. Als er ging und sie mit einem Stapel unbezahlter Rechnungen, einer zertrümmerten Wohnung und einem geplünderten Bankkonto zurückließ, schrieb sie ihr erstes ernsthaftes Lied: „Sorry I Killed the Dream of You." Eine Freundin hörte es und gab es ihrem Freund, der es an jemanden im Plattengeschäft weiterreichte. Bevor sie noch wusste, wie ihr geschah, war sie zur Songschreiberin avanciert.

Weitere Songs folgten, vorwiegend Melodien, die sie aus der Erinnerung schrieb. Dann kam einer ihrer größten Hits, „Empty Heart". Grundlage für dieses Lied war ein Ausflug ihres Vaters mit ihr zum Gaillard Lake. Sie hatte einen großen Fisch gefangen, einen Barsch oder eine Forelle oder so etwas, und ihr Dad wollte ihr helfen, ihn herauszuziehen. Aber sie hatte ihn angefahren, sie würde das lieber allein machen. Und dann war der dumme Fisch ihr entwischt, und sie hatte einen leeren Haken einziehen müssen.

Natürlich kannte niemand die eigentliche Geschichte hinter dem Song. Die meisten ihrer Freunde, einen Begriff, mit dem sie nicht sehr viel verband, dachten, eine Liebesbeziehung sei in die Brüche gegangen. Den Plattenleuten gefiel „Empty Heart", und sie nahmen es als Leitsong für einen Film mit Julia Roberts. Er bekam den Oscar für die beste Filmmusik, und danach schnellte ihr Marktwert in unerreichte Höhen.

Sie stützte sich auf der Theke ab und drückte die Hand an die Stirn. Das Interview verfolgte sie noch immer. Das Leben war ein solcher Witz. Die Menschen wuchsen auf in dem Glauben, dass das Leben ihnen Glück schulde und eine faire Behandlung. Und dann müssen sie feststellen, dass niemand ihnen irgendetwas gibt. Warum sollte man also so tun, als sei das Leben glücklich und fair? Warum sollte man jemanden lieben, vor allem, wenn dann erwartet wird, dass man sich auf eine bestimmte Art verhält?

Das einzig Gute an ihrer Vergangenheit waren die Emotionen, die ihre Lieder inspirierten.

Manchmal, wenn sie in der richtigen Stimmung war, vermisste sie ihren Dad. Sie hatten viele schöne Zeiten miteinander verlebt. Und obwohl sie ihn Jahre nicht gesehen hatte, wusste sie doch, dass er da war, wenn sie nach ihm rufen würde. Sie hatte ihn nicht gebraucht, das war auch einer der Nachteile der finanziellen Unabhängigkeit, aber nun, da er fort war, fühlte sie sich so leer.

Und das Wissen, ihn nie mehr rufen zu können, war beängstigend.

Sie ließ die Katze sitzen, erhob sich und ging zum Fenster, wo sich der Ozean in einer Farbpalette von blau bis grün bis zum Horizont erstreckte.

Seit dem Flugzeugabsturz hatte sie nicht mehr gut geschlafen. Viel Zeit verbrachte sie damit, auf das Meer zu sehen, die Wellen zu beobachten und zu denken, dass sie zu demselben Wasser gehörten, in dem ihr Dad untergegangen war. Manchmal fragte sie sich, ob seine Seele vielleicht von dem Meer aufgenommen worden sei. Was geschah mit der Seele, wenn der Körper starb? Sie konnte nicht glauben, dass mit dem Tod alles vorbei wäre. Eine Seele war ein so vielschichtiges Ding ... die Menschen konnten nicht einfach im Kosmos verschwinden. Sie mussten irgendwohin gehen.

Sie schloss die Augen, kehrte ins Musikzimmer zurück und setzte sich auf die Klavierbank. Sie spielte einen C-Dur Akkord, dann ein F, ein G7, dann wieder C. Das war die häufigste Klangfolge in der Welt, eins, vier, fünf-sieben, eins ...

Das Leben geht weiter, die Musik auch.

Sie hatte diese Frau von der Zeitung frustriert. Einen Augenblick lang hatte sie gedacht, Peyton MacGruder würde sich über das Klavier lehnen, sie am T-Shirt packen und sie schütteln, bis sie zugab: *Ja, dieser Zettel war für mich bestimmt, daran besteht kein Zweifel.*

Aber das würde sie nie zugeben. Niemals. Selbst wenn ihr Vater dieses verflixte Ding geschrieben haben sollte. Die Kluft zwischen ihnen war zu breit. Kein Zettel konnte diese Kluft überbrücken, nicht jetzt, niemals.

Es wäre schön gewesen zu denken, ihr Vater hätte ihn geschrieben. Wenn sie das glauben könnte, würde sie nachts vielleicht

196

wieder Schlaf finden. Aber sie hatte ihn zu sehr verletzt, um Absolution zu bekommen. Ihr Dad müsste schon eine Art Heiliger sein, um ihr das zu vergeben.

Er war ein besonderer Mensch ... aber er war tot.

Und sie würde alles dafür hergeben, ihn wieder zu finden.

* * *

Peyton starrte auf das im Sonnenlicht glitzernde Meer, während sie mit dem Schiff an die Pier zurückgebracht wurde. Die Begegnung mit Taylor Crowe ging ihr im Kopf herum und klopfte an Gewölbe, die sie vor langer Zeit verschlossen hatte –

„Madam?" Ein gut aussehender junger Mann in Uniform riss sie aus ihren Gedanken und deutete auf die Tür zur Kabine. „In der Sonne ist es schrecklich heiß. Wenn Sie lieber hineingehen möchten, drinnen ist es kühler –"

„Vielen Dank, aber mir geht es gut." Wie um ihre Behauptung zu beweisen, umklammerte Peyton die Reling und hob ihr Gesicht der Sonne entgegen. „Ich finde das schön."

Der Steward, falls er das war, lächelte, zog aber warnend die Augenbrauen in die Höhe. „Seien Sie vorsichtig. Manchmal kommt eine hohe Welle, dann kann es etwas ungemütlich werden."

„Es ist alles in Ordnung." Peyton wandte den Blick ab. Sie hatte es satt, alles wiederholen zu müssen. Es ging ihr tatsächlich gut, vollkommen und ganz, auch wenn sie die Welle der Frustration nicht in Schach hatte halten können, die ihr zu schaffen machte, seit sie Taylor Crowes Apartment verlassen hatte.

Mary Grace Van Owens kleiner Trick hatte auf höchst unerwartete Weise gewirkt. Taylor Crowe hatte zwar nicht geredet, sich jedoch in einem Lied geöffnet, ihre Gefühle in Lyrik verpackt, die auf ein Dutzend unterschiedliche Arten interpretiert werden konnte. Peyton hatte das Gefühl, die eigentlichen Emotionen hinter den Worten gespürt zu haben. Aber niemand sonst würde die Wahrheit erraten, nicht in einhundert Jahren.

Sie spürte, wie sich ihr Magen zusammenkrampfte, als das Schiff sich durch ein Stück aufgewühltes Meer kämpfte. Die Seeluft drang ihr beißend in die Nase, während sie in Gedanken Taylor Crowes Stimme hörte:

Ich sehnte mich nach dir in jedem Gesicht und jeder Blume, aber ich fühlte nur Leere in mir.

Dachte Taylor vielleicht, sie wäre die einzige Tochter, die die Gesellschaft ihres Vaters vermisste? Glaubte sie ernsthaft, sie hätte ein Monopol auf Leiden? Peyton konnte ihr da auch so einiges erzählen, über Leere, Sehnsucht und Alleinsein.

Ein Schweißtropfen lief ihr den Rücken herunter. Auch ihre Hände waren nass geschwitzt; das Messing der Reling wurde unter ihren Handflächen glitschig. Vorsicht jetzt, nicht an die Vergangenheit denken. Man darf nicht bei dem verweilen, was man weggeschlossen hat. Man darf die Türen nicht aufschließen, den Schlüssel nicht einmal berühren.

Warum um Himmels willen schickte ihr Vater immer wieder Briefe, Fotos und Karten? Keine Woche verging, in der nicht irgend so ein Umschlag in ihrem Briefkasten entweder zu Hause oder in der Zeitung auftauchte. Wenn sie in den Nachrichtenraum zurückkehrte, würde dieses dumme Foto auf ihrem Schreibtisch liegen, das Foto von ihm und seinen Kindern. Warum machte er das? Er musste doch wissen, dass sie keinen Kontakt wollte. Wie Taylor Crowe hatte sie diese Beziehung schon vor Jahren abgeschrieben. Aber ihr Vater quälte sie immer weiter.

Der Klang von Stimmen aus dem Kabinenbereich riss sie aus ihren Träumereien. Worüber diese Männer wohl sprachen? Sahen sie sie hier draußen stehen und fragten sich, warum sie nicht hereinkam? King hatte sich gewundert, warum sie die Briefe von ihrem Vater nicht öffnete, genau wie Mandi sich wunderte, warum sie nicht mit Begeisterung auf dieses dumme Foto von der lächelnden Abschlusskandidatin reagierte. Aber sie ahnten ja nichts. Sie wussten gar nichts über ihr Leben; sie waren nie durch das Tal des Todesschattens mit ihr gegangen, sie wussten nichts von dem Schmerz, den sie weggeschlossen hatte. Und Taylor

Crowe, das dumme Mädchen, würde es sicher eines Tages erfahren. Sie würde verstehen, dass es töricht ist, in Melancholie zu verharren, dumm, darüber zu schreiben. Und weil diese Närrin den Zettel verweigert hatte, würde Peyton jetzt nach Gainesville fahren und mit Tanner Ford sprechen müssen.

Sie klammerte sich an die Reling. Ihr Magen drehte sich um. Gainesville hatte sich in den Jahren, in denen sie fort war, bestimmt verändert. Aber nie würde sie durch die Stadt fahren können, ohne sich an die Dinge zu erinnern, die sie verdrängt hatte. Wenn nur Taylor Ansprüche auf den Zettel angemeldet hätte, dann wäre alles geregelt, und sie brauchte an Gainesville keinen einzigen Gedanken zu vergeuden. Aber so ...

Wie konnte sie das durchziehen? Wie konnte sie in ihren Wagen steigen und in Richtung Norden fahren in dem Wissen, dass jede Meile sie immer näher an –

Eine ungeahnte Panik stieg in ihr auf. Sie konnte es nicht! Sie konnte nicht nach Gainesville fahren; sie konnte nicht einmal die Kolumne für heute Abend schreiben. Weil es schon wieder passierte, der rasende Puls, das schnelle Atmen, das Gefühl, kurz vor einem Herzanfall zu stehen. Die nackte, schwarze Furcht ergriff Besitz von ihr, und sie konnte sich nirgendwohin flüchten, wusste nicht, was tun. Sie konnte nicht in die Kabine gehen, konnte nicht auf diesem Schiff bleiben. Und wenn es sank? Wenn eine hohe Welle wie aus dem Nichts auftauchte und es zum Kentern brächte, bevor irgendjemand reagieren konnte? Oder Feuer konnte auf dem Schiff ausbrechen – einige der Männer rauchten doch. Und wenn sie an Bord blieb, würde sie einen schrecklichen Tod erleiden durch Ertrinken oder Verbrennen.

Das durfte nicht sein. Nein, sie musste hier weg.

Alle Geräusche, die Maschine, die Unterhaltung der Männer, selbst das Plätschern der Wellen, wurden plötzlich von einer unheilvollen Stille verdrängt. Unfähig, das Zittern in sich zu kontrollieren, kämpfte sich Peyton, an die Reling geklammert, zum Bug vor. Der weite Himmel und der Horizont hatten sich verengt, sie konnte nur noch den Messinglauf unter ihren feuchten

Handflächen sehen. Wenn sie dem folgte, würde sie einen Weg finden, dieses Schiff zu verlassen.

Sonst müsste sie sterben. Sie wusste es; sie konnte es spüren, so sicher, wie sie noch wenige Augenblicke zuvor die Sonne auf ihrem Gesicht gespürt hatte.

Sie musste runter von diesem Schiff. Jetzt, sobald wie möglich, sobald ihre schweren Füße einen Weg in die Freiheit fänden. Sie schnappte nach Luft und fand keine, ging zur Seite, Schritt für Schritt, bis die Reling zu Ende war und sie nur noch leere Luft unter ihren Händen spürte. Dankbar, einen Fluchtweg gefunden zu haben, nahm sie ihn.

* * *

Eine halbe Stunde später saß Peyton nass und in eine Decke eingewickelt auf dem Rücksitz des gemieteten Wagens. Sie lächelte den Kapitän der *Misty Sea* an. „Es war nicht Ihre Schuld", wiederholte sie sicher zum zwanzigsten Mal. „Ich muss ausgerutscht sein."

„Trotzdem", sagte der Kapitän mit besorgtem Gesicht, „wenn mein erster Offizier nicht das Platschen gehört hätte –"

„Aber er hat es gehört, und mir geht es gut." Peyton wickelte die Decke noch fester um den Körper, damit er nicht sah, dass sie immer noch zitterte. „Und wenn Sie nichts dagegen haben, würde ich jetzt wirklich gern zum Flughafen fahren."

„Möchten Sie nicht lieber zuerst ein paar trockene Sachen anziehen?" Die Frage kam von dem Fahrer, der ihre tropfende Erscheinung ohne sichtbares Erschrecken zur Kenntnis genommen hatte. „Im Flugzeug könnte es kalt werden."

„Ich habe eine Decke. Ich möchte nach Hause." Peyton sah den Kapitän entschlossen an. „Wenn Sie mir bitte meine Aktentasche reichen, dann können wir weitermachen und so tun, als wäre das hier nie passiert."

Gehorsam reichte er ihr die Aktentasche. „Aber –"

„Keine Sorge, Kapitän, ich werde Sie nicht anzeigen. Es war nicht Ihre Schuld."

Sie drehte sich um, stellte die Füße in den Wagen und legte ihre Hand an den Türgriff. „Guten Tag, meine Herren. Vielen Dank, dass Sie mich aus dem Meer gefischt haben."

Sie schlug die Tür zu. Kurz darauf stieg der Fahrer ein, schnallte sich an und richtete den Rückspiegel aus. Er fing ihren Blick auf.

„Zum selben Terminal, an dem ich Sie abgeholt habe?", fragte er mit leiser Stimme.

„Ja, bitte." Peyton nickte ihm zu, dann lehnte sie ihren Kopf gegen die Nackenstütze und schloss die Augen.

Seit Jahren hatte sie keine Panikattacke mehr gehabt ... und keine hatte buchstäblich das Wasser über ihr zusammenschlagen lassen. Zum Glück hatten die Männer, die sie gerettet hatten, gedacht, sie wäre ausgerutscht und gefallen. Zum Glück schrieben sie ihren aufgewühlten Zustand diesem Erlebnis zu.

Wie Unrecht sie hatten.

Noch immer vor Furcht zitternd rollte sich Peyton auf dem Rücksitz zusammen und versuchte sich zu entspannen.

13

Sonntag, 1. Juli

Hilfe für die Seele
von Peyton MacGruder
C Howard Features Syndicate

Liebe Leser,
für diejenigen, die gerade erst zu uns gestoßen sind, möchte
ich ein paar Hintergrundinformationen geben. Vor acht Tagen kam eine Frau zu mir in die Zeitungsredaktion der *Tampa
Times* und überreichte mir etwas, das hinter ihrem Haus an
der Tampa Bay angeschwemmt worden war. Auf den ersten
Blick würde jeder Vorbeigehende annehmen, es würde sich
um Abfall handeln, der von den Sonntagsausflüglern an der
Westküste Floridas ins Meer geworfen worden war. In der kleinen Plastiktüte befand sich ein einfacher Zettel, eine Notiz,
hastig hingekritzelt, aber durchaus lesbar. Zwar werde ich den
Inhalt dieses Zettels erst bekannt geben, wenn ich ihn seinem rechtmäßigen Besitzer ausgehändigt habe, aber ich kann
Folgendes sagen: Wir haben Grund zu der Annahme, dass die
Tüte und ihr Inhalt aus dem Flugzeug stammten, das am 15.
Juni in der Tampa Bay abgestürzt ist. Da der Zettel mit „Dad"
unterschrieben war, wissen wir, dass er von einem Vater an
sein Kind geschrieben wurde. Andere wichtige Hinweise haben es mir möglich gemacht, drei Leute ausfindig zu machen,
an die der Zettel gerichtet sein könnte.

In der letzten Woche habe ich die erste Person auf meiner
Liste besucht, einen Pastor in einer Stadt im mittleren Westen. Nachdem er sich den Zettel einen Augenblick angesehen
hatte, versicherte er mir, er könne nicht von seinem Vater stammen. Seine Gründe waren glaubhaft und vernünftig.

Vor wenigen Stunden besuchte ich die zweite Person auf

meiner Liste, eine erfolgreiche Liedermacherin, die ihre Privatsphäre schätzt. Nachdenklich betrachtete sie den Zettel, und einen Augenblick lang dachte ich, ihre Augen würden sich mit Tränen füllen. Aber obwohl sie eingestand, ihr Vater könnte ihn geschrieben haben, weigerte sie sich, die Botschaft anzunehmen. Ihr Vater, dessen war sie sicher, würde diese Worte nicht geschrieben haben. Vor allem nicht an sie.

Trotzdem war sie tief bewegt. Ich beobachtete, wie sie zum Klavier ging und ein Lied komponierte, das mir die Kehle zuschnürte. Ein Lied mit so ausgefeiltem Text, dass ich dachte, sie hätte schon viele Stunden daran gearbeitet. Nein, versicherte sie mir, sie müsse aber noch daran feilen. Aber es würde ein guter Song werden, obwohl niemand jemals von dem emotionalen Anlass erfahren würde.

Sie gab mir den Zettel zurück und forderte mich auf, ihn mitzunehmen. Ich wollte es nicht. Sie sollte den Zettel und seine Botschaft behalten. Sie sollte Trost finden in der Tatsache, dass ihr Vater kurz vor seinem Tod an sie gedacht hatte. Aber man kann niemandem ein Geschenk aufzwingen, der nicht bereit ist, es anzunehmen.

Im Augenblick sitze ich im Flugzeug auf dem Weg nach Hause und schreibe in der Stille der Jetkabine meine Kolumne. Ich bin müde von dem langen Tag und dieser erzwungenen Beschäftigung mit dem Tod überdrüssig. Es war eine lange Reise. Ich frage mich, ob meine Freundin, die Liedermacherin, weiß, wie lang und schwierig. Aber es steht mir nicht an zu richten – ich bin nur die Reporterin.

Heute lernte ich eine Frau kennen, die alles besitzt – Reichtum, Schönheit, Talent und Intellekt. Doch nach dem, was ich sehen konnte, ist sie sehr einsam. In ihrer luxuriösen Wohnung gibt es keine Fotos von Freunden oder Angehörigen. Sie wohnt in einem palastartigen Apartment zusammen mit einer Katze.

Unwillkürlich muss ich mich fragen: Ist sie glücklich? Ich nehme an, jeder von uns würde diesen Zustand anders definieren. Das Leben, das ich heute kennen gelernt habe, ist zwar prachtvoll, doch ich habe meine Zweifel, ob es den Durchschnittsmenschen zufrieden stellen würde. Mich würde es nicht glücklich machen.

Ich erfuhr, dass diese junge Musikerin und ihr Vater vor Jahren einen Streit hatten. Vermutlich kennen Sie diese Szene – Teenager rebellieren gegen die Eltern; Dad stellt ein Ultimatum: Entweder du gehorchst, oder du verlässt das Haus. Der Teenager läuft davon, und die Kluft zwischen Vater und Kind wird mit jedem versäumten Geburtstag, mit jedem Weihnachtsfest und jedem Vatertag größer. Leider wird das Herz des Kindes immer härter, während das Herz des Vaters weicher wird.

Aber die Jugend ist eine Zeit der Verletzungen – wer von uns hat nicht in seiner Jugend Dinge gesagt und getan, die er später bereut? Als Heranwachsende sind wir so ichzentriert und auf unsere eigenen Wünsche ausgerichtet, dass wir unseren Eltern gegenüber oft ungerecht sind. Wir sehen nur ihre Autorität, ihre Regeln und ihre Erwartungen. Wir sehen nicht ihre Träume, ihre Pläne, ihre guten Absichten. Oder wenn wir sie erkennen, verstehen wir sie nicht.

Als ich meine zweite Kandidatin verließ, war ich sehr niedergeschlagen. Diese junge Frau trägt die Last der Einsamkeit mit sich herum, ja sie *will* sie mit sich herumtragen – sie ist zu einem Schatten geworden, an den sie sich gewöhnt hat. Wenn sie nichts dagegen tut, wird er sie für den Rest ihres Lebens begleiten.

Als ich ihr den Zettel gab, hoffte ich, ihr damit ein Gleichgewicht zwischen Verlust und Liebe geben zu können. Denn wann verschwinden Schatten? Zur Mittagszeit, wenn die Sonne genau in der Mitte über einem steht.

Morgen gebe ich Ihnen einen vorläufigen Bericht zu unserem dritten und letzten Kandidaten für den Zettel. Bis dahin wünsche ich Ihnen, dass Sie in der Helligkeit der Mittagszeit leben.

In ihrem New Yorker Apartment frühstückte Julie St. Claire ausgiebig, ließ sich ein Schaumbad ein und las die gesamte *New York Times*, danach die *Post*. Als die Uhr auf ihrem Kaminsims elf Uhr schlug, knotete sie den Gürtel an ihrem Seidenmorgenrock zu, drückte ihre Zigarette in einem Aschenbecher aus und nahm den Telefonhörer ab, um Peyton MacGruder anzurufen. Selbst der größte Langschläfer sollte am Sonntagmorgen um elf Uhr wach sein.

Beim dritten Klingeln meldete sich die Kolumnistin.

„Peyton, hier spricht Julie St. Claire von WNN."

„Sie brauchen mich nicht daran zu erinnern, ich weiß, wer Sie sind."

MacGruder mochte zwar müde sein, aber ihre Instinkte waren wach und in Alarmstellung. Julie ließ sich in einen Schaukelstuhl sinken und sprach weiter. „Ich habe Ihre Kolumne heute Morgen in der *New York Post* gelesen. Gratuliere, dass Sie nun in allen großen Zeitungen erscheinen."

„Danke."

MacGruder klang wirklich nicht besonders begeistert, darum kam Julie zum Grund ihres Anrufs. „Da wir nun an dieser Zettel-Geschichte zusammenarbeiten, würde ich gern mit Ihnen über Ihren gestrigen Besuch sprechen. Erzählen Sie mir bitte von Taylor Crowe."

Lange Zeit blieb es still am anderen Ende der Leitung, dann sagte MacGruder: „Es gibt wirklich nicht viel zu erzählen über das hinaus, was Sie in meiner Kolumne gelesen haben. Taylor war der Meinung, ihr Vater hätte den Zettel geschrieben haben können, aber sie weigert sich beharrlich, sich als Empfängerin zu sehen. Wie es scheint, hatten sie mehrere Jahre nicht miteinander gesprochen."

Julie runzelte die Stirn. Sie war nicht nur über MacGruders knappe Antwort verärgert, sondern auch über das Ergebnis des Interviews. Sie hatte gehofft, Crowe würde den Zettel annehmen – was für eine großartige Story das gewesen wäre! *Bekannte Liedermacherin bekommt letzte Botschaft von ihrem Vater!* Aber jetzt sah es so aus, als würde ihr Team aus Florida berichten und nicht von einem schwimmenden Luxusapartmentkomplex.

Sie erhob sich, ging zum Kamin und nahm eine Zigarette aus der Schachtel auf dem Sims. „Wir wollen nicht so schnell aufgeben. Vielleicht könnten wir in der Botschaft auf dem Zettel etwas finden, das sie davon überzeugt, noch einmal –"

„Ich fürchte nicht." MacGruder klang so, als würde sie jetzt lächeln. „Sie war ziemlich deutlich. Ich habe mich nach Kräften bemüht, sie zu überzeugen, aber Taylor weigerte sich, sich zu rühren. Sie hat ein bestimmtes inneres Bild von ihrem Vater, und nichts, was ich gesagt habe, konnte daran etwas ändern."

„Sie sind *sicher*, dass sie es nicht tun wird?"

„Wie ich gesagt habe."

Julie steckte die Zigarette zwischen ihre Finger und sah sich nach einem Feuerzeug um. „Was meinen Sie? Könnte ihr Vater diesen Zettel geschrieben haben?"

MacGruder schnaubte. „Woher soll ich das wissen? Ich habe keine andere Wahl und muss Taylors Wort akzeptieren. Übrigens glaube ich nicht, dass sie sehr kooperativ sein wird, wenn Sie mit Kameras bei ihr auftauchen."

Julie entdeckte das Feuerzeug auf dem Tisch, griff danach und knipste es an. „Wir haben unsere Möglichkeiten abgecheckt. Sie ist bei Howard Media & Entertainment unter Vertrag, sie wird kooperieren müssen."

„Was für ein glückliches Mädchen."

Obwohl MacGruder mit kühler, gelassener Stimme sprach, war die Feindseligkeit in ihrem Tonfall nicht zu überhören. Julie spürte, wie die Wut in ihr hochstieg, als sie sich den Telefonhörer unter das Kinn klemmte und die Zigarette anzündete. „Hören Sie, junge Frau, wie ich erfuhr, haben Sie sich nicht einmal auf eine Auseinandersetzung eingelassen, als Adam den Vorschlag eines Syndikats machte. Also nehmen Sie sich in Acht und spielen Sie mit."

„Nicht bereitwillige Kooperation ist Zwang." MacGruders Stimme war kalt und schneidend. „Und ich glaube nicht, dass

Taylor Crowe die Behandlung mit schwerer Hand mehr zu schätzen weiß als ich. Um Himmels willen, die Frau ist in Trauer."

„Sie hatten doch gesagt, sie und ihr Vater hätten sich nicht nahe gestanden." Julie führte die glimmende Zigarette an die Lippen.

„Das war auch so, aber Taylor ist noch immer nicht bereit, darüber zu sprechen."

Julie lachte, um ihre Verärgerung zu kaschieren. „Nun, ich hoffe auf jeden Fall, dass sie sich bald von ihrer Trauer erholt. Und ich hoffe, Ihr letzter Kandidat zahlt sich aus. Wenn nicht, müssen wir vielleicht Taylor Crowe noch einmal besuchen und sie überzeugen –"

„In meinen Kolumnen geht es nicht darum, dass sich etwas auszahlt, Julie. Es geht um die Suche nach der Wahrheit. Ich möchte wirklich wissen, ob dieser Zettel einem dieser Leute gehört oder ob das nur eine Ente ist. Wenn das der Fall ist, würde ich nicht zögern, das auch zu schreiben."

Aus welcher Irrenanstalt war diese Frau entflohen? Julie stieß den Zigarettenrauch aus und blies sich gleichzeitig eine Haarsträhne aus der Stirn. Sie versuchte es nun mit dem direkten Ansatz. „Hören Sie, Peyton, ich weiß über Tanner Ford Bescheid. Das war wirklich ziemlich einfach. Nachdem ich zwei Vornamen hatte, wusste ich, dass Sie auf der Suche sind nach Namen, die mit T beginnen. Auf diese Weise haben wir Ford entdeckt, und wir wissen, dass Sie als Nächstes nach Gainesville fahren werden."

„Tatsächlich? Ich bin erstaunt, dass Sie selbst nachgeforscht haben. Das letzte Mal haben Sie die Informationen einem unschuldigen Kind entlockt."

Julie lachte. „Ich habe noch nie um etwas betteln müssen. Die Leute stehen Schlange, um mir zu geben, was ich haben möchte." Sie strich die Asche in einem Becher auf dem Couchtisch ab und nahm sich vor, ihn wegzuräumen für den Fall, dass Adam vorbeischaute. „Das hängt ganz davon ab, wie man fragt."

MacGruder antwortete nicht, schnaubte nur.

Verärgert über die selbstgerechte Haltung der Reporterin umklammerte Julie den Telefonhörer. „Sie wissen, dass wir bereits begonnen haben, Aufnahmen für die Sondersendung zu machen. Wir sind bereit loszulegen. Also hören wir doch auf, Katz und Maus miteinander zu spielen und legen die Karten auf den Tisch. Sie könnten mir doch eine Kopie dieses Zettels faxen, damit ein Handschriftenexperte ihn sich einmal ansehen kann."

„Vergessen Sie's. Was wird ein Experte Ihnen sagen? Dass die Person, die ihn geschrieben hat, unter starkem Stress stand?" MacGruder lachte laut auf. „Ein Experte kann eine Handschrift nur dann identifizieren, wenn er sie mit einer anderen vergleichen kann. Ich versichere Ihnen, weder Timothy Manning noch Taylor Crowe werden Ihnen eine Handschriftenprobe ihres Vaters überlassen – selbst wenn sie eine hätten." Peytons Stimme wurde eiskalt. „Ich werde Ihnen eine Kopie des Zettels überlassen, sobald ich fertig bin, aber vorher nicht. Ich möchte nicht, dass etwas durchsickert und meinen Lesern die Serie verdirbt."

„Bei World News Network sickert nichts durch."

„Schon vor Jahren habe ich aufgehört, an Märchen zu glauben, Miss St. Claire. Und wenn Sie mich jetzt bitte entschuldigen wollen, ich muss meinen Terminplan einhalten."

„Ich habe auch meinen Terminplan."

„Aber Sie machen Fernsehnachrichten. Sind Sie nicht alle stolz darauf, dass Sie sehr spontan sind?"

Die Verbindung wurde unterbrochen. Julie ließ das schnurlose Telefon auf ihren Schoß sinken, dann krallte sie ihre Nägel in das Polster des Sessels. Peyton MacGruder würde ihr überhaupt keine Hilfe sein, im Gegenteil, sie würde alles ruinieren, wenn das Interview mit Tanner Ford kein Ergebnis erbrachte. Eine Ente wäre eine Katastrophe für WNN. Zeitungsjournalisten, vor allem Kolumnisten, befanden sich dabei ungerechterweise im Vorteil. Sie konnten eine nichts sagende Story nehmen, sich selbst vollkommen in die Ecke stellen und schließlich davonkommen, indem sie elegant auf Mondschein und gebrochene Herzen zu sprechen kamen und dabei ein trauriges kleines Kind nicht unerwähnt ließen. Sie standen nicht unter dem Druck, Ware zu liefern und schwierige Fragen zu beantworten.

Aber Fernsehreporter mussten das. Jeder Fernsehjournalist, der etwas auf sich hielt, kannte Geraldo Riveras zunächst hochgejubelte und dann katastrophal endende Fernsehendung über die geheimen Gewölbe des Gangsters Al Capone. In der Sondersendung wurde live gezeigt, wie die Baumannschaft die Gewölbe öffnete und nichts anderes vorfand, als ein paar zerbrochene Flaschen und jede Menge Staub. Nicht eine einzige Spur von Capone oder seiner Gang. Die Zuschauer verfolgten eine Stunde lang Riveras Live-Reportage, in der er verzweifelt den Eindruck zu erwecken versuchte, er hätte etwas Bedeutendes erreicht.

Julie St. Claire würde nicht zulassen, dass sie mit leeren Händen dastand. Peyton MacGruders Forderung, die Sendung erst auszustrahlen, nachdem sie ihre Serie beendet hatte, war vielleicht sogar ein Segen. Wenn die Kolumnistin nichts erreichte, konnte Julie immer noch mit Plan B herausrücken.

Aber welchen Plan? Der Prediger in St. Louis war langweilig, bestenfalls eine Nebenfigur der Story. Tanner Ford war ein kleiner Wetterfrosch, keine große Sache. Aber die Geschichte der reichen, zurückgezogen lebenden Taylor Crowe und der tragische Tod ihres ihr entfremdeten Vaters würde das amerikanische Publikum in seinen Bann ziehen.

Julie ging zu dem mit Schnitzereien verzierten Schreibtisch unter dem Fenster und holte ihr Notebook aus einer Schublade. Mit Großbuchstaben gab sie TAYLOR CROWE ein.

Sie könnten Crowe einen Besuch abstatten. Selbst wenn sie sich nicht davon überzeugen ließ, dass ihr Vater den Zettel geschrieben hatte, könnten sie vielleicht trotzdem ein paar Millionen Fernsehzuschauer davon überzeugen. Die Leute würden fast alles glauben, was sie im Fernsehen sahen. Und eine Live-Reportage über reale Menschen war reines Gold – der Erfolg der Reality Fernsehshows zeigte das.

Julie stützte ihr Kinn in der Hand ab und rahmte Taylors Namen ein. Sie hoffte beinahe, dass sich MacGruders dritter Kandidat ebenfalls als Fehlgriff erweisen würde ... aber wenn die Kolumnistin Recht hatte in Bezug auf die Weigerung der Musikerin, dann wäre es vielleicht besser, Taylor Crowe in Ruhe zu lassen. Unwillige, widerstrebende Menschen zogen kein Fernsehpublikum an.

Also ... musste dieser dritte Kandidat Tanner Ford Anspruch auf den Zettel erheben. Ganz einfach. Und falls das Schicksal ihr wohl gesonnen war, würde sie auch irgendetwas Interessantes in seinem Hintergrund auftreiben.

Das Läuten des Telefons riss sie aus ihren Gedanken. Der Anrufer war Jason Philmore, ein Techniker von WNN. „Sie wollten eine neue sechzig-Sekunden-Werbesendung aufnehmen?", fragte er, und seine Stimme dröhnte ihr in den Ohren. „Wir haben ein Studio. Wir sind bereit, wann immer Sie wollen."

„Hat der Produzent schon die Fotos von Taylor Crowe?"

„Keine Ahnung. Aber hier liegt ein an Sie adressierter Umschlag von TruBlood Records."

TruBlood ... Julie lächelte, als sie den Namen wiederholte: Auch eine Tochtergesellschaft von Howard Media & Entertainment. Sie sah in den Spiegel über dem Kaminsims und zog an einer losen Haarsträhne. „Ich ziehe mich schnell an", sagte sie. „Und richten Sie Hattie aus, sie soll alles ausgraben, was über –"

„Hattie ist nicht da. Es ist Sonntag."

„Dann rufen Sie sie an und sagen Sie ihr, wenn sie ihren Job morgen auch noch haben möchte, soll sie besser ganz schnell im Sender erscheinen. Sie soll sich um Tanner Ford kümmern – seine Familie, seinen Hintergrund, gegenwärtiger Job, alles. Ich bin in zwanzig Minuten da."

* * *

Peyton saß an ihrem Schreibtisch im Gästezimmer, das sie als Büro nutzte, und rieb die Hände aneinander. Dann legte sie sie über ihr Gesicht und atmete tief durch in dem Versuch, sich zu konzentrieren. Der Anruf von Julie St. Claire hatte sie durcheinander gebracht. Dabei hatte sie versprochen, die Kolumne für morgen gegen zwei Uhr an diesem Tag einzureichen. Diese vorletzte Kolumne musste perfekt sein; sie wollte ihre Leser so gut wie möglich auf das letzte Interview vorbereiten.

Aber ihre Gedanken kreisten noch immer um Julie St. Claire, weigerten sich, sich in eine andere Richtung lenken zu lassen. Je mehr sie versuchte, das Bild der lächelnden St. Claire zu verdrängen, desto intensiver stand es ihr vor Augen. Darum gab sie diesem Impuls nach und beschloss, ihrer Fantasie einen Augenblick freien Lauf zu lassen; ein alter Trick, den sie in der Zeit in Gainesville gelernt hatte. Sie schloss die Augen, stellte sich Julie St. Claire auf einem weißen Sofa vor, in ein elegantes Leinenkostüm gekleidet, lächelnd und nickend, und dann verschüttete sie eine Tasse Kaffee über sich, mitten in einer Live-Reportage.

Nein, das war nicht drastisch genug. Vielleicht saß sie besser mit Mel Gibson auf dieser Couch; sie verlor den Faden und nannte ihn Gel Mibson und verschüttete den Kaffee dann über ihn. Nein – zu nett. Für all den Aufruhr, den sie verursacht hatte, hatte St. Claire es verdient, bei der Oscar-Verleihung in einem viel zu engen roten Satinminirock auf dem Laufsteg flach auf das Gesicht zu fallen oder zur schlechtest angezogenen Berühmtheit in der jährlichen Ausgabe des *People* Magazins gekürt zu werden …

Hör auf damit, MacGruder. Sie tut nur ihren Job, und du musst dich jetzt endlich an deinen machen.

Seufzend öffnete Peyton die Augen. Sie hätte wissen sollen, dass St. Claire sich bereits zum Kern dieser Story vorarbeitete. Wie Peyton musste sie vor den anderen die Nase vorn haben, weil die Masse der Reporter mit der Zeit immer größer und bösartiger wurde. Mehr als zweihundert E-Mails warteten in Peytons Mailbox, und sie durfte gar nicht an ihre Mailbox im Büro denken. Jeder wollte ein Stück der Story, aber es waren nicht genügend Stücke für alle da.

Die Zeiten, in denen ein Reporter eine Story für sich hatte, waren lange vorbei. Wenn ein Feature einschlug, dann konnten es alle Zeitungen und Fernsehsender im Land aufgreifen und selbst darüber berichten. Aber wenigstens hatte sie noch immer den Ball, erinnerte sich Peyton.

Eine Analogie aus dem Sport. Eine Rückkehr zu ihrer Vergangenheit.

Sie legte die Finger auf das Keyboard und riss sich zusammen. Sie wollte ihren Lesern den Mann vorstellen, den sie treffen würde, aber natürlich ohne den Namen zu nennen. Sie würde ihn später präsentieren, vorausgesetzt, er bekannte sich zu dem Zettel. Und wenn nicht ... diesen Gedanken schob sie beiseite. Einige Brücken konnten warten, bis man sie unweigerlich überqueren musste.

Aus dem Internet und den neueren Archiven hatte sie sich einen ausführlichen Bericht über den Hintergrund des verstorbenen Trenton Ford, Tanners Vater, geholt. Bevor er die Unglücksmaschine der PanWorld bestieg, war Trenton Ford Besitzer und Vorstandsvorsitzender von FordCo Oil in Dallas gewesen, ein viele Millionen Dollar schweres Unternehmen. Offensichtlich hatte sich alles, was Mr. Ford berührte, in Gold verwandelt, auch eine Kette von Ford Club Jagdhotels in Texas und Arkansas. Die Villa der Fords war im *Architectural Digest* und *House Beautiful* abgebildet. Die nette Mrs. Blythe Ford war eine enge persönliche Freundin von Nancy Reagan gewesen und stand in Kontakt zu Barbara Bush.

Obwohl Peyton seitenweise Berichte über den Ölmagnaten und seine Frau las, fiel ihr auf, dass in keinem einzigen Artikel die Ford-Kinder erwähnt waren. In Fords Lebenslauf auf der Internetseite von FordCo Oil wurde allerdings ein Sohn erwähnt. Offensichtlich war Tanner das einzige Kind. Er war auch das einzige in Mr. Fords Todesanzeige aufgeführte Kind.

Seltsam, dachte Peyton, dass Tanner Ford nicht ins Familienunternehmen eingetreten war. Sie kannte sich im Ölgeschäft überhaupt nicht aus, aber sein Unternehmen war doch breit gestreut. Sicherlich hätte sich ein Platz für seinen Sohn finden lassen ... es sei denn, sie lebten im Streit.

Ihr Pulsschlag beschleunigte sich wie immer, wenn sie glaubte, auf etwas Wichtiges gestoßen zu sein. Was in der Geschichte des älteren Mr. Ford nicht erwähnt war, könnte viel wichtiger sein als das, was sie bisher herausgefunden hatte.

Auf der Suche nach einer Antwort sah sie sich noch einmal die Informationen über den Sohn an: Meteorologe bei der ABC Tochtergesellschaft WJCB in Gainesville, wohnte 49578 NW Fifth Avenue. Aus der Website von WJCB erfuhr sie, dass er aus Dallas kam, wo er fünf Jahre bei einem anderen (vermutlich kleineren) unabhängigen Fernsehsender gearbeitet hatte. Auf dieser Website waren Jagen und Reiten als seine Hobbys genannt – Aktivitäten, die den Fernsehzuschauern in Florida gefielen. Die Leute aus dem Alachua County liebten Pferde und das Jagen.

Einen kurzen Augenblick tauchte ein Bild von Garrett, gegen ein Gatter gelehnt, vor ihrem inneren Auge auf – undeutlich zuerst, doch dann wurde es immer schärfer. Er hatte das Reiten geliebt, auch wenn sie sich kein Pferd hatten leisten können. Sie war häufig mit ihm in den Reiterpark gefahren, um die anderen Reiter zu beobachten. Er hatte eine Reiterveranstaltung besucht am Neujahrsmorgen, nur wenige Stunden vor dem Unfall –

„Hör auf damit!", fuhr sie sich an. Sie war wütend darüber, dass ihre Muskeln bei der Erinnerung angefangen hatten zu zucken. Sie konnte das nicht. Nicht jetzt. Sie hatte keine Zeit übrig, keine Energie für eine Panikattacke ...

„Du musst dich konzentrieren." Sie senkte den Blick, starrte ihre Handflächen an. Sie wusste, wie sie die Furcht bekämpfen konnte; vor Jahren hatte sie die zehn Gebote der Panikabwehr auswendig gelernt. Aber es war schon lange her, seit sie sie das letzte Mal hatte einsetzen müssen. Nur gestern, auf diesem verflixten Schiff, war ihr nicht ein einziges Verfahren in den Sinn gekommen ...

„Eins – Gefühle der Panik und Furcht sind nichts weiter als eine Übersteigerung normaler körperlicher Reaktionen bei Stress", flüsterte sie. In ihrer Erinnerung hörte sie die ruhige, gefasste Stimme ihres Therapeuten. Seine Stimme hatte sie einst aus der

Dunkelheit zurückgeholt; vielleicht konnte sie ihr auch jetzt wieder helfen.

„Zwei – diese Gefühle sind unangenehm und Angst machend, aber nicht gefährlich. Nichts Schlimmes wird dir geschehen."

Es sei denn, man springt über Bord. Oder geht ins Bad und öffnet den Medizinschrank.

Eine Welle der Übelkeit ergriff sie. „Drei", sagte sie. „Lass die Gefühle kommen. Hole tief Luft und lass sie mit dem Ausatmen gehen."

Sie schnappte nach Luft und starrte auf das Keyboard, dann legte sie die Finger darauf. *Vier*, schrieb sie, während sie zusah, wie die Buchstaben auf ihrem Bildschirm erschienen, *hör auf, deine Panik zu steigern, indem du daran denkst, wohin sie führen kann. Immer nur ein Tag, einen Augenblick nach dem anderen.*

Das Plastik fühlte sich kühl unter ihren Fingerspitzen an, und das leise Geklapper der Tasten beruhigte ihre Nerven. Die aufsteigende Furcht schien aus ihr herauszufließen, wurde von dem gleichmäßigen Geklapper mit fortgetragen.

Peyton atmete noch einmal aus und wandte sich ihrem Notizblock zu. Diese Kolumne würde sich nicht von selbst schreiben, und je länger sie es aufschob, desto weniger Zeit hatte sie, um die Kolumne zu bearbeiten. Sie musste *jetzt* damit anfangen.

„Fünf", murmelte sie, während sie ihre Notizen durchging, „versuche dich von dem abzulenken, was in dir vorgeht."

Wie ein Schwimmer, der ins kalte Wasser springen will, holte sie noch einmal tief Luft und begann zu schreiben.

14

Hilfe für die Seele
von Peyton MacGruder
C Howard Features Syndicate

Liebe Leser,
wenn Sie dies lesen, bereite ich mich auf die Begegnung mit
einem dritten und letzten möglichen Adressaten des Zettels
aus Flug 848 vor. Dieser junge Mann wohnt in Gainesville in
Florida, nur drei Stunden von mir entfernt, sodass ich auf der
Fahrt nach Norden viel Zeit zum Nachdenken haben werde.

Gainesville ist eine wunderhübsche Stadt, eigentlich würde
sie eher nach Süd-Georgia als nach Florida passen. Im Alachua
County gibt es mehr Pinien als Palmen, und das Land fließt
in sanften Erhebungen dahin. Die Universität von Florida
nimmt einen großen Teil der Stadtfläche ein, und viele Bewohner der Stadt haben mit der Universität zu tun. Außerhalb der Stadt werden auf anmutigen Farmen Rennpferde
gezüchtet und trainiert. Es ist eine elegante Stadt, ein Ort,
den sicher jeder gern sein Zuhause nennen würde.

Aber selbst Eleganz muss gegen die Dunkelheit kämpfen.
Der Ruf der Stadt Gainesville hat im Sommer 1990 schrecklich gelitten. Danny Rolling, der „Gainesville-Ripper", er-
mordete an einem einzigen Wochenende fünf Studenten.
Heute, mehr als elf Jahre später, sind an einer Mauer in der
Nähe des Universitätscampus die Namen der Opfer des Mör-
ders eingraviert. Die Leute hier werden niemals vergessen, aber
sie sind entschlossen weiterzumachen.

Der Mann, den ich interviewen werde, gehört zweifellos zu
Gainesvilles heller Zukunft. Mein Kandidat, ein junger Aka-

demiker, ist von Dallas in Texas zugezogen (fast alle Einwohner Floridas sind von irgendwoher zugezogen), und als ich ihn anrief, um einen Termin zu vereinbaren, war er nur zu gern bereit, mich zu empfangen.

In meiner nächsten Kolumne werde ich nähere Einzelheiten nennen. Bis dahin hoffe ich, diese Angelegenheit mit dem mysteriösen Zettel geklärt zu haben. Seine Botschaft, die ich bis Mittwoch noch nicht verrate, ist entwaffnend einfach. Ich habe das Gefühl, Millionen von Menschen würden alles dafür geben, eine solche Botschaft an sich adressiert zu bekommen.

Ich begann diese Suche mit einem einfachen Ziel: Finde die Person, für die der Zettel bestimmt ist. Aber in den vergangenen Tagen hat sich die Suche für mich ausgeweitet.

Wissen Sie, obwohl ich in Gainesville gewohnt und diese Stadt verlassen habe, Jahre bevor Danny Rolling diese Morde beging, birgt diese Stadt unglückliche Erinnerungen für mich. Ich erschaudere innerlich bei dem Gedanken, zu diesen sanft ansteigenden Hügeln zurückzukehren. Die Erinnerungen sind persönlicher Natur, es gibt also keinen Grund, hier näher darauf einzugehen. Aber diese Erkenntnis brachte mich ins Nachdenken. Welche Gefühle kommen wohl in den drei Menschen hoch, wenn ich ihnen eine Nachricht bringe, die Erinnerungen weckt, die sie bereits sicher weggeschlossen haben? Die meisten meiner Erinnerungen sind tief in dem Brunnen meines Gedächtnisses vergraben, aber der Anblick von Gainesville wird das Wasser wieder aufwühlen ...

Nelson Mandela hat einmal gesagt: „Wahre Versöhnung besteht nicht darin, die Vergangenheit einfach nur zu vergessen." Ich habe gedacht, alles zu vergessen würde ausreichen, aber das Leben hat die Angewohnheit, selbst die am tiefsten vergrabenen Erinnerungen wieder hervorzuholen.

Seltsam, wie ein Zettel mit sechs Wörtern darauf die Macht hat, ein Gewissen auf die Probe zu stellen. Vielleicht ist die Nachricht auf dem Zettel auch radioaktives Material – je mehr man ihm ausgesetzt ist, desto mehr wirkt es sich auf einen selbst aus.

Ich fange an, mich bis ins Mark ausgelaugt zu fühlen.

Während ich nur zu gern bereit bin, diese Serie zu Ende zu bringen, muss ich unwillkürlich über zweite Gelegenheiten nachdenken. Die drei Kandidaten, die als mögliche Empfänger dieser Nachricht infrage kommen, haben die Chance bekommen, von ihrem Vater zu hören. Doch die ersten beiden Personen, mit denen ich gesprochen habe, schienen nicht sehr darauf bedacht zu sein, diese Botschaft für sich in Anspruch zu nehmen. Ich hätte gedacht, sie würden nur zu gern die Gelegenheit wahrnehmen, eine so abrupt beendete Beziehung zu einem guten Ende zu bringen.

Immerhin rühmen wir uns, ein Land zu sein, in dem ein Mann in einem Jahr bankrott gehen und im folgenden Millionen Dollar verdienen kann. Man könnte meinen, unsere übergroße Liebe zu Verlierern und aussichtslosen Unternehmungen würde uns dazu bringen, jede Gelegenheit auf eine neue Chance wahrzunehmen.

Ich gebe nicht vor, die Gründe für die Reaktionen auf den Zettel zu verstehen. Aber ich weiß, dass diese Botschaft viel Macht hat. Und Macht sollte nicht vergeudet werden. Darum hoffe ich, dass dieser letzte Kandidat mir wahrheitsgemäß und aufrichtig sagt: „Ja, diese Botschaft ist für mich."

Wenn ich heute eine Kopie dieses Zettels dem letzten Kandidaten auf meiner Liste vorlege, werde ich einem Kind eine letzte Gelegenheit geben, eine Botschaft von einem liebenden Vater entgegenzunehmen.

Wird er sie akzeptieren? Wir werden sehen.

Da sie wusste, dass sie Erma und den Stammgästen im Dunkin' Donuts keine Antworten geben konnte, ließ Peyton am Montagmorgen ihre übliche Tasse Kaffee aus und fuhr direkt ins Büro. Sie hatte noch eine Stunde Zeit, bevor sie nach Gainesville aufbrechen musste, und sie musste unbedingt ihre E-Mails durchsehen und ihren Anrufbeantworter abhören.

Mandi sprang auf wie eine Marionette, als Peyton an ihren Schreibtisch kam. „Tanner Ford hat angerufen", erklärte die Praktikantin ernst. „Er hat Gesellschaft in Gainesville bekommen."

Peytons Mund wurde trocken. „Wen?"

„Mindestens zwei Übertragungswagen von unterschiedlichen Sendern und ein halbes Dutzend Reporter." Mandis Augen funkelten. „Er sagte, er sei bereit, auf Sie zu warten, aber diese Leute seien ziemlich ungeduldig."

Peyton kratzte sich am Kopf. Ihre Gedanken überschlugen sich. „Woher haben sie seinen Namen? Ich habe ihn in der Kolumne nicht genannt."

Mandi zog die Augenbrauen hoch. „Kennen Sie denn die Werbesendung nicht? Ich bin gestern Abend zufällig darauf gestoßen. Sie läuft ungefähr einmal pro Stunde auf WNN. Darin kündigt Julie St. Claire an, den geheimnisvollen Passagier von Flug 848 in einer Sondersendung am Mittwochabend zu nennen." Sie beugte sich vor. „Sie hat alle Namen genannt, Peyton: Tim Manning, Taylor Crowe und Tanner Ford. So haben es die anderen erfahren."

Peyton stöhnte, da sich nun ihre Pläne für eine gemütliche Fahrt nach Gainesville zerschlugen. Man brauchte nicht viel Fantasie, um sich die Szene vor Tanner Fords Haus und Timothy Mannings Kirche vorzustellen. Alle Lokalsender würden vertreten sein. Taylor Crowe konnte dem Himmel danken, dass sie auf einem Schiff wohnte.

Und Julie St. Claire ... diese kleine Klapperschlange war vermutlich bereits auf dem Weg nach Gainesville, wenn sie nicht schon da war.

Aber ohne den Zettel konnte St. Claire überhaupt nichts ausrichten. Sie hatte noch immer keine Ahnung, was eigentlich darauf stand.

„Unwissenheit", flüsterte Peyton an Mandi gewandt, „muss eben warten." Jetzt würde sie natürlich fliegen müssen, noch dazu mit einer dieser kleinen Maschinen, die sie immer so nervös machten ...

Nein. Sie konnte nicht. Sie würde Hilfe brauchen, um das durchzustehen, sogar, um nach Gainesville zu kommen.

Sie schlug mit der Hand auf Mandis Schreibtisch, dann nickte sie. „Also gut. Kein Grund zur Sorge, wir werden eben ein bisschen schneller machen. Äh – rufen Sie doch bitte alle meine E-Mails ab und drucken Sie sie aus, ja? Beantworten Sie alle, die Sie beantworten können, die anderen lassen Sie für mich liegen. Und achten Sie darauf, Nora zu sagen, wie viele angekommen sind."

Mandi nickte und rollte mit ihrem Schreibtischstuhl zu Peytons Computer hinüber. „Wo sind Sie?"

„In der Sportredaktion", erwiderte Peyton und setzte sich in Bewegung. „Ich muss jemanden um einen Gefallen bitten."

* * *

Peyton beobachtete höchst befriedigt, wie Kings Gesicht sich dunkelrot färbte. „Die Launen einer Frau", murmelte er und brach einen Bleistift in der Mitte durch, als wäre es ein Zahnstocher. „Und was ist mit Fernsehreportern? Sie scheinen nach der Maxime zu leben, dass Vergebung leichter zu bekommen ist als eine Erlaubnis."

„Sie wissen, dass sie mit hundert Entschuldigungen kommen werden, um den Werbespot zu rechtfertigen", erwiderte Peyton mit einem Blick auf die Uhr an seiner Wand. „Sie werden sagen, es sei vernünftige Werbung. Sie werden darauf hinweisen, dass ich ihnen die komplette Story für den vierten Juli versprochen habe."

„Aber sie haben alle drei Kandidaten namentlich genannt."

„Und dafür werden sie leiden, falls einer der Drei sich weigert zu kooperieren. Sie werden *sehr* leiden, falls dieser Tanner auch leugnet, der Empfänger dieses Zettels zu sein. Sie werden eine Sondersendung haben, aber keine Ergebnisse."

Kings Mund zog sich zusammen, als wollte er ausspucken. „Julie St. Claire wird sich nicht in eine Sackgasse manövrieren. Ich habe das Gefühl, sie wird darauf beharren, dass der Zettel authentisch ist und dann einen Weg finden, einen der drei Kandidaten festzunageln. Sie hat keine Wahl."

Peyton legte den Kopf zur Seite. „Welchen der Drei?"

King zuckte die Achseln. „Das ist doch eigentlich egal, nicht? Aus dem, was Sie mir gesagt haben, entnehme ich, dass alle Drei recht schillernde Charaktere sind. Sie haben ihr einen Fernsehprediger mit theatralischem Gehabe geliefert, eine sehr erfolgreiche Liedermacherin und einen Meteorologen, der zumindest fotogen ist."

Peyton stieß ein unterdrücktes Lachen aus. „Ich habe es ihr wirklich leicht gemacht, nicht?"

Sein Blick wurde weicher. „Sie haben Ihre Sache gut gemacht. Sie haben ihr den Ball nicht überlassen und sind im Spiel geblieben."

Peyton sah auf ihre Hände hinab und schluckte den Kloß hinunter, der ihr die Kehle zusammenzuschnüren drohte. Dieser nächste Teil würde schwierig werden.

„King?"

„Noch immer da."

„Haben Sie Pläne für heute – ich meine, Pläne, die sich nicht ändern lassen? Ich brauche jemanden, der mich nach Gainesville begleitet."

Als sie aufsah, musterte er ihr Gesicht. „Geht es Ihnen nicht gut?"

„Mir geht es gut – ein wenig müde vielleicht, aber das ist nicht der Grund, warum ich gern jemand dabei hätte."

Ein Funkeln trat in seine Augen. „Haben Sie Ihren Führerschein verloren oder so etwas?"

„Nein." Peyton senkte den Blick erneut auf ihre Hände und suchte nach den richtigen Worten. Sie wollte ihm nichts Genaues sagen, aber wenn sie ihm ein allgemeines Bild zeichnete, würde er es vielleicht verstehen. „Es liegt an Gainesville. Ich habe früher dort gewohnt und einige ziemlich schwere Zeiten durchgemacht. Ich fürchte, ich werde –"

Das Knarren seines Schreibtischstuhls unterbrach sie. Als sie aufsah, stand er hinter seinem Schreibtisch und griff nach seiner Baseballkappe, die er immer auf seinen Aktenschrank legte. „Wo gehen Sie hin?"

King lächelte sie an. „Wenn wir jetzt aufbrechen, haben wir eine gute Chance, die Wölfe vor Tanner Fords Haus in Schach zu halten, schätze ich."

Eine Welle der Dankbarkeit erfüllte Peytons Herz. „Ich hole schnell meine Tasche", sagte sie und ging zu ihrem Schreibtisch.

* * *

Julie St. Claire stieg aus dem Taxi aus, gab dem Fahrer ein gutes Trinkgeld und blieb dann einen Augenblick vor dem kleinen Haus stehen. Tanner Fords Heim sah aus wie das typische Haus mit drei Zimmern und zwei Bädern, das in diesem Teil von Gainesville überall zu finden war. Seine Gewöhnlichkeit gab ihr Sicherheit. Ford würde einschätzen können, in welch einzigartiger Situation er sich befand – und bestimmt würde er zu schätzen wissen, was sie ihm anzubieten hatte.

Sie warf ihr Haar über die Schulter zurück und ging zum Übertragungswagen von WOGX, der FOX Station in Ocala. Ein Team von Fords eigenem Sender, dem WJCB, wartete ebenfalls am Straßenrand.

Die Leute von FOX grinsten, als sie zum Wagen kam. „Hallo, Kollegen", rief sie. Ihr gefiel die unverhohlene Bewunderung der Männer. „Ich bin froh, dass ihr gekommen seid, um mir aus der Klemme zu helfen."

„Es ist uns ein Vergnügen, Sie kennen zu lernen, Miss St. Claire." Ein Mann in einem Baumwollarbeitshemd stieg vom Beifahrersitz und reichte ihr die Hand. „Ich bin Reed Nash und werde die Übertragung leiten. Michael Green", er deutete auf einen Mann, der in der geöffneten Tür hockte, „ist unser Fotojournalist."

„Kameramann reicht vollkommen aus." Green grinste und streckte seine Hand aus. „Nett, Sie kennen zu lernen, Miss St. Claire. Ich bewundere Ihre Arbeit schon seit einiger Zeit."

Als sie dem Mann die Hand gab, spähte sie an ihm vorbei in den Wagen und lächelte. Der Wagen war mit Videoaufzeichnungsgerät, Fernsehmonitoren, Telefonen, Gegensprechanlagen, Mischpulten, Lautsprechern und Kilometern von Kabeln ausgestattet.

„Ich freue mich, Sie beide kennen zu lernen." Julie trat einen Schritt zurück und begutachtete das Äußere des Van. Es handelte sich um eine Mikrowelleneinheit; zwar nicht so gut wie die Satellitenausrüstung, die sie gewöhnt war, aber es würde genügen. Auf dem Dach ragte eine Antenne in die Höhe. Wenn sie bereit waren zu senden, würde der Mast das Signal an einen Receiver weitergeben, der vermutlich im Sender installiert war.

Sie senkte den Blick und sah Nash an. „Haben Sie von hier aus eine gute Übertragungslinie zum Receiver?"

„Kein Problem, Madam, Sie befinden sich in Florida." Reed lächelte sie entspannt und sehr selbstsicher an. „Das Signal wird geradewegs nach Hause fliegen, also keine Sorge."

Ihr Blick wanderte zum Kameramann. „Haben Sie ihn in meinen Plan eingeweiht?"

Green nickte langsam, und ein Grinsen breitete sich über sein stoppeliges Gesicht aus. „Allerdings haben sie eine Entlastungsbescheinigung mitgeschickt. Mr. Ford wird sie unterschreiben müssen, bevor ich anfange zu drehen."

„Er wird sie unterschreiben." Julie wandte sich zum Haus um und schirmte die Augen mit den Händen gegen die helle Morgensonne ab. „Da bin ich ganz sicher."

Nach einem schnellen Blick auf die Uhr lächelte sie die wartenden Männer an, dann deutete sie mit dem Kopf zum Haus. „Kommen Sie mit, Mr. Green, und bringen Sie die Entlastungsbescheinigung mit. Ich möchte, dass alles aufgebaut ist, bevor Peyton MacGruder hier erscheint."

Wie ein Kind zu Weihnachten strahlend erhob sich Michael Green und folgte ihr.

* * *

Tanner Ford spürte, wie sein Herz kurz aussetzte, als er die Tür öffnete und Julie St. Claire auf seiner Veranda erblickte. Die Frau war unter den Nachrichtensprechern in den vergangenen drei Wochen zur Legende geworden; jemand sagte, sie würde innerhalb von drei Jahren Barbara Walters Platz einnehmen. Obwohl sie von einem kleinen Sender kam wie der, bei dem Tanner gegenwärtig arbeitete, zeigte ihr Erfolg, dass Intelligenz, gutes Aussehen und Beharrlichkeit einen talentierten Menschen an die Spitze bringen konnte.

„Guten Morgen, Mr. Ford." Julie St. Claires Stimme klang tiefer und sehr viel rauchiger als im Fernsehen. „Vielen Dank, dass Sie bereit sind, mich zu empfangen."

Einen Augenblick lang schien seine Zunge wie gelähmt zu sein, doch dann hatte er sich unter Kontrolle. „Es ist mir ein Vergnügen." Tanner öffnete die Tür und winkte sie ins Haus hinein. Er schämte sich seiner spartanischen Ausstattung. Julie St. Claire wohnte vermutlich sehr viel luxuriöser ...

Aber sie kam herein, lächelte und bewunderte sein Wohnzimmer, als wäre es eines Königs würdig. „Hübsch hier", sagte sie und ging langsam herum. Vor seinem Bücherregal blieb sie stehen, wie er gehofft hatte. Sein Zuhause mochte bescheiden sein, aber die Vielzahl von Büchern auf seinen Regalen würde ihr zeigen, dass er ein belesener Mann war, sogar ehrgeizig. Wenn sie sich einen Augenblick Zeit nahm, die Titel zu überfliegen, würde sie Bücher über Meteorologie, Selbstdisziplin, Reden in der Öffentlichkeit und sogar Feng Shui finden.

„Das hier", sie zeigte auf das Bücherregal und wandte sich zu einem Mann in blauer Jeans um, der ihr gefolgt war, „wäre der geeignete Platz für die Kamera."

Der Mann ging zum Regal, und Julie wich zurück. Ihr Blick hing nun an dem Sessel vor dem Fenster. Tanner wusste, dass sie die Aufnahme plante und im Geiste ihn und Peyton MacGruder positionierte.

„Vor einer Stunde bekam ich einen Anruf von Miss MacGruder." Er steckte die Hände in die Tasche und lächelte Julie verschwörerisch an. „Sie ist unterwegs. Sagte, sie würde gegen Mittag hier sein."

„Ach ja?" Die schmalen, dunklen Brauen fuhren in die Höhe. „Hat sie sonst noch etwas gesagt?"

„‚Hände weg'." Sein Lächeln wurde breiter. „Das ist ein Zitat. Das soll ich Ihnen sagen, wenn Sie an meine Tür klopfen."

Ihr Gelächter war warm, tief und voll, und plötzlich berührte sie mit ihrer feinen Hand sein Gesicht. „Dann", sagte sie und trat näher an ihn heran, damit er den warmen Hauch ihres Atems an seiner Wange spüren konnte, „sollten wir ihr besser nichts hiervon erzählen, nicht?"

* * *

Es herrschte dichter Verkehr auf der Interstate 75, Ferienreisende und Berufsverkehr reihten sich in ununterbrochener Reihe aneinander wie die Waggons eines Güterzuges. King fuhr wie ein Profi, schlängelte sich durch die Wagen hindurch und überholte langsame Touristen wie Geschäftsreisende gleichermaßen.

Peyton saß auf dem Beifahrersitz, die Beine zusammengepresst, die Hände gefaltet, und ihr Blut schoss durch alle Blutbahnen ihres Körpers. Seit Tampa hatten sie über mehrere Dinge gesprochen, die Bucs, die Devil Rays und Darren, Kings Sohn. An der Situation hatte sich nicht viel verändert, hatte King mit einem Hauch von Bedauern in der Stimme erklärt. Darren kam nach wie vor nur dann bei ihm vorbei, wenn er Geld oder einen Ort zum Studieren brauchte, aber die meiste Zeit schien er zufrieden damit zu sein, sich von ihm fern zu halten. Peyton nahm diese

Information schweigend auf und dachte an die ungeöffneten Briefe auf ihrem Küchentisch. War die Beziehung zwischen ihr und ihrem Vater nicht ähnlich?

Als sie das große, grün-weiße Autobahnschild von Alachua County vor sich sahen, zuckte Peyton zusammen. Der Anblick bereitete ihr eine Gänsehaut.

„Wissen Sie", sagte King, „ich habe heute Morgen Ihre Kolumne gelesen. Sie war großartig – viel besser, als alles, was Sie bisher geschrieben haben. Ich glaube, Sie finden sich allmählich in die Rolle einer Kolumnistin hinein."

Trotz ihrer Furcht errötete Peyton vor Freude. „Ich weiß kaum noch, was ich geschrieben habe."

„Sie lernen dazu, Kind. Sie öffnen sich und fangen an, tiefer zu gehen. Und ich weiß zu schätzen, was Sie tun, als Leser und als Redakteur."

Peyton senkte den Blick. Ihre Wangen glühten. Ein solches Lob von dem Mann, der ihr einmal gedroht hatte, sie über die Seniorenschwimmvereinigung berichten zu lassen.

„Danke", flüsterte sie und sah ihn an. „Dass dieses Lob von Ihnen kommt, bedeutet mir viel."

Er grinste sie an, dann griff er herüber und nahm ihre Hand. Einen Augenblick lang war sie zu erstaunt, um zu reagieren. Er hatte ihre Kolumne heute gelesen. Und darin hatte sie gestanden, schlechte Erinnerungen an Gainesville zu haben. Darum war King sofort bereit gewesen, sie hierherzufahren, weil –

Er mochte sie.

Sie spürte, dass es wahr war. Sie genoss den Gedanken, freute sich an seiner Zuneigung. Andererseits zog dieser Gedanke einen anderen nach sich: Was sollte sie dagegen unternehmen?

Sie hatte nicht die leiseste Ahnung.

„King", begann sie, doch er ließ ihre Hand los und legte sie erneut ans Lenkrad, als er in die Ausfahrt einbog. „Wir sind da", sagte er und deutete mit dem Kopf auf ein anderes grünes Schild. „Gainesville."

Auf die Erde zurückkatapultiert, hob sie ihren Rucksack auf

und suchte darin nach dem Aktenordner mit Fords Adresse. Sie würde sich später über King Gedanken machen; im Augenblick hatte sie einen Job zu erledigen.

Nachdem sie ein paar Mal falsch abgebogen waren, fanden Peyton und King Tanner Fords Haus in einer Straße, die gesäumt war von hohen Pinien. Es war ein älteres Viertel, vermutlich in den Gründungsjahren der Universität gebaut, und sah aus wie hundert andere Viertel, in dem die verheirateten Collegestudenten wohnten.

Tatsächlich sah es genauso aus wie das Viertel, in dem sie und Garrett gewohnt hatten ...

Ein Schauder lief ihr über den Rücken. Die Straße war nicht dieselbe, auch nicht das Viertel, aber diese Häuser hätte derselbe ideenlose Architekt erbaut haben können.

Kings Hand schloss sich erneut um ihre und drückte sie. „Sind Sie okay, Kind? Es sieht so aus, als würde eine ganze Meute auf uns warten."

Peytons Blick wanderte von den Häusern zur Straße hinüber. Fords Haus war an den davorstehenden Fahrzeugen leicht zu erkennen. Fünf Übertragungswagen, von WJCB, WTXP, WOGX und WXFL, mit ausgeschaltetem Motor und eingefahrenen Antennen. Voller Erschrecken wurde Peyton klar, dass sie auf sie warteten.

„WTSP?" King las die Aufschrift auf dem am nächsten stehenden Van, als er den Wagen abstellte. „Das ist einer unserer Lokalsender. Sie gehören zu CBS in St. Pete."

„Nachrichten reisen schnell", antwortete Peyton trocken. Sie nahm sich einen Augenblick Zeit, um die Leute zu betrachten, die sich in der Nähe der Wagen die Zeit vertrieben. Bestimmt war Julie St. Claire neben dem Übertragungswagen von WOGX zu finden. Sie hatte vermutlich eine Vereinbarung mit dem Kamerateam getroffen für ihr eigenes Interview.

„Wie ich sehe, hat Julie St. Claire keine Zeit verloren." Peyton fühlte sich nun etwas kräftiger, drückte den Rucksack an sich und lächelte King unsicher an. „Bereit oder nicht, auf geht's."

Sie öffnete die Tür, zuckte jedoch zurück, als er ebenfalls die Tür aufmachte. „Sie wollen mitkommen?"

„Ich werde Wache stehen", antwortete er und stieg aus dem Wagen. „Ich dachte, Sie fühlen sich vielleicht besser, wenn Sie aus dem Fenster sehen und jemanden aus Ihrer Ecke erkennen."

Obwohl ihr ganz und gar nicht nach lachen zu Mute war, konnte sie ein Grinsen nicht unterdrücken. Als sie zum Haus ging, entdeckte sie Julie St. Claire. Sie stand hoch aufgerichtet und winkte ihr zu. Hatte diese Frau denn keinerlei Schamgefühl? Sie sah über die Schulter zurück und war froh, King an den Wagen gelehnt stehen zu sehen, mit verschränkten Armen in Verteidigungshaltung.

Peyton klopfte an die Tür, und sofort machte Tanner Ford auf. Ihr dritter und letzter Kandidat war groß und gut aussehend wie sie erwartet hatte. Er hatte sogar ein Grübchen im Kinn, was sich im Fernsehen gut machte.

„Hallo Tanner, ich bin Peyton." Sie reichte ihm die Hand und lächelte ihn an. „Danke, dass Sie sich heute für mich Zeit genommen haben. Der Zirkus dort draußen tut mir Leid."

Lachend bat er sie herein. „Sie brauchen sich nicht zu entschuldigen. Das sind meine Leute, zumindest ein paar davon. Ich nehme an, Sie wissen, dass ich Meteorologe bin und bei WJCB die Wettervorhersagen mache."

Peyton nickte und ging in ein ordentlich aufgeräumtes Wohnzimmer, in dem an einer Wand ein Sofa und zwei Sessel vor dem Fenster standen. Ein Bücherregal füllte die dritte Wand, die Art des armen Mannes, seine Bücher aufzubewahren. Sie und Garrett hatten sich ein ähnliches Bücherregal gebaut in einem Haus, das seinem sehr ähnlich war.

Sie knallte der unwillkommenen Erinnerung die Tür vor der Nase zu, ging zu dem Sofa und zwang sich, sich zu konzentrieren. „Ich habe von Ihrer gegenwärtigen Beschäftigung gehört. Ich habe auch gehört, dass Sie aus Dallas kommen."

„Ja, aber setzen Sie sich doch nicht auf dieses unbequeme Sofa, Peyton. Es ist in einem schrecklichen Zustand. In diesem Sessel sitzen Sie besser." Erstaunt nahm sie den Sessel, auf den Tanner deutete, in Augenschein. Er neigte sich ein wenig nach rechts und hatte offenbar schon bessere Tage gesehen. Er schien in einem noch schlechteren Zustand zu sein als die Couch. Sie wollte sich gerade über den alten Sessel auslassen, als sie eine Bewegung von der Straße wahrnahm. Einer der Fernsehleute machte einen Witz, lachte und schwenkte die Arme –

Sie presste die Lippen zusammen. Vielleicht wollte Ford, dass sie mit dem Rücken zum Fenster saß, damit sie von der Unruhe draußen nicht abgelenkt würde. Das war nur fair.

„Danke." Sie nahm den angebotenen Platz und wirkte dem Sog der Schwerkraft entgegen, während Tanner sich ihr gegenüber in den anderen Sessel setzte.

„Als Erstes", begann sie mit der Ansprache, die ihr mittlerweile bekannt war wie ihr eigener Name, „möchte ich Ihnen sagen, wie Leid es mir tut, dass Ihr Vater bei dem Flugzeugabsturz ums Leben gekommen ist. Flug 848 war eine große Tragödie. Noch nie habe ich so etwas erlebt. Ich denke, man kann sagen, der tragische Verlust so vieler Menschen hat alle in meiner Stadt sehr betroffen gemacht."

Tanner senkte den Blick und schien seine Knie zu betrachten. „Danke. Mein Vater war ein großartiger Mann, geliebt in Dallas. Die Beerdigung fand natürlich dort statt, und die Kirche war überfüllt. Es tat mir gut zu sehen, wie sehr alle ihn respektiert haben."

„Da gibt es jetzt noch eine Kleinigkeit." Sie zog die Vertraulichkeitszusicherungserklärung aus dem Ordner und legte sie auf den kleinen Tisch zwischen den beiden Sesseln. „Ich tue das nur ungern, aber in diesem Fall denke ich, ist es notwendig."

Fords Augenbrauen zogen sich zusammen, während er sich das Blatt durchlas. „Also wirklich", schnaubte er, „und warum sollte das so wichtig sein?"

„Werfen Sie doch nur einen Blick aus dem Fenster." Peyton gab ihm einen Augenblick Zeit, den Zirkus draußen zu betrachten, dann faltete sie die Hände. „Ich bin sicher, Sie wissen um die Konkurrenz auf dem Medienmarkt, Mr. Ford. Ich versuche nur, meine Interessen zu wahren."

Ford nickte, erhob sich und tastete seine Taschen ab. „Nennen Sie mich Tanner. Und natürlich unterschreibe ich, aber ich fürchte, ich habe keinen –"

„Nehmen Sie meinen." Lächelnd holte Peyton einen Stift aus der Tasche und reichte ihn an ihn weiter. Wortlos kritzelte er eine kaum lesbare Unterschrift unter die Seite und gab sie ihr zurück.

Nachdem sie das Blatt in den Ordner gelegt hatte, lehnte sich Peyton auf dem unbequemen Sessel zurück und rutschte schnell wieder nach vorn, als etwas Scharfes, ein Strohhalm vielleicht?, sie durch den Stoff hindurch stach. „Jetzt können wir zu den Details kommen", sagte sie und lächelte, um ihn zu beruhigen. „Standen Sie und Ihr Vater sich nahe?"

„Sehr. Ich bin erst vor fünf Jahren aus Dallas fortgezogen, und wir sind immer in Kontakt geblieben."

„Dann wissen Sie also, warum er in diesem Flugzeug gesessen hat. Ich hatte zuerst angenommen, er wollte Sie besuchen. Aber dann hätte er sicher einen Direktflug genommen und wäre nicht nach Tampa geflogen. Ich habe mich auch gefragt, ob ein Mann wie Ihr Vater nicht eher einen Privatjet genommen hätte. Vielleicht zeigt das meine Unwissenheit, vielleicht habe ich ja auch zu viele Filme gesehen, aber diese Frage hat sich mir aufgedrängt."

„Normalerweise nahm er den Firmenjet, aber der wurde gerade überholt." Ein Schatten legte sich auf Tanners Gesicht, und von plötzlicher Trauer erfüllt, zog er die Augenbrauen zusammen. „Er ist sonst nie mit einer kommerziellen Fluglinie geflogen. Aber er musste sich um eine dringende Angelegenheit in Tampa kümmern, dann wollte er mich besuchen." Tanner senkte den Kopf. „Wenn er nur zuerst zu mir gekommen wäre, nach Gainesville geflogen wäre oder ein anderes Flugzeug gechartert hätte ..." Seine Worte verklangen. Er putzte sich die Nase.

„Nun, Tanner", Peyton griff erneut in den Rucksack, „ich bin sicher, Sie haben den Grund meines Hierseins bereits erfahren. Wir haben einen Zettel gefunden, der von einem Passagier des Fluges 848 stammen könnte. Und wir sind auf der Suche nach der Person, an die er gerichtet ist. Wir haben Grund zu der Annahme, dass Sie diese Person sein könnten. Sehen Sie sich doch bitte diese Kopie des Zettels an und sagen Sie mir, ob Sie der Meinung sind, Ihr Vater könnte ihn geschrieben haben."

Tanners Gesichtsausdruck hellte sich auf, als er danach griff. Eifrig überflog er die Worte, dann ließ er das Blatt sinken und legte die Hände vor sein Gesicht. „Oh ... mein ..." Er sprach langsam, betonte jedes Wort, als wäre es sein letztes. „Lieber Gott im Himmel, hilf mir."

Peyton beugte sich vor. „Glauben Sie –"

„Es ist seine Handschrift. Natürlich ist sie es, ich würde sie überall erkennen. Oh, warum musste das passieren?" Ford drückte sich den Handrücken vor den Mund, seine Augen füllten sich mit Tränen.

„Dies ist die Handschrift Ihres Vaters?", fragte Peyton sanft. „Sie sind sicher?"

Ford nickte. Tränen sammelten sich in seinen Augenwinkeln und tropften langsam von den Spitzen seiner dunklen Wimpern.

„Ich möchte nicht neugierig sein, aber können Sie mir sagen, was er mit dem Satz ‚alles ist vergeben' gemeint hat? Hatten Sie eine Auseinandersetzung?"

Die Hand an den Mund gepresst, nickte Tanner langsam, schließlich wischte er sich die Tränen von den Wangen. „Am Tag, bevor er das Flugzeug bestieg, hatten wir einen Streit", erklärte er, während ihm weitere Tränen die Wangen hinunterliefen. „Es war eine dumme Angelegenheit, wirklich. Dad wollte, dass ich nach Dallas zurückkomme; ich habe ihm gesagt, ich wollte nach New York ziehen. Ich arbeite jetzt seit fünf Jahren bei diesem Sender, wissen Sie, und ich bin bereit für etwas Größeres." Sein Mund verzog sich amüsiert. „Ich weiß nicht, was Sie über den Lone Star Staat wissen, Miss MacGruder, aber Texaner neigen dazu, Dallas für die größte und schönste Stadt der Welt zu halten. Das ist nichts als guter alter Texas-Chauvinismus, und genau das habe ich meinem Dad gesagt."

Peyton nahm sich Mary Graces Rat zu Herzen, lehnte sich im Sessel zurück und schwieg.

„Mein Dad war der freundlichste, hilfsbereiteste Mensch, einfach ein unglaublicher Vater", fuhr Tanner fort. Er schluckte. „Er war der absolut Beste. Und das hier", er deutete auf die Kopie des Zettels, „beweist es. Dass er an mich denkt, während das Flugzeug vom Himmel fällt, nun, ich –"

Er schloss die Augen und hob die Hand. „Entschuldigen Sie mich einen Augenblick."

Peyton nickte schweigend, während Tanner sich erhob und das Zimmer verließ. Sie starrte auf das Bücherregal an der Wand – Ford besaß Bücher über Fernseharbeit, Rhetorik und eine große Sammlung zerfledderter Taschenbuchausgaben von Garfield Comics. Ein großes Farbfoto am Ende des Regals zeigte ihn, die Arme um einen Mann und eine Frau gelegt. Bestimmt seine Eltern.

Peyton beugte sich vor und wollte gerade aufstehen, um sich das Foto genauer anzusehen, als sich Schritte näherten.

Ford kam wieder ins Zimmer, setzte sich und presste die Lippen aufeinander. „Es tut mir Leid. Ich musste kurz allein sein."

„Das verstehe ich."

„Und ich möchte Ihnen danken." Er sah Peyton in die Augen und lächelte. „Vielen Dank, dass Sie diese Suche auf sich genommen und mich gefunden haben."

Peyton lächelte ihn vorsichtig an. „Gern geschehen. Können Sie mir sagen, was Sie empfinden? Ich weiß, das ist nicht leicht, aber meine Leser werden das wissen wollen."

„Ich –", er schnappte schaudernd nach Luft. „Diese Nachricht bedeutet mir so viel." Mit tränennassen Augen sah er sie an. „Darf ich – könnte ich das Original haben?"

„Ich habe es nicht dabei", erklärte sie und griff nach ihrer Tasche. „Ich habe es an einem sicheren Ort verwahrt. Aber ich könnte es Ihnen natürlich schicken."

„Das wäre mir sehr lieb" erwiderte er. „So bald wie möglich. Ich werde es immer in Ehren halten."

Er legte die Fingerspitzen auf die Kopie auf dem Couchtisch, dann erhob er sich und streckte ihr die Hand hin. Peyton erhob sich ebenfalls, ein wenig erstaunt darüber, dass sie so schnell verabschiedet wurde. Sie hätte ihm gern noch ein paar Fragen gestellt und wollte sich das Bild seines Vaters ansehen.

„Eigentlich hatte ich gehofft, wir könnten noch ein wenig miteinander sprechen", sagte sie, als sie seine Hand ergriff.

Sein Gesicht verzerrte sich vor Schmerz, als hätte sie ihn geschlagen. „Es tut mir Leid, aber im Augenblick bin ich dazu einfach nicht mehr in der Lage. Ich muss allein sein."

Peyton sah aus dem Fenster, wo sich ein weiterer Übertragungswagen in die Parade eingereiht hatte. Irgendwie hatte sie Zweifel daran, dass Einsamkeit ganz oben auf Tanners Prioritätenliste stand – der Mann hatte noch nicht einmal die Vorhänge geschlossen.

„Also gut." Sie zwang sich zu lächeln. „Aber ich möchte Sie um einen Gefallen bitten. Trotz der Fernsehkameras auf Ihrem Rasen, sprechen Sie bitte nicht vor Mittwochmorgen über das, was hier geschehen ist. Dann wird meine letzte Kolumne erscheinen. Wenn Sie das Ergebnis meiner Suche vorher bekannt geben, dann –" Sie zuckte die Achseln.

„Ich verstehe vollkommen." Tanners Händedruck war fest und endgültig. „In Ordnung, Miss MacGruder. Ich werde bis Mittwoch kein Wort verraten." Er sah grinsend zum Fenster hinüber. „Schätze, diese Leute werden zwei Nächte auf meinem Rasen kampieren müssen."

„Vielen Dank, Tanner."

Peyton ging zur Tür, blieb jedoch stehen, als er fragte: „Der Zettel? Wann kann ich damit rechnen?"

Sie sah über die Schulter zurück. „Ich kann ihn morgen losschicken – dann haben Sie ihn am Donnerstag."

„Hätten Sie etwas dagegen, ihn noch heute loszuschicken?" Er schluckte. „Ich hätte ihn gern schon am Mittwoch – wenn ich

Ihre letzte Kolumne lese. Ich glaube, erst dann wird mir das Ganze real erscheinen."

Peyton zog die Augen zusammen. Seine Frage war eine Beleidigung. Nur ein Dummkopf würde glauben, dass er den Zettel aus rein sentimentalen Gründen haben wollte. Die Wahrheit war so offensichtlich wie der Dreck einer Küchenschabe in einer Zuckerdose. Er wollte den Zettel für Julie St. Claire. Er hatte die Frau vor dem Haus entdeckt, und bestimmt hatte er auch ihren Werbespot gesehen.

Immerhin machte er die Wettervorhersage im Fernsehen.

Aber was kümmerte sie das? Sie hatte mitgehalten und den Sieger gefunden, also konnte er ruhig die Trophäe haben.

„Kein Problem", erwiderte sie und öffnete die Tür.

Ein triumphierendes Kribbeln durchlief Peyton, als King losfuhr und die Kameraleute zurückließ. Sie hatte die Story. Die anderen nicht. Noch nicht.

Ein Punkt für das Team von MacGruder und Bernard.

Kommentarlos hörte King zu, als Peyton ihm erzählte, was sich in Tanner Fords Wohnzimmer abgespielt hatte. „Das war's also", sagte sie und drehte sich zu ihm um. „Ford sagt, der Zettel sei an ihn gerichtet, und ich habe versprochen, ihn an ihn zu schicken. Ich werde die Story heute aufschreiben, vor Redaktionsschluss morgen einreichen, und dann bin ich fertig. Am Mittwochmorgen kann Ford den Kameraleuten sagen, was er will."

King nickte und stellte das Radio ab. „Ich möchte Ihre Begeisterung ja nicht dämpfen", sagte er und sah sie an, „aber da ist eine Sache, die mich beschäftigt."

„Was denn?"

Er zog die Augen zusammen und sah auf die Straße. „Die drei Väter – sagen Sie mir noch einmal ihre Berufe."

Peyton hob die Hand und zählte an den Fingern ab. „Timothy Mannings Vater war pensionierter Versicherungsvertreter. Taylor Crowes Vater war Polier auf dem Bau und Tanner Fords Vater Ölmagnat und Projektentwickler. Offensichtlich hatte er viele Eisen im Feuer."

King nickte und zog nach links, um einen Lastwagen zu überholen. „Der Zettel – die Frau am Mariner Drive fand ihn in einer Plastiktüte, richtig? Eine von diesen verschließbaren Dingern, in denen man Sandwiches und Snacks verpackt?"

Unsicher, wohin dieser Faden sie führen würde, nickte Peyton.

„Okay ... welcher dieser drei Männer würde denn nun am ehesten Essen mit ins Flugzeug nehmen?"

Die Frage traf sie mit voller Wucht, wie eine Welle, die gegen einen Felsen prallt. Warum sollte überhaupt einer von ihnen Essen mit an Bord nehmen? Der Flug von New York nach Tampa dauerte weniger als drei Stunden und sollte kurz nach sechs Uhr ankommen. Da die Passagiere zur Abendessenszeit flogen, servierte PanWorld eine Mahlzeit.

Sie starrte King an, während sich ihre Gedanken überschlugen. „Trenton Ford würde vermutlich kein Essen mit an Bord genommen haben", sagte sie. Ihr Magen krampfte sich zusammen. „Er war Passagier der ersten Klasse. Er konnte mit einem Abendessen auf Porzellantellern mit Silberbesteck rechnen. Wenn die Passagiere der zweiten Klasse Steak oder Hühnchen bekamen, aß er vermutlich Hummer oder Filet Mignon."

King sah sie mit hochgezogener Augenbraue an. „Was ist mit dem Polier?"

Peyton runzelte die Stirn. „Möglich. Er flog zweiter Klasse und kam von zu Hause, vermutlich hat seine Frau ihm einen Imbiss mitgegeben. Vielleicht mochte er das Essen im Flugzeug nicht."

„Und der Versicherungsvertreter?"

Peyton schloss die Augen und dachte daran, wie der Pastor seinen Vater beschrieben hatte. „Er hätte ganz bestimmt Essen mit ins Flugzeug genommen. Ich wäre nicht erstaunt, wenn ein Mann wie er liebevoll von seiner Tochter verpackte Kekse dabei gehabt hätte. Er kam von einem Besuch bei ihr."

King sah sie an, und in seinen Augen erkannte sie die Wahrheit.

„Trenton Ford hat den Zettel nicht geschrieben", flüsterte sie. Ihr Herz sank. „Aber warum –"

„Der Junge ist beim Fernsehen", antwortete King und wandte seinen Blick wieder der Straße zu. „Fernsehleute hungern nach Sendezeit. Sie brauchen das zum Überleben. Durch sein Bekenntnis zu dem Zettel hat sich Tanner Ford die Rolle als Star der Sondersendung in zwei Tagen gesichert."

Peyton lehnte sich gegen die Wagentür. Eine Hand hatte sie auf ihren Magen gelegt, während sie über die Möglichkeit nachdachte, dass es in ihrer nächsten Kolumne von Lügen wimmeln würde.

„Jetzt machen Sie sich nur nicht verrückt." In Kings Stimme schwang Mitgefühl mit. „Sie haben Ihren Job getan. Sie haben die drei Kandidaten gefunden, und einer von ihnen hat sich zu dem Zettel bekannt. In den vergangenen zwei Wochen haben Sie hervorragende Kolumnen geschrieben. Also machen Sie sich keine Sorgen. Schreiben Sie den Schluss mit einem reinen Gewissen und lassen Sie die Schnipsel fallen, wohin sie wollen. Wer weiß?" Er zuckte die Achseln. „Vielleicht hatte Trenton Ford ja tatsächlich eine Brottüte in der Tasche. Wir kennen ihn nicht, und wir waren nicht dabei. Wir wissen nicht, was wirklich geschah."

Peyton schloss die Augen. Sie freute sich über den Trost, war aber nicht sicher, ob sie den Rat annehmen konnte.

* * *

Allein in seinem Bad betrachtete Tanner Ford seine Erscheinung im Spiegel. Er runzelte die Stirn, als er das Kinn hob und Licht auf seine Stirn fiel.

Sie glänzte. Aber dagegen konnte man ja etwas tun.

Aus seinem Medizinschrank holte er eine Dose mit Puder heraus, der speziell auf seine Hautfarbe abgestimmt war, und puderte sich Stirn, Nase und Kinn. So. Er war bereit für alles, was jetzt passierte.

Seufzend schloss er die Schranktür, überprüfte noch einmal sein Spiegelbild, und blieb einen Augenblick stehen. Er sah seinem Vater wirklich überhaupt nicht ähnlich. Zum Glück. Er hatte die feinen Gesichtszüge seiner Mutter geerbt, ihr dichtes Haar, ihre Eleganz. Seine Abstammung leistete ihm gute Dienste.

Und die Schauspielstunden auf dem College kamen ihm nun ebenfalls zu Gute. Die Tränen, die er vor Peyton MacGruder vergossen hatte, waren echt gewesen. Aber das war auch nicht schwer gewesen. Die Wahrheit war, er hatte seinen Vater tatsächlich geliebt. Aber er hatte nicht mehr mit ihm gesprochen, seit er damals sein Büro verlassen hatte, nachdem sein Vater ihm gesagt hatte, er solle doch lieber von einem Bohrturm springen. Seine familiären Verpflichtungen erfüllte er, indem er einmal im Monat mit seiner Mutter telefonierte. Sein Vater betrat niemals die Szene. Warum sollte er auch?

In Tanners Kindheit hatte er eine Nebenrolle gespielt – zumindest konnte Tanner sich kaum daran erinnern, dass er da gewesen wäre. Warum sollte er den alten Mann jetzt vermissen? Wenn er versuchte, sich an seine Kindheit zu erinnern, trat ihm ein verschwommenes Bild seines Vaters als gütiger Nikolaus vor Augen, der ihm die Geschenke brachte, die er sich wünschte, Essen auf den Tisch stellte und seine Studiengebühren bezahlte. Er erfüllte alle Wünsche seines Sohnes, solange sie in seine Vorstellung davon passten, was ein Sohn der Fords sein und tun sollte. Tanner besaß ein Pferd, ein Auto und zehntausend Acres Texas-Land, das er durchstreifen konnte.

Aber nie bekam er das, was er sich am meisten wünschte – Freiheit von der Familie, von dem Ruf, von dem alten Mann.

Um ehrlich zu sein, der alte Mann war eine peinliche Erscheinung. Nicht weil er spießig, uncool oder zu streng war wie einige der Eltern seiner Freunde, sondern weil er Trenton Ford war, einer der reichsten Ölmagnaten von Texas. Alle kannten seinen Namen, und als die Gaspreise in die Höhe schossen, wandten sich viele vergeblich an ihn.

Für die Leute schien es unglaublich zu sein, dass ein wichtiger Mann wie Trenton Ford sich die Zeit nahm, einen Sohn zu zeugen. Er wusste, für sie war es undenkbar, dass Trenton Fords Nachkomme ein normales Kind sein könnte, das in genauso viele Schwierigkeiten geriet wie der Junge von nebenan.

Einer von Tanners Lehrern hatte einmal vor der Klasse gesagt, alle Männer würden ihre Hose gleich anziehen, immer ein Bein nach dem anderen. Aber im tiefsten Inneren wusste Tanner, dass die Menschen in Dallas der Meinung waren, an Trenton Ford gebe es nichts Gewöhnliches. Manchmal fragte sich Tanner, ob er sich seine Hose überhaupt anzog. Seine maßgeschneiderten Anzüge schienen immer irgendwie an ihm zu wachsen.

Tanner hob die Hand und berührte sein Haar, glättete ein paar Strähnen, die in Unordnung geraten waren, als er die Haustür geöffnet hatte. Wenn er die Tür erneut aufmachte, musste er bereit sein für die Kamera.

Er verließ das Bad und ging ins Wohnzimmer zurück. Die Hände in die Tasche gesteckt sah er zum Fenster hinaus. Über den Betrieb am Straßenrand musste er lachen. Endlich bekam er die Aufmerksamkeit, die er verdiente! Noch immer lächelnd setzte er sich auf das Sofa, wo er jeden sehen konnte, der den Bürgersteig entlangkam. Er nahm eine Zeitung zur Hand und starrte auf die Schlagzeile, aber seine Gedanken weigerten sich, den Worten zu folgen.

Vermutlich hatte sein Vater überhaupt nicht bemerkt, dass er die Stadt verließ. Nach Aussage seiner Mutter hatte er es sehr wohl bemerkt – sie sagte, er wäre am Boden zerstört gewesen, als Tanner dem Firmenimperium den Rücken kehrte, das er geschaffen hatte. Aber Tanner wollte nicht Teil der Welt seines Vaters werden. Das Werk seines Vaters würde ihn auffressen, ihn in Bittschriften, Papierkram und Menschen ersticken. Er wollte viel lieber seinen eigenen Interessen folgen, selbstständig sein.

Sein Vater hatte diese Idee von der Arbeit beim Fernsehsender nie gebilligt – er hatte immer gesagt, für seinen einzigen Sohn hätte er Besseres im Sinn. Es gefiel ihm nicht, wenn Tanner Makeup auflegte oder mit seiner eigenen Kamera, mit Aufzeichnungsgerät, Stativ, Batteriegürtel und Mikrofon herumlief. Einmal wäre sein Vater beinahe unter den Tisch gerutscht, als sie in dem französischen Lieblingsrestaurant des Alten gegessen hatten und Tanner mit seiner Ansagerstimme aus der Speisekarte bestellte.

Er hatte seinen Sohn nie in der Öffentlichkeit zurechtgewiesen, sondern immer nur, wenn sie allein waren, mit kleinen Vorschlägen, was er besser machen könnte. Er könnte doch mehr erreichen, mehr sein als ein bemalter Packesel, der im Fernsehen das Wetter vorlas. Als Tanner klar wurde, dass er diesen kleinen, gut gemeinten Anstößen niemals würde entkommen können, ging er.

Stirnrunzelnd sah er in die Zeitung. Hatte sein Vater diesen Zettel geschrieben? Er wusste es wirklich nicht. Es war schwer vorzustellen, dass er so etwas tun würde ... aber er hatte so lange nicht mehr mit seinem Vater gesprochen, dass er keine Ahnung hatte, was in ihm vorging, als das Flugzeug abstürzte. Es war natürlich möglich, dass er an seinen Sohn gedacht hatte ... vielleicht hatte er sich aber auch um sein kostbares Imperium Sorgen gemacht.

Seine Mutter hatte alles geerbt. Sie würde Tanner vermutlich alles geben, worum er sie bat, aber ihm hatte es nie besonders viel Freude gemacht, das Ford-Vermögen auszugeben. Er lebte lieber so, wie es ihm gefiel, in einem kleinen Haus und in schlecht sitzenden Anzügen, die er sich von seinem eigenen Geld bezahlte.

Aber das würde sich ändern. Dank dieses Zettels.

Er lächelte über die Ironie in dieser Angelegenheit. Dies war eine große Story, und Peyton MacGruder war klug genug gewesen, sie aufzugreifen. Sie schien als Reporterin okay zu sein. Er tat ihr gern den Gefallen, die Story zu einem guten Ende zu bringen, vor allem da sich die beiden anderen, mit denen sie gesprochen hatte, als Feiglinge erwiesen hatten und vor der Publicity davongelaufen waren. Der Pastor wollte vermutlich nicht, dass sich jemand um seine Finanzen kümmerte, und die Liedermacherin, na ja, sie brauchte keine Hilfe. Wie man hörte, ging es ihr finanziell bereits ausgezeichnet.

Aber er, Tanner Ford, war bereit, aufzusteigen und diese klein-bürgerliche Stadt zu verlassen. Der Fernsehmarkt in Gainesville war klein, rangierte landesweit an 165igster Stelle. Durch die Publicity dieser Sondersendung würde er bestimmt einen Posten bei den ersten fünf Sendern bekommen, vielleicht sogar bei den ersten drei. Chicago wäre nett, aber L.A. wäre noch besser. Und falls Julie St. Claire ihn so sehr mochte, wie es den Anschein hatte, würde er vielleicht sogar nach New York gehen können.

Ihm fiel ein, dass jemand vielleicht mit dem Teleobjektiv durch das Fenster filmen könnte und er blätterte die Seite um. „Danke Dad", sagte er, während er eine Reihe bedeutungsloser Worte anstarrte. „Es klingt vielleicht gefühllos, aber dein Tod war das Beste, was du je für mich getan hast."

15

Abgelenkt durch das unablässige Läuten der Telefone, das permanente Zirpen der Computer, wenn eine E-Mail angekommen war und die Fragen von neugierigen Kollegen, zog sich Peyton mit ihren Notizen und ihrem Laptop in einen nicht benutzten Konferenzsaal an der Südseite des Zeitungsgebäudes zurück. Nachdem sie auf den Händen und Knien herumgekrochen war, um eine Steckdose zu finden, stöpselte sie ihren Laptop ein und setzte sich an die Arbeit. Der Tür hatte sie den Rücken zugewandt und den Blick fest auf den Bildschirm gerichtet.

Eigentlich hatte sie sich vorgenommen, diese Kolumne am vergangenen Abend nach ihrer Rückkehr von Gainesville zu schreiben, aber die Fahrt hatte sie ausgelaugt. Sie war um acht Uhr zu Bett gegangen, um ein paar Stunden zu schlafen, und wollte dann eine Rohfassung erarbeiten. Aber sie hatte tief und lange geschlafen und war erst aufgewacht, als die Sonne bereits durch ihre Rolläden schien.

Im Geiste hatte sie diese Kolumne bereits ein Dutzend Mal geschrieben, in der Küche, unter der Dusche und auf dem Weg zur Arbeit. Doch die Worte, die ihr vorher so leicht gekommen waren, wollten nun angesichts des Abgabetermins nicht mehr fließen. Sie stützte die Ellbogen auf den Konferenztisch und fuhr sich mit den Fingern durch die Haare. Unglaublich, dass sie ausgerechnet jetzt eine Blockade hatte.

Es könnte doch so einfach sein. Tanner Ford hatte gestern mustergültig reagiert – die richtigen Gefühle gezeigt, Unglauben, Schock, Verzweiflung, Trauer und schließlich Freude bei dem Gedanken, dass sein Vater diesen Zettel geschrieben hatte. Aber diese ordentliche Anordnung von Emotionen wirkte nun falsch, als hätte er seine Reaktionen geprobt. Und Kings Behauptung, Ford hätte sich nur aus Gründen der Publicity als Empfänger der Botschaft zu erkennen gegeben, hinterließ bei Peyton einen bitteren Nachgeschmack.

Sie sah auf ihre Uhr. Schon halb neun. Um halb elf war Redaktionsschluss; sie musste jetzt endlich zur Sache kommen.

Sie atmete tief durch und begann zu schreiben:

* * *

Gestern fuhr ich nach Norden, um mit dem jungen Mann zu sprechen, dessen Name als Dritter auf meiner Liste von Personen stand, an die der Zettel aus Flug 848 gerichtet sein könnte. Dieser letzte Kandidat ist ein junger Mann, Mitte dreißig, groß und gut aussehend. Er heißt Tanner Ford, zuständig für die Wettervorhersagen bei WJCB, einer Tochtergesellschaft von ABC in Gainesville.

Er wartete bereits auf mich, er und eine ganze Menge Reporter aus mindestens zwei Countys. Das Interesse an dem Zettel aus der Unglücksmaschine von PanWorld ist in einem Maß angestiegen, das sogar mich erstaunt. Vermutlich ist es nur natürlich, dass sich die Nation an ein Stück Hoffnung klammert, das die schlimmste Flugkatastrophe unseres Landes überlebt hat.

Aber während ich über das nachdenke, was in den vergangenen Tagen geschehen ist, muss ich mich fragen: Geht es uns wirklich darum, ein Zuhause für den Zettel zu finden, oder sind wir, ich selbst eingeschlossen, mehr daran interessiert, das große öffentliche Interesse für uns selbst zu nutzen?

Ich muss gestehen, dass die Motive für diese Suche nicht vollkommen selbstlos gewesen sind. Als mir der Zettel übergeben wurde, dachte ich sofort an meine Kolumne. Doch nachdem ich ihn drei trauernden Menschen gezeigt habe, hat seine Botschaft auch in meinem Innersten gearbeitet.

Was steht denn nun auf dem Zettel? Nur sechs tief gehende Worte, und ich bin froh, sie jetzt öffentlich machen zu können. Der Mann, von dem dieser Zettel stammt, hat in den letzten Minuten seines Lebens geschrieben: *Ich liebe dich. Alles ist verge-*

ben. Nur das Wort *Dad* identifiziert den Schreiber; der Buchstabe T gibt Hinweise auf den Namen seines Kindes.

Meine Assistentin und ich sahen daraufhin alle Todesanzeigen der Passagiere und Crewmitglieder von Flug 848 durch und fanden drei Vornamen, die mit dem Buchstaben T beginnen. Und so machte ich mich auf den Weg und suchte die drei Personen auf, die ihren Vater durch den Absturz dieses Flugzeugs verloren hatten. Alle drei erfüllten die Voraussetzungen, aber keiner von ihnen war besonders bestrebt, sich als Empfänger dieser Botschaft zu sehen.

Der erste Kandidat, der Pastor einer großen Gemeinde im mittleren Westen, behauptete, sein Vater hätte so einen Zettel nie geschrieben. Er versicherte mir, dass die Handschrift nicht die seines Vaters sei (eine angesichts der Umstände, unter denen der Zettel geschrieben wurde, fragwürdige Behauptung), aber vor allem wies er darauf hin, dass er keine Vergebung brauchte. Er hatte eine glückliche und harmonische Beziehung zu seinem Vater gehabt, sie hätten sich nie gestritten, nichts hätte zwischen ihnen gestanden. Darum sei Vergebung nicht notwendig.

Mein zweites Interview führte mich in den Hafen von Boston, wo eine reiche und erfolgreiche Frau eingestand, dass ihr Vater den Zettel geschrieben haben könnte. Aber, so versicherte sie mir, die Kluft zwischen ihr und ihrem Vater sei zu breit, um überwunden zu werden, nicht einmal durch eine Brücke der Vergebung. Sie habe sich zu weit entfernt, sagte sie mir, um Versöhnung verdient zu haben.

Mein dritter Kandidat, der gar nicht so weit von hier entfernt wohnt, behauptete, sowohl die Handschrift als auch den Mann hinter der Botschaft zu erkennen. Er und sein Vater hätten einen Streit gehabt, so erzählte er mir, und der Zettel sei der Versuch eines liebenden Vaters, alles wieder in Ordnung zu bringen. Tanner Ford, Meteorologe und trauernder Sohn, nahm sich die Botschaft zu Herzen und –

* * *

„Hey Boss!"

Peyton zuckte zusammen, als Mandis Stimme sie aus ihrer Konzentration riss. Mit besorgtem Gesicht stand die junge Frau in der Tür.

„Ich denke, das sehen Sie sich besser an."

Alarmiert durch den Hauch von Panik in Mandis Stimme, erhob sich Peyton und folgte ihr in den Nachrichtenraum. Eine Gruppe Reporter hatte sich vor dem von der Decke herabhängenden Fernsehgerät versammelt. Sie teilten sich wie das Rote Meer, als Peyton herankam.

„Tut mir Leid", murmelte Karen Dolen und verschränkte die Arme. „Schlimmer Schlag."

Eine Nahaufnahme von Julie St. Claire war auf dem Bildschirm zu sehen, und als die Kamera zurückfuhr, sah Peyton Julie zusammen mit Tanner Ford in ... in der Fernsehshow *Early Show*. Bryant Gumbel saß ihnen gegenüber, die Stirn besorgt in Falten gelegt. „Was haben Sie denn empfunden, als Sie den Zettel zum ersten Mal sahen?", fragte er.

„Nun, Bryant", sagte Julie und schlug sehr kamerawirksam ihre langen Beine übereinander, „wir haben eine Aufzeichnung mitgebracht. Ich hatte so eine Ahnung, dass Tanner der Richtige sein würde, darum haben wir – na ja, lassen wir doch das Video für sich selbst sprechen."

In blankem Entsetzen starrte Peyton den Bildschirm an. Unmittelbar nach ihrem Interview war Tanner Ford anscheinend nach New York abgereist. Die Tinte auf der Vertraulichkeitszusicherungserklärung war kaum getrocknet, als er loszog und sich mit dem Feind verbündete. Vermutlich trank er bereits Wein mit Julie St. Claire auf dem Weg nach Manhattan, bevor Peyton auch nur zu Hause ankam ...

Die gemütliche Szene mit Gumbel verschwand vom Bildschirm und wurde ersetzt durch eine Aufnahme von Tanner in einem Sessel, ein kleiner Tisch stand rechts von ihm, hinter ihm das

Fenster seines Wohnzimmers. Peyton war nicht zu sehen, natürlich nicht, sie hatten ja ihre Erlaubnis nicht, aber sie konnte sich sagen hören: „Nun, Tanner, ich bin sicher, Sie haben den Grund meines Hierseins bereits erfahren. Wir haben einen Zettel gefunden, der von einem Passagier des Fluges 848 stammen könnte, und wir sind auf der Suche nach der Person, an die er gerichtet ist. Wir haben Grund zu der Annahme, dass Sie diese Person sein könnten. Sehen Sie sich doch bitte diese Kopie des Zettels an und sagen Sie mir, ob Sie der Meinung sind, Ihr Vater könnte ihn geschrieben haben."

Die Kamera fing jede Gefühlsregung in Tanners Gesicht ein – Erstaunen, Schock, Entsetzen. Dann legte er die Hände an die Wangen. „Oh ... mein ..." Der Ton war leise, aber die Worte waren zu verstehen. „Lieber Gott im Himmel, hilf mir."

Wut und Zorn drückten Peyton die Luft ab. Sie wandte sich ab. „Lasst mich bitte vorbei", sagte sie und drängte sich durch die Menge hinaus. Ihr Puls dröhnte ihr in den Ohren und verdrängte die Stimmen aus dem Fernsehgerät und die leisen Mitleidsbekundungen ihrer Kollegen um sie herum.

„Ich denke, Sie sollten bleiben." King tauchte neben ihr auf und packte sie am Arm. „Laufen Sie nicht davon, MacGruder. Mal sehen, was die noch vorhaben."

Peyton beugte sich der Entschlossenheit seiner Stimme und drehte sich um. Die Kamera war nun wieder auf Julie St. Claire in einem atemberaubenden roten Kostüm gerichtet. Die verschlagene Reporterin tupfte sich eine Träne aus dem Auge. „Ich war so gerührt, als ich die Aufzeichnung sah", erklärte sie Gumbel. „Und ich weiß, Ihre Zuschauer werden die morgige Sondersendung nicht verpassen wollen. Wir werden einen Videobericht über diesen unglaublichen Mann zeigen", sie legte ihre Hand auf die von Tanner Ford, „von seinem verstorbenen Vater und der Familie. Wir werden ein Interview mit Mrs. Ford und den Menschen haben, die Trenton Ford am besten kannten. Und dann werden wir Ihnen noch die neusten Ergebnisse der von der FAA durchgeführten Untersuchung der Unfallursache präsentieren."

„Sehen Sie doch das Gute darin", flüsterte King Peyton ins Ohr. „Offensichtlich ist Trenton Ford ein so dicker Fisch, dass sie die anderen in Ruhe lässt. Taylor Crowe und der Prediger werden sich keine Gedanken machen müssen."

Peyton hörte wie betäubt zu. In dieser Katastrophe konnte sie nichts Gutes erkennen, und im Augenblick lag ihr weder das Wohlergehen von Taylor Crowe noch von Timothy Manning besonders am Herzen. Julie St. Claire hatte nicht ihnen die Kehle durchgeschnitten; sie hatte es bei Peyton getan.

Ein Dutzend mitfühlender Blicke richtete sich auf sie, als die *Early Show* für einen Werbeblock unterbrochen wurde. Unter dem konzentrierten Gewicht der Aufmerksamkeit senkte Peyton den Blick. Die unerwartete Stille machte sie nervös. „Nun", sagte sie, als sie ihre Stimme wieder gefunden hatte, „das bringt meine Reihe zu einem sauberen Ende, nicht? Jetzt brauche ich nur noch das Offensichtliche zu beschreiben – Julie St. Claire hat mir ein Messer in den Rücken gestochen und Tanner Ford seine Vertraulichkeitszusicherung gebrochen. Vielleicht sollte ich sie anzeigen. Das würde doch wirklich ein überraschendes Ende werden, nicht?"

„Das wäre nicht klug." Diese Worte, kalt und kristallklar, kamen von Nora Chilton. Sie wandte sich an Peyton, und ihr Lächeln schien tatsächlich Mitgefühl auszudrücken. „St. Claire ist bei uns angebunden, wissen Sie nicht mehr? Die Beziehung ist vielleicht nicht eng und auch nicht freundlich, aber ich glaube nicht, dass Adam Howard es besonders schätzen würde, wenn Sie etwas schreiben, das seine Starreporterin in einem schlechten Licht erscheinen lässt."

„Aber –"

„Nichts aber." Nora verschränkte die Arme. „Was Sie als unmoralisch bezeichnen, wird sie mutig und aggressiv nennen. Stellen Sie sich dem, Mac, Sie spielen nach den Regeln von gestern. Kein Gericht im Land würde Ihre Sache auch nur anhören, weil Sie nicht beweisen können, dass sie Ihnen geschadet hat. Sie können Ihre Kolumne trotzdem schreiben und verlieren vielleicht nicht einen einzigen Leser. Also stecken Sie Ihre Niederlage ein, Kind, und bringen Sie Ihre Story anständig zu Ende. Sonst werden Sie diejenige sein, die verliert."

Peyton ging in den Konferenzraum zurück. Ihre Gedanken überschlugen sich. Warum sollte sie überhaupt eine letzte Kolumne schreiben? Was konnte sie sagen, das nicht ganz Amerika bereits gehört hatte? Beim Frühstück morgen würde jeder Mann, jede Frau und jedes Kind in Amerika, die ein Fernsehgerät besaßen, von Julie St. Claires bevorstehendem Interview mit dem rechtmäßigen Besitzer des Zettels wissen. Die Kolumne „Hilfe für die Seele" würde dann nichts weiter sein als eine gedruckte Werbung für St. Claires Sondersendung.

Peyton schloss die Tür des Konferenzraumes hinter sich und lehnte sich dagegen. Sie atmete den abgestandenen Geruch von Kaffee und Zigaretten ein. Einen Augenblick lang stand sie in der Versuchung, das Ganze zu löschen, den Schluss zu vergessen und Urlaub zu machen. Aber sie hatte ihre Leser bereits zu weit gebracht, um sie jetzt zu verlassen.

Kommentar von King Bernard

Vor ein paar Minuten fürchtete ich, dass diese Julie St. Claire Peytons Standhaftigkeit gebrochen hätte. Sie wurde immer blasser, als sie sich das Video ansah, und ich wusste, was sie dachte: Warum soll man sich die Mühe machen, gute Arbeit zu leisten und seine Integrität zu bewahren, wenn man mit Menschen zu tun hat, die so oberflächlich, unmoralisch und karrieresüchtig sind?

Als ich Peyton in den Konferenzraum folgte, stand sie am Tisch. Ihre Fingerspitzen berührten kaum die Tasten ihres Laptops. Ohne aufzusehen, sagte sie: „Sie hatten Recht mit der Tüte und dem Sandwich. Ich weiß zwar nicht, wer den Zettel geschrieben hat und ob er überhaupt aus Flug 848 stammt, aber das ist nicht mehr wichtig."

„Was denn?", fragte ich.

Sie schüttelte den Kopf. Als sie mich ansah, schimmerten Tränen in ihren Augen. „Ich weiß noch nicht genau. Aber wenn ich es herausfinde, werde ich es Sie wissen lassen."

Sie richtete sich auf, riss ihren Laptop vom Konferenztisch und eilte an mir vorbei durch die Tür hinaus. Ich hatte keine Ahnung, wohin sie ging, aber ich wusste, warum sie ging. Manchmal muss man einfach verschwinden, allein sein, bevor man Klarheit bekommt.

Ich hoffe, Peyton kann einen Sinn in diesem Schlamassel erkennen. Denn wenn sie auch weiterhin von dieser Sache verletzt ist, könnte es sein, dass ich, wenn ich das nächste Mal Julie St. Claire bei einer Pressekonferenz begegne, aus der Haut fahre. Wenn ich sie sehe, werde ich vermutlich vergessen, dass wir im aufgeklärten einundzwanzigsten Jahrhundert leben und ihr eine runterhauen.

Das könnte im Presselager ein paar Wellen hochschlagen lassen.

Peyton saß auf der Steinbank am See, den Rucksack neben sich. Sie hatte sich nicht überwinden können, das Grundstück zu verlassen. Sie hätte dann das Gefühl gehabt, dass Julie St. Claire es geschafft hätte, sie aus ihrem eigenen Nachrichtenraum zu vertreiben. Und diese Befriedigung wollte Peyton ihrer Feindin nicht verschaffen. Aber sie konnte nicht in einem Gebäude bleiben, in dem die Wände auf sie zu stürzen schienen.

Die Sonne näherte sich ihrem Zenit, ein sicheres Zeichen dafür, dass der Redaktionsschluss immer näher rückte. Aber was sollte sie tun? Der leichteste Weg wäre natürlich, eine Kolumne zu schreiben, in der sie alles unterstützte, was Julie St. Claire in der morgigen Sondersendung sagen würde. Aber etwas in Peyton zuckte vor dieser Vorstellung zurück. Sie wollte Julie St. Claire nicht auch noch den Weg ebnen. Und sie konnte keine Lüge schreiben.

Was sollte sie aber nun schreiben? Sie könnte immer noch eine andere Richtung einschlagen und sich darüber auslassen, wie wichtig es ist, nach einer solchen Tragödie einen Schlussstrich zu ziehen. Aber ihre Leser bewegte beim Lesen ihrer Kolumne eine große Frage. Es wäre unfair und grausam, sie nicht zu beantworten. Und sie wäre ein Feigling zu zögern und zu sagen, niemand würde je ganz sicher wissen, wer diesen Zettel geschrieben hat.

Sie könnte der Darstellung St. Claires unterschwellig schaden, indem sie die Plastiktüte erwähnte ... und wie unwahrscheinlich es war, dass ein Passagier der ersten Klasse so etwas bei sich trug. Zwar würde dieser taktische Schachzug ihr weder das Lob von Julie St. Claire noch von Adam Howard eintragen, aber sie wäre wenigstens ehrlich.

Doch ihre Leser wollten einen Abschluss. Die unzähligen E-Mails auf ihrem Computer schrien nach Antwort. Die Suche nach dem Verfasser des Zettels war unentwirrbar mit der Tragödie verflochten, und eine definitive Antwort würde den Menschen helfen, den Absturz von Flug 848 zu verarbeiten.

Peyton hob den Blick. Eine Bö fuhr durch den Wipfel einer Eiche. Die Blätter raschelten leise. Warum war der Zettel ausgerechnet ihr übergeben worden? Gabriella Cohen hatte ihn zu ihr als Schreiberin der Kolumne „Hilfe für die Seele" gebracht, aber Peyton fühlte sich nicht in der Lage, der Seele Hilfe zu geben. Für Timothy Manning, Taylor Crowe und Tanner Ford hatte sie nichts weiter getan, als Schmerz aufzurühren und alte Erinnerungen wachzurufen.

Dasselbe war auch bei ihr passiert.

Wäre es nicht bequemer für Pastor Manning gewesen, der Zettel wäre nie gefunden worden? Taylor Crowe hätte eine Tragödie weniger zu verarbeiten, und Tanner Ford wäre nicht versucht, den Tod seines Vaters für sein eigenes Fortkommen zu nutzen. Falls der Zettel auf den Grund des Meeres gesunken wäre, würde das Leben weitergehen wie bisher, und Peyton würde sich nicht so ausgeliefert vorkommen.

Sie atmete tief durch, während ein Dutzend unterschiedlicher Emotionen in ihr miteinander im Widerstreit lagen. Nora hatte gesagt, ihre Arbeit hätte an Tiefe gewonnen. Die Leser würden endlich anfangen, die Frau hinter der Kolumne zu verstehen. King sagte, sie hätte noch nie so gut geschrieben. Aber irgendetwas an dem Kompliment ließ eine Welle der Furcht über sie hinweggehen. Schreiben sollte nicht so ... so viel von einem selbst offenbaren. Im College hatte sie gelernt, über das Wer, Was, Wann, Wo, Warum und, wenn noch Platz war, auch über das Wie zu berichten. Professionelle Reporter, so wurde ihr gesagt, offenbaren niemals zu viel von sich selbst, weil sie sonst sentimental oder weich wirken.

Der Wind frischte auf und kräuselte die Wasseroberfläche des Sees. Peyton hatte gehört, dass ein zwei Meter großer Alligator hier leben sollen sollte. Ein paar ihrer Kollegen hatten ihm den Namen Walter gegeben. Aber Walter neigte wie die meisten Alligatoren dazu, nachts lebendig zu werden, und sie hoffte, er dachte nicht an einen Mittagsspaziergang am Ufer.

„Miss MacGruder?"

Die Stimme kam von hinten, und einen Augenblick lang überlegte Peyton, sich nicht umzudrehen. Niemand, der sie kannte, würde sie *Miss MacGruder* nennen, und für die Gesellschaft eines Fremden war sie nicht in der Stimmung.

Außerdem gingen Fremde nicht so schnell davon, nachdem sie gesagt hatten, was sie zu sagen hatten. Langsam wandte sie den Kopf um. Eine Frau kam mit schnellen und entschlossenen Schritten auf sie zu, den Kopf ein wenig zur Seite gelegt. Sie war zierlich, hatte ungefähr Peytons Größe, rotblonde Haare und regelmäßige Gesichtszüge. Ein hübsches Ding, das vermutlich einen Tipp haben wollte, wie sie ins Fernsehgeschäft einsteigen könnte. Während sie näher kam, erkannte Peyton, dass sie jung war, vermutlich Anfang zwanzig, falls überhaupt. Nicht unbedingt die Leserschaft, die die Kolumne ansprach.

Das Mädchen wartete, bis sie die Bank erreicht hatte, bevor sie weitersprach. „Es tut mir Leid, Sie zu stören", sagte sie. Sie drückte einen dunkelbraunen Rucksack an sich. Ihre Stimme war hoch und unsicher, die Stimme der Jugend. „Als ich bei der Empfangsdame nach Ihnen fragte, sagte mir ein Sicherheitsbeamter, ich könnte Sie hier finden."

Peyton verzog das Gesicht. Irgendein Sicherheitsbeamter, der hier herumlief. Warum hatte er der Frau nicht gleich eine Karte gezeichnet? Das Mädchen konnte doch auch eine Verrückte mit einer Pistole sein, und er zögerte nicht, sie einfach hierherzuschicken.

Sie zwang sich zu einem Lächeln. „Was kann ich für Sie tun?"

Das Mädchen trat vor, zögerte und blickte auf den See hinaus. „Ich weiß nicht so genau, wo ich anfangen soll."

„Sie könnten mit Ihrem Namen anfangen."

Die Nasenspitze des Mädchens wurde rot. „Ich heiße Lila. Lila Lugar."

Peyton lehnte sich zurück und musterte Lila Lugars Erscheinung. Sie sah ganz bestimmt nicht wie eine Verrückte aus. Sie trug einen langen Blumenrock und einen Sommerpullover, die typischen Kleidungsstücke einer Studentin. Ihr Haar hing ihr offen über die Schultern. Sie hatte nichts dabei außer dem Rucksack – aber wer wusste schon, was darin versteckt war?

Warum ließ sie das Mädchen nicht einfach reden? Vielleicht hatte sie eine Story, die sie für ihre Kolumne verwenden könnte. Und neues Material brauchte Peyton dringend. Seit Tagen hatte sie ihre Leserpost nicht mehr gelesen.

Sie rutschte auf der Steinbank ein Stück zur Seite und schaffte Platz für das Mädchen. „Setzen Sie sich doch und erzählen Sie mir, was Sie auf dem Herzen haben."

Dankbar lächelnd trat Lila näher und setzte sich auf die Bank. Den Rucksack stellte sie wie eine Barriere zwischen sich und Peyton. Sie schluckte, straffte ihre Schultern und starrte hinaus auf den Teich. „Ich wohne in Clearwater", sagte sie. Ein kleines Lächeln umspielte ihre Mundwinkel. „Ich wohne dort, seit ich sechs Tage alt bin, damals, als meine Eltern mich adoptierten."

Peyton nickte und hoffte, die Geschichte würde bald etwas an Geschwindigkeit zunehmen. Sie musste über ihre eigenen Sorgen nachdenken, und sie hatte keine Zeit für einen ausführlichen Bericht über das Leben des Mädchens, so kurz es sein würde. Aber ein paar Augenblicke konnte sie sich noch gedulden. Eine Adoptionsgeschichte hatte sie noch nie; vielleicht war hier Stoff für eine Kolumne. Lila beugte sich vor, stützte einen Ellbogen auf ihren Knien ab und legte das Kinn in die Hand. „Ich habe den Mann in dem Interview heute Morgen gesehen", sagte sie und wechselte abrupt das Thema. „Seinen Namen habe ich vergessen, aber ich habe gehört, wie er über den Zettel aus dem Flugzeug gesprochen hat. Und dann wurde Ihr Name erwähnt, und ich bin in den Wagen gesprungen und hierhergefahren."

„Tanner Ford." Peyton wiederholte angewidert diesen Namen.

„Genau der." Das höfliche Lächeln des Mädchens verschwand, und Tränen glitzerten in ihren blauen Augen. „Er hat gelogen. Dieser Zettel war für mich, Miss MacGruder. Ich weiß es."

Peyton zog die Augenbrauen in die Höhe. Vielleicht war das Mädchen verwirrt.

Sie starrte die junge Frau einen Augenblick lang an, während ihr hundert logische Einwände durch den Sinn gingen. Sie wählte den offensichtlichsten. „Sie heißen doch Lila. Aber der Zettel war an jemanden gerichtet, dessen Name mit T beginnt."

Das Mädchen lächelte und wischte sich mit dem Daumen eine Träne aus den Augenwinkeln. „Es tut mir Leid, dass ich das nicht früher erwähnt habe. Ich meine, falls Sie all das in Ihren Artikeln erklärt haben –"

„Das habe ich nicht, nicht richtig", erwiderte Peyton. „Und Sie brauchen sich nicht zu entschuldigen, dass Sie meine Kolumne nicht lesen. Erzählen Sie einfach weiter."

Lila schniefte. „Nun, meine Eltern haben mich adoptiert, nachdem sie selbst vier Jungen hatten, eigene Kinder, wissen Sie. Sie wollten ein Mädchen, darum haben sie mich adoptiert. Als ich klein war, habe ich immer versucht, mit meinen Brüdern mitzuhalten – ich glaube, ich habe sie verrückt gemacht. Aber wie auch immer, sie nannten mich ‚Tagalong' (dt. Anhängsel, Anm.d.Übers.), dann ‚Tag' und schließlich ‚T'. Sie nennen mich ‚T', solange ich denken kann. Und das kann ich beweisen."

„Wie?"

„Nun – hier ist es." Das Mädchen suchte in seinem Rucksack und holte ein Lederbuch heraus. Sie hielt es Peyton hin, damit sie es sich ansehen konnte. Es war eine Bibel. Sie schlug das Buch auf. Auf der ersten Seite stand in der ihr unheimlich bekannten Handschrift: *Für T, von Dad, zu deinem sechzehnten Geburtstag.*

Peyton stockte der Atem, als sie das Datum las: 2. September 1998.

Die Handschrift passte zu der auf dem Zettel.

Und das Datum –

Peyton hatte das Gefühl, keine Luft mehr zu bekommen. „Oh." Sie klammerte sich fest, spürte den rauen Zement unter ihren feuchten Handflächen.

„Miss MacGruder?" Lilas Stimme klang hoch und alarmiert. „Geht es Ihnen gut?"

„Nur –" Peyton hob die Hand. „Geben Sie mir einen Augenblick, ja?"

Sie schloss die Augen, unfähig, das Mädchen, den Teich, irgendetwas anzusehen. Dichte Dunkelheit hüllte sie hinter geschlossenen Augenlidern ein, eine Wolke, die aus einem Gewölbe kam, das sie Jahre zuvor verschlossen hatte und hoffte, nie mehr öffnen zu müssen. Wer hatte dem Mädchen das Recht gegeben, diese Tür aufzustoßen?

Sie legte die Hand auf den Bauch und sank zur Seite, bis ihr Kopf Lilas Rucksack berührte.

„Miss MacGruder?" Die Stimme des Mädchens klang nun fester, keinerlei Unsicherheit schwang mehr darin mit. „Wenn Sie Hilfe brauchen, laufe ich schnell hinüber und hole jemanden."

„Warten ... Sie nur." Peyton zwang die Worte an dem Klumpen in ihrer Kehle vorbei, während eine Horde von Erinnerungen über sie herfiel wie unwillkommene Gäste.

* * *

Silvester 1982. Neunzehn Jahre jünger und sehr viel schmaler saß Peyton an diesem regnerischen Nachmittag mit einer Schüssel Popcorn auf dem Schoß in ihrem Wohnzimmer. Im Fernsehen verfolgte sie die Übertragung Clemson gegen Nebraska in der Orange Bowl. Das Popcorn war salzig, und sie hatte schrecklichen Durst. Garrett war losgefahren, um Getränke in dem Supermarkt ganz in ihrer Nähe zu besorgen. Zwei mit Eis gefüllte Gläser standen schon auf der alten Kiste, die ihnen als Couchtisch diente.

Es klingelte, als gerade ein Spieler der Mannschaft aus Nebraska zum Endspurt ansetzte. Verhalten vor sich hin schimpfend, sprang Peyton auf, um die Tür zu öffnen, wobei sie das Popcorn über den braunen Teppich verstreute. Irgendwie fand sie es seltsam, dass Garrett klingelte, aber vielleicht hatte er die Arme ja voll. Er hatte die Angewohnheit, alles, was er sah, in den Einkaufswagen zu werfen, und er war schon so lange fort, dass er Lebensmittel für einen ganzen Monat hätte einkaufen können.

Garrett war alles andere als berechenbar – das hatte sie bereits an dem Nachmittag gemerkt, als sie sich kennen gelernt hatten. Sie hatte Frisbee mit einigen Freunden auf dem Rasen des Universitätsgeländes gespielt. Garrett MacGruder war vorbeigekommen, hatte Peyton buchstäblich von den Füßen gerissen und sie ohne weiteren Kommentar fortgetragen.

So war er, selbstsicher und impulsiv. Nachdem sie ernsthaft protestiert hatte, hatte er sie wieder heruntergelassen. Bei Garrett MacGruder hatte sie das Gefühl, dass er sie vor allem schützen würde, was das Leben für sie bereit hielt.

Aber es war nicht Garrett, der da geklingelt hatte. Zwei Beamte der Florida State Highway Patrol standen vor der Tür. Nachdem sie nach ihrem Namen gefragt hatten, sah einer von ihnen sie mit traurigem Blick an, während der andere sagte: „Es tut uns Leid, Ihnen mitteilen zu müssen, dass Ihr Mann Garrett MacGruder heute Nachtmittag bei einem Autounfall ums Leben gekommen ist. Sein Wagen kam von der Straße ab und prallte gegen einen Baum." Sie redeten weiter, überschütteten sie mit

Einzelheiten, die keinen Sinn machten, und sagten ihr schließlich, sie würden sie ins Krankenhaus bringen.

Die folgenden Stunden vergingen wie im Nebel, während scheinbar unzusammenhängende Bilder an ihren Augen vorbeizogen: Das Krankenhaus, grüne Doppeltüren ohne Griffe, ein schmales Bett, auf dem der Leichnam ihres Mannes lag. Garretts Haut war blass, die Lippen blau. Sie beugte sich über ihn und küsste ihn. Erst dann fiel ihr auf, wie seltsam sein Kopf vom Körper abstand. Gebrochenes Genick, sagte jemand. Er war sofort tot gewesen.

Sie unterzeichnete irgendwelche Papiere, nickte stumm auf mehrere Fragen und ließ sich von den beiden Polizeibeamten, die ihr die Nachricht überbracht hatten, heimfahren. Als sie nach Hause kam, stellte sie fest, dass auch der Tag gestorben war. Dunkelheit hatte sich über das Haus gesenkt, obwohl ein grauer Schein vom Fernsehgerät wie ein gespenstisches Licht durch das vordere Fenster drang. Ohne das Licht einzuschalten, blieb sie im Wohnzimmer stehen. Schließlich ließ sie sich auf das zerschlissene Sofa sinken und überdachte die neueste Entdeckung in ihrem Leben. Unter der Oberfläche ihres Lebens lag nichts – nur ein Stück leblose Erde. Der einzige Mensch, dem sie sich nahe gefühlt hatte, war tot, und zurück blieben nichts als ausgehöhlte Wurmspuren im Schlamm. Wie ihre Mutter hatte Garrett sie verlassen ohne einen Abschied oder einen Blick zurück.

Der Sportreporter im Fernsehen verkündete das Ende des Footballspiels, während die Fans auf das Spielfeld strömten. Clemson 22, Nebraska 15. Frohes neues Jahr aus der Orange Bowl.

Peyton blinzelte zum Bildschirm hinüber; die Worte und Bilder ergaben keinen Sinn. Seltsam, wie bestimmte Zahlen in einem Leben wichtig wurden. Drei Jahre lang hatte sie ihre Mutter geliebt. Und sie und Garrett hatten gerade ihren dritten Hochzeitstag gefeiert.

Frohes neues Jahr.

Heute Abend wollte sie kein Konfetti, keinen Champagner,

keine Krachmacher und kein Feuerwerk. Sie wollte weder die Gesellschaft von Freunden noch von Verwandten. Sie hatte genug von Silvester.

Mit zitternden Knien erhob sie sich, ging ins Bad und fegte die Toilettensachen von der Ablage auf den Boden. Zahnbürsten, Rasierwasser, Cremes und Schachteln krachten auf die Fliesen. Der schwere Duft von Rasierwasser drang ihr in die Nase, aber Peyton achtete nicht darauf. Sie öffnete den Medizinschrank und durchsuchte die drei Jahre alte Sammlung von Medikamenten.

NoDoz, der Studentenfreund – heute kein Freund.

Midol – im Augenblick nutzlos.

Sie holte eine ockergelbe Flasche hervor und las das Etikett. Die weißen Tabletten waren Garrett verschrieben worden, als er sich einmal bei einem Footballspiel einen Muskel gezerrt hatte; nach einmaliger Einnahme hatte er verkündet, er sei wieder gesund.

Besonders starkes Schmerzmittel. Das war das Richtige.

Während die Fernsehmoderatoren im Wohnzimmer über das Spiel diskutierten, leerte Peyton den Inhalt der Flasche in ihre Hand und ging damit in die Küche, um sich ein Glas Wasser zu holen.

Eine Stunde später lag sie auf dem Boden im Bad. Der schwache Duft von Rasierwasser und Parfüm stieg ihr in die Nase, außerdem der Geruch von Schimmel von der alten Badematte. Ihr Magen verkrampfte sich und versuchte, das Gift, das sie eingenommen hatte, wieder loszuwerden. Aber sie weigerte sich, dem nachzugeben. Ihr Herz klopfte zum Zerspringen; sie spürte jedes unregelmäßige Klopfen wie einen Schlag in der Brust.

Es war einfach nicht fair. Garrett war sofort tot gewesen – warum dauerte es bei ihr so lange?

Sie nahm all ihre Kraft zusammen und zog sich am Toilettentisch hoch. Garretts altmodisches Rasiermesser lag darauf, genau an der Stelle, an die er es an diesem Morgen gelegt hatte. Sie nahm das Rasiermesser und drehte den Knopf, um die Klinge

herauszuziehen. Mit unsicheren Fingern zog sie sich zur Badewanne. Heftig atmend streckte sie ihren linken Arm aus und
machte einen schnellen Schnitt über die blauen Venen. Ihr Magen gewann schließlich den Kampf, und sie musste sich übergeben.

Einen Augenblick später legte sie, ausgelaugt und verschwitzt,
den Kopf auf ihren rechten Arm und beobachtete, wie ihr Lebens-
blut in die Badewanne floss. Sie hatte eine große Sauerei ange-
richtet, aber das würde niemanden interessieren, außer vielleicht
den Vermieter. Und der konnte ja eine Putzfrau kommen lassen,
die jede Spur von ihr und Garrett in einer großen grauen Plastiktüte verschwinden ließ. Das machte nichts. In wenigen Stunden
würden sie und Garrett wieder zusammen sein, in der Leichen-
halle oder in dem Beerdigungsinstitut, wo immer man Menschen hinbrachte, die gestorben waren ...

Ein seltsames Geräusch drang ihr in die Ohren, so laut, dass es
beinahe das schrille Läuten des Telefons übertönte. Sie schloss
die Augen und wünschte sich, das Läuten würde aufhören.
Schließlich schaltete sich ihr Anrufbeantworter ein. Ihre und
Garretts Stimme sprachen diese dumme kleine Nachricht, dann
durchschnitt eine andere Stimme das gedämpfte Geräusch mit
der Schärfe eines Messers. „Peyton? Dr. Morgan hat mich angerufen und mir alles erzählt. Liebling, Kathy und ich sind hier im
Krankenhaus. Die Schwester hat uns gesagt, dass du schon nach
Hause gefahren bist. Bist du in Ordnung? Bist du zu Hause?
Wenn du da bist, Liebes, nimm den Hörer ab. Ich möchte wirk-
lich wissen, ob es dir gut geht ...“

Peyton schloss die Augen und überließ sich der Dunkelheit.

* * *

Sie war im Krankenhaus wieder aufgewacht, ausgelaugt und betäubt von den Antidepressiva, die man ihr gegeben hatte. Ihr
Vater stand an einer Seite und sprach flüsternd mit dem verant-

wortlichen Arzt, während Kathy ein Taschentuch an die Nase drückte und um das Fußende des Bettes herumwuselte.

Peyton schloss ihre schweren Augenlider wieder.

Stundenlang – oder waren es Tage? – änderte sich das Bild kaum. Leute kamen herein und gingen wieder hinaus, wie Schauspieler auf der Bühne. Wenn sie manchmal die Augen aufschlug, sah eine Schwester nach dem Tropf oder legte ihr den Gurt zum Blutdruckmessen an; wenn sie ein anderes Mal aufwachte, war das Zimmer leer. Keine Blumen. Keine Karten. Nichts und niemand.

Und schließlich zog sie sich an diesen Ort zurück, an dem kein Schmerz sie plagte und an dem niemand sie störte. Häufig, wenn sie zu sich kam, war ihr Vater da und der Arzt, und sie sprachen miteinander, stritten sogar. Eines Tages bemerkte ihr Vater, wie sie die Augen aufschlug. Er eilte an ihr Bett, umklammerte das Gitter an der Seite. „Peyton, Liebes, du musst zu uns zurückkommen", sagte er flehend. „Sprich mit uns, bleib bei uns. Du kannst dich nicht immer so gehen lassen." Als sie wieder unter die Oberfläche abtauchte, schwebte ein Begriff zu ihr hinunter: *Psychiatrie*. Sie tauchte tiefer, und die Worte verschwanden, verschluckt von den klagenden Lauten eines weinenden Mannes.

* * *

Das leise Weinen des Mädchens an ihrer Seite holte sie wieder in die Gegenwart zurück. Peyton legte eine Hand an ihre Schläfe, setzte sich auf und blinzelte die Erinnerungen fort. Sie sah zur Seite. Lila Lugar saß noch immer neben ihr, aber nun strömten Tränen die Wangen des Mädchens herab. Sie wandte den Blick ab, als Peyton sich aufsetzte. Schließlich zog sie ein Taschentuch aus ihrer Tasche und putzte sich die Nase.

„Es tut mir Leid", entschuldigte sich Peyton. „Manchmal – nun, ich brauche dann eine Minute zum Nachdenken. Ich hoffe, ich habe Sie nicht erschreckt."

Lila schüttelte den Kopf und sah Peyton an. „Na ja, ein wenig.

Ich wollte gerade Hilfe holen, weil ich dachte, Sie seien vielleicht krank. Aber ich weine nicht, weil ich Angst habe. Ich weine weil ... na ja, in der vergangenen Zeit scheine ich sehr viele Tränen vergossen haben."

„Diese vergangenen Wochen sind für alle nicht leicht gewesen." Peyton fuhr sich mit den Händen durch die Haare, dann presste sie die Fingerspitzen an ihre Schläfen und zählte bis zehn. Sie konnte sich wieder auf das Gegenwärtige konzentrieren. Später wäre Zeit zum Nachdenken.

„Lila", sie ließ die Hände sinken und wandte sich dem Mädchen zu, „erzählen Sie mir von Ihrem Dad."

Das Mädchen lächelte mit tränennassen Augen. „Sie glauben mir?"

Peyton nickte. „Ihre Geschichte macht mehr Sinn als die anderen, die ich gehört habe. Ich würde gern mehr erfahren."

Lilas Unterlippe zitterte. „Sein Name war Jerry Lugar, und er war wirklich ein ganz besonderer Mensch." Sie zupfte an dem Taschentuch in ihrer Hand. „Ich wünschte, ich hätte ein Foto in meiner Brieftasche, aber wir konnten ihn nie dazu bringen, sich fotografieren zu lassen. Bis vor wenigen Jahren hat er die Basketballmannschaft der Highschool in Clearwater trainiert, dann ist er in den Ruhestand gegangen."

„Wieso befand er sich an Bord von Flug 848?"

„Meine Eltern waren beide an Bord." Bei diesem Satz versagte ihr die Stimme; sie schaffte es jedoch, ihre Gefühle unter Kontrolle zu behalten. „Sie haben die Schüler der christlichen Highschool von Largo begleitet. Da sie im Ruhestand waren, hatten sie Zeit für so etwas."

Peyton schwieg, während sich ihre inneren Bilder dramatisch veränderten. Jerry Lugar war kein einsamer Geschäftsmann an Bord von Flug 848, sondern ein Ehemann, der mit seiner Frau unterwegs war. Ein sympathisches Ehepaar, das freiwillig eine Horde Schüler beaufsichtigte, die draußen am Flughafen campiert hatten und sich nun auf dem Heimflug befanden.

Die Plastiktüte passte ins Bild. Lilas Mutter hatte bestimmt

Kekse und Snacks für die Reise gebacken; vermutlich hatten sie die letzten Reste während der Wartezeit am Flughafen verzehrt.

Teile des Puzzles trafen in Peytons Kopf zusammen wie die Glasstücke in einem Kaleidoskop, endlich ergaben sie ein erkennbares Bild. Nur ein paar ungelöste Fragen blieben noch offen.

„Auf dem Zettel", sie presste ihre Hände zusammen, damit sie nicht zitterten, „stand: ‚Ich liebe dich, alles ist vergeben.‘ Aber wenn in Ihrer Familie fünf Kinder waren, warum hat Ihr Vater diesen Zettel nur an Sie geschrieben? Und wenn er mit Ihrer Mutter zusammen reiste, warum sagte er nicht: ‚Wir‘ lieben dich?"

Lila blickte lächelnd auf den See hinaus. Sie war ganz in Gedanken versunken. „Meine Brüder und ich kamen gut mit meinen Eltern aus. Aber dann hatte ich einen Streit mit meiner Mom. Ich sagte ihr, ich wollte meine richtige Mutter suchen." Sie sah Peyton an und lächelte bedauernd. „Ich weiß, wie das klingt, so, als wüsste ich nicht zu schätzen, was meine Mom für mich getan hat. Das dachte auch Dad. Kurz bevor sie nach New York geflogen sind, hatten wir eine schreckliche Auseinandersetzung. Mir tat das sehr Leid, und ich hätte mich gern dafür entschuldigt, aber ich hatte nicht mehr die Gelegenheit dazu." Ihre Stimme wurde weicher. „Ich glaube, Dad wusste, wie schrecklich ich mich fühlte – und er hatte Recht. Ich hatte nicht mehr die Gelegenheit, den beiden zu sagen, wie Leid es mir tat."

Peyton schnappte nach Luft. „Haben Sie das ernst gemeint? Wollen Sie sich noch immer auf die Suche nach Ihrer richtigen Mutter machen?"

Lila atmete aus. „Martha Lugar war meine richtige Mutter. Ich bin zwar neugierig in Bezug auf meine biologische Mutter, aber ich möchte auf keinen Fall deren Leben durcheinander bringen."

Peyton wandte den Blick ab. Sie empfand ein seltsames Gefühl des Verlustes. „Dann war das also nur eine Drohung."

Lila schwieg eine Weile. „Ja und nein. Ich muss meine biologische Mutter nicht kennen lernen, weil meine Mom mir alles gegeben hat, was ich brauchte. Auch wenn ich sie verloren habe, so bleiben mir doch die Erinnerungen an alles, was wir miteinander hatten. Aber falls ich je meiner biologischen Mutter begegne, würde ich ihr gern sagen, wie sehr ich zu schätzen weiß, was sie für mich getan hat."

„Was sie getan hat?" Peyton wandte den Blick ab. Neue Pein erfüllte ihr Herz. „Aber sie hat doch gar nichts getan. Sie hat Sie weggegeben."

Lila sah sie an. „So sehe ich das nicht. Sie hat mir das Leben geschenkt. Das hätte sie nicht gebraucht. Sie hat dafür gesorgt, dass ich zu einer wundervollen Familie komme, die mich liebt. Meine Adoptiveltern waren nicht perfekt, aber das bin ich auch nicht. Doch sie haben mich geliebt, und das wiegt alles andere auf."

Neue Tränen traten in Lilas Augen und rollten ihr die Wangen hinab. Ihre Lippen öffneten sich, als wollte sie etwas sagen, aber es kam kein Wort heraus.

„Darum hat Ihr Dad den Zettel geschrieben", beendete Peyton ihren Bericht. „Ich glaube, ich begreife allmählich."

Lilas Gesicht verzog sich. Sie versuchte jetzt nicht mehr, die Tränen zu unterdrücken, wiegte auf der Bank langsam hin und her, bis Peyton unbeholfen die Arme um das Mädchen legte.

„Nun beruhigen Sie sich doch", flüsterte sie. Ihr Herz zog sich zusammen, als sie die junge Frau in den Armen hielt. „Es wird alles in Ordnung kommen. Ihnen ist verziehen worden, und Sie werden geliebt. Das ist alles, was zählt."

* * *

Mandis schrille Stimme drang Peyton entgegen, als sie durch den Nachrichtenraum eilte. „Nur noch eine halbe Stunde bis Redaktionsschluss", rief die Praktikantin mit weit aufgerissenen Augen. „Nora hat schon hier herumgeschnüffelt in der Hoffnung, einen Blick auf Ihre Kolumne werfen zu können."

„Es gibt nichts zu sehen", erwiderte Peyton und ging zu ihrem Schreibtisch. „Ich habe die Kolumne noch nicht geschrieben."

Mandi ließ sich auf ihren Stuhl plumpsen. Sie riss die Augen noch weiter auf. „Oh, wow. Ich werde diese berühmten Blitz-finger in Aktion erleben."

„Atmen Sie weiter." Peyton ließ sich auf ihrem Schreibtisch-stuhl nieder und zog den blauen Ordner aus der Schublade, in die sie ihn zusammen mit einem Dutzend anderer gelegt hatte. Da sie wusste, dass keine verschlossene Kiste im Nachrichten-raum sicher sein würde, hatte sie, einem Rat von Sherlock Holmes folgend, das Original ganz offen herumliegen lassen. Einige Leu-te aus der Nachrichtenredaktion klauten wie die Raben. Erst vergangene Woche hatte der Hausmeister den Milch- und Zucker-spender für die Kaffeemaschine unter Verschluss nehmen müs-sen.

Aus diesem Ordner holte Peyton den Zettel, der noch immer in seiner Plastiktüte steckte. Nachdem sie gerade erst dieselbe Handschrift in Lilas Bibel gesehen hatte, traf die Botschaft sie mit verstärkter Wucht.

Ich liebe dich.

Alles ist vergeben.

Sie hatte noch immer keine Ahnung, warum der Zettel ausge-rechnet ihr übergeben worden war, aber sie wusste, es war an der Zeit, ihn weiterzugeben.

Wortlos klappte sie ihr Notebook zu und erhob sich. Mandi blieb mit offenem Mund zurück. „Aber was ist mit Ihrer Kolum-ne?"

„Das kommt schon noch", erwiderte Peyton und ging zum Aufzug.

Unten am Empfangstisch füllten sich Lila Lugars Augen er-neut mit Tränen, als Peyton ihr den Zettel in die Hand drückte. „Er gehört Ihnen", sagte sie einfach. Sie hielt die Hand des Mäd-chens einen Augenblick länger fest, als nötig gewesen wäre. „Wir beide wissen das."

Lila weinte erneut, aber diese Tränen waren leise und unter-drückt, Tanner Fords lebhaftem, geheuchelten Weinen ganz und gar unähnlich. Sie stützte sich auf den Schreibtisch am Empfang und senkte den Kopf. Ihr Herz schien überzufließen.

„Soll ich den Leuten die wahre Geschichte erzählen?", fragte Peyton leise. „Ich kann Ihren Namen nennen oder nicht, ganz wie Sie möchten."

„Bitte tun Sie das nicht." Lila sah Peyton an. „Ich brauche diese Art der Aufmerksamkeit nicht."

Peyton wischte vorsichtig eine Träne von der Wange des Mädchens. „Ich verstehe."

Und während Lila sich aufrichtete und davonging, biss sich Peyton auf die Lippe und bemühte sich, den Schrei zu unterdrücken, der in ihr aufsteigen wollte.

Kommentar von Lila Lugar, 19
Studentin an der Universität von Florida

Ich hatte Peyton MacGruder eigentlich gar nicht so viel erzählen wollen. Ich dachte, ich würde sie treffen, ihr die Sache mit dem Zettel und meiner Familie erklären und dann alles in Ruhe regeln. Sie würde mir den Zettel geben, und ich könnte dann ein Stück von meiner Mom und meinem Dad mit nach Hause nehmen und mich für den Rest meines Lebens daran festhalten.

Ganz bestimmt hatte ich nicht beabsichtigt, zusammenzubrechen und wie ein Baby in ihren Armen zu heulen. Ich dachte, ich hätte bereits alle Tränen vergossen. Aber manchmal sehe ich etwas, die Pantoffeln meiner Mom unter dem Bett, eine Einkaufsliste in der Handschrift meines Dad, und schon greife ich nach dem Taschentuch.

Gestern Abend habe ich in dem braunen Sessel meines Dad gesessen und sein Highschool-Jahrbuch durchgesehen. Ich kannte nicht einen einzigen Menschen auf diesen seltsamen Bildern, konnte keinem Gesicht einen Namen zuordnen. Aber Dad kannte diese Leute. Ich blieb bis zwei Uhr in der Nacht auf und starrte die körnigen Schwarzweißfotografien an.

Die Freunde meiner Eltern sagen, es sei in Ordnung zu

trauern, aber sie wissen nicht genau, was ich durchmache. Es ist schwer, beide Elternteile auf einmal zu verlieren, aber es ist einfach schrecklich, sie zu verlieren, wenn man im Zorn auseinander gegangen ist.

Seltsam, ich hielt mich für erwachsen, bis zum 15. Juni. An diesem Tag, nach dem Absturz, fühlte ich mich wieder wie ein kleines Mädchen. Erst mehrere Tage danach wurde mir klar, dass ich weitermachen kann, weil Mom und Dad mich vorbereitet hatten.

Meine Eltern, Jerry und Martha Lugar, haben mir die Tugenden der Stärke, des Mitgefühls, des Verständnisses und der Loyalität mitgegeben. All das wollte ich Peyton MacGruder erklären, aber meine Tränen hielten mich davon ab. Sie wirkte so interessiert, und ich wollte sie wissen lassen, dass die Eltern, die Gott mir gegeben hat, diejenigen sind, denen ich fast alles verdanke.

Es gibt noch zwei andere Menschen, einen Mann und eine Frau, denen ich meine Existenz verdanke, und ich möchte ihre Rolle in meinem Leben nicht herabsetzen. Ich respektiere sie, ich bin dankbar, dass sie meine Interessen über ihre eigenen gestellt haben, aber ich möchte jetzt nicht ihr Leben durcheinander bringen.

Ich möchte nichts weiter, als diesen Zettel in Händen halten, ihn an mein Herz drücken und wissen, dass alles in Ordnung ist. Obwohl ich es natürlich nicht genau weiß, habe ich das Gefühl, dass Mom Dads Arm hielt, während er dies hier schrieb ... und mir ihre Liebe mitschickte.

Es ist schwer zu beschreiben, was dieser Zettel bedeutet – ihn zu besitzen ist, als würde man nach einem plötzlichen Frühlingsregen durch den Garten laufen. Der Zettel ist für mich etwas ganz Besonderes ... und ich habe das Gefühl, dass auch Peyton MacGruder mir viel bedeutet. Ihre harte Arbeit hat mir eine Freude und Gewissheit gebracht, die ich anders nicht gefunden hätte. Ich werde ihr immer dankbar sein.

„Hey, MacGruder!"

Carter Cummings Stimme übertönte das Geklapper im Nachrichtenraum, in dem die Nachrichtenreporter in aller Eile ihre Artikel für den Redaktionsschluss um vier fertig stellten. Peyton hatte sich bereits eine Verlängerung der Abgabefrist erbeten. Bei allem, was in den vergangenen Stunden passiert war, wusste sie nicht, wie sie ihre Serie zu Ende bringen sollte.

Widerstrebend drehte sie sich zu Carter um, der zweifellos wieder eine weitere Ablenkung für sie bereit hielt. „Verschwinden Sie, Carter", rief sie und schirmte ihr Gesicht mit der Hand ab. „Ich versuche nachzudenken."

Carter kam näher, ein hinterlistiges Grinsen lag auf seinem Gesicht. „Ich dachte nur, Sie würden wissen wollen, dass Ihre Nemesis gerade hier in Tampa gelandet ist. Sie macht eine Aufnahme für ihre morgige Sondersendung. In ungefähr einer Stunde wird sie an der Absturzstelle sein."

Peyton zog die Augenbrauen in die Höhe. Ihr wurde ganz schwindelig. „Julie St. Claire ist hier?" Sie umklammerte ihre Schreibtischkante. „In der Stadt?"

Carter grinste. „Ich habe es von einem Typen erfahren, der für die Buccaneers arbeitet. Offensichtlich waren er und ein paar aus seiner Mannschaft am Flughafen, als der Jet von WNN gelandet ist. Sie müssen sich zwar beeilen, aber wenn Sie ihr eine Torte ins Gesicht werfen wollen, haben Sie jetzt die Gelegenheit dazu."

Peyton war schon aufgesprungen, bevor sie noch darüber nachdenken konnte. „Eine Torte zu werfen, ist nicht unbedingt das, was ich vorhatte, aber es wäre nicht schlecht."

Sie schnappte sich ihren Rucksack und hätte Mandi beinahe getroffen, als sie ihn sich schwungvoll über die Schulter hängte.

„Kann ich mitkommen?", rief Mandi ihr hinterher, als Peyton davoneilte.

„Bleib hier im Sandkasten, Kind", rief Peyton zurück. Sie hörte, wie die Hälfte der Männer im Nachrichtenraum zu zischen begannen und damit die Geräusche eines Kampfes unter Katzen nachmachten. „Ich werde vor Redaktionsschluss zurück sein."

* * *

Peyton jagte den Jetta so schnell sie konnte, überschritt die Höchstgeschwindigkeit, und mit quietschenden Bremsen kam sie am Ende der West Cypress Street zum Stehen. Carters Informant hatte Recht gehabt. Zwei Übertragungswagen standen schon am Strand, einer mit bereits ausgefahrener Mikrowellenantenne.

Peyton ließ ihren Rucksack im Wagen, steckte die Autoschlüssel in die Tasche und rannte los. Ein Polizist in Uniform versuchte, sie aufzuhalten, ließ die Hand aber sinken, als sie ihren Presseausweis zeigte.

„Haben Sie hier was zu erledigen?", rief er.

„Allerdings." Peyton lief weiter. „Ich schreibe die Kolumne ‚Hilfe für die Seele'."

Ohne weiteren Einwand ließ er sie passieren.

Julie St. Claire saß im zweiten Übertragungswagen, einen Spiegel in der Hand, während ein Mann ihr Haar richtete. „Es ist der Wind", sagte er, während er frustriert die Hände hob. „Wir können nichts daran machen. Sie werden es lassen müssen −"

Mit der Arroganz eines Kriegers lehnte sich Peyton in die offene Tür. „Julie St. Claire? Ich muss mit Ihnen sprechen."

Der verwirrte Friseur ließ seinen Kamm sinken, aber St. Claire zog nur ihre fein gezupften Augenbrauen in die Höhe. „Peyton MacGruder", sagte sie, ein Hauch Verärgerung in der Stimme. „Wie nett, Sie endlich persönlich kennen zu lernen."

„Ich wünschte, ich könnte dasselbe sagen." Peytons Atem kam stoßweise, ihre Lungen zogen sich vor unterdrücktem Zorn zusammen.

Julie beugte sich vor und deutete mit einer lässigen Geste zum Strand hinüber. „Haben Sie Ihren Freund Tanner Ford gesehen? Sie drehen am Strand. Er wirft eine Rose in die Wellen, vermutlich gleich hinter dieser Biegung −"

„Ich bin nicht gekommen, um mit Tanner Ford zu sprechen. Ich wollte mit Ihnen reden."

Erneut gingen die Augenbrauen in die Höhe, anmutige Flügel der Verachtung, dann griff Julie nach oben, um ihr Haar zu berühren. „Danke, Jacques. Würden Sie uns bitte einen Augenblick allein lassen?"

Jacques erschauderte, als würde der Gedanke an eine unvollkommene Kreation seine Berufsethik ankratzen. Er warf Peyton einen verächtlichen Blick zu und verließ den Übertragungswagen.

Julie wartete ab, legte die Hände aneinander, sodass ihre manikürten Fingerspitzen sich berührten. „Also gut. Sie wollten mich sprechen. Was haben Sie auf dem Herzen?"

Peyton atmete tief durch und versuchte, der Leidenschaft Herr zu werden, die ihre Nerven blank gelegt hatte. „Ich könnte darüber reden, dass Sie Tanner Ford überredet haben, seine Vertraulichkeitszusicherung zu brechen", begann sie mit geballten Fäusten, „aber jetzt ist ziemlich viel Wasser unter der Brücke. Wenn Sie tatsächlich nichts von Integrität halten, dann bezweifle ich, dass irgendetwas, was ich sage, Ihre Meinung ändern könnte."

St. Claire zeigte ihre strahlend weißen Zähne, aber nicht in einem Lächeln. „Und worüber wollten Sie mit mir reden?"

„Über die Wahrheit, Julie. Sie haben vor, der Welt zu erzählen, Trenton Ford habe diesen Zettel geschrieben. Das ist eine Lüge. Heute habe ich erfahren, für wen er tatsächlich bestimmt war – und ich habe das Original an das Kind weitergegeben, an das er gerichtet war."

St. Claire hob leicht den Kopf, wie eine Katze, der ein Duft in die Nase steigt. „Und wer ist diese geheimnisvolle Person?"

Peyton verschränkte die Arme. „Meine Kontaktperson hat um Anonymität gebeten, und ich werde sie auch wahren. Ich werde den Namen nicht bekannt geben, und Sie auch nicht."

Einen Augenblick lang starrte St. Claire sie einfach nur an, dann verhärtete sich ihr Gesichtsausdruck. „Es war nett von Ihnen, hier herauszukommen, um Hallo zu sagen. Wir sind in ungefähr einer Stunde fertig und fliegen nach New York zurück."

Die Worte sprudelten nur so aus Peytons Mund. „Haben Sie denn nicht gehört, was ich gesagt habe? Sie zeichnen eine Lüge auf, Julie. Tanner Ford ist auf Publicity aus; er möchte eine Fahrkarte nach New York! Seine Story klingt so wahr wie eine Schlagzeile der Bildzeitung!"

„Ich glaube, Sie haben Unrecht." St. Claire lächelte, als hätte sie es mit einem temperamentvollen Kind zu tun. „Die Story wurde von Blythe Ford, seiner Mutter, bestätigt. Die Teile passen perfekt zusammen."

Peyton schnaubte. „Ach ja? Wie viele Passagiere der ersten Klasse kennen Sie, die einen Frühstücksbeutel aus Plastik bei sich haben?"

St. Claires Lächeln verlor etwas an Glanz, doch dann hellte es sich wieder auf. „Es gibt exzentrische Menschen, Peyton, und reiche Leute sind oft exzentrischer als die anderen. Außerdem wissen Sie nicht, ob Trenton Ford diese Tüte nicht vielleicht von seinem Nachbarn bekommen hat."

„Wie wahrscheinlich ist das, Julie?"

„Wahrscheinlich genug für das Fernsehen. Wir sind hier nicht vor Gericht. Ich mache eine logische Annahme, und wenn Sie an meiner Stelle wären, würden Sie genau dasselbe tun."

Peyton schnappte nach Luft, wollte protestieren, hielt jedoch inne. Um ehrlich zu sein, vor zwei Wochen hätte sie vielleicht wirklich genauso gehandelt. Aber jetzt nicht mehr.

Der Zettel hatte diesen Unterschied bewirkt.

Diese Erkenntnis kam so unerwartet, dass sie zu lachen begann.

„Ich freue mich, dass Sie das so amüsant finden", schnaubte St. Claire. „Wenn Sie mich bitte entschuldigen wollen, Jacques muss sich jetzt wirklich um meine Haare kümmern."

Peyton schob sich in den Wagen hinein und ging weiter auf Julie St. Claire zu. Zwei Zentimeter vor ihrem perfekt gepuderten Gesicht beugte sie sich über sie. „Sie bringen eine Lüge", sagte sie, und ihre Stimme klang eiskalt wie Stahl. „Und das ist Ihnen ganz egal. Sie täuschen lieber die Welt und reden den

Leuten ein, dieser Zettel sei für diesen Idioten dort draußen im Sand bestimmt gewesen."

Zum ersten Mal zogen sich St. Claires Augenbrauen zusammen. „Ich muss den Zuschauern etwas geben", zischte sie. „Die Sondersendung ist angekündigt, die Werbespots gedreht. Was soll ich ihnen denn geben, wenn nicht Tanner Ford?"

„Wie wäre es mit der Wahrheit?" Peyton hielt inne, um ihre Worte einsinken zu lassen. „Erzählen Sie ihnen von einem Vater, der sein Kind so sehr liebte, dass seine letzten Gedanken ihm galten. Er wollte ihm unbedingt mitteilen, dass einer Versöhnung nichts im Wege steht. Sie brauchen keine Einzelperson herauszustellen – lassen Sie diese Botschaft um die Welt gehen!"

Kälte zeigte sich in Julie St. Claires Gesicht. „Das würde meinen Zuschauern nicht gefallen", sagte sie mit ausdrucksloser Stimme. „Ich bin eine ernsthafte Journalistin, und ernsthafte Journalisten verlieren sich nicht in Allgemeinheiten. Meine Zuschauer wollen Details; sie wollen Namen, Gesichter und Einzelheiten. Und ich werde ihnen geben, was sie wollen."

Peyton wich zurück. Die bittere Galle der Frustration brannte in ihrer Kehle. Hier gab es keine Wahrheit – nicht einmal einen Kompromiss. Daran würde sie nichts ändern.

Sie atmete tief durch, richtete sich auf und wandte sich um. Sie schirmte ihre Augen mit der Hand gegen die Sonne ab und konnte am Strand einen Kameramann erkennen, der seine Linse auf Tanner Ford gerichtet hatte. Ford stand am Wasser, das Gesicht dem Meer zugewandt.

Er hatte Anspruch auf den Zettel erhoben ... aber er würde seine wahre Macht nie kennen lernen.

„Also gut", flüsterte sie, mehr zu sich als zu jemand anderem. Die kalte, klare Realität ging in einer mächtigen Welle über sie hinweg und raubte ihr den Atem.

Wenn die Wahrheit gesagt werden musste, dann würde sie das eben übernehmen.

* * *

Zurück an ihrem Schreibtisch hämmerte Peyton so wild in die Tasten, dass die Geräusche im Nachrichtenraum in den Hintergrund traten. Sie schrieb ohne nachzudenken; die Worte und Gefühle schienen einfach nur aus ihr herauszufließen. Schließlich warf sie noch einen schnellen Blick auf die Story, ließ die Rechtschreibprüfung durchlaufen und schickte sie ab.

Sie starrte auf den leeren Computerbildschirm, als Kings Stimme sie aus ihren Gedanken riss. „Na, heute alle Probleme der Welt gelöst?"

Trauer wallte in ihr auf, schwarz und mächtig, und einen Augenblick lang war sie wie stumm. Dann brach es aus ihr heraus: „Ich brauche Hilfe, King. Ich muss mit jemandem reden."

Als sie sich umdrehte, lag Mitgefühl und Wärme in seinem Blick. „Sie haben Glück", sagte er und reichte ihr seine Hand. „Kommen Sie. Zufällig kenne ich jemanden, der gern zuhört."

* * *

Der Lakeview Wohnwagenpark hatte sich seit Peytons letztem Besuch nicht verändert, aber irgendwie wirkte er im gedämpften Licht der Dämmerung sehr viel einladender. King parkte seinen Jeep vor der Nummer 137, stellte den Motor ab und sah Peyton fragend an. „Ich hoffe, Sie sind hungrig. Als ich Mary Grace sagte, wir würden kommen, hat sie versprochen, Thunfischsandwiches zu machen."

„Klingt großartig." Peyton drückte die Hand auf ihren leeren Magen. Plötzlich fiel ihr ein, dass sie seit dem Frühstück nichts mehr gegessen hatte.

Während sie und King die Auffahrt hinaufgingen, legte Peyton den Kopf in den Nacken und atmete den Duft von gemähtem Gras und Gardenien ein. Jemand auf der anderen Seite des Parks grillte gerade – Steaks, wenn man dem Duft trauen konnte.

Klänge von klassischer Musik drangen durch das offene Fenster des Wohnwagens, und Peyton verzog das Gesicht, während King an die Tür klopfte. *Die Zauberflöte?* Mary Grace liebte Mozart?

Einen Augenblick später wurde die Tür geöffnet. Mary Grace stand im Türrahmen und zog King in die Arme. „King Bernard, es ist so lange her!"

„Das stimmt, Mary Grace."

Peyton trat ein, und auch sie wurde in die Arme genommen. „Wie geht es Ihnen, meine Liebe?", flüsterte sie und drückte Peyton einen Kuss auf die Wange. „In den letzten Tagen habe ich viel an Sie gedacht. Ich habe auch Ihre Kolumne gelesen, obwohl ich sonst die *Post* lese."

„Mir geht es gut." Peytons Stimme klang angespannt, aber Mary Grace schien das nicht zu bemerken.

„Kommen Sie doch mit. Ich habe Limonade im Kühlschrank und Sandwiches und Chips bereitgestellt. Ich hatte nicht die Zeit, viel vorzubereiten, und zum Kochen ist es zu heiß, aber –"

„Das sieht alles wunderbar aus, Mary Grace", rief King vom Spülbecken aus. Er deutete auf den kleinen Tisch in der Küche. „Kommt schon, Ladys, setzt euch. Ich bin am Verhungern."

Sie lachten, und Peyton spürte, wie sich ihre Stimmung hob, als sie auf dem von King angebotenen Stuhl Platz nahm. Nach einem Augenblick der Stille, in der Mary Grace murmelte: „Für alles, was wir empfangen haben, möchten wir dem Herrn danken", begannen sie zu essen. Der Thunfischsalat war kalt und knackig, die Limonade köstlich. Während King und Mary Grace kauten und miteinander plauderten, schluckte Peyton ihren ersten Bissen. Dann hielt sie das kalte Glas an ihre Wange und genoss die Kühle. Sie hätte eigentlich hungrig sein sollen, aber ihr Appetit schien sich zusammen mit ihrer sensationellen Story in Luft aufgelöst zu haben.

„Mögen Sie keinen Thunfisch, meine Liebe?" Mary Graces Stimme holte sie in die Gegenwart zurück.

„Oh, es ist lecker; ich mag es. Ich habe nur keinen Hunger."

Mit einem Blick, der besagte, dass sie vollkommen verstand, nickte Mary Grace. „Wir essen noch fertig", sagte sie und schob ein Stück Thunfisch auf einen Kartoffelchip. „Dann können wir uns ins Wohnzimmer oder nach draußen setzen und reden."

„Die Küche ist prima." Sie erinnerte sich an die Babypuppen im Wohnzimmer und senkte den Blick auf die Tischplatte. „Bitte machen Sie sich doch keine Mühe wegen uns."

Mary Grace kaute den letzten Bissen, stützte die Ellbogen auf den Tisch und faltete die Hände. Sie sah King einen Augenblick lang an und sagte schließlich: „Es ist in Ordnung, Kind. Ich habe gehört, Sie möchten gern reden. Wir sind bereit zuzuhören. Schießen Sie los. Erzählen Sie uns von der Last, die auf Ihrer Seele liegt."

Peyton winkte ab. „Es ist nichts. Mir geht es gut, wirklich."

„Wenn es Ihnen gut ginge, würden Sie nicht aussehen wie ein Kind, das etwas gesehen hat, das es nicht bekommen kann." Federleichte Lachfältchen zeigten sich an Mary Graces Augenwinkeln. Sie ergriff Peytons Hand. „Erzählen Sie mir davon, Liebes. Sie sind zu mir gekommen, weil Sie wissen wollten, wie man mit trauernden Menschen umgeht. Also erzählen Sie mir, was Sie erlebt haben."

Peytons Knie unter dem Tisch begannen zu zittern, wie bei einem Mädchen, das auf seinen ersten Kuss wartet. „Ich habe drei Personen interviewt – nun, eigentlich vier. Mit jedem von ihnen habe ich über den Zettel gesprochen, und jeder von ihnen hat eine andere Reaktion gezeigt."

„Der Zettel aus dem Flugzeug? Von dem ich gelesen habe?"

Peyton nickte. „Der erste Mann, der Prediger, hat sich nicht zu dem Zettel bekannt, weil er und sein Vater eine gute Beziehung hatten. Die zweite Kandidatin, eine Frau, hat ihn nicht angenommen, weil sie und ihr Vater eine schlechte Beziehung hatten, ist das nicht seltsam? Vollkommen unterschiedliche Situationen, aber keiner von ihnen wollte mit dem etwas zu tun haben, was ich anzubieten hatte. Der dritte Mann sagte, der Zettel sei an ihn gerichtet. Aber ich glaube nicht, dass er ehrlich war. Er betrachtet den Zettel nur als eine Fahrkarte zu Ruhm und Reichtum."

Sie senkte den Blick. Der Gedanke an Tanner Ford und die bevorstehende Sondersendung war kaum zu ertragen. Sie konnte nur hoffen, dass irgendetwas Schlimmes passieren würde, etwas, das ihn daran hindern würde, nach New York zu fliegen. Aber schon vor langer Zeit hatte sie gelernt, dass das Leben nicht immer fair ist.

King meldete sich zu Wort. „Sie sagten, es gäbe noch eine vierte Person?"

Als sie nickte, schlugen alle Gefühle, die sie zu unterdrücken versucht hatte, über ihr zusammen. Stundenlang hatte sie diese Gefühle in Schach gehalten. Aber jetzt wollte sie alles erzählen, musste darüber reden und die ganze Geschichte offenbaren.

Sie sah auf, und trotz ihres Versuchs, die Fassung zu bewahren, zitterte ihr Kinn, füllten ihre Augen sich mit Tränen. „Das Mädchen, mit dem ich heute Nachmittag gesprochen habe", sagte sie und ballte die Hände zu Fäusten, um das Schluchzen in ihrer Brust zurückzudrängen. „Nun, vielleicht sollte ich ganz vorn anfangen."

Ein Schauder erfasste sie, als sie sich in den kalten Brunnen der Erinnerung herunterließ. „Ich heiratete Garrett MacGruder, als ich noch im College war. Und obwohl mein Vater nicht billigte, dass ich das Studium abbrach, war ich sehr glücklich mit meinem Mann. Ich hatte meinem Vater nie sehr nahe gestanden, wissen Sie, und ich wollte mit seiner neuen Frau und seinen Kindern nichts zu tun haben. Garrett unterrichtete an der Universität, und ich nahm einen Job an, um zu unserem Lebensunterhalt beizutragen. Wir mieteten ein kleines Haus in Gainesville. Arm und glücklich waren wir. Aber eines Tages, Silvester 1982, prallte Garrett mit seinem Wagen gegen einen Baum und starb.

Es scheint seltsam, wenn ich das heute so sage, aber damals dachte ich, ich sei vollkommen allein auf der Welt. Garretts Eltern waren tot. Und meine Mom war auch tot und mein Dad eine Million Meilen entfernt –"

„War er das, Liebes?", fragte Mary Grace mit leiser Stimme.

Peyton zuckte die Achseln. „Ich dachte es. Auf jeden Fall fuhr ich ins Krankenhaus, um Garrett zu sehen, und als ich nach Hause kam, nahm ich Tabletten. Aber sie wirkten nicht, darum beschloss ich, ein wenig nachzuhelfen. Hier, sehen Sie selbst."

Ungeschickt nahm sie die breite Uhr von ihrem Handgelenk und hielt Mary Grace und King den Arm hin. „Das ist, was passieren kann, wenn man jung ist und allein."

Sie hatte befürchtet, King würde sich in Verlegenheit winden und den Blick von ihrer Narbe abwenden, aber seine Augen verdunkelten sich vor Mitgefühl.

Langsam senkte sie den Blick. „Mein Dad, der sofort von Jacksonville herüberkam, nachdem er von dem Unfall gehört hatte, fand mich im Haus. Er rief den Rettungswagen und rettete mir das Leben, schätze ich, obwohl ich gar nicht gerettet werden wollte. Und dann im Krankenhaus entdeckte er die Überraschung, die ich für Garrett hatte. Ich war schwanger." Ihr Blick wanderte von King zu Mary Grace. „Monatelang war ich ein physisches und psychisches Wrack. Mein Vater hat einen Richter dazu gebracht, ihn zum Vormund des Babys zu ernennen."

„War Ihnen das recht?", fragte Mary Grace.

Peyton schüttelte den Kopf. „Ich war mit Medikamenten voll gepumpt und nicht zurechnungsfähig. Mir war es egal, ich fühlte nichts, ich war nicht interessiert. Mein Psychiater hatte keine Bedenken, eine solche Bescheinigung auszustellen. Es war egal, ob ich einverstanden war oder nicht, ich war gar nicht da."

Kings Augen verengten sich vor Mitleid. „Ehrlich, MacGruder, Sie haben nie ein Wort gesagt —"

Peyton hob die Hand, um ihm das Wort abzuschneiden. „Ich denke nicht gern darüber nach, und manchmal erscheint es mir nicht einmal real. Ich erinnere mich kaum an diese Monate, und die Schwangerschaft war wie ein Traum. Eines Tages hatte ich einen dicken Bauch, und am nächsten Tag war er verschwunden. Wenn die Schwangerschaftsstreifen auf meinem Bauch und die Narbe an meinem Handgelenk nicht gewesen wären, hätte ich vielleicht Schwierigkeiten zu glauben, dass das tatsächlich passiert ist.

Aber das Baby wurde geboren und einer Sozialarbeiterin übergeben. Ich habe es nie gesehen. Wollte es auch eigentlich nicht. Während der Entbindung war ich weggetreten, aber sie hätten keine Angst zu haben brauchen. Ich befand mich sowieso in einem geistigen Nebel. Erst nach der Geburt war ich in der Lage, langsam wieder zu mir zurückzufinden." Sie sah King an. „Mein Vater hat das Kind zur Adoption freigegeben; hat es einer Familie gegeben."

„Junge oder Mädchen?", fragte Mary Grace. Zwei tiefe Falten erschienen zwischen ihren Augen.

Peyton atmete tief durch. „Ein Mädchen. Wochenlang, eigentlich monatelang erfuhr ich nicht, was mit ihm passiert war. Aber nach und nach, als ich anfing, kräftiger zu werden, verabreichte mir mein Therapeut löffelweise die Wahrheit. Im Laufe unserer Sitzungen erzählte er mir, dass ich am 2. September ein Mädchen entbunden hätte. Sie sei an eine Familie in Florida gegeben worden. Er erzählte mir auch, ich könnte mich glücklich schätzen, einen Vater zu haben, der mich so liebte, dass er die Dinge in die Hand genommen hätte."

„Und Sie?", fragte King. „Was denken Sie?"

Peyton senkte den Blick. „Lange Zeit fühlte ich mich einfach nur wie betäubt. Das ist so, wie wenn die Füße einschlafen und man sie nicht mehr spüren kann. Doch wenn das Blut wieder anfängt zu fließen, dann sticht und schmerzt es und macht einen beinahe verrückt.

Während meine Emotionen zurückkamen, musste ich feststellen, dass ich anfing, meinen Vater zu hassen. Mein Baby, alles, was von Garrett noch übrig geblieben war, war für immer fort. Darum hasste ich den Mann, der sie mir weggenommen hatte. Mein Therapeut sagte, es sei falsch, so zu empfinden. Aber ich hasste Dad für alles, sogar dafür, dass er mir das Leben gerettet hatte. Oh, das habe ich natürlich nie ausgesprochen. Nachdem ich die Ausdrucksweise des Psychogebrabbels gelernt hatte, konnte ich meinen Arzt davon überzeugen, dass ich meinen Zorn verarbeitet hätte. Jahrelang habe ich es sogar geschafft, die Rolle der pflichtbewussten Tochter zu spielen. Aber wenn Sie die Wahrheit wissen wollen, hasse ich meinen Vater noch immer, wobei sich dieses Gefühl im Laufe der Zeit zu einer sehr eindeutigen Abneigung entwickelt hat. Ich wollte nichts mit ihm zu tun haben, weil eine Begegnung mit ihm die Vergangenheit lebendiger zurückbringt, als ich mich an sie erinnern möchte."

Sie sah auf, aufgewühlt von den heftigen Emotionen und den glimmenden Erinnerungen, die wieder zum Leben erwacht waren. Sie hatte das Gefühl, sich vor den beiden entblößt zu haben, ihre Schwangerschaftsstreifen, die Narbe, den Hass und die Härte offenbart zu haben, die sie in ihrem Herzen verschlossen hatte. Was würden sie jetzt von ihr denken?

„Fahren Sie fort, Liebes." Mary Grace streckte die Hand aus und legte sie um Peytons Handgelenk. „Was passierte, nachdem Sie aus dem Krankenhaus entlassen wurden?"

Peyton erschauderte. „Drei Monate nach der Geburt des Babys wurde ich von der Psychiatrie in ein so genanntes offenes Haus verlegt. Mein Vater wollte, dass mich jemand im Auge behielt. Ein Jahr lang lebte ich dort und belegte Kurse am College. Zu dem Zeitpunkt habe ich angefangen, Journalistik zu studieren. Die Welt erschien mir seltsam entrückt, aber ich lernte klarzukommen, indem ich die schlimmen Erinnerungen unterdrückte und von einem Tag zum andern lebte. Während der ganzen Zeit ging ich zu meinen Therapiesitzungen mit Dr. Stewart. Er hat mir beigebracht, die Panikattacken abzuwehren, die mich wie aus heiterem Himmel überfielen und mir sehr zu schaffen machten. Ich habe mir selbst beigebracht, den Schmerz zu verdrängen, ihn im Meer des Vergessens zu begraben."

Sie lächelte King halbherzig an. „Wussten Sie, dass es bei den Juden dazu ein Ritual gibt? An Rosh Hashanah gehen sie zu einem nahe gelegenen Fluss, leeren ihre Taschen aus und lassen das Wasser alle Fusseln und allen Staub mit sich fortnehmen. Diese Zeremonie heißt *tashlikh*, und sie wird begangen, um sich daran erinnern, dass Gott alle ihre Sünden ins Meer des Vergessens und der Vergebung geworfen hat."

Peyton schwieg. Auf der Straße fuhr ein Wagen vorbei. Sie sah auf ihre Hände. Sie wusste, die anderen warteten darauf, dass sie weiter erzählte.

„Das Schreiben half mir", sagte sie schließlich. „Nach so vielen Monaten des inneren Schweigens flossen die Worte aus mir heraus, als hätte jemand einen Hahn aufgedreht." Sie zuckte die Achseln. „Ich merkte, dass ich die Gabe hatte, Dinge in einem klaren, präzisen Päckchen zusammenzufassen. Ich wechselte an die Universität von Florida, bekam ein Stipendium, beendete mein Studium und nahm schließlich eine Stelle als Kopiermädchen bei der *Gainesville Sun* an. Zwischen Telefondienst, Kopieren und Kaffeekochen lernte ich auch, unter Druck zu schreiben. Dr. Stewart las meine Arbeiten – überwiegend Todesanzeigen, nach den Angaben in den Unterlagen formuliert – und lobte meinen Fortschritt.

Als er mich für gesund erklärte, bat mein Vater mich, nach Jacksonville zu kommen. Er wollte mich in seiner Nähe haben. Doch ich zog nach Orlando. Ich wollte fort sein von ihm und von Gainesville mit seinen Erinnerungen. Und dort, während meiner Arbeit für den *Orlando Sentinel*, lernte ich alles andere, was ich über die Zeitungsarbeit wissen muss. Ich vergrub mich in meiner Arbeit und bekam einen recht guten Ruf als Sportreporterin." Sie sah King an. „Danach kam ich nach Tampa, wo unsere Auseinandersetzungen begannen."

„Den Teil der Geschichte kenne ich", sagte er, und ein kleines Lächeln umspielte seine Mundwinkel.

Stille senkte sich über den Tisch, und Peyton rieb ihren Daumennagel. „Ich wünschte, das wäre das Ende der Geschichte", sagte sie mit schwerer Stimme. „Aber heute kam eine Person in den kleinen Park vor dem Zeitungsgebäude. Ihr Name ist Lila. Aber ihre Familie hat sie immer ‚T' genannt, Tagalong, weil sie immer hinter ihren vier großen Brüdern herlief."

King zog die Augenbrauen in die Höhe, und in seinen Augen lag die unausgesprochene Frage: *Und was sonst noch?*

„Lila zeigte mir eine Bibel", erklärte Peyton. Die Worte kamen jetzt schneller. „Auf der ersten Seite hatte ihr Vater ihren Namen und ihr Geburtsdatum vermerkt – und die Handschrift war genau dieselbe wie auf dem Zettel. Obwohl man merkt, dass der Zettel von jemandem geschrieben wurde, der unter Anspannung stand, ist die Ähnlichkeit nicht zu verkennen."

„Und darum sind Sie so aufgebracht?" King verschränkte die Arme und beugte sich über den Tisch. „Weil Julie St. Claire in ihrer Sondersendung die falsche Person präsentiert?"

„Mir ist inzwischen vollkommen egal, was Julie St. Claire tut." Peytons Blick verengte sich. „Sie tut, was gut ist für ihre Einschaltquoten, und Tanner Ford macht sich hervorragend im Fernsehen. Nein, ich bin aufgebracht, weil Lila Lugars Geburtstag der 2. September 1982 ist." Ihr Blick wanderte von King zu Mary Grace, deren mitfühlende blaue Augen dazu einluden, Vertrauen zu haben. „Ich bin sicher, dass Lila Lugar meine Tochter ist."

Stille, lastend und schwer, hüllte sie ein wie eine Wolldecke. Mary Graces Kuckucksuhr begann zu schlagen.

„Aber das ist doch wundervoll!" King versuchte ein Lächeln. „Oder nicht?"

War es wundervoll? Sie hatte fast zwanzig Jahre mit dem Gedanken gelebt, auf ewig von ihrer Tochter getrennt zu sein. Wie sollte sie sich jetzt der Zukunft stellen? Sie hatte ihr Kind und ihren Vater an einen geheimen Ort tief in ihrem Inneren verbannt, weil sie wusste, dass sie nicht nach ihrem Kind suchen konnte, ohne jene dunkle Zeit des Jahres 1982 erklären zu müssen. Wie konnte sie ihrer Tochter gegenübertreten und zugeben, dass sie versucht hatte, ihnen beiden das Leben zu nehmen?

„Ich weiß nicht." Peyton sah ihn mit tränenverhangenem Blick an. „Ich habe sie gefragt, ob sie ihre richtige Mutter kennen lernen möchte, und sie sagte nein. Doch dann meinte sie, sie würde ihrer biologischen Mutter gern sagen, dass sie ihr dankbar ist für das Geschenk des Lebens und dass sie mit den Lugars eine wundervolle Familie gefunden hat."

„Das ist schön, Liebes." Mary Grace tätschelte ihr die Hand.

Gegen Peytons Willen entrang sich ihr ein Schluchzen. „Aber sie hat bei dem Flugzeugabsturz alles verloren – ihre Mutter und ihren Vater. Und jetzt hat sie nur noch mich, vielleicht sollte ich –"

„Sie hat vier Brüder", unterbrach Mary Grace, die Peytons Handrücken streichelte. „Und vielleicht Großeltern. Und Freunde."

King nahm Mary Graces Gedanken auf. „Ich weiß nicht, ob Sie das überstürzen sollten. Das Mädchen hat durch den Flugzeugabsturz ein schweres Trauma erlebt und jetzt die Sache mit dem Zettel. Überlegen Sie es sich gut, bevor Sie ihr lebensverändernde Geständnisse machen."

„Und warum ist sie mir dann über den Weg gelaufen?" Der Schrei entrang sich Peyton wie das Jammern eines verletzten Tieres. „Ich kann nicht umhin zu denken, dass das etwas zu bedeuten hat, dass der Zettel mir aus einem ganz bestimmten Grund in die Hände gefallen ist. Bestimmt soll ich dieses Mädchen unter meine Fittiche –"

„Hören Sie, Kind." Mary Graces Griff verstärkte sich. „Vielleicht sollen Sie das, aber nicht im Augenblick, und zwar aus mehreren Gründen. Erstens, King hat Recht. Das Mädchen hat innerhalb kürzester Zeit viel zu viel durchgemacht; Sie können diese Bombe jetzt nicht platzen lassen. Zweitens, sie hat Ihnen gesagt, sie wolle ihre richtige Mutter nicht kennen lernen."

„Vielleicht braucht sie das aber", wandte Peyton schniefend ein. „Wir wissen nicht immer, was gut für uns ist."

Mary Grace schüttelte den Kopf. „Vielleicht später, Kind, wenn Sie beide Zeit gehabt haben, wenn die Wunden geheilt sind. Aber lassen Sie mich Ihnen etwas sagen. So, wie ich die Situation beurteile, brauchen Sie sich um dieses Mädchen keine Sorgen zu machen. Mir scheint, sie kommt ganz gut klar; sie verarbeitet. Sie betrauert den Verlust ihrer Eltern, aber das ist nur natürlich. Sie dagegen verhalten sich nicht natürlich."

Peyton starrte sie an. „Wie bitte?"

„Sie, Liebes." Mary Graces Tonfall wurde weicher. „Die Beziehung zwischen Ihnen und Ihrem Daddy ist nicht in Ordnung.

Er liebt Sie, Kind, und Sie müssen schon so blind wie ein Maulwurf sein, um das nicht zu erkennen. Er liebt Sie, er sorgt sich um Sie, und das hat er all diese Jahre getan."

Peyton schob ihr Kinn vor. „Er interessiert sich überhaupt nicht für mich. Seine anderen Kinder nehmen all seine Zeit und Energie in Anspruch."

Mary Grace lachte. „Peyton, Liebe kann nicht aufgeteilt werden, ein Stückchen hier und ein Stückchen da. Nein. Menschen, die lieben, geben ihr ganzes Herz, und das haben Sie bekommen. Das Herz Ihres Vaters wird immer Ihnen gehören, und mir scheint, Sie haben ihm nichts gegeben als nicht ernst gemeinte Valentinsgeschenke." Mary Grace ließ Peytons Handgelenk los, beugte sich vor und stützte das Kinn in die Hand. „Wann haben Sie das letzte Mal mit ihm gesprochen?"

Peyton sah zu King hinüber und entdeckte ein leichtes Flackern in seinen Augen. Natürlich wusste er Bescheid. Er hatte die ungeöffneten Briefe im Abfalleimer und im Serviettenständer gesehen. Er wusste Bescheid und war mit Mary Grace einer Meinung.

„Mein Vater hat mir mein Baby genommen." Diese Worte kamen mit einer Bösartigkeit heraus, die Peyton selbst erschreckte. „Er hat nicht darauf gewartet, dass ich mich erhole; er hat es einfach weggegeben."

„Er hat die Verantwortung für das kleine Mädchen übernommen, weil er wusste, dass Sie es nicht konnten", erwiderte Mary Grace. „Er hat sie in eine Familie gegeben, in der sie geliebt und verwöhnt wurde. Vier Jungen und ein Mädchen? Sie können mir nicht sagen, dass sie nicht wie eine Prinzessin behandelt wurde."

Peyton sah zu King hinüber in der Hoffnung, einen Verbündeten zu finden; aber er verschränkte nur die Arme.

Sie wandte sich wieder zu Mary Grace. „Mein Vater war nie für mich da. Nach dem Tod meiner Mutter musste ich bei meiner Oma bleiben, bis sie krank wurde. Dann kam ich in ein Internat, während er sich niederließ, dann wieder heiratete ... und ich blieb weg."

„Hat er Sie nie gebeten, nach Hause zu kommen?", fragte Mary Grace.

„Doch." Peyton zuckte die Achseln. „Aber mittlerweile hatte ich nicht mehr das Gefühl, ihn zu kennen. Und ich hatte gelernt, ohne ihn auszukommen." Sie erschauderte, als sich der Vorhang über den Erinnerungen hob, die sie seit Jahren verdrängt hatte. „In der Schule fühlte ich mich wie ein Waisenkind. Von unserem Biologielehrer erfuhr ich alles über die Menstruation. Meinen ersten Büstenhalter stahl ich im Supermarkt, weil ich mich nicht überwinden konnte, ihn an der Kasse zu bezahlen. Ich kann nicht sagen, wie oft ich vor Scham, Verlegenheit und Demütigung beinahe gestorben bin, weil ich nie jemanden hatte, der mir etwas erklärt hätte. Alle anderen Mädchen hatten Mütter. Ich nicht, und meinen Vater konnte und wollte ich diese Dinge nicht fragen."

„Hat er denn nie versucht, mit Ihnen zu reden?"

„Ich denke schon. Aber wenn wir dann miteinander gesprochen haben, stolperte er über peinliche Themen. Schließlich sagte ich ihm, er solle sich keine Sorgen machen, ich hätte alles von meinen Freundinnen in der Schule erfahren. Und in der Schule erzählte ich meinen Freundinnen, mein Dad und ich hätten eine wundervolle Beziehung, er würde mir alles geben, was ich mir wünschte. Er schickte tatsächlich Geld, wenn ich ihn darum bat, aber viel mehr hätte ich seine Liebe gebraucht."

„Was lässt Sie glauben, Sie hätten sie nicht gehabt?" Die Frage kam von King. Er sah sie an mit einem Blick, der die Geheimnisse ihres Herzens zu ergründen schien. „Er hat für Sie gesorgt, er ist Ihnen entgegengekommen – ehrlich, Peyton, was wollten Sie mehr?"

„Ich weiß es nicht." Ihre Stimme brach, als sie die Wahrheit eingestand. „Ich wollte ... einfach mehr."

„Sie wollten eine Beziehung." Mary Grace nickte Peyton zu. „Doch genau das haben Sie ihm verweigert."

Irgendetwas in Peyton wehrte sich dagegen. „Das habe ich nicht!"

„Doch, das haben Sie." Mary Grace gab nicht nach. „Haben Sie nicht gerade gesagt, dass er Sie besucht hat? Dass er Geld geschickt hat? Ist er nicht zum Besuchstag und anderen Ereignissen gekommen?"

Peyton runzelte die Stirn. „Du meine Güte, Mary Grace, ich habe das alles schon vor Jahren abgelegt. Sie klingen wie mein Psychiater."

„Aber Sie erkennen die Wahrheit noch immer nicht. Ihr Dad war verfügbar für Sie, Peyton, vermutlich genauso sehr wie jeder Vater für seine Kinder. Ihr Dad ist Arzt, richtig? Also ist es nicht so, dass er jede Menge Zeit gehabt hätte."

Peyton senkte den Blick. Sie wusste, Mary Grace hatte Recht. Ihr Dad war zu vielen ihrer Schulvorführungen gekommen, manchmal hatte er sogar Kathy und die Kleinen mitgeschleppt ... aber sie war zu verbohrt gewesen, um das anzuerkennen. Und nachdem er seine Praxis eingerichtet hatte, hat er sie jedes Jahr gefragt, ob sie nicht nach Hause kommen und eine Schule am Ort besuchen wolle. Aber sie hatte immer das Internat vorgezogen.

Mary Grace legte ihre Hand auf Peytons linken Arm. Mit einer Hand hielt sie das vernarbte Handgelenk, mit der anderen strich sie langsam über die rote Narbe, die das Rasiermesser hinterlassen hatte. „Was Sie immer als Schuld betrachtet haben, ist es nicht, Liebes", flüsterte sie. „Ich denke, es ist an der Zeit, dass Sie die Dinge noch einmal aus einer anderen Perspektive überdenken."

Peyton schloss die Augen. Letztes Jahr war sie nach Jacksonville gefahren, um die Weihnachtsparty einer Freundin aus der Highschoolzeit zu besuchen. Getrieben hatte sie eher ein Gefühl gesellschaftlicher Verpflichtung als Zuneigung. Nach der Party war sie am Haus ihres Vaters vorbeigefahren, um einen Haufen oberflächlicher Geschenke abzuliefern. Er hatte die Haustür aufgemacht. „Willst du nicht hereinkommen?", hatte er gefragt, und in seinen Augen hatte Hoffnung geschimmert.

„Nein." Sie war zurückgewichen, die eleganten Stufen hinuntergestiegen und hatte sich gewünscht, sie hätte die Geschenke einfach vor die Tür stellen, klingeln und dann davonlaufen können. „Zu Hause wartet noch Arbeit auf mich."

„Du kannst nicht bleiben?"

Als Antwort hatte sie ihm einfach zugewinkt, sich umgewandt und war davongeeilt. Es war ihr schwer gefallen, den enttäuschten Blick in seinen Augen zu vergessen. Sie hatte es kaum erwarten können, wieder nach Hause zu ihrem Computer zu kommen, wo der Monitor sie leer anstarrte und die Worte gehorsam auf die Seite sprangen, sich verdrehten oder zusammenrollten, ganz wie sie wollte.

Sie konnte damals nicht bleiben ... und die Scham darüber empfand sie noch.

* * *

Es war schon dunkel geworden, als King und Peyton die Heimfahrt antraten. Er bestand darauf, sie zur Tür zu begleiten. Ihren Wagen hatten sie beim Zeitungsgebäude stehen gelassen, weil sie, wie er neckend anmerkte, nicht in der Verfassung sei zu fahren.

Als sie jetzt die Haustür aufschloss und sich selbst im Spiegel erblickte, musste Peyton zugeben, dass sie tatsächlich etwas mitgenommen aussah. Bei Mary Grace hatte sie viel geweint; ihr Gesicht war verquollen und ihre Wimperntusche verschmiert. Bei einer Polizeikontrolle hätte man sie vermutlich für Elvira, die Königin der Dunkelheit, auf dem Weg zu einer Party gehalten.

Verlegen über ihren aufgelösten Zustand wandte sie sich um. „Wollen Sie einen Augenblick hereinkommen?", fragte sie über die Schulter hinweg. „Ich werde meine Kolumne umschreiben und in die Redaktion schicken. Aber ich habe noch Zeit und ein paar Coladosen im Kühlschrank. Vielleicht ist sogar ein Apfelkuchen da. Ich habe letzte Woche oder so welchen im Supermarkt gekauft."

„Vor einer Woche?" Brummend putzte sich King die Füße auf

der Fußmatte ab und folgte ihr ins Haus. „Ehrlich, MacGruder, Sie müssen besser auf sich aufpassen. Vermutlich ist der Kuchen bereits verschimmelt. Sie werden krank, wenn Sie den essen."

Sie wandte sich um, ein wenig erstaunt darüber, dass er tatsächlich hereingekommen war. Er hatte sie in einem Ausnahmezustand erlebt, emotional und körperlich. Die Tatsache, dass er noch immer hier war, könnte bedeuten, dass er mehr als nur Freundschaft für sie empfand ...

„Würde es Ihnen denn etwas ausmachen?", fragte sie plötzlich verlegen. „Falls ich krank würde?"

„Ja." Er stand vor ihr und fuhr mit dem Finger über ihre Wange. „Ich würde die Auseinandersetzungen mit Ihnen im Büro vermissen."

„Das muss ja nicht sein." Sie spürte, wie sie errötete. „Die Auseinandersetzungen, meine ich. Wir könnten ja zur Abwechslung mal versuchen, miteinander auszukommen."

Sein Mund verzog sich langsam zu einem Lächeln, das sie, wie sie plötzlich erkannte, sehr liebte. „Was heißt das? Denken Sie ehrlich daran zu zeigen, dass Carter Cummings Recht hatte? Er hat immer behauptet, Sie hätten eine Vorliebe für mich."

Sie lachte. „Das ist ja lustig – auf unserer Seite des Nachrichtenraums erzählte er immer, Sie hätten ein Faible für mich."

Er nahm ihr Kinn in die Hand, hob es hoch, beugte sich über sie und küsste sie. Peyton schloss die Augen und spürte, wie die durcheinander gewürfelten Teile ihrer Welt ihren Platz fanden. Als sie die Augen öffnete, lächelte er sie an.

„Äh ... zwei Cola, richtig?" Auf wackeligen Beinen ging sie zum Kühlschrank.

„Sicher."

Er setzte sich an den Küchentisch, während sie zwei Gläser aus dem Schrank holte und sie mit Eis füllte. Ein paarmal sah sie zu ihm hinüber und bemerkte, wie sehr er sich zu Hause zu fühlen schien. Als sie die gefüllten Gläser an den Tisch brachte, hatte er zwei der Briefe ihres Vaters aus dem überfüllten Serviettenhalter gezogen.

„Ich dachte, du würdest sie vielleicht gern lesen", sagte er und ließ sie auf den Tisch fallen. „Es wäre an der Zeit, meinst du nicht?"

Sie starrte die Briefe an, während ihr etwas bewusst wurde. Sie und King hatten gerade Frieden geschlossen. Und er hatte sie von ihrer schlimmsten Seite erlebt. Wenn sie einen Friedensvertrag schließen konnten und wenn er sie so sehr liebte, obwohl er alles über ihre Vergangenheit wusste ...

Sie atmete tief durch und wandte sich ab. „Ich habe eine bessere Idee." Sie ging zum Telefon. „Hast du Pläne für dieses Wochenende?"

„Äh – nein. Was hast du vor?"

„Du wirst schon sehen." Peyton nahm den Hörer ab und wählte langsam die Nummer, die sie seit Jahren nicht mehr gewählt hatte. Als eine Männerstimme sich meldete, nahm sie allen Mut zusammen. „Dad? Hier spricht Peyton. Hör mal, ein Freund und ich haben vor, an diesem Wochenende heraufzukommen. Also wenn du ein paar Schlafzimmer vorbereiten könntest –"

Sie lächelte. „Nein, Dad, alles in Ordnung. Ich dachte nur ... na ja, ich würde dir gern eine Geschichte erzählen. Eine, die du kaum glauben wirst."

Peyton sah zu King hinüber, der zustimmend die Daumen hob. Sie erwiderte sein Grinsen. Doch dann wandte sie sich ab, unfähig ihren Schmerz zu verbergen. Ihr Herz zog sich zusammen.

Ihr Vater weinte.

16

Hilfe für die Seele
von Peyton MacGruder
C Howard Features Syndicate

Liebe Leser,
heute Abend werden sich viele von Ihnen die Sondersendung
von World News Network zum Absturz von Flug 848 und
dem Zettel ansehen, der den Absturz überstanden hat. Ich
möchte Ihre Freude auf ein Fernsehspektakel nicht verderben. Darum werde ich in dieser Kolumne nur sagen, dass ich
meinen dritten Kandidaten besucht und ihn interviewt habe.
Er erhob Anspruch auf den Zettel, und zu jenem Zeitpunkt
hatte ich keinen Grund, an seiner Aussage zu zweifeln.

Aber gestern habe ich mein Versprechen an den jungen
Mann gebrochen. Anstatt ihm das Original zu schicken, gab
ich es einer weinenden jungen Frau, die mich davon über-
zeugte, dass dieser Zettel an sie gerichtet war. Sie lieferte mir
überzeugende Beweise. Aber ich brauchte keine Beweise, um
zu erkennen, dass der Zettel nun einen vollen Kreis geschlagen hat. Er begann in mir, wissen Sie, vor vielen Jahren. Und
schon bald wird dieser Kreis der Vergebung geschlossen sein.

Die Identität der jungen Frau wird für immer mein Geheimnis bleiben. Ich habe den Stress erlebt, den die Aufmerksamkeit der Medien mit sich bringen kann. Darum bitte ich
Sie, mir dieses eine Geheimnis zu verzeihen und mir zu gestatten, es zu bewahren.

Diese lange Suche nach dem rechtmäßigen Empfänger der
Nachricht hat in meinem Herzen etwas bewirkt – sie hat alte
Wunden aufgerissen und Türen geöffnet, durch die ich ge-
hofft hatte, nie wieder gehen zu müssen. Aber durch diesen

schmerzlichen Prozess habe ich etwas gelernt: Eine Kolumnistin sollte nicht einfach nur über eine Liste von Tatsachen berichten, auch sollte sie sich nicht darauf beschränken, für Gleichgesinnte im Nachrichtenraum zu schreiben. Wenn ich dem Namen der Kolumne gerecht werden und Hilfe für die Seele geben will, dann muss ich auch mein Herz öffnen.

Morgen werden ein Freund und ich nach Jacksonville fahren, um meinen Vater, seine Frau und meine sechs Halbgeschwister zu besuchen, die ich kaum kenne. Warum? Weil mir auf der Suche nach dem Verfasser des Zettels klar geworden ist, dass das Herz, das Heilung brauchte, vor allem mein eigenes war.

Ich möchte diese Gelegenheit gern nutzen, mich bei Ihnen zu verabschieden, zumindest für eine Weile. Ich schreibe diese Kolumne nun seit fast einem Jahr. Ich habe erkannt, dass ich Zeit brauche, um innezuhalten und mich zu fragen, was ich durch diese Kolumne bewirken will. Ich glaube nicht, dass gedruckter Journalismus noch eine weitere Plattform braucht, um mit Information oder schöner Prosa zu beeindrucken. Ich denke, die Kolumne „Hilfe für die Seele" sollte wirklich ein Ort sein, wo Hilfe und Nähe gefunden werden können. Um ehrlich zu sein, ich glaube, es ist an der Zeit, zu der Vision zurückzukehren, die Emma Duncan vor Jahren an dieser Stelle aufgezeigt hat.

Diese Kolumne wird einige Zeit brauchen, um zu heilen. Ich habe schon einmal eine Auszeit genommen nach einem schweren Schicksalsschlag. Nach dieser Krise nahm ich mir Zeit, um Körper und Geist heil werden zu lassen. Dieses Mal werde ich mir Zeit nehmen, um meine Seele und meine Emotionen heil werden zu lassen.

In den letzten Wochen, meine Freunde, habe ich noch etwas anderes gelernt: Der Zettel an sich ist nicht wichtig. Die *Botschaft* ist das Wichtige, denn sie enthält die Macht des Lebens und der Liebe.

Inzwischen verstehe ich, warum dieser Zettel gerade mir

übergeben wurde. Nicht wegen dem, was ich für ihn tun konnte, sondern wegen dem, was er für mich tun konnte. Ich habe über meine Beobachtungen berichtet, während die Botschaft der Liebe und Vergebung an die Welt ergangen ist. Ich habe erlebt, dass dieser Botschaft nicht geglaubt wurde, dass Menschen sie nicht für sich in Anspruch genommen, sondern an ihr gezweifelt, sie herabgesetzt haben. Doch dieses, *mein* gebrochenes Herz, hat sie heilen und erneuern können.

Während des Trauergottesdienstes für die Opfer von Flug 848 sagte der Pastor: „Geteiltes Leid könnte eine Brücke der Versöhnung bauen." Auf meiner Suche habe ich den Schmerz leidender Menschen geteilt. Schließlich habe ich gelernt, über meinen eigenen Schmerz zu reden. Dieses Mitteilen hat tatsächlich Brücken gebaut ... und ich bin sicher, dass sie die kommenden Jahre halten werden.

Vielen Dank, dass Sie mich auf dieser Reise begleitet haben.

Von einem unerklärlichen Glücksgefühl erfüllt, betrat Peyton das Dunkin' Donuts. Verblüfft blieb sie stehen, als die Gäste anfingen zu applaudieren. Von allen Seiten wurde ihr gratuliert, als sie auf dem Weg zu ihrem Stammplatz an der Theke war (er war für sie reserviert, wie sie bemerkte. Eine mit Tintenklecksen übersäte Serviette lag auf dem Barhocker. Darauf stand: *Dieser Platz wird nicht besetzt, sonst passiert was!").* Sie grinste Erma an, nahm Platz und bestellte wie üblich Kaffee und einen Donut.

Sie sah sich um. Auf allen Tischen lag die *Times,* ihre Kolumne aufgeschlagen.

„Nun, Mädchen, Sie haben es geschafft", sagte Erma. Sie sprach etwas lauter als gewöhnlich, als sie Kaffee eingoss. „Und wir alle sterben vor Neugier – wenn der Zettel nicht diesem Tanner Ford gehört, für wen war er denn dann bestimmt?"

„Sie können es uns ruhig erzählen, Kindchen." Das kam von dem Mann in dem leuchtend bunten Hawaiihemd auf dem Barhocker neben ihr. Er grinste sie an. „Wir sind Ihre Freunde."

Peyton nahm ein Stück Zucker, riss es auf und hielt inne. Lächelnd betrachtete sie die Gäste in dem Lokal. „Von einem bin ich fest überzeugt, Leute – der Zettel war für uns alle bestimmt."

Die gedämpften Gespräche und die Geräusche des Restaurants verstummten einen Augenblick, dann nickte Erma. „Sie sagen es. Tief in meinem Inneren weiß ich, dass Sie Recht haben."

Peyton drehte sich um, als die Glocken über der Eingangstür anschlugen. Mit einem strahlenden Lächeln kam King herein. „Fertig, Peyton? Der Wagen ist aufgetankt und wartet draußen."

„Sofort." Als sie sich umdrehte, sah sie, wie Erma die Augenbrauen in die Höhe zog und grinste. „King, ich möchte dich mit den Stammgästen des Dunkin bekannt machen – ein paar sehr wichtigen Leuten." Sie deutete auf die Kellnerin. „Erma spielt hier eine Hauptrolle."

Erma putzte sich die Hände an ihrer Schürze ab und streckte sie King entgegen. „Sehr erfreut, Sie kennen zu lernen. Ich habe Sie hier schon ein paarmal gesehen."

„Ihr Kaffee ist sehr viel besser als die Brühe, die ich im Büro bekomme." King schüttelte ihr die Hand. „Und ich verstehe, warum Peyton Ihre Gesellschaft genießt."

Während er herumging und die Stammgäste begrüßte, beugte sich Erma über die Theke. „Du meine Güte, Peyton, Sie wissen wirklich, wie man sie packt. Sie fahren mit diesem Mann in ein langes Wochenende?"

„So ungefähr." Peyton sah die Kellnerin an. „Ich fahre mit ihm nach Jacksonville. Wir werden dort einige Zeit verbringen und meinen Vater kennen lernen."

Erma lachte. „Ich dachte immer, Reporter könnten mit Worten umgehen. Das klingt so, als hätten Sie vor, selbst Ihren Vater kennen zu lernen."

Peyton hob ihre Kaffeetasse, nahm ihren Donut und lächelte die Kellnerin herzlich an. „So ist es."

Nachdem sie King sanft von einer Gruppe Frauen, die ihn umringten, fortgezogen hatte, trat Peyton hinaus in einen strahlenden Sommertag.

Diskussionsfragen/Leitfaden

1. Dieser vorliegende Roman ist eine Allegorie, eine Geschichte, in der bestimmte Elemente für wesentliche Punkte einer anderen, tieferen Geschichte stehen. Wie in dem Gleichnis vom barmherzigen Samariter und vom verlorenen Sohn ist er eine geistliche Erzählung, in der Gott namentlich nicht erwähnt wird. Welche offensichtlichen (und unterschwelligen) Beziehungen bestehen zwischen dem Zettel und dem Evangelium?

2. Gott hat eine Nachricht an die Menschheit geschickt. Wie lautet sie, und inwiefern gleicht sie der Botschaft des Zettels aus Flug 848? Worin unterscheidet sie sich?

3. Überlegen Sie, inwieweit die Reaktion der drei „Kandidaten", denen Peyton den Zettel anbot, mit der Reaktion der Menschen auf Gottes Botschaft von der Vergebung und Versöhnung übereinstimmt.

4. Denken Sie an Timothy Manning, der sich in seiner Religion und seiner Rolle sehr sicher fühlt. Fühlte sich Reverend Manning auch in der Liebe seines Vaters geborgen? Hätte er je einen Ort der wahren Sicherheit erreichen können? Inwiefern unterscheiden sich seine persönlichen Gedanken von der Person, die er der Reporterin vorgespielt hat?

5. Denken Sie an Taylor Crowe, die Liedermacherin. Taylor räumte ein, ihr Vater hätte den Zettel geschrieben haben können. Aber sie war der Meinung, die Kluft zwischen ihnen sei zu breit, um jemals überbrückt zu werden. Spiegelt ihre Situation das wider, was manche Menschen in Bezug auf Gott empfinden? Akzeptieren sie die Kluft oder versuchen sie, diese Kluft zu ihren eigenen Bedingungen zu überbrücken? Wie versuchen die Menschen, „zu Gott zu kommen"? Ist diesen von Menschen gemachten Versuchen Erfolg beschieden? Haben Sie das Gefühl, dass eine Kluft zwischen Ihnen und

Gott existiert? Ist sie zu breit oder zu tief, um überbrückt zu werden?

6. Denken Sie an Tanner Ford. Seine Gründe für sein Bekenntnis zu dem Zettel waren offensichtlich Ehrgeiz und Berechnung. Was hat er tatsächlich akzeptiert? Den Zettel an sich oder seine Botschaft? Inwiefern stimmt sein Verhalten mit dem Verhalten einiger Menschen überein, die zwar die äußere Form des Glaubens akzeptieren, ohne jemals wirklich zu glauben?

7. In diesem Buch sind eine Fülle von Vater/Kind Beziehungen zu finden: Peyton und ihr Vater, King und sein verletzter Sohn und die Väter der drei Kandidaten. In dieser Geschichte war jeder Vater geduldig. Im wirklichen Leben ist die Schuld für eine Entfremdung zwischen Vätern und Kindern häufig genauso oft beim Vater zu suchen wie beim Kind. Können wir unserem himmlischen Vater vorwerfen, seinen Kindern den Rücken gekehrt zu haben?

8. Wir bekommen einen Einblick in Julie St. Claires Beziehung zu ihrem Adoptivvater. Julies Mutter hat diesen Mann verlassen, und Julie erinnert sich kaum noch an ihn. Inwiefern wäre ihr Leben vielleicht anders verlaufen, wenn ihre Mutter ihn nicht verlassen hätte? Was hat uns das über die Bedeutung unserer Rolle als Eltern zu sagen?

9. Welche Attribute Gottes zeigen sich in Peytons Vater? In Timothy Mannings Vater? Taylor Crowes? Tanner Fords?

10. Viele Menschen sind Anhänger der Philosophie der „Vaterschaft Gottes, Bruderschaft des Menschen". Ist Gott der *Vater* aller oder der *Schöpfer* aller? Wenn er nicht der Vater aller ist, wie werden wir seine Kinder?